# 入学修养读本

主　编　胡山林

副主编　陈　浩　胡芫原　韩宏蓓　王佩琳　晁卫华

河南人民出版社

**图书在版编目（ＣＩＰ）数据**

文学修养读本 / 胡山林主编 . 一郑州 ： 河南人民出版社，
2016.1
ISBN 978-7-215-09798-8

Ⅰ．①文… Ⅱ．①胡… Ⅲ．①世界文学－文学欣赏－高等
学校－教材 Ⅳ．① I106

中国版本图书馆 CIP 数据核字（2015）第 290427 号

河南人民出版社出版发行

（地址：郑州市经五路 66 号 邮政编码：450002 电话：65788067）

新华书店经销 河南邦克彩色印刷有限公司印刷
开本 680 毫米 ×960 毫米 1/16 印张 24.5
字数 301 千字 印数 1 - 3 000 册
2016 年 2 月第 1 版 2016 年 2 月第 1 次印刷

定价：38.00 元

# 前　言

　　近年来，全民阅读已经提高到国家发展战略的高度去号召，去提倡。为什么要提倡全民阅读，全民阅读的意义何在，毋须论证。要养成全民读书的社会风气，就需要培养全民的文学艺术修养，从而提高全民的阅读兴趣和欣赏能力。换句话说，国民的文学艺术修养是全民阅读的基础和前提。然而，文学艺术修养不是与生俱来的，而是需要后天学习、培养的。基于上述理解，我们编写了这本书。

　　文学修养（本书只谈文学修养，艺术修养基本原理与此相通）内涵丰富，有高低之分。就其高者而言，是一个人需毕生精力才能达到的境界，这主要是文学从业者的事情。但一般大众，没有时间，没有条件，因而不可能具备全面高深的文学修养。所以就大众而言，所谓文学修养主要是指，具备文学欣赏的基本知识，知道从哪些角度欣赏作品，对中外文学史上的名家名作有基本的了解，潜移默化地接受其精神滋养。

　　本书对象既可以是大专院校文学专业的学生，也可以是社会普通大众。本书的基本宗旨是，着眼于读者文学修养的培养与提高。我们的基本理念是，让文学从大学中文系的课堂上解放出来，走向大众，走进人生。基于这种理念，设计了本书的基本内容。上编主要介绍文学的学科属性（人文学科），介绍最简单的文学欣赏的基本理论；中编介绍文学欣赏的基本角度（切入点），即"内行看门道"的"门道"；下编介绍中国古代文学名家，西方文学主要名作。由于篇幅所限，仅选取了部分有代表性的作家作品，属于举隅性质，要想了解其"全"，那就请读者自己到文学海洋去遨游吧！

胡山林

2015年12月

# 目　录

## 上编　文学欣赏概论

## 中编 文学欣赏角度

## 下编 文学欣赏案例

# 上编　文学欣赏概论

　　文学欣赏是一种既轻松又微妙、既简单又复杂的精神活动。说它轻松简单，是指不需要有专门的文学理论知识就可以阅读作品；说它复杂微妙，是说文学作品是经过作家精心创作的特殊的精神产品，要想真正深入的理解它，把握它，读者必须具备一些最基本的文学理论知识。这些必要的文学理论知识是进入文学殿堂的路标，有了它的指引，才能够登堂入室。

# 第一章 文学是关乎灵魂的学问

文学欣赏的对象是文学，那么文学是一门什么样的学问，属于什么性质的学科呢？

## 第一节 文学属于人文学科

一般认为，人类的学问大致有两类：自然科学和社会科学。自然科学是研究自然界各种物质和现象的科学，包括物理学、化学、动物学、植物学、矿物学、生理学、数学等。社会科学是研究各种社会现象的科学，包括政治学、经济学、法律学、历史学、文艺学、美学、伦理学等。

那么科学又是什么呢？科学一词是从西方传过来的。广义地说，科学是人类用以探究事物发展客观规律的知识体系，在西方，往往特指近代以来所形成的实验科学体系，它的产生有多方面文化因素作支撑。例如，独特的世界观——理性精神和怀疑哲学；独特的方法论——归纳法和演绎法；独特的操作方法——观察、分析、实验；独特的表达方式——实证地描述研究对象的联系和发展规律。科学的最大特点是实验可以无限重复，结论都一样。反映客观世界规律的原理、公式、数据永远都是共同的、确定的、不变的，不因阶级、民族、时代的不同而不同，不因科学家的个性、情感等主观因素的不同而不同。

科学最初产生于也应用于自然现象的研究，后来，西方人把这一套又用于对社会现象，包括对人、人生的研究，于是产生了社会科学。但是在这一过程中人们发现许多社会人生现象的研究无法达到理想的"科学"状态。例如哲学，第一大问题是世界的本质是什么？从古到今意见纷纭：水、火、风、土、数、原子、以太、理式、物质……，哪个是最后真理？就人生哲学来说，第一大问题是人生意义，人为什么而活着，又是人言言殊，言人人殊，谁的正确？

历史学研究历史现象历史进程历史规律，历史研究的对象都是过去的事情，不可能再有变化了，按说可以科学了吧？但事实并不尽然。别说历史现象背后人们复杂的动机、心理、内幕不好"准确"，就连历史事件本身的真相也未必能轻易搞清楚。例如，司马迁笔下的鸿门宴，生动、具体、形象，场面、细节历历在目，让人如临其境，惊心动魄。但读后稍一思索就让人怀疑，这一切是真的吗？司马迁当时在场吗？看过当时的录相吗？读过前线记者的通讯报道吗？采访过当事人吗？没有！说到底，这一切都是司马迁的想象。想象者，虚构也，不可完全当真也。试想连历史的基本真相都难以弄清楚，很大程度靠想象，你怎么能做到精确无误的"科学"？！

说到文学，更是这样。文学是作家想象虚构的产物，带有作家的主观情感和精神个性，更丰富多彩，各美其美，难以用同一标准加以度量。在文学宇宙中，群星灿烂，争放光彩，李白与杜甫，谁更伟大？莎士比亚与托尔斯泰，哪个成就更高？《红楼梦》与《战争与和平》，哪个更有价值？诸如此类，谁能给出科学的回答？！我们常说文学是人学，现在更进一步说，文学是关乎灵魂的学问。灵魂的学问，你怎么评价？有统一不变的标准和尺度吗？德国人说，文学使看不见的东西被看见。什么东西看不见？性格、精神、思想、灵魂，而这些是无论如何无法"标准"与"科学"的。

于是人们明白了，被划归社会科学的诸多门类，因其自身特点是无法达到"科学"的。这些无法归属科学门下的门类，人们开始称之为"人文科学"，后来想，既然无法科学，就不宜再称之为科学，所以改称"人文学科"——是"学科"而不是"科学"。

## 第二节 人文学科的对象及特点

关于人文学科，《大英百科全书》的界定是："人文学科是那些既非自然科学也非社会科学的学科的总和。一般人认为人文学科构成一种独特的知识，即关于人类价值和精神表现的人文主义的学科。""人文学科包括如下研究范畴：现代与古典语言、语言学、文学、历史学、哲学、考古学、艺术史、艺术批评、艺术理论、艺术实践，等等。"按照这个界定，人文学科包括哲学、语言学、文学，艺术、历史学、考古学、文化学、心理学、宗教学等学科。

人文学科的研究对象和特点是什么？北京大学教授叶朗先生有过明确的解说。他认为，人文学科的研究对象是人文世界，也就是人的精神世界（内在的）和文化世界（外在的）。人的精神世界和文化世界是统一的。从内容来说，人的精神世界和文化世界就是意义世界和价值世界。人文世界的精神性、意义性、价值性决定了人文学科区别于社会科学（政治学、经济学、法学、社会学、管理学等）的独特性质。

比较起来，科学回答的问题是世界"是什么"，人文学科回答的问题是世界"应当是什么"，也就是说人文学科包含价值导向。人文学科总是要设立一种理想人格的目标或典范。人文学科引导人们去思考人生的目的、意义、价值，去追求人的完美化。人文学科不是认识和实践的工具，不能立竿见影促进生产效率的提高，而是发展人性，完善人格。它不是使你学到技术，而是提高你的文化素养和文化品格。如果有人问"读唐诗有什么用处？""读《红楼梦》有什么用处？"回答只能是：没有用处。它们不是工具，它没有直接功利的用途。人文学科的特点是体验性（它要求参与主体知情意一体的全身心的投入）、教化性（教养）、评价性（价值导向）。这和社会科学不同，社会科学运用统计的、定量的、社会调查的方法，进行实证的研究。社会科学如经济学、法律学、政治学、社会学、人口学、统计学，对社会生活有明显的指导意义和直接应用价值，它们可以推动社会经济的发展，提高社会管理的效率，所以具有广泛而直接的实用性。①

人文学科没有直接的实用性，不等于真的没"用"。例如文学，王国维说文学的价值是"无用之用"。这一见解很精辟，意即

---

① 叶朗：《欲罢不能》，黑龙江人民出版社2004年版，第20页。

表面上看起来"无用",但深层看"有用"。所谓"寓教于乐"、"春风化雨"、"潜移默化"等等,就是对文学作用的最好描述。它不能直接推动GDP的增长,但它可以悄然改变人的精神和灵魂。简言之,文学是关乎灵魂的事业,它内在地影响的是一个人,一代(代)人,一个民族,一个社会,一个时代,乃至于全人类的灵魂生活。

## 第三节 人文学科的价值和意义

由此看,无论是个人还是社会,人文学科都是必不可少,极为重要的。有人说,一个国家,一个民族,一个社会,没有自然科学一打就倒,没有人文学科(包括社会科学)不打自倒。这话极为透彻地概括了人文学科的地位和作用。

在当前我国经济快速发展,人们的物质生活迅速得以改善而人们的道德状况、精神生活令人堪忧的境况下,人文学科担负着更为迫切而重要的历史使命。社会需要人文学科提供一种正确的价值和意义体系,从而为社会提供一种正确的人文导向,使人们不至于堕入物质主义、消费主义、技术主义,以及相对主义、虚无主义的泥坑而不能自拔。不仅如此,人文学科还要引导人们的精神向着更为高远的境界飞升,即要向人们提供精神上的终极关怀——寻找灵魂归宿,建构诗意家园。白居易说:"我生本无乡,心安是归处"(《出城留别》);"无论天涯与海角,大抵心安即是家"(《种桃杏》)。白居易的话说出了古代、现代知识分子的精神追求,同时也代表了所有对人生稍有反省的人的精神追求。文学,为这种美好追求提供了美妙途径。

在当前时代条件下,人文学科还承担着对广大群众特别是青少年进行人文教育,提高整个民族的文化素质和文化品格,塑造一种文明、开放、民主、科学、进步的民族精神的历史任务。

总之,正如叶朗教授所说,"人文学科不仅是职业(专业),更主要的是一种教养。职业是一部分人的事,教养就带有普遍性,关系到每个人。所以大学的人文系科不仅要面向本系各专业的学生，而且要面向全体大学生，更进一步，还要面向整个社会，面向社会上的广大群众，特别是广大青少年。"①

叶朗教授对包括文学在内的人文学科性质和任务的理解，其实就是本书的宗旨或曰指导思想。本书正是基于上述认识而撰写的面向中文与非中文专业学生，乃至面向所有文学爱好者，面向人民大众的书。意在普及文学知识，挖掘文学价值，让文学从大学中文系的课堂上走出来，走向社会，走向大众，让文学在人们现实的精神生活中发挥应有的作用。

① 叶朗：《欲罢不能》，黑龙江人民出版社2004年版，第23页。

# 第二章 文学涵义与特征

## 第一节 文学的涵义

本书讨论"文学欣赏","欣赏"是动词,"文学"是动词"欣赏"的对象,即对于"文学"的欣赏,那么,什么是"文学"呢?

这里需要辨析几对基本概念。

### 一、文学≠文章

文学与一般文章不同。从基本性质来看,文学属于艺术的范畴,是艺术的一个门类,而文章是指独立成篇的、有组织的书面文字。广义的文章,既包括文学作品,也包括科学论(文)著(作)、通讯报道、调查报告、产品说明书等一系列实用文体,而文学的范围比文章狭窄得多。如果用个比喻的话,可以说文章是大海,文学是大海中的一个岛屿,岛屿上高高飘扬着一面大旗,上书两个醒目大字:艺术。换句话说,文学是文章之海中的艺术之国。

### 二、文学≠艺术

艺术王国的成员众多,主要有音乐、美术、舞蹈、戏剧、电影等,其中也包括文学。——文学是语言艺术,是以语言文字为媒介塑造形象、传情达意的一种艺术样式。由此说来,艺术与文学的关系是大概念与小概念的关系,是包含与被包含的关系。文学属于艺术,但不等于艺术。但人们也常常把文学从艺术中单独抽取出来与艺术这一概念并列,即文学艺术,简称文艺。

把文学与艺术并列,从艺术分类学角度看,逻辑上说不通。但是,人们又这样自然而然地接受了。是谁这样做的,从什么时候开始这样分,没有人能说得清。很可能因为,在艺术这一家族中,文学对社会生活的影响太大了,被人们谈论太多了,因而习惯成自然了。当然，现在的文化艺术生活中，电影电视可能更受人欢迎，影响面更大，但不要忘了，电影电视戏剧最重要的部分是剧本。剧本，剧本，一剧之本，没有好的文学本子做基础，单是表演、舞美、布景等等，是不济事的。所以，电影电视戏剧这类综合艺术中，文学还是最基础最重要的部分。

### 三、文学≠文学作品

什么是文学？这问题看起来简单，实际复杂；不深究简单，深究复杂——你不问我还清楚，你一问我反倒糊涂。因为，文学概念经历了历史的嬗变，不同时代不同国家不同流派，人们对文学的理解各不相同。正所谓此一时彼一时，此一地彼一地，此一派彼一派，人言言殊，言人人殊，莫衷一是。这里，我们讲的是"文学理论基础"，是入门，所以我们避开理论的陷阱，避开旁征博引，而只向读者介绍一个当下文学理论教材广泛接受的文学概念，即美国当代文艺学家M•H•艾布拉姆斯的观点。他认为文学是一种活动——一种审美的精神活动；作为"活动"，由四个基本要素构成，即：世界，作家，作品，读者。四者关系如下：

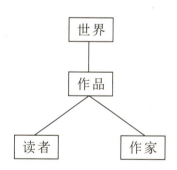

文学活动的四个基本要素

根据上述理解，"文学"是一种活动，"文学作品"是其中一个要素——当然是其中的核心要素，正是"文学作品"把其它三种要素联系在一起。文学欣赏的对象，泛泛地说是"文学"，准确地说应该是"文学作品"。因为读者要"欣赏"的是"作品"，而不是"活动"，也不是活动中的其他要素。

# 第二节 文学的特征

为了使没有专门学过文学理论的朋友对文学有一个整体的、概括的理性认识，从而更准确更清晰更全面地把握欣赏对象，这里打算对文学进行一次全景式扫描，从方方面面看看文学与科学、与其他实用文体相比，有哪些基本品性。

## 一、非直观性

这是由语言的基本特性决定的。语言是一种抽象的人为符号，不具有具象性，因而以语言为媒介写出的文学作品，在不识字的人眼里，只不过是一行行、一页页的印刷符号而已。"林黛玉"——三个汉字，有什么好"看"的。然而，"林黛玉"在绘画、雕塑、舞蹈、戏剧、电影、电视等艺术样式里，则立刻成为可视可感的生动形象。这就是说，美术、音乐、舞蹈等艺术形象具有直观性、直感性，而文学形象则不具有这一特性。所以，要想欣赏文学作品，必须调动想象力，通过想象把文字符号转化为生动具体可感的艺术形象。文学欣赏，实质上欣赏的是读者自己在心里"想象"出来的形象。因此，文学欣赏的对象，一般地说是文学作品，而严格说起来则是"显现"在读者心理屏幕上的艺术世界，是一种活的感性的东西。

因为读者的主观条件不尽相同，所以读者对于同一形象的"想象"也不会完全一样。这就是说，由于文学形象的非直观性，欣赏者即使面对同一客体(作品文本)，每个读者欣赏到的也不会绝对相同。这是文学欣赏与其他艺术欣赏的一个根本区别。

## 二、抒写范围的无限性

文学的非直观性，是文学的局限，也是文学的长处。比起其他艺术媒介来，语言的使用最自由。语言与人的思想感情相伴相随，人的精神的翅膀飞到哪里，它就能跟到哪里，因而文学抒写的对象无限丰富，抒写的范围无限广阔。自然界的日月星辰，蓝天白云，草木虫鱼；人类社会的政治变革，军事战争，人伦亲情；幻想世界的天堂地狱，牛头马面，神仙魔怪等等，皆可纳入笔底。"广"可以写一个时代一个社会，"深"可以写一个人细腻入微的情感波澜。正所谓上天入地，出入六合，心游万仞，精骛八极，思接千载，视通万里，观古今于须臾，抚四海于一瞬。总之，这里是一座语言构筑起来的精神殿堂，精神宇宙，其蕴涵无限丰富，无比深远。在这里，现实的局限被突破了，有限与无限的界限消逝了，精神脱离了有限的、肉体的、个体的存在飞升到无限高远辽阔的境界，从而窥得几分宇宙的真髓、生活的奥秘，心理上获得了极大的满足和快慰。人类生存于茫茫无限的宇宙时空中，常常苦恼于自身存在的有限性(时间上只有"一生"，空间上只有"一身")，因而与生俱来的怀有超越有限向往无限的精神欲求。对于满足这一欲求来说，再没有比文学更好的了。

### 三、虚拟性

文学作品是作家创造出来的。作家之所以创作文学作品，是为了表达自己对世界的某种感受、某种理解，是为了传达自己的情思意念。为了达到艺术目的，现成的生活材料往往很难恰好成为作家情思意念的合适载体，于是他必须创造，必须发挥想象力进行虚构，虚构出一个模仿第一自然的"第二自然"(艺术世界)，一个情思意念的客观对应物。这也就是虚拟。所谓虚拟，就是用虚构的方法模拟对象。这是艺术创造的基本方法之一。

作家创造当然要以真实的生活材料、生活经验为摹本，为参照，为依据，但同时也要对它进行筛选、剪接、移植、变形，总之是进行艺术的加工和改造。通过想象，虚构出一个"心造"的虚幻世界。这是一个奇妙的世界，它妙就妙在有无相因，虚实相生，妙在虚虚实实，有有无无，似虚似实之间，非有非无之际。相对于真实的现实世界来说，艺术世界具有明显的虚拟性和假定性特征。虚拟和假定，是文学作为艺术的重要规定性。某些宣称没有任何虚构的所谓"纪实文学"不宜称之为"文学"。

### 四、形象性

与形象性相对的是抽象性。抽象是科学的特点。科学要表述某一事物时，采用的是抽取本质形成概念的方法，将个别具体转化为抽象。而文学则与科学不同,文学在描述某一事物时采用的是感性的形式,即将抽象的东西(如情思意念)化为具体可感的艺术形象。正如黑格尔所说的,艺术的使命在于用感性的艺术形象的形式去显现真实。

例如"愁",用科学语言去表述,即一种忧虑的情绪。这里排除了不同时代不同社会不同国家不同民族不同性别不同年龄不同身份……的人,在不同境况下不同性质不同程度的"愁"的一切具体性、个别性、生动性、差别性,而只留卜一句由概念组成的干巴巴的判断。这就是抽象。而文学家笔下的"愁"则是生动的、可感的。如"若问闲情都几许?一川烟草,满城风絮,梅子黄时雨"(贺铸);"自在飞花轻似梦,无边丝雨细如愁"(秦观);"城上高楼接大荒,海天愁思正茫茫"(柳宗元);"抽刀断水水更流,举杯消愁愁更愁"(李白)……

### 五、情感性

这也是相对于科学而言的。"科学"表述某一对象时,要求的是客观、冷静、尊重事实。如仙人掌,《辞海》是这样解释的:"仙人掌科。灌丛状肉质植物,高2~8米,节片扁平,绿色、卵形或长椭圆形,有黄褐色或暗褐色刺。……"而到了文学家笔下,客观冷静不见了,而灌注于满腔的激情。如流沙河的《草木篇·仙人掌》:"她不想用鲜花向主人献媚,遍身披上刺刀。主人把她逐出花园,也不给水喝。在野地里,在沙漠中,她活着,繁殖着儿女……"

在艺术里,没有纯粹客观的东西。一切都情感化了,心灵化了。这一概括,不但适应于抒情性作品,也适应于叙事性作品;不但适应于表现性作品,也适应于再现性作品。只不过是感情的表现形态不一样而已。

### 六、主体性

同一题材,到了不同作家笔下就会得到不同的艺术处理,传达出不同的意蕴。为什么?很明显,因为作家把自己投射到对象中去了,作家既是在写对象,同时又是在写自己。作家的创作个性不同,写出来的作品也就不同。这就是文学艺术的又一重要特性——

主体性。

例如，同是写桃花源，在陶渊明笔下，写出了人民对剥削压迫的厌恶，对美好生活的向往，反映了洁身自好，不肯同流合污的知识分子隐逸避世的生活态度，又反映了普通百姓对小国寡民理想世界的向往。

到了王维的《桃源行》里，作者将陶诗中对无税的小国寡民世界的向往，改为对神仙世界的向往，反映出作者对神仙世界的迷恋与陶醉。

此后韩愈创作《桃源图》，对王维诗中浓厚的道教色彩给以毫不留情的批判，作品开头就正面提出"神山有无何渺茫，桃源之说诚荒唐"，显示出与王维迥异的精神个性。

宋代王安石的桃源诗（《桃源行》）更带有政治色彩。在专制主义更加强化、君权更加集中的宋代，王安石竟公然对桃源中"儿孙生长与世隔，虽有父子无君臣"的社会秩序表示赞美。他在诗中还写道："闻道长安吹战尘，春风回首一沾巾。重华一去宁复得，天下纷纷经几秦。"这就是说，自从天下为公的唐虞之世之后，历史无非是秦代的反复，无非是以暴易暴。这样的历史观和社会观是相当大胆的。

总之，同是桃源诗，立意却不同。王维诗是对陶渊明诗的异化，韩愈诗是对王维诗的异化，王安石诗是对陶渊明诗的复归与深化。创作主体不同，作品涵义风格也就不同。这就是文学的主体性。①

### 七、独创性

凡是优秀的作品都是富有独创性的，一或者是在题材方面，或者是在立意方面，或者是在艺术表现方面。正如屠格涅夫所说："在文学天才身上……重要的是我敢称之为自己的声音的一切东西。是的，重要的是自己的声音。重要的是生动的、特殊的自己个人所有的音调，这些音调在其他每个人的喉咙里是发不出来的。"②

---

① 程千帆：《古诗考索》，上海古籍出版社1984年版，第27~36页。
② 【苏】米·赫拉普钦科：《作家的创作个性和文学的发展》，上海译文出版社1982年版，第70页。

人类渴望认识环境认识自身，渴望对世界对人生有新的感受新的体验新的理解新的认识。这种精神欲求是促使文艺创新的内在动力，具有独创性作品的产生适应了、满足了这一精神渴求。"独创性"的价值即在这里。独创性作品扩大了文艺之国，给它的版图添加了新的省份，打破了人类惯常的麻木的心灵，使人类的感觉和思想总是处于一种常醒的新鲜的状态。所以英国诗人杨格称独创性作品是人们的大恩人。

**八、模糊性**

这是相对于科学、哲学的精确、准确、确定而言的。文学的模糊性表现于以下几方面。

**一是形象的模糊性。**这是语言艺术的非直观性造成的。例如，"岐矽岩"是描绘山的形容词，然而那山到底是什么样子呢？模模糊糊。鲁迅说如果有谁给我一张纸和一支笔，让我画出它们的模样，我就会腋下出汗，恨无地洞可钻。再如人物肖像，曹雪芹写贾宝玉"虽怒时而似笑，即瞋视而有情"，写林黛玉"两弯似蹙非蹙笼烟眉，一双似喜非喜含情目"，写王熙凤"粉面含春威不露，丹唇未启笑先闻"，历来被评为传神之笔，但他们到底是什么样子，仍然是朦朦胧胧的。再如"他高高的个子"，"年轻时候"，"黄昏时分"都很模糊。即使是使用了准确的数字，但这些数字的准确度却靠不住。如"白发三千丈"、"飞流直下三千尺"、"日啖荔枝三百颗"、"南朝四百八十寺"、"天下黄河九十九道弯"之类都是。

**二是情感的模糊性。**人类所体验到的情感是多种多样、无穷无尽的，其中只有一小部分突出而强烈的具有普遍性的有名称(如喜怒哀乐悲恐惊等)，而大部分具有独特性个别性随机性的感情，则因其微妙隐曲复杂流动而不易被察觉不易被把握，因而没有名称。这些没有名称的"情感"在主体心理中出现时往往只是一团模糊的体验，一种朦胧的感受。这种体验和感受往往被敏感的作家捕捉住，表现在作品里。当你读到它时往往唤起一种既明晰又模糊的体验。如"相看两不厌，只有敬亭山"(李白)，"行到水穷处，坐看云起时"(王维)等等。即使是有名称的感情(如"愁")，当你具体体验时也仍然是模糊的。如"而今识尽愁滋味，欲说还休；欲说还休，却道'天凉好个秋'"（辛弃疾）。

**三是意蕴意味的模糊性。**如孟浩然的《春晓》"春眠不觉晓"和白居易的《花非花》"花非花，雾非雾"都只有寥寥数句，且明白晓畅，然而其意蕴意味却朦胧蕴藉，不好确指，给人留下思考品味的极大空间。西方现代美学理论所谓的"意义空白""含义不确定"等等，是对意蕴模糊性的理论概括。

### 九、象征性

传统的文艺理论在谈象征时，只是把它当做一种具体的艺术表现手法，而现代文艺理论则对象征理解得更宽泛，认为它不仅是一种艺术技巧，还是一种艺术思维方式，它体现了艺术的本质特征，内在地蕴含着审美的秘密和艺术的灵魂。应当说，这种观点是深刻的。因为象征的基本内涵是用具体形象来标示某种不可见的意蕴，而文学创作正是人们用自己创造的艺术形象来表达难以言喻的经验和情感，将无形无相无体无状看不见摸不着的"意识"化为具体可感的形象。从这个意义上说，一切优秀的文学作品都可以说是人类生活和心灵的象征，都具有超越性的象征品格。因此，当你看到郑板桥笔下的"竹子"时，你就不能直白地说"这是一棵竹子"，而应该想到"竹子"象征了什么；当你看到鲁迅笔下的阿Q时，你就不能把眼光仅仅停留于阿Q自身，而应该想到阿Q代表了什么，象征了什么。

### 十、审美性

人类之所以是人类，就在于人类除了自然性、本能性、生理性、物质性的欲求之外，还有更高的精神追求，要求更高的精神享受。在精神生活中，人类除了理性的认识上的满足（求真）和道德伦理上的纯洁（求善）之外，还要求情感上心灵上的慰藉（求美）。求美的冲动与生俱来，而且随着文明的进步与日俱增。人们不满于现实生活的平庸与沉重，因而时时追求着永不可即的美好理想，需要在理想的梦幻中使扭曲压抑的心灵得到暂时的自由和解放；人们不愿浑浑噩噩地活着，因而总要苦苦地追问为什么而活着，追问终极的价值和意义，寻求灵魂的故乡；世上的瞒和骗太多了，因而人们要求真诚的交流和坦露，要求心灵的对话和回应，要求人与人之间多一些温暖和友爱；生存的艰苦磨钝了人的感觉，因而要求感觉的苏醒与活跃；个体生存的时空太狭小太短暂太有限了，因而要求超越有限，向往无限和永恒……总之，现实的生存处境太沉重太紧张太苦太累，因而人类迫切希望有一个空灵一点、轻松一点、自由一点的精神空间得以休憩，得以调整，得以滋养。人类需要与现实与功利拉开一点距离，反观和回味一下自己和这个世界。于是艺术就出现了，文学就出现了。这是一个美的天地，美的王国，它是人类对世界对人生进行审美体验所结出的硕果，反过来它又为人类进行审美体验提供了最佳的客观对应物。人类在艺术品中发现了自己，发现了整个世界。艺术使人类的生命焕发光彩，给人类的心灵以温馨的抚慰，使人类的生活变得更美好。——这，就是文学的审美性。

关于文学的特征，这里一口气列了十个。看到这里，读者是否会问，为什么是十个而不是三个四个（一般文学理论教材列三个或四个），或五个六个。因为，文学属于人文学科。在人文学科里没有固定的、全世界公认的、永恒不变的结论，一切结论都是相对的，所以给你留下了无限创造的空间。明白这一点，对于学习文学的人来说，意义极为重大。它给人的启示是，对于人文学科的任何结论都不要迷信，而要带着一种批判的、怀疑的眼光看，这样有利于解放你的思想，有利于培养你独立的学术人格。这种方法论方面的启示比你死记几个观点或结论，更有价值，更有意义。

# 第三章 文学欣赏的涵义及途径

## 第一节 文学欣赏的涵义

不用说读者就知道，"文学欣赏"讨论的是文学接受者与文学作品的关系。用来描述、指称这一关系的概念主要有：阅读，欣赏，鉴赏，批评，接受等。

"阅读"是最一般意义上对作品的接受，读者对作品不管是否读进去，不管是否读懂，也不管是否有情感投入，只要读了即为阅读。

"欣赏"指的是以欣喜愉悦的心态对作品的接受，这是一种感性直觉的，情绪化、情感化的，即审美的接受，读者的感受往往可意会不可言传，可神通不可语达。一般大众对文学的接受大多在这一层面上。即使是文学专业工作者，例如语文教师、文学评论及研究工作者，如果不是以专业研究的眼光去看待作品，而只是消遣浏览性的阅读，只限于感觉感情层面，也在"欣赏"的范围。日常生活中当人们随意交谈：那书（文学作品）怎么样啊？不错！好玩儿！有意思！或者相反。这些直觉的情感反应，均属于"欣赏"的范畴。

"鉴赏"的"鉴"字有鉴别、分析、审察的意思，人们常说的"品鉴"就是在"品"中有所鉴别、有所分辨、有所察觉。如果说欣赏时的心态偏重于感性，情感比较活跃，对欣赏内容知其然而不知其所以然；那么鉴赏时情感色彩已经趋于稳定，理性成分介入并逐渐加强，对欣赏对象既知其然又知其所以然。如中学语文教师对文学课文的分析，这篇作品分为几大部分，这一部分又有几个段落，这一段又有几个层次，作品用了什么表现手法，主题思想是什么，艺术特征是什么，如此这般，条分缕析，头头是道，就属于"鉴赏"的范畴。

"批评"是在鉴赏基础上的理论概括和语言表述。一般文学理论教材对批评的定义是，在文学鉴赏的基础上，以美学的和历史的观点对各种文学现象进行研究、分析和评价的科学活动。作为一种"科学活动"，它对批评者的要求是很高的，要有理论水平，要有专业知识，还要有批评的专业训练，所以文学批评一般是专业研究人员的工作。这里顺便提及一个小意思，即文学批评中"批评"的涵义，与日常生活中"批评"的涵义有所不同。日常生活中的批评是对负面东西（缺点、错误等）的否定，而文学批评中的"批评"等于"评论"，包括肯定优点和指出缺点错误。这是批评的本义、广义。

"接受"则涵盖了读者对作品的上述诸种反应，直至包括对文学的教学和研究。文学接受是作品和接受者之间极有意味而又十分复杂的现象世界，因而是现代美学和文艺理论的一个重要概念。

文学欣赏，作为常用的理论术语，有广义与狭义之分。广义等同于文学接受，包含了阅读、欣赏（狭义）、鉴赏、批评等概念，与"文学创作"相对应。现代文学理论视"文学"为一种"活动"，作为一种"活动"，包括四个基本要素，这些要素构成的基本流程为：世界——作家——作品——读者。在这一流程中，作家的活动是文学创作，读者的活动是文学欣赏（接受），文学作品是联系二者的中介。

由此看，狭义的文学欣赏即上文所说的与"鉴赏"相区别的"欣赏"，指以欣悦、审美的心态对文学作品的感性把握；而广义的文学欣赏则指的是与文学创作活动相对应的文学接受。狭义的文学欣赏是一种"心态"，而广义的文学欣赏是一种"活动"。本书的"文学欣赏"，两种含义兼而有之，更多的是广义。

## 第二节 文学欣赏的途径

### 一、文学作品与非文学作品的区别

文学欣赏的具体对象是文学作品，那么文学作品与非文学作品，如实用文体的通讯报道，消息，科学论文等有什么区别呢？

这里不打算从理论上展开深奥的逻辑思辨，只借几个读者熟知的小例子和读者一起探讨。

例一，鲁迅散文《秋夜》有一个著名的开头：

在我的后园，可以看见墙外有两株树，一株是枣树，还有一株也是枣树。

这段描写如果让小学三年级学生作课堂练习——缩句，可以缩写为：我的后园墙外有两株枣树。缩写后的句子语言精练而事实内容不变。那么，鲁迅的写作水平还不及小学生么？那怎么可能！这里的差异是什么呢？——是文学与非文学的区别。缩写后的句子保留了原文的事实信息（是"我的"不是"你的"，是"后园"而不是"前园"，是墙外而非墙内，是两株不是一株，是枣树不是杨树）而丧失了弥漫在字里行间的情感信息（如放在全文中及联系作者当时处境、心情，可体会到其中蕴涵的空虚感、寂寞感、孤独感、无聊感……以及语言表达方面幽默、俏皮的意味儿）。

例二，鲁迅散文《社戏》前半部分叙述"我"在北京两次看戏的经历，其中一次是因捐赈灾款得京剧名角谭鑫培（叫天）演出的戏票，因预先得知谭出场晚而延宕到九点钟才到场。戏院里喧闹拥挤，立足都很困难。"我"因不知台上演员是谁问别人遭白眼。以下的描写是：

我深愧浅陋而且粗疏，脸上一热，同时脑里也制出了决不再问的定章，于是看小旦唱，看花旦唱，看老生唱，看不知什么角色唱，看一大班人乱打，看两三个人互打，从九点多到十点，从十点到十一点，从十一点到十一点半，从十一点半到十二点，——然而叫天竟还没有来。

从作文常识看来，这段话重复、啰嗦，完全可以缩写为：

……于是看各种角色轮流唱，看角色互相打，从九点多到十二点，——然而叫天竟还没有来。

这样一删减，不重复也不啰嗦了，事实没变，然而文字中那种心烦、厌倦，急不可耐，走也不是，不走也不是的情绪状态感受不具体了，差不多流失殆尽了。

例三，《木兰诗》中有这样几句：

> 东市买骏马，西市买鞍鞯，南市买辔头，北市买长鞭。

这几句描述木兰为从军作准备。读完诗有人可能心里犯嘀咕：古人难道就那么笨吗？把马、鞍鞯等放在东西南北四个市，不是自找麻烦吗？怎么不安排在一条街上或设个综合店吗？这样想就犯了傻，就不懂文学啦！文学从事实出发但不是购物指南，不是记日记。这样的描写一是追求语言的韵律感，增加音乐美；二是渲染出木兰从军前兴奋、激动的心情和为从军匆忙紧张地做准备的情景。如果实录生活——一个店里买齐了，以上韵味就全没了。

例四，江南民歌《江南可采莲》：

> 江南可采莲，莲叶何田田，鱼戏莲叶间。鱼戏莲叶东，鱼戏莲叶西，鱼戏莲叶南，鱼戏莲叶北。

从描景叙事角度说，这首诗的后四句完全多余。但少了这四句，鱼在莲叶间前后左右自由自在悠然自得游动的情态，读者就无法感受了，只知道鱼在莲叶间游动这一事实了。

通过以上诸例的简单比较，不用多说读者也可以大致总结出文学与非文学的区别：非文学的描述往往只限于事实的认知这一层面，而文学的描述除此之外，在字里行间还蕴涵着无限丰富的言外之意，韵外之致，味外之旨，象外之象，景外之景。换句话说，文学的描述除了事实信息之外还有心灵信息，情感信息，生命信息；除了字面义之外，还有暗含义；即古人所说的气、神、韵、境、味等，用今人的话表达即审美场。关于这一点，本书在下面章节中还会反复讲到，兹不赘述。

**二、文学欣赏的基本途径**

文学作品与非文学作品的区别，决定了文学欣赏的基本途径和方法：感受、体验与分析、阐释。

文学作品当然是有思想的，但这种思想不是赤裸、抽象的思想，而是蕴涵在情感中的思想；文学作品当然是要叙事状物的，但这里的"事"和"物"除了字面义之外往往还有暗含义，这就是文学作品字里行间弥漫着的可意会不可言传、可神通不可语达的生命信息、心灵信息和情感信息。如此看来，文学作品至少是双重结构，一是情感、心灵层面，二是事实、思想层面。与前一层面对应的接受途径是感受、体验，与后一层面对应的接受途径是分析、阐释。

感受、体验是指以自己的全部身心投入作品，拥抱作品，心灵与心灵相对话，感情与感情相交流。在这里，欣赏者心理中没有概念的干扰，没有逻辑的介入，一切都是感性的、直觉的。在这一过程中，欣赏者面对作品那活泼流动的生命信息，心有所动，情有所感，意有所悟，全身心处于愉快陶醉之中。这是精神的盛宴，心灵的狂欢，最大的艺术享受。文学欣赏同其他艺术欣赏一样，从根本上说就是现实的活的感性交流活动，这是文学欣赏区别于科学理性活动的根本标志。感受、体验是文学欣赏最主要最基本的途径和方式。文学作品中那些活的灵动的生命信息，如音韵节奏中的意味，字词的暗含义，语气，语调，情调，格调，风格，神韵等等，必须亲身感受体验才能把握。否则终是雾里看花隔一层，即使说一千道一万，终是一个说不清。

然而理性分析也毕竟是不可少的。毛泽东说过，感觉到的东西往往不能深刻理解它，只有理解了的东西才能更深刻地感受它。毛泽东这一观点同样适用于文学欣赏。文学之所以是艺术，就在于它对于要表达的东西往往不直说，而是运用象征、隐喻等手法深深地寓于形象背后，如果仅凭感受往往很难把握它。这就需要借助于理性分析，进行一些必要的分析和阐释。而且，愈是优秀的作品愈需要分析，愈有分析探索的价值——歌德说过，优秀的作品无论你怎样去探测它都是探不到底的。莎士比亚的《哈姆雷特》、歌德的《浮士德》、曹雪芹的《红楼梦》被人分析阐释了几百年，人们对这些作品的理解，是随着不断的分析阐释而深化的。在这里，分析阐释没有干扰对作品的把握，而是有力地促进帮助了它。再者，即使是必须通过感受体验才能把握的艺术因素，也不应排斥和拒绝"过程"之外的分析。分析可以使感受体验更明确更稳定更深刻。

总之，感受体验与分析阐释对于文学欣赏来说，都是必要的，不可缺少的。二者各有独特的功能，不应该相互排斥、相互取代，而应该相互协同、相互补充。只有感受而无分析，感受有可能是浮浅的、虚飘的；只有分析而无感受，分析肯定是空泛的、无根的。只有使二者相辅相成，才能把握文学作品的精髓。

# 第四章 文学欣赏原则

怎样欣赏文学作品，具体的，是角度，切入点；宏观一点，是原则。文学作品是一种特殊的精神产品，欣赏它把握它，需要遵循一些特殊的原则。文学欣赏的基本原则，总的说是把艺术当作艺术看，从艺术角度欣赏艺术。具体说来，又细化为以下几个方面。

## 第一节 不可当真

### 一、痴迷的读者（观众）

一般读者在欣赏文学作品时，面对逼真的艺术描绘，往往不由自主地猜想：这是真的吗?世界上真有此人此事吗?有的人则干脆直接把作品中所叙述的故事当作真实的生活。如清人王士真《香祖笔记》卷十二记载一则他侄子亲眼所见之"故实"：兖州阳谷县西北有西门、潘、吴诸姓，自认是《水浒传》、《金瓶梅》中西门庆、潘金莲、吴月娘的后人。某一日公众聚会演戏，吴姓使演《水浒记》，潘族谓辱其姑，聚众大哄，互控于县令。时至今日还有人对此执迷不悟。据某杂志载，有人在山东某地调查证明，西门庆和潘金莲都实有其人，他们的后代在收看春节晚会节目时，看到武大郎一出场，便家家关闭电视机，全员出动大放鞭炮，借以冲散除夕夜祖宗被诬蔑的晦气①。

以上是小民百姓的"痴迷"。遗憾的是，某些博古通今，学富五车的学者有时也照样痴迷。索隐派和考证派的某些学者就曾指《红楼梦》中的林黛玉是生活中的某某，薛宝钗又是生活中的某某。有些学者看小说不是看其美不美，而是先问人和事真不真，于是，考证本事一直是小说研究中的一个重要内容。

---

① 《新民晚报》1987年10月18日。

这是一种思维惯性，一种心理冲动，这是人们的认识需求在起作用，一他们从生活经验出发，以习惯的眼光，要确认面前的欣赏内容是不是真的实的。

### 二、艺术≠生活

问题的出现可以理解。因为文学作品是以类生活、拟生活的结构形态呈现于欣赏者面前的，所以极易引发欣赏者进入艺术幻境，产生与实际生活相比照、相联系的意念。但，提问题的思路却是不对的。因为艺术就是艺术，而不是生活本身，艺术自有艺术的规律，艺术自有艺术的特性，因而不能按常规的思路而只能按艺术的思路来理解艺术。也就是说，必须用艺术的眼光欣赏艺术，必须把艺术当作艺术看。

艺术是什么？这是个极复杂的理论问题，这里不打算介入纷争，而只取普遍流行的共识。艺术不是生活的拷贝，不是实在生活的照搬、照抄和影印。艺术是艺术家的创造物，是艺术家根据自己的精神需要创造出来的精神产品，是艺术家思想感情、生活体验、审美趣味的物态化。就其结构形式而言，可能是类现实、类生活的，但其实质却完全是精神性的、虚幻的。

艺术家创造出来的艺术作品有两个基本特征。一是主体性，即在艺术品中渗透着艺术家的主观精神世界，而不再是纯客观的、与现实经验世界等同的世界。二是假定性。艺术创造的一个基本原则就是想象和虚构，无论哪种类型、哪种样式的艺术作品都离不开想象和虚构。而想象和虚构就决定着文艺作品意象体系只能构成一种非现实的、假定性的世界。在艺术世界里，一切都是以虚构的假定的条件、环境、氛围、关系以及这些假定性因素所交织成的假定性逻辑为转移的。正是以上两个特征，决定了艺术的所谓真实，只能是一种具有主体性和假定性的真实，而不是纯客观的实存实有的真实。既然如此，把艺术等同于生活，把精神性、虚幻性的存在当成现实的客观的存在当然是错的啦！

### 三、不可当真

艺术≠生活，由此基本前提出发，应当确立文艺欣赏的一条基本原则——不可当真。

对此原则，读者在欣赏以幻为真型(如《西游记》、《聊斋志异》)、夸张变形型(如契诃夫的《变色龙》、王蒙的《雄辩症》、《冬天的话题》)、象征寓意型(如唐代传奇《枕中记》、《南柯太守传》，巴尔扎克的《驴皮记》)等表意性较强的作品时，比较容易接受；但是，遇到拟实性较强、尤其是纪实性较强的作品时，迷惑就产生了，不可当真的原则就动摇了。那里面的人物明明是历史上(或现实中)确曾有过的真人，事件明明是历史上(或现实中)确曾发生过的真事，例如《三国演义》，难道也不可当真么？

当然，也不可当真。就说《三国演义》吧，小说中的刘备、曹操、诸葛亮确实是历史上的真人，里面的"官渡之战""赤壁之战"等也确实是历史上发生过的真事，但这里所谓的"真人""真事"只是小说创作的原型和素材。作家在创作时，通过想象和虚构，对此进行了全面的艺术加工和改造——选择、剪裁、集中、概括、连缀、整合、夸张、移植等，这些所谓的"真人""真事"已经艺术化了，已不可与生活原型同日而语了，所以称为"演义"。"演义"者，历史小说也。

随便举些例子即可证明这一点。如小说中"三顾茅庐"几回，是全书最见艺术光彩部分之一，在这里，作者极尽跌宕起伏、铺张渲染之能事，写出洋洋近万言的文章，古今传为美谈，"三顾茅庐"成为礼贤下士渴求人才的象征。但这一切全赖"艺术"。《三国志·诸葛亮传》中提到此事时只有五个字："凡三往，乃见。"又如，《三国演义》中诸葛亮身着八卦衣手执鹅毛扇，一出场就是一个老成持重、胸有城府的军事家、政治家，人们印象中他是四五十岁的中年人(在戏剧中诸葛亮由老生扮演，电视连续剧中他一出场就有飘洒的胡须)。与诸葛亮比，周瑜却完全是一个血气方刚、雄姿英发的青年人，而且气量狭小不能容人，最后活活被诸葛亮气死。其实这一切都是作者有意的创造。事实是，诸葛亮出山时28岁，而周瑜34岁，已经是身经百战有丰富军事经验的大统帅了。说周瑜心胸狭窄也是"歪曲"。史书称周瑜"性度恢廓，大率为得人"。周瑜作统帅，老将程普不服，"颇以年长，数陵侮瑜。瑜折节容下，终不与较。普后自敬服而亲重之,乃告人曰:'与周公瑾交,若饮醇醪,不觉自醉'"。[①]类似例子,比比皆是:"草船借箭"之人不是诸葛亮而是孙权;玩过"空城计"的人是魏将文聘和蜀将赵云而不是诸葛亮;诸葛亮北伐"失街亭"时魏军主帅不是司马懿而是曹真;十八路诸侯伐董卓时,威斩华雄的不是关羽而是孙坚;"单刀赴会"的是鲁肃而不是关羽,小说恰好把二者位置倒过来……

不要说像《三国演义》这样的历史小说中的情节、人物不能当真,就是典型的历史著作,只要运用了文学的(即艺术的)手法,也不能用考证的方法将其具体的情节、细节一一坐实当真。如《史记》,史书的代表作,其中所载历史人物、历史事件是最"真实"的了,但我们却不能否认,其中也渗透着想象虚构的成分。试看鸿门宴,刘、项双方勾心斗角剑拔弩张,形势险恶,气氛峻急,写得何等生动传神,活灵活现。读之能令人感觉到在场人员屏息的呼吸,捏紧的手心,咚咚的心跳。但读后一想,司马迁其实并没有参加过鸿门宴,宴会上项庄的舞剑,樊哙的瞋目,司马迁并没有亲眼看见。而且我们绝对敢肯定司马迁也没有看过鸿门宴的录像,没有读过记者们详尽的现场报道,没有听樊哙等人亲口向他汇报过自己在宴会上的诸种表现。所有这一切细节均不过是太史公的想象和虚构而已。既是想象和虚构,就不能坐实当真也。

**四、艺术并不要求把它的作品当作现实**

关于文学作品与生活现实的关系,德国哲学家费尔巴哈说过一句很简单,但很朴实、很中肯的话,为我们解决这一问题提供了有益的启示。他说:"艺术并不要求把它的作品当作现实。"[②]是的,艺术就是艺术,艺术不等于生活,不等于现实,艺术是艺术家受到现实的启发创造出来的精神产品。因此,欣赏者就应当从精神意向的角度而不是从直接现实的角度来认识艺术品,应当从艺术的角度而不是从生活本事的角度来确认艺术的真实性。

---

①《三国志选》,中华书局1962年版,第266页。
②《列宁论文学与艺术》,人民文学出版社1983年版,第41页。

# 第二节　保持适当心理距离

## 一、毛泽东看《白蛇传》

1958年，毛泽东到上海视察，上海市委组织演出了传统戏曲《白蛇传》。毛泽东的卫士李银桥陪同毛泽东观看演出，曾详细记述过毛泽东观看演出时的情形：

> ……毛泽东一坐下，锣鼓便敲响了。毛泽东稳稳坐在沙发里，我帮他点燃一支香烟。毛泽东是很容易入戏的，用现在的话讲，叫进入角色。一支烟没吸完，便拧熄了，目不转睛地盯着台上的演员。他烟瘾那么大，却再不曾要烟抽。他在听唱片时，会用手打拍子，有时还跟着哼几嗓子。看戏则不然，手脚都不敲板眼，就那么睁大眼看，全身一动也不动，只有脸上的表情在不断变化。他的目光时而明媚照人，时而热情洋溢，时而情思悠悠。显然，他已进入许仙和白娘子的角色，理解他们，欣赏他们。特别对热情勇敢聪明的小青怀着极大的敬意和赞誉。唱得好的地方，他就鼓掌。他鼓掌大家立刻跟着鼓。

> 然而，这毕竟是一出悲剧。当法门寺那个老和尚法海一出场，毛泽东脸色立刻阴沉下来，甚至浮现出一种紧张恐慌。嘴唇微微张开，下唇时而轻轻抽动一下。齿间磨响几声，似乎要将那老和尚咬两口。

> 终于，许仙与白娘子开始了曲折痛苦的生离死别。我有经验，忙轻轻咳两声，想提醒毛泽东这是演戏。可是，这个时候提醒已失去意义。现实不存在了，毛泽东完全进入了那个古老感人的神话故事中。他的鼻翼开始翕动，泪水在眼圈里悄悄累积凝聚，变成大颗大颗的泪珠转啊转，扑簌簌，顺脸颊滚落，砸在胸襟上。

> ……毛泽东的动静越来越大，泪水已经不是一颗一颗往下落，而是一道一道往下淌。鼻子壅塞了，呼吸受阻，嘶嘶有声。附近的市委领导目光朝这边稍触即离，这已经足够我忧虑。我有责任保护主席的"领袖风度"。我又轻咳一声。这下子更糟糕，咳声没唤醒毛泽东，

却招惹来几道目光。我不敢做声了。

　　毛泽东终于忘乎所以地哭出了声。那是一种颤抖的抽泣声，并且毫无顾忌地擦泪水，擤鼻涕。到了这步田地，我也只好顺其自然了。我只盼戏快些完，事实上也快完了，法海开始将白娘子镇压到雷峰塔下……

　　就在"镇压"的那一刻，惊人之举发生了！

　　毛泽东突然愤怒地拍"案"而起。他的大手拍在沙发扶手上，一下子立起身："不革命行吗？不造反行吗？"[①]

　　读着这段回忆，很可能每个读者都会从内心发出友善的微笑：笑毛泽东率真可爱——一代伟人原来竟也那么天真烂漫，爱动感情，而且毫不掩饰；笑毛泽东"痴"——一出明显具有假定性形式的戏竟让他沉醉不醒，以致"失态"。

　　能发出友善的微笑，说明读者已看出毛泽东入戏入得太深以至于忘情忘我，迷失了艺术与现实的界限。

　　毛泽东对《白蛇传》的欣赏态度，涉及一个具有普遍意义的文艺欣赏原则问题，即如何处理与欣赏对象的"距离"。

## 二、适当的心理距离是什么

　　与对象保持适当的距离，是瑞士心理学家布洛的著名论题，也是美学中讲审美态度时经常引用的观点。布洛认为，要想欣赏对象的美，必须与对象保持适当的心理距离，不能太远或太近。太远了，对象的轮廓就会变得模糊淡薄，甚至消失，主客体之间不发生关系，因而产生不了审美效应；太近了，分不清主客体之间的区别，或者只见局部不见全体，只及一点不及其余。只有不远不近才能产生最佳的审美效应。布洛的观点是有道理的。文艺欣赏也是一种审美活动，主客体之间的距离也不能太远或太近。对于欣赏活动来说，距离太近一般是指带着日常的、实用的、功利的动机去看艺术，把艺术等同于生活；太远则是指对作品感到陌生，感到隔膜，或者疏远，因而不能投入感情，态度冷淡，心不在焉。只有不远不

---

　　①《走下神坛的毛泽东》，《十月》1989年第3期，第14～15页。

近，不即不离，即一方面中断了现实的日常的心态，切断了主体与现实的功利关系，把艺术当作艺术看；另一方面主体又通过移情的方式进入欣赏对象，与对象融为一体，这样既入乎其内又出乎其外，既沉浸又超脱，才能充分领略对象的美。

适当的心理距离是欣赏活动得以进行的前提，是正确欣赏态度的基本要求。鲁迅一向提倡为人生的艺术，主张文艺应对社会人生发生作用。但他也认为欣赏文艺必须与对象保持一定的心理距离。他说："小说乃是写的人生，非真的人生。故看小说第一不应把自己跑入小说里面。……看小说犹之看铁槛中的狮虎，有槛才可以细细地看，由细看推知其在山中生活情况。故文艺者，乃借小说——槛——以理会人生也。槛中的狮虎，非其全部状貌，但乃狮虎状貌之一片断。小说中的人生，亦一片断。故看小说看人生都应站在槛外地位，切不可钻入，一钻入就要生病了。"①"站在槛外地位"者，即保持适当的心理距离也。

### 三、怎样保持适当的心理距离

具体说来，大致要注意以下几方面。

#### （一）动情而不忘情

文艺作品饱含着感情——人物的感情和作家的感情，所以极易激发、调动欣赏者的感情，吸引其不由自主地投入其中。没有欣赏者的感情投入，主客双方互不关涉，也就谈不上欣赏。所以只有欣赏者愉快地投入了感情，主客体双方实现了交流和沟通，客体才能占有主体，主体也才算是把握了客体。这是一种理想的欣赏境界。

但是，欣赏活动中的感情投入应该是有分寸有限度的，具体说来即动情而不忘情。欣赏者此时的心理活动应该是双重的：想象并且知道自己在想象，体验并且知道自己在体验。总之，一个是想象和体验着的自我，一个是思考着的自我；思考着的自我始终控制着、监察着想象和体验着的自我。这就是说，欣赏者的自我意识并没有彻底丧失。只有这样，才保证了欣赏者在想象和体验对象时，尽管可能相当激动，相当高兴或相当痛苦，但还是手捧书本默默地

---

① 许广平：《鲁迅回忆录》，作家出版社1962年版，第32页。

读，静静地看，而没有像角色那样或大喊大叫，或痛哭失声……

当然，由于欣赏者心理素质不同，有的可能是分享型，有的可能是旁观型，各人的欣赏心理活动并不完全一样：前者在欣赏中"进入"程度深，后者则浅。但不论哪种类型，其欣赏心理都应该是动情而不忘情，不应该完全丧失了"自我"。

### （二）进入角色而不硬充角色

在小说欣赏过程中，有的读者看到自己喜欢的人物，尤其是与自己的身份、年龄、气质、性格等方面相接近的人物时，常常不知不觉地进入角色，把自己的感情移入角色，或者说是把角色的感情移入自己，与角色同欢同乐，同悲同苦，心心相印。这是艺术欣赏的佳境，进入这种境界是一种艺术享受。

但是，所谓进入角色，仍然是相对的，比喻性的，描述性的。进入角色只是为了寻找主客体之间在心理上的契合点，从而增加心理体验的深度，而不是要把自己等同于角色，不是对号入座，硬充角色。进入角色有助于欣赏艺术，硬充角色只能阻碍欣赏艺术。为什么？因为硬充角色是典型的功利主义和实用主义，而功利主义和实用主义与艺术欣赏相敌对。

关于这一点，早在几十年前鲁迅先生就已经指出过。鲁迅说，《红楼梦》在中国小说中实在是不可多得的，但问世以后反对者却很多，以为将给青年以不好的影响，所以始终不能认识《红楼梦》的价值。这其中的原因，就是"因为中国人看小说，不能用赏鉴的态度去欣赏它，却自己钻入书中，硬去充一个其中的角色。所以青年人看《红楼梦》，便以宝玉、黛玉自居；而老人看去，又多占据了贾政管束宝玉的身份，满心是利害的打算，别的什么也看不见了。"[1]鲁迅的话点出了硬充角色的要害是"满心是利害的打算"，即狭隘的功利主义和粗鄙的实用主义。这是正确欣赏态度的大敌。

### （三）不可直接模仿

看了文艺作品中自己喜爱的人，就自觉不自觉地产生一种模仿的冲动，这恐怕也是一种相当普遍的欣赏心理倾向。模仿是人类的

---

[1] 《鲁迅全集》，人民文学出版社1982年版，第9卷第338页。

天性。心理学家麦独孤认为，人类生来就有模仿他人的冲动。这种冲动在青少年时达到顶峰，从无意识转向有意识。文艺作品作为欣赏对象，对于欣赏者无形中具有一种暗示和诱导作用。尤其是那些与欣赏主体在气质、性格、年龄、经历、兴趣、爱好等方面相似或接近的艺术形象，由于主客体之间具有可比性，所以更容易刺激起欣赏者的认同心理，诱发从行为上加以模仿的倾向。大量的欣赏经验证明了这一点。

看来，通过欣赏文艺作品产生模仿的冲动是必然的，可以理解的，也未必就是坏事。但问题是应该怎样模仿。

中世纪的《唐吉诃德》主人公看骑士小说中了邪，一心想模仿骑士闯荡天下，结果处处碰壁，受尽折磨，出尽洋相。18世纪末德国某些青年人看了歌德的《少年维特之烦恼》，与维特产生共鸣，竟模仿维特去自杀。20世纪80年代中国的某些中学生看了电影《少林寺》，一时心血来潮竟弃家出走，投奔河南少林寺要求当和尚。有的中学生看武侠小说、武打电影、电视入了迷，竟模仿武侠人物成立帮会，喝酒为盟，推选帮主、护法、坛主、香主，制定帮规，用针和烟头在右臂上烫帮标——这样来模仿作品中人物，对吗？当然不对。因为文艺作品不是现实人生的实录，不是人生的行为指南，从本质上说，它是作家艺术家人生体验的一种外化形式，它是精神的符号，心灵的象征，是一种虚幻性的存在。既如此，就应当按同样的思路去理解它，把握它，就应当着重理解其中所寄寓的精神、思想、心灵，就应该着重领会作者的精神意向，从而丰富自己的内心世界，向更高的境界趋近或靠拢。如果说这也是"模仿"的话，这是一种宽泛的模仿，而不是一种狭隘的模仿；是间接的(即精神的)模仿，而不是直接的(即行为)模仿。

**四、文艺作品产生社会效应的三个环节**

这一过程用图式表示应该是：

欣赏对象(模仿对象)——欣赏者对作品从精神上全面领悟，心灵得到净化，情操得到陶冶，思想境界得到提升——欣赏者的实际行为。

这三个环节是文艺作品产生社会效应的完整过程，这三个环节中起关键作用的是第二环节，它是整个过程的中介，起着由前向后过渡的调节和缓冲作用。有了这一环节，就可以避免唐·吉诃德式的悲剧，就可以纠正对艺术情节、艺术形象简单化的直接模仿倾向。

## 第三节　用心灵拥抱对象

黄河能燃烧吗？当然不能！但是在文学作品中，在人物形象的心理感觉中，黄河是能燃烧的。请看张承志在《北方的河》中的一段描写：

> 他抬起头来。黄河正在他的全部视野中急驰而下，满河映着红色。黄河燃烧起来啦，他想。沉入陕北高原侧后的夕阳先点燃了一条长云，红霞又撒向河谷。整条黄河都变红啦，它燃烧起来啦。他想，没准这是在为我而燃烧。铜红色的黄河浪头现在是线条鲜明的，沉重地卷起来，又卷起来。他觉得眼睛被这一派红色的火焰灼痛了。

看，黄河不仅燃烧起来了，而且好像是在为"我"——感知主体——而燃烧。在这里，黄河已经不是自然的黄河了，黄河已经人化了，情感化了，心灵化了，成为情感的符号、心灵的象征了。——黄河发生"质"变了。

在艺术里，发生"质"变的当然不只是黄河，而是"一切"。举凡客观世界的日月星辰，草木虫鱼，风云雷电，乃至于社会生活中的世态人情，一旦进了艺术的大门，就沐上了心灵的灵光。文艺作品是作家艺术家心灵的创造，它对客观世界的"反映"经过主体心灵的观照，变成了脱离自然形态的心灵化的"第二自然"。一切优秀的作品，都是作家的主观精神世界与客观社会生活热情拥抱、相互渗透、有机融合的结果。正如黑格尔所说，在艺术里，感性的东西心灵化了，而心灵的东西也借感性化的东西表现出来。——这里的"心灵"，包括作家的心灵和作品中人物的心灵。

欣赏对象(作品)的性质如此，那么，应该以怎样的态度去接受之，自然也就不言自明了——用心灵去拥抱。

用心灵拥抱对象也就是用艺术的眼光欣赏艺术，所指很宽泛，似乎一下子很难全面地道尽其内涵。这里择其要者，理出几个方面。

### 一、衡量艺术不能拘泥于常识

缺乏必要的生活常识，很难深入地理解艺术；但若拘泥于生活常识，又会妨碍欣赏艺术。

有一幅漫画，画面上两个人于晨色熹微之中，猫着腰鬼鬼祟祟地出发了。看见一个东西像轿子，高高兴兴抬起就走，天亮了一看，原来是个垃圾筒。此为《抬轿子》。又一幅漫画：漆黑的夜晚，猫与老鼠立于墙头之上悄悄谈话。猫告诉老鼠："最近上边查的很紧——"老鼠一幅心领神会的样子。题为《墙头夜话》。以上两作品，其形象本身题材本身，从日常经验生活真实角度看来，自然是子虚乌有的。但从艺术角度看，没有人不称赞它们是绝妙的、真实的。再如齐白石画的虾，神态生动，趣味盎然，似乎正在水中游，但如细细地数一数，虾的腿和须比真的虾少得多。李苦禅画鹰很出名，鹰的嘴本来是有尖带钩的，而他为了突出鹰嘴的神韵，却把它画成看上去差不多是长方形的。以上是漫画和国画，强调表现性、写意性，因而自然不能以生活形象本身框之。即使强调再现性、写实性的西方传统油画，也不能以生活本身框之。如荷兰大画家吕邦斯有一幅风景画，画的是夏天傍晚的田园景象。画面上有田野，有农夫，有村舍，有牛群、骡马等等。一些村庄和一个小镇远远出现在地平线上，最美妙地把活跃而安静的意境表现出来了，是一幅使人"看了多次都还不够"的杰作。这幅画妙肖自然但却不是自然的临摹。画面上对于光的处理从生活常识角度看是违反自然的。如前景中的人物受到从对面射来的光照，阴影投到画这边来，其中的一丛树又把阴影投到看画者相对应的那边去。这样画面就从两个相反的方向受到光照，这当然不符合人们的生活经验。但具有很高艺术鉴赏力的伟大作家歌德，充分肯定了这种艺术处理。他解释说："关键正在这里啊！吕邦斯正是用这个方法来证明他的伟大，显示出他本着自由精神站得比自然要高一层，按照他的最高目的来处理自然。光从相反的两个方向射来，这当然是牵强歪曲，你可以说，这是违反自然。不过尽管这是违反自然，我还是要说它高于自然，要说这是大画师的大胆手笔，他用这种天才的方式向世人显示：艺术并不完全服从自然界的必然之理，而是有它自己的规律。"[1]歌德的解释对于文艺欣赏来说，极富于启发意义。

再如戏曲，舞台上某角色坐在椅子上，一只手支着稍偏的头在唱：一更里怎么怎么，二更里怎么怎么，一会儿五更唱完了，一夜也就过去了。而且，这一角色在剧情中是在"睡觉"，他(或她)不是躺着睡，而是坐着睡；更奇怪的是他(或她)"睡着了"还在唱。就是舞台上那块地方，梁山伯与祝英台边唱边走，一会儿走了18里。舞台上一个灯笼也没有，但小两口正月十五出门观灯，边看边唱这是什么灯，那是什么灯，好像满台都是灯……这一切既不真实又非常真实，艺术之妙全在其中。

文学属于艺术，也应作如是观，也不能用非艺术的眼光要求它。如对杜牧的诗《江南春》"千里莺啼绿映红，水村山郭酒旗风。南朝四百八十寺，多少楼台烟雨中"，我们不能问"千里莺啼，谁人听得？千里绿映红，谁人见得？"看完了也不能问：四百八十寺，统计得准确吗？难道不会是四百八十一或四百七十九吗？其他如"白发三千丈，缘愁似个长"(李白)，"燕山雪花大如席"(李白)，"霜皮溜雨四十围，黛色参天二千尺"(杜甫)等等，在文学史上曾引起笔墨官司的诗句，如用艺术的眼光看，一切争议都显得可笑了。

### 二、欣赏艺术不能拘泥于常理

常理即通常流行的对事物的感受和理解，是符合理智符合理性的理解，符合逻辑思维的理解。常理是人们日常生活的行为准则，却不能用来作为评判文艺作品的唯一标准。否则，诗意将荡然无存，艺术也将不成为艺术。

如："打起黄莺儿，莫教枝上啼。啼时惊妾梦，不得到辽西"

---

[1]《歌德谈话录》，人民文学出版社1980年版，第136页。

(金昌绪《春怨》），按常理，黄莺啼干你何事，打它作甚？"当年怀归日，是妾断肠时。春风不相识，何事入罗帏？"（李白《春思》），丈夫迎春思归，妻子应当高兴，缘何痛至"断肠？"——于理不合；"春风"乃无知无情之物，质问春风，岂不痴人？！"从来夸有龙泉剑，试割相思得断无"（唐·张氏《寄夫》），"相思"能用剑割断吗？——痴人说梦！"你/一会看我/一会看云//我觉得/你看我时很远/你看云时很近"（顾城《远和近》），"云"比"我"离你还近吗？——这绝不可能！一位1289年出生的人一直活到本世纪。一位女演员也想不死，便抛弃原先的男友与这位老人生活在一起，企图借助他而永恒。但他却悄悄躲开了，她到处追寻，终于找到他时他说，人的幸福不在于人的不死，而在于人都会死。他视自己的不死为一种厄运，为了争取能死，他已奋斗了几个世纪（西蒙娜·德·波伏瓦《人无不死》）。法国一个小城中突然出现了一头犀牛，开始人们还表示惊恐，但不久便适应了，后来竟以变成犀牛为时髦，人们争先恐后地争着变为犀牛，牛越来越多，一位坚持不肯与犀牛为伍的人反而被彻底孤立起来，就连他的女友也离开他奔向犀牛群。但他决不投降，决心以孤独的个人的身份同犀牛世界相对抗。（欧仁·尤奈斯库《犀牛》）……这一切，均违背"常理"，简直匪夷所思！如果挥舞"常理"的大刀一路砍将下去，最终会将艺术的百花园砍得枝叶凋零，生命枯萎，最后落得个"白茫茫一片大地真干净"。

### 三、不能以科学眼光阐释艺术

如月亮，用科学的眼光看，它是太阳系中的一颗星球，绕地球而运行，借太阳而发光，如此等等。但到了艺术家笔下，就成为人类多种审美情感、审美心态的象征符号了。"江畔何人初见月？江月何年初照人？"——由月想到宇宙的永恒和神秘；"人生代代无穷已，江月年年只相似。"——月亮升沉圆缺，周而复始，循环不已，暗合了人类代代相传、绵延不绝、生生不息的生命意识；"今人不见古时月，今月曾照古时人。"——古时月尚在，古时人不存，月之永恒反衬出人生之有限，令人生发无穷感叹！"人有悲欢离合，月有阴晴圆缺，此事古难全。"——月亮阴晴圆缺的刻刻变化象征了人生的悲欢离合，命运的升沉荣辱；"海上生明月，天涯共此时。"——牵动游子思乡情；"江天一色无纤尘，皎皎空中孤月轮。"——月光的皎洁与人们对纯洁无瑕的崇拜相契合；中秋的圆月唤起人们对家人团圆的向往；月亮高居苍穹，看见她，使人们顿生超脱尘世远离凡俗的愿望；"月朦胧，鸟朦胧。"——好温馨，好静谧……总之，人世间一切痛苦烦恼，一切欢欣愉快，一切隐约幽微的心情都可以假月相证，由月勾起，月亮成了人们寄托和交流共同感情的艺术媒介。不仅如此。月亮不单是某一民族某一国家乃至全人类交流感情的共同符号，而且还可以传达某一特殊个体的特殊心境，即月亮又因人而异，因心境而异。例如，在李白的笔下，月亮是他的好友，可以陪他饮酒、散步、访友："举杯邀明月，对影成三人……我歌月徘徊，我舞月零乱"（《月下独酌》）；"暮从碧山下，山月随人归"（《下终南山过斛斯山人宿置酒》）；在契诃夫笔下，月亮是心胸狭窄、醋意十足的妒妇："月亮从飘浮的云朵里偷窥着，皱起眉，仿佛妒忌新婚不久的沙夏和华丽雅的幸福"（《乡间小屋》）；在欧·亨利笔下，月亮竟是"迷人的妖妇，"使人失魂落魄（《朋友的召唤》）；在泰戈尔笔下，月亮"颇像醉汉的一只眼睛"（《沉船》）……

　　艺术≠科学，这一道理说起来可能谁都清楚，可一遇到具体作品却又往往糊涂。如文学作品中(尤其是诗词)的数字，往往并非实数，而是泛指或是夸张与缩小，因而不能从数学、统计学角度去理解它。某些古人在这方面的迂阔(如从杜甫诗"速宜相就饮一斗，恰有三百青铜钱"推算唐代酒价，指责杜甫"霜皮溜雨四十围，黛色参天两千尺"两句诗中古柏尺寸的不准确或为之辩护为准确等等)，且不去说了。即使是现代人，而且是现代诗人，而且是著名诗人，在对某些作品的理解上也难免犯错误(但愿是无心的错误)。如郭沫若对杜甫某些诗的理解即如此。杜甫在《茅屋为秋风所破歌》中有一句"八月秋高风怒号，卷我屋上三重茅"，这无非是说自己生活的凄凉悲惨，"三重茅"明显是虚数。而郭沫若却认真的考证起来："诗人说他所住的茅屋，屋顶的茅草有三重。这是表明老屋的屋顶加盖过两次。一般地说来，一重约有四、五寸厚，三重便有一尺多厚。这样的茅屋是冬暖夏凉的，有时候比起瓦房来还要讲究。"①那么，言外之意，杜甫过的是地主生活。再如杜甫的《将赴成都草堂途中有作先寄严郑公五首》(其四)中有这样两句诗："新松恨不高千尺，恶竹直须斩万竿。"这两句虽然也可能由草堂附近的"松""竹"所引起，但既用了"新""恶"这类情感色彩强烈的字眼，则非写实已很明显。但郭沫若对诗的写意性视而不见，他重考证重科学，他说："草堂里有四棵小松树，是他所关心的。所谓'新松'就是这四棵小松树，他在希望它们赶快成长起来。草堂里的竹林占一百亩以上，自然有一万竿竹子可供他斫伐。"②郭氏由"万竿"恶竹推算杜甫有竹林百亩以上，他这么富有，言外之意，他仍然是地主。——这种"科学"阐释令人瞠目结舌！

早在20年代，鲁迅就以诗歌欣赏为例，说明不能用科学的眼光欣赏艺术。他说："诗歌不能凭仗了哲学和智力来认识，所以感情已经冰结的思想家，即对于诗人往往有谬误的判断和隔膜的揶揄。"这些人所以不懂得诗美，是"因为他们精细地钻研着一点有限的视野，便绝不能和博大的诗人的感得全人间世，而同时又领会天国之极乐和地狱之大苦恼的精神相通。"③鲁迅还进一步指出，欣赏艺术同欣赏一切美的事物一样是情感的愉悦和交流，是心灵的沟通和感应，而不能用伦理学等科学的眼光来穷根究底，否则就体会不到美的情趣。如听柳荫下黄鹂鸣叫，我们感得天地间春气横溢，见流萤明灭于丛草里，使人顿怀秋心，这就够了。而不能学究似的进一步追向黄鹂为什么鸣叫呢？流萤为什么明灭于草丛呢？花为什么开呢？这样一追一问，就要用科学去回答。原来莺歌萤照都是为了希图觅得配偶，而一切花原来是植物的生殖器，百花盛开都是为了传粉受精。这样一来，从科学方面得到了解释，而美的趣味则丧失殆尽。所以鲁迅主张，对于诗美，必须从艺术的角度来欣赏，而不能凭仗哲学和智力，不能用科学来阐释。

---

① 《李白与杜甫》，人民文学出版社1971年版，第214～215页。
② 《李白与杜甫》，人民文学出版社1971年版，第262～263页。
③ 《鲁迅全集》，人民文学出版社1982年版，第7卷第236页。

# 第四节  只可意会而不可求甚解

**一、欣赏文学作品（尤其是诗词），为什么"只可意会而不可求甚解"**

我国老一辈诗词专家浦江青先生认为，欣赏古代诗词，不能像理解散文那样处处找寻文章的理路脉络，找出句与句之间的逻辑关系，将句句的情事、意思都落到实处。他说，如果那样的话等于把诗词翻译成散文，这是一件最笨的工作。那么，应该怎样欣赏诗词呢？他认为应该像古人那样——只可意会而不可求甚解。[①]

为什么呢？

浦先生说，因为诗词的组织与散文的组织，各有各的路子，本来是不相同的。在散文里面，句与句的递承靠着思想的连贯，靠着叙事与描写里面事物的应有的次序和安排，句与句，段与段之间有明显的逻辑关系。诗词句与句之间的组织结构不像散文那样一线贯穿，有逻辑可寻，而是句与句之间往往距离较远，中间留有空档(空白)，有大幅度的思想的跳跃。但好的诗词又从不给人以脱节、散漫的感觉。原因何在？就因为诗词有自己独特的连接方法(组织方式)，归纳起来主要有两方面：**一是音律，二是情调。**

诗词是有韵的语言，这韵的本身即有粘合的力量，有连接的能力。诗词里的句子，论它们的内容和意义，往往是各自成立为单位，中间没有思想的贯穿，但有一定的韵脚(或一韵到底或转韵换韵)和统一的情调在那里联络贯穿，使散漫的句子粘合在一起。(如马致远的《天净沙·秋思》，其中的"枯藤"等"意象"之间没有必然的联系但通过音韵和情调浑然统一为一个整体。)因此，诗词的意境往往比较朦胧，如阴晦天气立身于山头之上，远远望去，云遮雾掩，但见若干高峰出没于云海之中，若断若续，至于山峰与山峰之间的联络，但凭感觉意会而已。

---

①《词的讲解》，见《名家析名篇》，北京出版社1984年版。

### 二、作品欣赏举例

以上见解是浦江青先生在讲解无名氏词(一说为李白所作)《忆秦娥》时有感而发的。这首词原文如下：

> 箫声咽。秦娥梦断秦楼月。秦楼月。年年柳色，灞陵伤别。乐游原上清秋节。咸阳古道音尘绝。音尘绝。西风残照，汉家陵阙。

"箫声咽。秦娥梦断秦楼月。"是秦娥梦醒时听到了呜咽的箫声吗？是箫声呜咽惊醒了秦楼中秦娥的美梦吗？是酒席宴上伴唱的箫声吹起，听歌者由箫声引起联想，想到了秦楼上的秦娥吗？……因为没有"不但""而且""因为""所以"之类的关联词，看不出这两句之间的"实在"联系，因而不可确指。"秦楼"，只是长安的一座楼，近于后来"秦楼楚馆"中的"秦楼"，位于长安的北里，乃冶游繁华之区；"秦娥(泛说一长安女子，可单数亦可复数)多半是倡楼之女，再不然便是"昔为倡家女，今为荡子妇"的身份。她蓦地半夜梦醒见楼头之明月，听别院之箫声，从繁华中感到冷清。词作提笔已带来凄凉意味，定下了全词的情绪基调。

"秦楼月"再重复一句，并无实义，只是为了音调上的需要，对上句尽了和声的作用，同时逼唤出下一个韵脚，好像有甲乙两人联吟递唱之意味。——这里充满了神韵，仔细吟味即可感知。

"年年柳色，灞陵伤别。"灞陵者，汉文帝的陵墓，在灞水流经的白鹿原上，离长安二十里。汉代凡东出函潼，必自灞陵始，送行者于此折柳为别。"灞桥折柳"成了送别的代称。从秦楼到灞陵，地点换了，人物也变了，前后似连(楼上女子半夜梦醒莫非要送客远行吗？回忆往日的离别吗？……)似不连("灞陵伤别"完全可以作为一个典型的人生情境来看)，没有必然的逻辑联系可寻，因而就也不必强寻联系，强求"甚解。"

"乐游原上清秋节"。单立成句，写景转入秋令。乐游原在唐代长安城中的东南角上，有汉宣帝乐游庙的故址。此处地势甚高，登之可望全城。附近有游览名胜之区。清秋节为九月九日，游人甚众，非常热闹。但马上来了个冷静的对照——"咸阳古道音尘绝。"通咸阳的官道在长安西北，这一跳又是几十里路程。两句之间靠"节""绝"两字的共鸣作用，以及排句的句法连接。"音尘绝"意义深远：或者道路悠远望不见尽头，有相望隔音尘之意；或指路上冷静无车马的音尘；或指征人远去无音信回来……总之，三字给人以悠远及冷清的印象。

借"音尘绝"的重复再逼唤出下面一韵，作用在构成音律上的连锁而不是意义上的需要。但是这三个字音，再重复一遍，打入人们心坎，另外唤起新的情绪，新的意念。其意若曰：咸阳古道的道路悠远是空间上的阻隔，人从咸阳古道西去，虽然暂隔音尘，也还有个回来的日子。夫古人已矣，但见陵墓丘墟，更其冷静得可怕，君不见汉家陵阙，独在西风残照之中乎？这是古今之隔，永绝音尘，意义更深刻而悲哀。汉代诸位皇帝的陵墓排列在长安与咸阳之间，所以一提到咸阳古道，便自然转到古代帝王陵墓上来，以吊古的情怀作结："西风残照，汉家陵阙。"这是又一幅更其苍凉悲壮的画面：西风残照之中，但见陵墓丘墟，冷静得可怕。昔日帝业之显赫尊贵已一去不返，化为一才不黄土了。人们顿悟帝业空虚，人生事功渺小，于是悲壮慷慨情绪油然而生。这里，反省人生感叹人生的意味极浓极深，气象宏大，极为深沉感人。王国维对此八字推崇备至，赞之曰："寥寥八字，遂关千古登临之口。"①

这首词连带重复过渡之句共十句，用韵律粘连起来五处长安场景。这几处场景从情事上讲没有必然联系，但它们都是与长安有关的几处典型景物，都是能代表长安历史、长安精神的场景。几处场景经过作者用类似电影蒙太奇的手法排列组合在一起，产生了画面之外的韵外之旨——读者从中感受到一种苍凉悲壮的情调，进入一种深厚深沉的意境，精神凌空而上，鸟瞰历史的变迁，沉入一种缥缈悠远的神游之中。此种精神效应的产生，不是从字字句句的表面意义推演而来，而是从总体情调韵味而来。文艺作品的妙处就在这里，文艺欣赏的享受也就在这里。进入这种境界，从欣赏方法角度讲，即开头提出的"只可以意会，而不可以求甚解"者也。若必死扣字句意思及其逻辑联系，翻译成白话散文，则诗词韵味顿失，生命不存。——这也就不成其为文艺欣赏了。

---

① 《〈人间词话〉及评论汇编》，书目文献出版社1983年版，第4页。

### 三、怎样理解"只可意会而不可求甚解"

由此可知,所谓"不求甚解",并不是怂恿读者对文艺作品的欣赏可以不下功夫,只停留于"似懂非懂"即可,而是说要转换思路,从意象、意境、画面的排列、转换和音节韵律的设计上体验其中的情调与意味,而不必一定要"因为""所以"地推出一个确定、确凿的解说("甚解")来。正如明人谢榛在《诗家直说》中所说:"诗有可解、不可解、不必解,若水月镜花,勿泥其迹可也。"

以上我们以诗词为例讨论"只可意会而不可求甚解"这一欣赏原则。作为一条欣赏原则,它同样适用于散文、小说等其他文体的欣赏,尤其是适用于抒情性、表意性较强的作品的欣赏。

## 第五节 用历史眼光看作品

### 一、"安娜有什么好"

上世纪80年代初,根据俄国作家列夫·托尔斯泰的名著《安娜·卡列尼娜》改编的同名电视剧在我国播放,引起了包括大学生在内的不少观众的强烈反应。有人不能理解抛弃家庭投入情人怀抱的安娜何以是个一向被肯定的正面形象,他们无论是从道德上还是从情感上都不能接受安娜。他们困惑地问:安娜有什么好?

安娜有什么好,这问题不能笼统地简单回答,而必须用历史的眼光去进行判断,即把她放回到具体的历史背景、具体的社会环境、具体的人际关系中进行考察。

《安娜·卡列尼娜》是一部以现实生活为题材的长篇小说。小说的构思始于1870年,1873年动笔。19世纪六七十年代的俄国,是政治、经济、思想文化发生剧变的时代。正如小说中所描绘的,贵族庄园急剧没落,资本主义经济迅速增长,人们之间的阶级关系也随之发生变化。那些名门望族不得不向出身微贱的商人低价拍卖田产,或者转向资本主义经营方式。有的贵族家道中落,经济拮据,债台高筑。商人、银行家和企业主发展的势头咄咄逼人,俨然成了

"新生活的主人"。社会的剧变带来了道德观念和社会风气的急剧变化。人们发现,在婚嫁方面,由父母作主由中间人作媒的旧习俗已经成为嘲笑的对象,年轻人普遍要求恋爱自由、婚姻自主。"最重要的是,女孩子都坚定地相信选择丈夫是她们自己的事,与她们父母无关。"作为小说的中心人物,安娜就出现在这样的时代背景上。

安娜生存的社会环境属于贵族上流社会。当时上流社会的状况是,由于时代的变动,世风的冲击,贵族阶级家庭关系开始逐渐瓦解,道德状况普遍败坏。在他们当中,家庭破裂已是普遍现象。丈夫欺骗妻子,妻子背叛丈夫,贵族仕女们几乎都有"外遇",所有的"合法的"家庭外面几乎都有"非法的"婚姻补充形式。人们寡廉鲜耻,道德沦丧,到处是伪善的面孔。而安娜看破了这一切,厌恶这一切,她不愿意过虚伪的生活,要求解除旧的婚姻关系,正当地缔结新的家庭,于是为上流社会所不容。

安娜所处的具体人际环境是她的家庭:她和她丈夫卡列宁。卡列宁是个大官僚,长期的官僚生活使他变得刻板僵化,冷漠寡情。对他了解甚深的安娜说他"想得到功名,想升官,这就是他灵魂里所有的东西",他"乐于在虚伪里游泳,就像鱼在水里游泳一样"。他需要安娜,但不是出于爱,而是把安娜当作一件美丽的小摆设。表面上看他对安娜彬彬有礼,但彬彬有礼掩盖着的是冷漠无情,冷漠到连说话也耍官腔,公文气十足。而安娜又偏偏是个聪明貌美,内心感情丰富的女人。她刚刚17岁就由姑妈包办嫁给了比她大20岁的卡列宁。她需要爱,需要强烈而纯正的爱情,可是她得不到。她的感受是:"八年来他窒息了我的生命,窒息了我身上一切有生气的东西,他从来没有想到我是一个需要爱情生活的女人。他根本不懂得什么叫爱!"安娜就生活于这样的家庭环境里。当社会风气剧变,婚姻自主的呼声出现的时候,安娜受时代的感召,发出了"我要爱情,我要生活"的呼声,并为争取自由的幸福勇敢行动起来。

"历史"的状况就是这样:大环境——资产阶级个性解放思想正成为时代的新思想,逐渐透进人们的生活中;小环境——一个强烈渴求爱情的人(其实,这是超时代超阶级的人性的普遍要求)而得不到爱。在这种背景下,安娜行为的意义也就显示出来了:她追求爱情的行动恰好和俄国社会的变动相呼应,代表了妇女争取婚姻自主的要求,反映了年轻妇女追求新生活的愿望,所以具有进步的性质。安娜是一个追求资产阶级个性解放的女性,其行动的社会意义,一方面是反对旧的封建礼教,反映了个性解放的要求,另一方面也是向贵族社会的虚伪道德挑战。

这就是我们"用历史的眼光"对"安娜有什么好"所作的回答。

### 二、用历史眼光看作品

这一回答具有普遍的方法论意义,即欣赏文学作品,尤其是欣赏古典文学作品,应该学会用历史的眼光看问题。

用历史的眼光看作品,包括共时性和历时性两个向度。"共时性"的基本要求是,要考察作品,就要把作品放到所由产生的具体历史背景之下;要评价作品中的人物,就要把人物放到所以生存的具体社会环境之中;而不是相反。这一点,我们在分析安娜形象的意义时已作了尝试。"历时性"的基本要求是,把欣赏对象放到历史发展的长河中,用发展的变动的眼光进行分析考察。在这一视角下,有的作品在产生的当时有积极意义(历史意义),而时过境迁之后,就未必仍然有意义(现实意义)。我们不能因为某些作品或作品的某些方面失去现实意义而否定其历史意义,也不能把它的历史意义当作现实意义来接受[1]。

如产生于14世纪的卜迦丘的《十日谈》,是揭开欧洲文艺复兴运动序幕的最早的代表作品。为了反抗基督教神学对人性的摧残和压抑,《十日谈》无情地揭露了教会和教徒的荒淫无耻,抨击了教会的虚伪和罪恶;作品还热情讴歌了大胆追求爱情、忠于爱情、为爱情而勇于献身的青年男女们,表现了作者的人文主义的思想观点。但是,除了对纯洁爱情的讴歌,作品还以大量篇幅写了男女之间并不那么高尚的性爱关系。卜迦丘对这种关系所表现的特别的宽

---

[1] 朱维之、赵澧主编:《外国文学史》,南开大学出版社1985年版,第568页。

宏态度和津津玩味的描写，反映了作者思想和趣味有局限性的一面。不过对这些性爱关系的描写，我们也应作具体的历史的分析。因为在封建社会，婚姻并不是建立在爱情的基础之上，而只是被看作巩固和扩大家族经济利益和政治势力的一种手段。在这种情况下，妇女往往成为买卖包办婚姻的牺牲品。因此，有些妇女为了反抗这种婚姻，便走上了被恩格斯称之为"破坏婚姻的爱情"道路，即背着丈夫与情人私下偷情的道路。虽然"从这种力图破坏婚姻的爱情，到那应该成为婚姻的基础的爱情，还有一段很长的路程"（恩格斯语），但这种"破坏婚姻的爱情"行为无疑体现了对于买卖包办婚姻的嘲弄和否定，在历史上起着瓦解和破坏封建家庭制度的进步作用①。

再如《西厢记》里张生与崔莺莺的爱情。张生爱崔莺莺的什么呢？爱的是她的美貌："颠不剌的见了万千，似这般可喜娘的宠儿罕曾见。只教人眼花缭乱口难言，魂灵儿飞在半天。""只见她宫样眉儿新月偃，斜侵入鬓云边。未语人前先腼腆，樱桃花绽，玉粳白露，半晌恰方言"。于是乎，张生便"饿眼望将穿，馋口涎空咽，空着我透骨髓相思病染"，"今日多情人一见了有情娘，看小生心儿里早痒痒。迤逗得肠荒，断送得眼乱，引惹得心忙"。——这是什么样的爱情观呢？对一个女子缺乏最起码的了解，仅仅凭外表漂亮就一见钟情，意马心猿，不显得太轻浮了吗？《西厢记》有什么好？！ 不错，如果用现代观点去要求《西厢记》的话，其爱情观确实不够高明，不值得鼓吹和提倡。然而，如果用历史的眼光看问题，则《西厢记》自有其不朽之处。

《西厢记》产生于金末元初。其时，封建伦理道德经过宋代理学家的大力鼓吹、提倡，得到了空前的强化，成为牢牢束缚人们的统治思想，封建统治者大力宣扬"饿死事小，失节事大"和"存天理，灭人欲"，男女之间正常的爱情要求简直成了先天的罪孽，成了与生俱来的原罪，此种情形颇类似于欧洲的中世纪。在这种背景下，《西厢记》出现了，它以"情"反"礼"，对于封建伦理观念

---

① 孙逊：《明清小说论稿》，上海古籍出版社1986年版，第160～161页。

是个有力的抗争。这是一。再说，在封建时代，男女结合不能自由选择，全凭父母之命媒妁之言，当事人完全是被动的。《西厢记》里张生和崔莺莺主动选择，主动争取，努力抗争，力求自己主宰自己的命运。这，无疑也是一个历史的进步。

至于凭漂亮外表而"一见钟情"，私订终身，这当然不足提倡。但这"不足"也必须用历史的眼光去看—这是由历史条件造成的。在封建社会，男女青年没有自由交往的机会，能有"一见"恐怕也就是"天赐良机"，相互之间当然谈不上深入了解，在这种情况下，"一见钟情"也就是可以理解的了。还有，张生心理和行为中的轻浮，当然也是不足道的。不过，这也是"历史"的反映。那个时代，无论是角色张生，还是作者王实甫，作为封建文人，心灵中藏着艳趣，对女性对爱情抱有消遣的、游戏的态度，恐怕是不能避免的。从这方面来看，张生不如贾宝玉，王实甫不如曹雪芹。由《西厢记》到《红楼梦》这又是一个历史的进步。明乎此，我们也就不必过于苛求古人了。因为，没有人能摆脱时代加给个人的限制。

总之，"正面"也罢，"负面"也罢，"进步"也罢，"局限"也罢，都是"历史的"，都盖上了历史的印章。用历史的眼光看作品，可以还作品一个合适的地位，一个公允的评价，可以使读者保持一个全面的辩证的态度。这是正确对待以往的文学作品的一个基本前提。

# 中编 文学欣赏角度

　　常言说"外行看热闹，内行看门道"。对于文学欣赏来说，"门道"即角度，或切入点，掌握了必要的角度，就掌握了进入文学作品的门道。而进入作品的角度，来自作品本身，即文学作品的构成因素。

# 第五章　语言层面

## 第一节　字句音节与神气

### 一、音节与意味的关系

文学的意蕴、意味弥漫充盈于作品各艺术因素的有机组合之中，弥漫于作品整体之中。总之，意味无处不在。只要你善于感受，打开作品，意味就会散发着迷人的馨香扑面而来。

对作品意味之感受与体验，可以从作品整体切入，可以从艺术各具体因素切入。我们先从文学的音乐因素——音韵与节奏(古人合而称之为音节)入手。因为文学的第一要素是语言，而语言的第一要素是语音。

汉语是最具有音乐美的语种。汉语的音乐美产生于汉字的单音节性（即一字一音）以及固定的声调。一字一音，这一特点便于经过组织形成特定的格律。如在格律谨严的近体诗中，诗人通过字数相等的分行和句式中有规律的停顿而产生节奏感。其次，汉字的每一音节，从音素上说，有声母和韵母；从声调上说，有四声的变化（即"平""上""去""入"，适应格律的需要，第一声叫做"平"，其余三声叫做"仄"）。这些声调不仅音高不同，而且在音长及滑动方式上也有差异。第一声相对来说比较长一些，并保持同样音高；其它三声则相对短一些。正像它们的名称所指的那样，音高上滑、下滑或者急收。诗人在创作时，运用平仄起伏的音调变化和交替出现的韵脚，造成特定的音节，传达出特定的神韵，特有的意味。

### 二、从音节入手把握作品意味

怎样把握文学作品的神韵、意味呢？首先可以从作品语言层面的音节入手。

古人认为，特定的语言音节能传达出特定的神韵、意味(古人称之为"神气"),二者之间有紧密的内在联系。如清人刘大櫆就说过:"神气者,文之最精处也;音节者,文之稍粗处也;字句者,文之最粗处也。……盖音节者,神气之迹也;字句者,音节之矩也。神气不可见,于音节见之;音节无可准,以字句准之。"总之,刘氏把"文"分为三个层次,最深最微妙的是"神气"(内容),"神气"无形,藏之于"音节"(内形式),"音节"亦无形,藏之于"字句"(外形式)。这三个层次(神气——音节——字句),用现代理论术语表述即:审美场——语流场——语义场。这是从创作角度讲。从欣赏角度讲顺序正相反:字句(语义场)——音节(语流场)——神气(审美场)。那么,要把握"神气"必须从"字句"体现的"音节"入手。

### 三、音节的艺术功能

刘大櫆的思路对我们的文学欣赏富有启发性。以下我们就来看看音节在具体作品中的艺术功能。

音节的艺术功能主要表现在两方面:

一是好听,给读者一种生理——心理上的愉悦感。

如《诗经》中著名的《周南·芣苢》:

采采芣苢,薄言采之。

采采芣苢,薄言有之。

采采芣苢,薄言掇之。

采采芣苢,薄言捋之。

采采芣苢,薄言袺之。

采采芣苢,薄言襭之。

从意义角度看,全诗12句所叙写的只是妇女采罘苢的一个简单的劳动过程,其实用不了那么啰嗦。但诗人不惜文字,用轻快的节奏,不厌其烦,反复咏唱,结果唱着悦耳动听。读者只觉得其优美宜人,而不觉其啰嗦。

利用节奏和韵律产生一种愉快的效果,在民歌和儿歌中体现得更为充分。例如:

一个小孩儿写大字,写、写、写不了;了、了、了不起;

起、起、起不来；来、来、来上学；学、学、学文化；画、画、
画图画；图、图、图书馆；管、管、管不着；着、着、着火啦；
火、火、火车头；打你一个大背儿头。

这是一首上世纪五六十年代的童谣，从意蕴上看没有什么"意思"，只是一些儿童生活内容和日常生活现象的粘连组合，不讲逻辑，不合事理，但童趣盎然，朗朗上口，儿童一读就会，过"口"不忘。没有别的原因，只为韵脚清晰响亮（上下句重复一个同音字押韵），节奏鲜明夸张，符合儿童心理，念起来顺口，好听，能让儿童激动，兴奋，摇头晃脑，乐此不疲。这首童谣的"妙处"全在音乐性上，其"趣味"来自音节的组合。音乐因素的艺术作用在这里得到了充分显现。

其二，帮助传情达意，增强作品的艺术表现效果。

这里又可分为两个方面：

第一个方面，帮助写景叙事，使意境更加鲜明、生动、形象。

例如，杜甫的《登高》中的名句：

　　无边落木萧萧下，

　　不尽长江滚滚来。

"萧萧下"，借着"萧萧"叠字和"萧""下"双声的声音，摹写出漫天落叶飘飘而下的声势；"滚滚来"，摹写出长江波涛奔腾流泻的气势。写景状物如闻其声，如在目前。

李煜词《玉楼春》的结尾：

　　归时休放烛花红，

　　待踏马蹄清夜月。

两句是讲李后主夜阑舞罢，回归寝宫的时候，不让侍从点燃蜡烛，他要骑马静静地欣赏一下皎洁的月色。末句的"待"、"踏"、"蹄"都是舌头音，这样不仅在意思上说出马蹄踏地的事实，而且也让人似乎听到了马蹄在洒满月光的路上得得踏过的声言，抑扬顿挫，清晰逼真。

前面所引《诗经》中的《周南·芣苢》，不仅优美动听，而且使人从轻快的节奏、声音中仿佛看到了妇女采撷明时动作的轻盈，

情绪的欢快，心中幻出劳动场面。清人方玉润说读了这首诗，"恍听田家妇女，三三五五，于平原旷野，风和日丽中群歌互答，余音袅袅，若远若近，忽断忽续"（《诗经原始》）。

现代诗的声律更加自由、灵活，因而更有利于写景状物，渲染意境。如我国现代诗人徐志摩的一首小诗《沪杭车中》：

> 匆匆匆！催催催！
>
> 一卷烟，一片山，几点云影，
>
> 一道水，一条桥，一支橹声，
>
> 一林松，一丛竹，红叶纷纷：
>
> 艳色的田野，艳色的秋景，
>
> 梦境似的分明，模糊，消隐，
>
> 催催催！是车轮还是光阴？
>
> 催老了秋容，催老了人生！

这首诗以匆促紧凑的节奏模仿车轮的滚动行进，韵律轻快流畅而错落有致，描摹出飘忽流逝的意象，使人恍然如置身于飞驰向前的列车上，使人真切形象地感受到匆促流逝的时间的脚步声。

王蒙的小说《春之声》中有这样一段对满载旅客的列车的描写：

> "赶上！赶上！不管有多么艰难。哞，哞，哞，快点开，快点开，快开，快开，快，快，快，车轮的声音从低沉的三拍一小节变成两拍一小节，最后变成高亢的呼号了。"

这段文字的节奏模拟了火车加速行进的节奏，暗示了社会生活也正在加快节奏迅跑。

第二个方面，帮助传达感情，强化作品的情绪基调。

韦庄有一首词《思帝乡》：

> 春日游。杏花吹满头。陌上谁家年少，足风流。妾拟将身嫁与一生休。纵被无情弃，不能羞。

这里讲的是一个青年女子春游时春心萌发，她心里想，如果能够找到一个理想的对象，情愿许身于他，决不后悔。"妾拟……"一句，不但字面上表达了坚决的意志，而且"妾""将""嫁"都是舌头与牙齿的声音，是很有力量发出来的，给人很有决心的感觉。这里声音也代表了一种坚决的意志。

李煜词《清平乐》写离愁，其结尾句"离恨恰如春草，更行更远还生。"两个六字句，每两个字一个顿挫。念起来一波三折，写尽缠绵宛转之致。他的《虞美人》后两句："问君能有几多愁，恰似一江春水向东流。"一句七字一句九字，两个长句语势流转奔放，滔滔不绝，不可遏止，恰到好处地渲染出悲愁如春江之水奔放流泻，滚滚长流。试将此两个长句改为节奏短促的短句（如，问君愁几何，恰似春水流），就很难表现出愁如春水奔流不息之意味。

再如杜甫的《茅屋为秋风所破歌》末两句："呜呼何时眼前突兀见此屋，吾庐独破受冻死亦足！"前句末五字和后句末七字，接连不断用仄声字，节奏上又快又窄又急，再加上"呜，呼，突，兀，屋，吾，庐，独，足"等字音韵上重重相叠，造成了如泣如诉，如呼如哭，真诚感人的艺术效果。李白的《宣州谢朓楼饯别校书叔云》开头两句"弃我去者昨日之日不可留，乱我心者今日之日多烦忧。"既不写"楼"，也不写"别"，而是陡起壁立，直抒郁结。而且采用长达十一字的特长句式和顿挫有致的节奏，生动形象地传达出诗人内心深广的郁结和忧愤，以及一触即发，发则浩浩荡荡，不可抑止的心理状态。[①]

诗歌如此，散文小说亦如此。鲁迅先生精研古典文学，他把骈文、近体诗的平仄互换、虚实相对的人为声律之美，和散文的"气盛则言之短长与声之高下者皆宜"的自然音节之妙，经过融化运用到他的作品之中。声调的抑扬帮助了文思的顿挫，也体现出风格的沉郁；这种三位一体的表现方法是鲁迅小说的一个特点。

如《在酒楼上》：

　　觉得北方固不是我的旧乡，但南来又只能算一个客子，无论那边的干雪怎样纷飞，这里的柔雪又怎样的依恋，于我都没有什么关系了。

---

① 叶嘉莹：《唐宋词十七讲》，岳麓书社1989年版，第83页。

几个子句的最末一个字（"乡、子、飞、恋"）平仄互换，在朗诵的时候，就会感到它的琅然上口。试把"客子"改为"客人"，把"依恋"改为"晶莹"，就顿然失去声调的抑扬之美。失却了这种抑扬，在声音上有些漂浮（因为都改为平声字了），影响得连原来所体现的感情也似乎不够深沉了。

再如《伤逝》的起句：

> 如果我能够，我要写下我的悔恨和悲哀，为子君，为自己。

四个子句短语的煞尾处也构成"仄、平、平、仄"的格律。"悔恨"和"悲哀"不容颠倒，"子君"和"自己"不能互易。变换一下，就读不响。句中"悔恨"的激厉昂扬和"悲哀"的迂徐低沉，充分表达出抑扬顿挫的极致，真是"一弹再三叹，慷慨有余哀"。①

### 四、音节有独立的审美价值

文学作品中的节奏和韵律，有独立的审美价值。梁启超在谈到李商隐的诗歌时说过，李商隐的许多诗歌很难懂，但即使不懂它的内容，当你反复念着时，那节奏和声律也使你陶醉，觉得诗写得很美。他曾举李商隐的《锦瑟》、《碧城》、《燕台》等为例说："这些诗，他讲的什么事，我理会不着；拆开一句一句的叫我解释，我连文义也解不出来，但我觉得它美，读起来令我精神上得到一种新鲜的愉快。"②也正因为如此，在文学作品朗诵会上，许多操不同语言的各国听众聚在一起，即使听不懂朗诵的内容，也可以从朗诵者的声音、节奏、语气及表情动作中感受到某种精神意味，受到情绪的感染与冲击，从而获得审美的愉快。

文学作品的节奏韵律（尤其是声调的平仄变化）是很专门的知识，非专业工作者不能有准确地分辨。另外，古典作品，尤其是诗歌富于吟唱性，古人（无论是诗人或读者）对诗的平仄音律当然就相当敏感。现代诗的吟唱性相对减弱而更倾向思考性（小说、散文就更是如此了），所以今天的读者，尤其是非专业的广大文学爱好者对平

---

① 傅庚生：《文艺赏鉴论丛》，东风文艺出版社1963年版，第119～120页。
② 《中国韵文里头所表现的情感》，见《饮冰室合集·文集》第13册。

仄变化等已经不大重视，当然也就谈不上敏感。这当然可以理解，可以谅解——要求读者都懂平仄音律不太实际，因而也不必过于苛求。但无论如何，如果想深入鉴赏语言艺术，尤其是古典诗歌艺术，懂一些音律知识是很有必要的。

**思考练习题**

一、文学的音乐美主要包括哪些因素？

二、字句、音节、神气之间的关系是什么？

三、音节的作用主要表现在哪些方面？

四、分析《回答》（节选）音节与神气的关系。

回　答　（节选）

北　岛

告诉你吧，世界，

我——不——相——信！

纵使你脚下有一千名挑战者，

那就把我算作第一千零一名。


我不相信天是蓝的；

我不相信雷的回声；

我不相信梦是假的；

我不相信死无报。

1976年4月


# 第二节　字词的暗含意味


## 一、字词的两种含义

字词的意义一般包含两个方面：字面义和暗含义。字面意是字词的直接意思，一般在字典上有明确的解释和界说。暗含义一般是指字词的引申、双关、比喻、象征、上下文隐含的暗示等联想意味。文学作品的语言是艺术语言,它与一般文章(如科学论著、通讯报道、产品说明书等)所用的实用语言的最大不同在于,实用语言要求准确,没有歧义,一般只用字面义;而文学语言除运用字面义外还特别注意运用暗含义。字词的暗含义具有丰富的精神信息,往往难以简单明确的解释或非此即彼式的界定,因此需要读者仔细体验品味。

### 二、字词的暗含意味

例如蒋韵的散文《记性》,写闺女儿是个敏感的孩子,有特别好的记性——不满两岁就能背出童话《快乐王子》,会讲很多故事;也有特别好的忘性——永远记不住老师布置的作业。闺女儿完全无意识地在企图保护一个纯净、纯粹、毫不功利的孩提世界,保护一个透彻的,大人永不能深入其中的混沌。在这篇散文中,作者对女儿的称谓不是"女儿",也不是"闺女",而是"闺女儿"。从这一称谓我们读出了女儿的娇小,聪明,伶俐,天真,稚气,稚嫩,有灵性儿;读出了女儿在妈妈心中的价值和地位——心肝儿,宝贝儿,乖乖,娇娇……总之是读出了无限丰厚、无限温馨、无限亲昵的母女之情。一个词读得让人心动。"闺女儿"比"女儿",比"闺女",只是多了一个字,然而所多出的,难道仅只是一个字?

再如唐人严维的诗《丹阳送韦参军》:

丹阳郭里送行舟,一别心知两地秋。

日晚江南望江北,寒鸦飞尽水悠悠。

这首七绝抒写的是传统题材:送别;传达的是常见情感:离情别绪。诗中用字选词十分精当,无不蕴含暗示着浓浓的情感意味。第二句中"秋"字,其字面意是指自然时序中的一个季节,别无他意;而在这首诗中出现,却是一个情感符号。读者读到它时,心中随即自然涌现出与季节特征("凉")相对应的情感体验:萧索、凄清、寂寥、戚然……设身处地细味诗境,好像唯有"秋"字方能传出抒情主人公当时心中况味。试换以"春""夏""冬"或别的字,唤起的感觉体验就会迥然不同。附带再指出一点,此句中有一文字游戏，即"心""秋"相合而为"愁"。这一文字游戏的破译，使读者进一步从理智上领悟了诗人遣词用字的意向，领悟了中国人造字的奥秘，领悟了大自然（如作为季节的"秋"）在艺术中作为情感符号的实质。还有第四句中的"尽"字，字面意是说江面上的寒鸦全都飞走了，而它在读者心里唤起的却是一片空白、空空荡荡、若有所失、无所依凭等等感觉体验。其他的"寒""寒鸦""悠悠"等，除字面意外，都暗含着浓浓的情思。

### 三、不同语种为什么不能全息对应互译

由于文学语言中字词的暗含意味十分丰富、微妙、朦胧、隐曲，只可意会不可言传，所以很难全息对应地翻译成另一种文字（如汉语译成英语），甚至无法翻译成同一种文字的不同文体（如文言翻译成白话）。一经翻译，不说尽失其妙，也将失却大半。如李清照的词《声声慢》中有这样几句："满地黄花堆积，憔悴损，如今有谁堪摘?守着窗儿，独自怎生得黑？"这里的"损"字和"黑"字，无论译成外语或译成白话，都无法尽传其内在神韵内在意味内在精神。

同样道理，当外语译成中文时，不懂外语的中国读者也无法从译文中全息对应地领会原作之美。如莎士比亚的一首十四行诗《我爱人赌咒说她浑身是忠实》：

> 我爱人赌咒说她浑身是忠实，
> 我相信她（虽然明知她在撒谎），
> 让她认为我是个无知的孩子，
> 不懂得世间种种骗人的勾当。
> 于是我就妄想她当我还年轻，
> 虽然明知我盛年已一去不复返；
> 她的油嘴滑舌我天真地信任，
> 这样，纯朴的真话双方都隐瞒。
> 但是为什么她不承认说假话？
> 为什么我又不承认我已经衰老？
> 爱的习惯是连信任也成欺诈，
> 老年谈恋爱最怕把年龄提到。

　　　　　因此，我既欺骗她，她也欺骗我，

　　　　　我俩的爱情就在欺骗中作乐。

　　这首诗第五行中"妄想"一词的原文是"vainly"，这个词有两个意思：一是徒劳地，二是爱虚荣地。译文"妄"字接近第一个意思，但无法同时译出第二个意思。第十一行中"习惯"一词的原文是"habit"，也有两意：一是习惯，二是外衣，译文无法同时译出第二个意思。第十二行中"提到"的原文是"told"，也有两个意思，一个已译出，另一未译出的意思是"计算"。第十三行中"欺骗"的原文是"lie"，也有两个意思，一个已译出，另一个意思是"睡觉"。莎士比亚在这首诗中同时使用一个字词的几个意思，使诗的意思丰富、有趣、有味，而译诗只能得到一个平面的或一度的意思，而不能得到读原文时可能得到的多面的或多度的意思。①

　　这种不同语言，不同文体之间无法沟通无法对译的地方，很可能正是文学艺术中最为微妙最为动人的心灵信息、情感信息、生命信息。翻译的这种遗憾从反面提醒我们，要想领略文学的美，必须亲自阅读原文，直接去感受它。否则，你从译文中所获得的只能是"大意""意思"，而不是其"全意""意味"。

**思考练习题**

　　一、阅读文学作品(尤其是读诗)，为什么要特别注重把握字词的暗含意味？

　　二、夏丏尊先生说过这样一段话："在语感敏锐的人的心里，'赤'不但解作红色，'夜'不但解作昼的反面吧。'田园'不但解作种菜的地方，'春雨'不但解作春天的雨吧。见了'新绿'二字，就会感到希望、自然的化工、少年的气概等等说不尽的旨趣，见了'落叶'二字，就会感到无常、寂寥等等说不尽的意味吧。真

———————————

① 殷宝书编译：《怎样欣赏英美诗歌》，北京出版社1985年版，第33～34页。

的生活在此，真的文学也在此。"这段话对文学欣赏的启示是什么？为什么说"真的生活在此，真的文学也在此"？

三、译作与原作的主要区别在哪里？

四、阅读下列作品，仔细体会加着重号的字的暗含意味。

《上兜率寺》杜甫

兜率知名寺，真如会法堂。

江山有巴蜀，栋宇自齐梁。

阅读提示：清代著名杜诗研究者仇兆鳌解释说："江山兼有巴蜀，写其形胜，栋宇起自齐梁，推其古迹。"当代学者葛兆光认为仇氏解释虽然不错，但却没有仔细体会出那一个"自"所暗含的时间的流动感。葛认为，杜甫面对古寺所产生的那种对悠久而遥远的历史的感慨，是由于一个"自"字而产生的，这个"自"使兜率官寺楼阁殿堂的雕梁画栋仿佛是从幽深的历史深处蔓延过来似的，携带着几百年岁月的沧桑。一个"自"字传达了杜甫对历史蔓延变迁的敏感和慨叹。如果把这一句换成"齐梁栋宇留"，就似乎是陈述一个简单的事实而没有多少深刻的历史意味了。

# 第三节 语气的把握

## 一、语气及其性质

语气，即说话的口气，直接传达发言人的情感态度，是发言人精神世界的外在表现。同一句话，用不同的语气说出，就会传达不同的信息，表现各不相同的意思、意味儿。如"你听见了没有"这句话，用凶狠而刻毒的语气说出，其意思是威胁；用声色俱厉的语气说出，其意思是警告；用严肃而激动的语气说出，其意思是质问；用平静和缓的语气说出，其意思是询问；用亲昵而轻佻的语气说出，其意思是撒娇；用可怜巴巴的语气说出，其意思是哀求……因此我们可以说，语气就是情感，语气就是态度，语气就是意思，语气就是意味。

语气的这种性质，在以书面表达为形式的文学作品中依然不变。这就告诉我们，要想准确理解作品，把握作品的意蕴，弄清作者或发言人对表现对象、读者或本人所持的情感态度，就非仔细体会作品的语气不可。

**二、文学作品的语气例析**

如汉乐府民歌《上邪》：

> 上邪！我欲与君相知，长命无绝衰。山无陵，江水为竭，冬雷震震，夏雨雪，天地合，乃敢与君绝！

这是一位女子指天（"上邪"即"天啊"！）向意中人发誓：无论发生什么事情，我将永远爱你。语气激动率直，斩钉截铁，表达了热烈奔放的爱的感情，痛切决绝的决心和意志。

同是汉乐府民歌的《孔雀东南飞》，其中也有一段爱情的誓言：

> 感君区区怀。君既若见录，不久望君来。君当作磐石，妾当作蒲苇；蒲苇纫如丝，磐石无转移。

这是刘兰芝在被迫离开婆家，送行的丈夫表示"誓不相隔卿"之后，所说的几句话。丈夫焦仲卿是个忠厚老实的府吏，母亲无理逼迫他遗弃妻子，他不敢勇敢抗争，而只能眼睁睁看着妻子被迫而去。刘兰芝感到很失望。但既然他表示了"不相负"的决心，刘兰芝当然是感动的，高兴的，所以她接着立刻表了态。其意是说，只要你能像磐石一样坚硬，我就会像蒲苇那样柔韧。这段话所表示的决心是坚定的，但语气却与《上邪》大不一样。她没有那么冲动那么忘情，而更多的是理智和冷静。"感君……"，说明他们之间感情上尚有一些距离；"君当……"，表示的是她的希望—她知道丈夫软弱，她希望他坚强。总之，话语里既表示着自己的决心，也包含着对丈夫的鼓励和期待。语气里透露出她内心深微复杂的情感信息。

再如李煜著名的一首词——《虞美人》：

> 春花秋月何时了，往事知多少？小楼昨夜又东风，故国不堪

回首月明中。雕栏玉砌应犹在，只是朱颜改。问君能有几多愁，恰似一江春水向东流。

李煜是一位感觉极为敏锐深挚细腻的人，他对宇宙的永恒无尽和人生的短暂无常有极深刻的感受，对自身的亡国之痛更怀有深悲极恨之感情。这种深沉痛切而又无穷无尽的哀愁，压在他心上，他想解脱，想宣泄，故而一下笔便"奇语劈空而下"，对宇宙人生作彻底的究诘和发问。所以语气沉痛悲慨，情感任纵奔放，如滚滚波涛，一发不可收。由于内容的深挚和语气的痛切，这首词极富感染力。

让我们以晏殊的一首《浣溪沙》来与李煜的这首词进行比较。

一曲新词酒一杯，去年天气旧亭台。夕阳西下几时回？无可奈何花落去，似曾相识燕归来。小园香径独徘徊。

这首词也感叹美好事物的流逝，时光的不可逆转，但在感叹的同时又有理智的反省：往日的时光虽不在了，但眼前却有新词美酒可供享受；美好的花儿虽无可奈何地落下去了，但似曾相识的燕子却又归来了。逝去的让它失去吧，我们无法挽留；值得欣慰的是，失去的同时又有新的补偿。生活就是这样，苦涩中又有甘甜。这首词的情感基调是感伤而不沉溺，叹惋而又有自慰。理智上对"无奈"表示了旷达的理解，对现实表示了理性的满足，心理上大体平衡，所以它的语气不像李煜的《虞美人》那样沉痛悲慨，而是淡淡的惆怅和感叹。情绪的流泄极有克制，理智牢牢控制着感情。

叙事性作品主要靠叙述来展开情节，塑造人物，表现情感。叙述作为一种艺术表现手段也有一个语气(叙事作品中的语气一般又称为叙述语调)问题，只要仔细体会也不难辨识。

如鲁迅的《伤逝》开头的一段：

如果我能够，我要写下我的悔恨和悲哀，为子君，为自己。

短短一句内心独白，奠定了全文的叙述语气：低回沉重，倾心诉说。这种语气传达出全篇的基本情调——刻骨铭心的沉痛和悲哀。

再如老舍的短篇小说《月牙儿》：

是的，我又看见月牙儿了，带着点寒气的一钩儿浅金。多少次了，我看见跟现在这个月牙儿一样的月牙儿；多少次了。它带着种种不同的感情，种种不同的景物，当我坐定了看它，它一次一次的在我记忆中的碧云上斜挂着。它唤醒了我的记忆，像一阵晚风吹破一朵欲睡的花。

这是一篇自叙式的抒情小说，这里的叙述人是一位经过艰难挣扎但最后终于不得不沦为暗娼的年轻女人。她在监狱中看见"月牙儿"，勾起了平生无比辛酸的回忆，就是在这种心境下开始了她的叙述，所以叙述语气具有浓烈的情绪色彩：凄寒、阴冷、悲伤、哀戚，一如那闪着寒气的"月牙儿"。然而并不激动，并不捶胸顿足，并不呼天抢地，而是出奇的平静——阴冷的平静。这是因为她已经历了人生各种惨状，已经被黑暗和痛苦折磨得麻木了，眼泪流干了，所以平静了，像一个勘破人生的过来人一样。这种语气与叙述人的年龄不相称，然而却符合她的心境，符合她的经历。从叙述语气里，我们读出了她的全部悲苦全部不幸，体验到她心境中深沉的悲戚和哀伤。

### 三、把握语气对文学欣赏的意义

通过上面的举例及分析，读者对于什么是语气及语气的实质有了比较具体深入的理解认识，这种认识对于提高欣赏能力很有帮助。对于有欣赏经验的读者来说，对语气的把握是直觉的自动的不须刻意留心的，但对于缺乏阅读经验的读者说来，就需要进行一些有意识的锻炼，即借助于作品的各种艺术成分——如字词的感情色彩，意象和意境的营造，艺术手法的运用(如比喻、夸张、象征、抒情、感叹等)，句子的结构，节奏的快慢等等来把握作品的语气。

关于文学作品的语气的把握，还需注意的是，在篇幅短小的作品里，全文的语气往往是一致的，单一的，而在篇幅较长的作品里，语气往往会随时发生变化，因而可能是多种语气并存的。

### 思考练习题

一、举例说明语气的实质是什么？

二、把握语气对于欣赏文学作品有什么意义？

三、对"我没说他偷了我的钱"语气的分析。

日常生活中人们说话，语气、重音所在很明显，听的人一下子就能感觉、识别出说话人的意思、情感所在。而文学作品是以文字形式呈现在你面前，从字面上你识别不出语气、重音，所以有时候就难以把握说话人的准确意思和情感，就难免产生诸多歧义。

例如有这样一句话：我没说他偷了我的钱。乍一看，似乎没有人不理解其意思，连小孩子都不会产生歧义。但是，仔细深究，这句话到底表达的是什么意思，你没有听见语气，你不知道重音在哪里，语调是什么，你就难以判断。因为，重音、语调不同，其传达的意思也就不同。

1.重音在第一个字"我"，其潜台词是，我没说，但可能别人说了。

2.重音在第二个字"没"，其潜台词是，我明明没有说，而有人却硬说我说了。这是对自我的辩解，对别人传言的否定。

3.重音在第三个字"说"，其潜台词是，我没有"说"他偷了我的钱，但是我用其他方法暗示他偷了。

4.重音在第四个字"他"，其潜台词是，我没说"他"，但我说别人了。

5.重音在第五个字"偷（了）"，其潜台词是，我没说他"偷"（这个字太难听，太伤人尊严了），而说他拿了之类。

6.重音在第七个字"我（的）"（被偷的对象），其潜台词是，我没说他偷了"我（的）"的钱，而说他偷了别人的钱。

7.重音在第九个字"钱"，其潜台词是，我没说他偷了我的"钱"，而说他偷了我的别的东西（如手机等）。

读者请看，一句简单明了的话，如果不了解语气、重音所在，就可能产生这么多不同的理解，由此可知语气、重音对于理解、把握文学作品的重要意义。

——参考肖剑：《闲话》，报刊文摘，2008年8月20日。

# 第四节 古典诗词的语法特点

有这样一种说法：语法家和诗人是累世冤家。很显然，这是夸张之辞，不可过于当真。但也确实道出了诗词的语法特点有别于通常语言现象的语法特点这一基本事实。诗歌要求语言精练含蓄，形式整齐押韵，讲究平仄格律，所以就必须突破散文语言的语法规则，创造出自己独特的语言表达方式即语法特点。了解这种特点，对于诗歌欣赏无疑会有很大帮助。

与散文比，诗歌的语法特点主要表现于以下几方面。

## 一、句子成分的省略

在诗歌中，各种句子成分都可能被省略，但最常见的是主语和谓语的省略。

### 1.主语的省略

省略主语在古代诗词中较为常见。如王维的《鹿柴》：

空山不见人，但闻人语响。

返景入深林，复照青苔上。

诗人只说"不见人"，而没说谁不见人。但读者也并不因此就产生"如果没人在这儿，那么是谁听到了人语呢？"或"如果你在这儿，怎么能说是空山呢？"这类问题。

再如贺知章的《回乡偶书》：

少小离家老大回，乡音无已鬓毛衰。

儿童相见不相识，笑问客从何处来。

这里写的是作者久别回乡的感慨，但诗中略去了主语"我"。

有时一首诗中各句的主语不同，也同样可以省去。如王勃的《送杜少府之任蜀川》中"与君离别意，同是宦游人"，前一句省略了主语"我"，后一句省略了主语"我们"。李白的《宿五松山下荀媪家》："跪进雕胡饭，月光明素盘。令人惭漂母，三谢不能餐。"前句省略了主语"荀媪"，最后一句省略了主语"我"。

省略的主语可以是任何一个人，或许是读者，或许是某一想象的人物。主语的省略使中国诗歌通常具有一种普遍的、超人格化的气质。西方的诗歌以我为中心，主语常常是"我"。如华兹华斯有一首诗叫《我独自云游》，如果是中国诗人，则可能题名为《云游》。前者叙述的是特定时间空间中特定个人的经历，而后者则比较超脱从而具有抽象性、普遍性。正因为如此，中国诗的意境、内涵往往可以摆脱特定的主语而独立出来，成为对任何人都适用的格言名句。如"欲穷千里目，更上一层楼。"（王之涣）；"不识庐山真面目，只缘身在此山中。"（苏轼）

### 2.谓语的省略

谓语是散文句子中最重要的成分，省略了往往使句子不成其为句子，所以在散文中谓语一般不能省略。但在古代诗词中省略谓语的现象却比较常见。

刘禹锡的《至潜水驿》："枫林社日鼓，茅屋午时鸡。鹊噪晚禾地，蝶飞秋草畦。"

后两句有谓语（"噪""飞"），而前两句就省略了谓语（鼓）"响"、（鸡）"鸣"。

岑参的《白雪送武判官归京》："中军置酒饮归客，胡琴琵琶与羌笛。"从前一句可以推知后一句省略了谓语"吹拉弹奏"。

杜牧的《早雁》："莫厌潇湘少人处，水多菰米岸莓苔。"后一句的意思是"水中多生长着菰米，岸边多生长着莓苔"，因有状语"多"而省略了谓语"生长"。

### 3.以词组代句子

在诗歌中，除了句子成分的省略外，还常常省略散文所必不可少的介词、连词等虚词，而以词组代替句子。以词组代替句子也是古代诗词的一种常见的省略形式。

马致远的小令《天净沙·秋思》（枯藤老树昏鸦），这首小令前三行由九个名词词组构成，宛如一个个电影镜头，用蒙太奇手法把它们组织起来，烘托出一种苍凉凄绝的意境。"飘飘何所似？天地一沙鸥。"（杜甫），后句的前面省略了"似"。"织者何人衣者谁？越溪寒女汉宫姬。"（白居易），后句省略了"是"。"慈母手中线，游子身上衣。"（孟郊）两句都省略了动词和形容词。

### 二、句子成分顺序的变换

在散文中，句子各种成分之间的排列是有一定的顺序的。但在古代诗词中，为了适应格律的需要，往往会改变句子中成分的顺序。这种变换复杂多样，主要有以下几种：

#### 1.谓语前置

散文句式一般是主语在前，谓语在后，宾语最后。而诗词中主谓语却颠倒次序，这是古代诗词中又一个突出的现象。

王维的《山居秋暝》："竹喧归浣女，莲动下渔舟。"谓语"归""下"倒置于主语"浣女""渔舟"之前，既符合律诗的平仄、押韵要求，又显得诗意盎然，生动有致。"风雪夜归人"（刘长卿《逢雪宿芙蓉山主人》），"夜归人"实为"人夜归"。"江晚正愁余，山深闻鹧鸪"（辛弃疾《菩萨蛮·书江西造口壁》），"正愁余"应为"余正愁"。

谓语前置不一定都置于主语前，有时是置于状语前，即仅仅同状语换一下位置。如"僧敲月下门"，是"僧在月下敲门"，谓语动词倒置在状语之前了。"双燕归来细雨中"的"归来细雨中"，实应为"细雨中归来"的倒置。

#### 2.宾语前置

如"杀人辽水上，走马渔阳归。"（崔颢《古游侠呈军中诸将》）这两句的意思是，在辽水作战杀敌，功成之后走马回归渔阳。下句"渔阳归"是"归渔阳"的倒装。

"吴山楚泽行遍，只欠到潇湘。"（张孝祥《水调歌头·泛湘江》）前一句为"行遍吴山楚泽"的倒置。"露凝花瘦，薄汗轻衣透。"（李清照《点绛唇》），后一句为"薄汗透轻衣"的倒置。

宾语提前，有时是部分的。如"菊花须插满头归"（杜牧《齐山登高》），"插"的宾语是"满头菊花"，作为宾语一部分的"菊花"提前了。

#### 3.状语、补语前置

状语前置的，如张碧《农父》中的"到头禾黍属他人，""到头"是"属"的时间状语；补语前置的，如苏轼的《念奴娇·赤壁怀古》中"多情应笑我，早生华发，""多情"是"笑"的补语，应在"我"后，却前置于句首。也有主语置于定语之前的，如"破纸窗间自语"（辛弃疾《清平乐》），实应为"窗间的破纸自语"，主语"破纸"提在定语"窗间"之前了。

了解了诗歌中语法顺序变换的特点，对于比较复杂的诗句就可以索解了。如杜甫的《秋兴八首》（之八）中的两句："香稻啄余鹦鹉粒，碧梧栖老凤凰枝，"造句奇特，颇为费解。但通过调整语法关系（主宾相倒），就可以得到以下诗句："鹦鹉啄余香稻粒，凤凰栖老碧梧枝。"生硬地直译为现代汉语即为："喷香的稻米是鹦鹉吃剩下的，碧绿的梧桐是凤凰经常栖息的。"

### 三、词类的活用

#### 1.名词用做动词

汉乐府《上邪》诗中的"夏雨雪"，是"夏天下雪"的意思，名词"雨"当动词用了。刘禹锡的《乌衣巷》："朱雀桥边野草花，乌衣巷口夕阳斜。"前句的"花"前省略了谓语动词"开"，于是名词"花"用做了动词。

#### 2.名词用做形容词

刘禹锡《酬乐天扬州初逢席上见赠》中的"病树前头万木春"，最后一个字"春"就是名词用做形容词。李嘉祐的《同皇甫冉》："孤云独鸟千山暮，万井千山海色秋。"前句中的"暮"是名词用做动词，后句中的"秋"是名词用做形容词。

#### 3.形容词用做名词

杜甫的《望岳》"岱宗夫如何，齐鲁青未了"中，"青"字是形容词活用为名词，指青青的山色。白居易《买花》中的"灼灼百朵红"，"红"指"红花"，是形容词当名词用。

#### 4.形容词用做动词

王安石的名句"春风又绿江南岸"中的"绿"字，就是形容词用动词的范例。

其他如动词用做形容词，动词用做副词，名词和形容词用做副词等等，千变万化，丰富多彩。总之，汉语中的词类具有可变性，同一个字可以用做名词，也可以用做动词或形容词等。同一个字，在一首诗里是什么意思，必须具体分析，不可凭表面意思下结论。

**思考练习题**

1.古代诗词主要有哪些与现代论语不同的语法特点？

2.阅读中国古代诗词，注意观察分析其语法特点。

说明：本节的写作，参考了相关语法和古诗词研究论著，不一一注出，对相关论著作者，在此表示感谢。

# 第五节　文学的多义性

欣赏文学作品，常常发现同一词汇、同一语句、同一作品，往往既有这样的含义，又有那样的含义，因而读者既可以这样理解，也可以那样理解，不管哪种理解都有道理，都说得通。——这，就是文学的多义性。

文学的多义性体现于各种文体中，但更集中充分的体现于诗歌中，因为诗歌语言凝练精粹，包孕丰富，概括力、暗示力强，给理解留下了巨大的空间。以下我们就以诗歌为例讨论这一问题。

## 一、多义性的表现

### （一）意象(词汇)的多义性

诗歌是用意象来表现作者意旨的，意象是以语言词汇为物质外壳出现在诗篇中的。同一意象(词汇)在诗人笔下往往有很丰富的含义。

例如"菊"这种花草，作为一种象征，最早见于屈原的《离骚》：

　　朝饮木兰之坠露兮，

　　夕餐秋菊之落英。

在这里，菊花似乎是纯洁和心灵高尚的象征，同时也可能象征长寿，因为在此上面一句中，屈原有"老冉冉其将至兮"的感叹。

汉武帝的《秋风辞》：

> 兰有秀兮菊有芳，
>
> 怀佳人兮不能忘。

菊花在这里指的着重是楚楚动人的仪态，不是道德上的完美无瑕，同时也可能与长寿有关，因为全诗所表现的是哀叹老之将至和时光的流逝。

陶渊明以爱菊名扬古今，在他笔下，菊不仅成了道德高尚的象征，而且也意味着隐士的生活：

> 秋菊有佳色，裛露掇其英；
>
> 泛此忘忧物，远我遗世情。

在李清照笔下，菊花又被用来比喻红颜易老，青春短暂：

> 满地黄花堆积，
>
> 憔悴损，
>
> 如今有谁堪摘？

再如"春风"：

> 苍苔浊酒林中静，
>
> 碧水春风野外昏。

> ——杜甫《绝句漫兴九首》之六

这里的"春风"属自然意象，即春天的风，为"春风"之本义。

> 落日平台上，
>
> 春风啜茗时。

> ——杜甫《重过何氏五首》之三

这里的"春风"为时间意象中的季节，义同"春天"，是"春风"在诗歌作品中的特殊转借义。

> 春风知别苦，
>
> 不遣柳条青。

> ——李白《劳劳亭》

这里的"春风"用象征义来表现"离别"。

春风不相识，

何事入罗帏。

——李白《春思》

这里的"春风"又用象征义来表现爱情。

谁家玉笛暗飞声，

散入春风满洛城。

——李白《春夜洛城闻笛》

这里的"春风"用以表达乡思。

云想衣裳花想容，

春风拂槛露华浓。

——李白《清平调词三首(其一)》

这里的"春风"用以比喻容貌美。

香飘合殿春风转，

花覆千官淑景移。

——杜甫《紫宸殿退朝口号》

这里的"春风"与"千官"相组合，比喻"皇恩浩荡"。

有时，同一意象在同一作品中可作多种理解。

如王之涣的《凉州词》：

黄河远上白云间，一片孤城万仞山。

羌笛何须怨杨柳，春风不度玉门关。

对于这首诗中的"春风"，历代解释者甚众，综合起来主要有三种理解：1.夸张玉门关的荒寒，说那里连春风也吹不到，这是"春风"一句的字面含义。2.比喻朝廷的恩泽到不了边塞，戍卒的艰苦生活无人关心。3."春风"与上句"杨柳"组合，象征戍卒的离愁别恨。三种理解都有道理。[①]

又如杜甫诗《江南逢李龟年》：

歧王宅里寻常见，崔九堂前几度闻。

正是江南好风景，落花时节又逢君。

---

① 陈植锷：《诗歌意象论》，中国社会科学出版社1990年版，第186页。

这里"落花"一词，从字面上理解只有花朵凋谢之义。但其内在含义却非常丰富。1.它是一个描述性的时间意象，特指作者同李龟年的重逢是在暮春花木凋零之时。2.它又是一个比喻性意象，暗指李龟年当初在长安红极一时，如今沦为流浪江南街头卖唱艺人的不幸身世。3.此诗作于杜甫临死的那一年，其时作者已半生漂泊潦倒不堪了，"落花"又可以作为自身暮年飘零的隐喻。4.杜甫作这首诗时唐王朝盛世的繁华已一去不返，故"落花"又可以作为一个象征性意象，象征风雨飘摇的时局。四层意思，层层深入，层层合理①。

**（二）句子的多义性**

韦庄的词《菩萨蛮》（其一）：

红楼别夜堪惆怅，香灯半卷流苏帐。残月出门时，美人和泪辞。琵琶金翠羽，弦上黄莺语。劝我早还家，绿窗人似花。

这里"美人和泪辞"一句，可有两种理解：一种是说美人带着泪，和我告辞了；另一种说我带着满脸的泪痕，跟美人告辞了。两种理解并不矛盾，我可以有泪痕，美人也可以有泪痕，更可能是双方都有泪痕。还有"绿窗人似花"一句也可以有两种理解：一种是说美丽的女子如花似玉，有这么美的女子在家里苦苦等着你，你还是早点回来吧！另一种理解是，美丽的女子如鲜花一样灿烂，但鲜花易凋谢，青春易消逝，"你还是早点回来吧，要不然我就老了。"

相传为李白所作的《忆秦娥》：

箫声咽。秦娥梦断秦楼月。秦楼月。年年柳色，灞陵伤别。

乐游原上清秋节。咸阳古道音尘绝。音尘绝。西风残照，汉家陵阙。

这里的"咸阳古道音尘绝"一句，可作三种理解：一是说道路悠远，望不见尽头，有相望隔音尘之意。二是说路上冷静，无车马的音尘，由此可以说这三字给人以悠远及冷静的印象。三是说征人远去绝少音信回来，即音信隔绝之意。

**（三）全诗整体的多义性**

---

① 陈植锷：《诗歌意象论》，中国社会科学出版社1990年版，第194～195页。

　　白居易有一首小诗《花非花》：

　　　　花非花，雾非雾，夜半来，天明去。

　　　　来如春梦几多时？去似朝云无觅处。

　　这首诗语言浅近易懂，写得朦胧、含蓄、空灵、洒脱。然而它的含义到底是什么？这可以作多种理解。

　　1.我们可以说它写的是一种朦胧不定飘忽易逝的心理感觉，一种微妙的心绪。它闪闪烁烁，若隐若现，扑朔迷离，飘忽不定，你不知不觉时它忽然来访，你想用清醒理智去分析把握它时它又飘然而去。

　　2.白居易把此诗编入自己诗集"感伤"部，同部中还有情调相近的两首诗，一是《真娘墓》（"霜摧桃李风折莲，真娘死时犹少年。脂肤荑手不坚固，世间尤物难留连。难留连，易销歇，塞北花，江南雪。"），一是《简简吟》（"二月繁霜杀桃李，明年欲嫁今年死。""大都好物不坚牢，彩云易散琉璃碎。"）有人根据此二诗内容推测白居易的《花非花》表达了一种对于生活中存在过、而又消逝了的美好的人与物的追念、惋惜之情。这种较为"落实"的理解也有道理。

　　3.我们还可以超脱一点，说它概括了一种人生哲理：人生中一切美好的东西（追求的理想境界、对美的领悟和把握、微妙的人生体验……）都因其"美好"而易飘逝消散，都是可望而不可及，可忆而不可留的。从这一角度看，这首小诗就有了深远的象征意蕴，它超越了对生活中某一特定事物的描述而具有了抽象性和普遍性，它可以和每个人类似的生活体验相契合，相对应，相共鸣。

　　**二、多义性的原因**

　　关于文学的多义性，简单列举如上。造成多义性的原因，十分复杂。有语言和语法方面（如字词本身的多义，主语及动词、虚词的省略等）的，也有作者和读者方面（如作者本意之难以确指，读者因主观条件不同而引起的不同联想、不同理解）的，此处不拟细说。总之，文学的多义是客观事实，能在极有限的语言文字里包含凝聚多种含义，这是文学的长处，它可以使读者进入更丰美更含蓄更多样的境界，丰富了读者的情感和想象。从思维科学角度讲，欣赏具有多义的作品也大有好处。它可以开启人们的思路，训练思维的灵活性，使之富于变化，善于多角度多层次地思考问题，从而开拓了思维空间，避免简单化和片面性。

**思考练习题**

一、文学的多义性表现在哪些方面？

二、试析下列作品中加着重号的词、句的多义性。

国破山河在，城春草木深。

感时花溅泪，恨别鸟惊心。

——杜甫《春望》

寒雨连江夜入吴，平明送客楚山孤。

洛阳亲友如相问，一片冰心在玉壶。

——王昌龄《芙蓉楼送辛渐》

# 第六章 形象层面

## 第一节　意象与意境

### 一、什么是意象

意象，是中国美学中一个最基本也最重要的概念，是文学作品构成的重要因素，当然，也是文学欣赏的一个重要角度。

那么，什么是意象呢？让我们以诗为例来讨论：

夜来风雨声，花落知多少？

——孟浩然

雨中黄叶树，灯下白头人。

——司空曙

落花人独立，微雨燕双飞。

——翁　宏

以上诗句中都有可视可闻可感的物象(风雨、落花、黄叶树)或事象(人独立、燕双飞、雨中、灯下)，它们巧妙地组合在一起，传达出不尽的意味。如"风雨"吹打，"落花"一片，美好的事物不能长留，隐隐约约传达出伤春惜春、"美人迟暮"的感叹。"黄叶树"本已接近凋残，偏又置于"雨中"；"白头人"本已衰老自怜，感叹岁月之流逝，何况又在"灯下"，更加凄然哀伤……"在诗歌艺术中，这种通过一定的组合关系，表达某种特定意念而让读者得之言外的语言形象，如'黄叶树'、'白头人'等等，就叫意象。"①

如果嫌这一概念不够纯粹和精练，那么更准确精练的总结，以笔者看来当属流沙河。流沙河罗列古今中外关于意象的论述加以分

———————————

① 陈植锷：《诗歌意象论》，中国社会科学出版社1990年版，第13页。

析比较，发现定义愈苛细漏洞也愈多，于是他返璞归真，把意象定义为——表意的象。他说这个定义在纵的方向上承续了中国古代的意象论，在横的方向上认同了西方现代的意象论。这里所说的"意"，可以是心意、情意、意思、意图、意义、意念、意向等，包括整个意识的活动和潜意识的活动。这里所说的"象"，可以是显现在心中的意象（用于创作论），也可以是完成在作品中的意象（用于欣赏论）。[①]

如果把"意象"放到整个文学活动流程中，就可以更清楚地理解它的涵义：物象——表象——意象——形象。"物象"即客观事物之实相，如黑板，长方形，扁平，黑色，如此等等。"表象"是客观实物不在自己眼前，但你脑子里留有它的影像，如你父母这会儿不在你眼前，但你记得他们的音容笑貌。表象是艺术创作的素材，作家艺术家根据表意的需要对其加工，让它成为要表达的思想感情的客观对应物即是意象。但这时还在作家脑子里，构思中，还没有表达出去，所以叫"意象"——意中之象，表意之象，意化之象。刘勰所说的"窥意象而运斤"就是这个意思。"形象"是作家把构思中的意象表达出去，成为读者从作品中感受到的艺术形象。意象、形象，本来含义是不同的，但新时期以来，由于"意象"概念的"出口转内销"，国内文艺理论界对其近乎"崇拜"，将其涵义大大的泛化了，所以既包括作家心中的"象"也包括作品中的"象"了。

### 二、意象的实质：作家情感的客观对应物

以诗人为例，作家创作为什么要用意象呢？

作家为什么要创作？是因为对人生、对世界有所体验，有所感悟，有所理解，总之是心中有了一定的意念需要表达。怎么表达？——用"言"（语言）？"言"不尽"意"。"意"本身无形无相，无体无状，摸不着看不见，因如雾，混沌一片，鲜活生动，朦胧模糊，千般复杂，万般变化……总之它是一种生命性的本体性存在，而具有抽象性的"言"又怎么能穷尽它？！"言"不尽"意"改

---

①《流沙河诗话》，四川文艺出版社1995年版，第285，287页。

用"象"——"立象以尽意",这就是"意象"。如上引诗句,作者要传达的"意"是多么丰富多么微妙细腻啊!用逻辑性、概括性的散文化语言,无论如何也说不清其中的微妙韵味,而一旦化为"意象",则比较完满地传达出了那些微妙情意。所以诗人在创作时,总是要选取或创造最能传达内心情意的意象,意象经营成了艺术构思的一个中心任务。

那么,怎样经营或构思意象呢?经营、构思意象的原则是什么呢?原则是选取和"意"有相互契合、相互对应关系(用学术语言表述即"异质同构")的"象"。中国古人注意到了客观外物与人的内在精神世界的关系,常常用外物象征人的内在精神。如孔夫子说"岁寒,然后知松柏之后凋也",就是从松柏身上看到了人的某种崇高的品格,后人把这叫做"比德"之美。西方人也懂这一点。法国著名象征主义诗人波德莱尔就说过,外界事物与人的内心世界能互相感应、契合,诗人可以运用有声有色的物象来暗示内心的微妙世界。英国大诗人艾略特也说,表达情感的唯一的艺术方式便是为这个情感寻找一个客观对应物。艾略特的话直截了当,道出了意象的实质。

### 三、意象的表现形态

意象在不同作品中的表现形态是不同的,读者要注意加以识别。

**1.物象:**《诗经·桃夭》:"桃之夭夭,灼灼其华。之子于归,宜其室家。"(桃花开得好漂亮啊,这个女子要出嫁了,要组织一个好家庭了。)这是新婚典礼上唱给新娘的歌,这里的意象是物象——桃花,以桃花象征妙龄青春的女子。

《诗经·采薇》:"昔我往矣,杨柳依依。今我来思,雨雪菲菲。行道迟迟,载渴载饥。我心伤悲,莫知我哀!"这是一位守边士兵从前线回归故土时遇到的情景。意象在这首诗里表现为"情景"——"杨柳依依"和"雨雪菲菲",分别与"留恋故土,依依不舍"和"天气恶劣,情绪悲哀"两种情感相对应。

**2.场景:**《越中览古》(李白):"越王勾践破吴归,战士还家尽锦衣。宫女如花满春殿，只今惟有鹧鸪飞。"李白游览越王城故址，浮想联翩，看到古今对比，产生无限慨叹。这首诗的意象是两个场景：前三句是想象中昔日的热烈、繁华、煊赫，后一句是眼前之荒凉、衰颓、破败，两种场景相对比，盛衰无常，世事变迁的意味隐含其中。

3.**意境**：《江雪》（柳宗元）："千山鸟飞绝，万径人踪灭。孤舟蓑笠翁，独钓寒江雪。"这首读者熟悉的诗的意象表现为意境。整首诗的意境是一个意象（广义的意象）。

4.**事象**：《没有走的路》（罗·弗劳斯特）：

　　路到渐黄的树林分两股，

　　我呀，一个人，只能走一股，

　　伫立林中，我多时踯躅，

　　极目远望前面这条路曲折通到一片灌木。


　　我却走另一股，同样美丽，

　　选定这一股也许有理由：

　　因为这条路草深人稀；

　　当然要就其他外貌说，

　　两条路倒也相差无几。


　　那一早，落叶下面的两条路

　　都很清新，还没人行走，

　　啊，我想把第一股暂时留着，

　　谁知我这股和旁路相连，

　　我不会转回再走那一股。


　　我将带着内心沉痛，

　　向几代后来行人倾诉：

　　我遇到两条道路在林中，

却选择来往稀少的一股，

结果导致了遭遇不同。

诗向读者讲述了一个"故事"：一个人在树林里遇到两条路，他既想走这条又想走那条，这当然是不可能的，于是只好选择其中的一条而放弃另一条，结果导致一生遭遇不同，令人感慨万端——这首诗有没有意象？当然有，只不过其意象是个"故事"，即事象。作者在这里是运用象征手法谈人生，林中择路的"事象"其实就是人生选择的"客观对应物"。

总之，意象在作品中的表现形态各不一样，但基本性质不变。欣赏作品时一定要善于识别不同意象，仔细体会其"对应"的意蕴是什么。

**四、怎样借助意象欣赏作品**

欣赏诗歌，首先要仔细品味意象本身所蕴涵的丰富独特的情感信息。

诗歌的词藻（意象的载体）和日常语言不同，在它上面总是蕴涵着更细微更丰富的情感信息，有着更动人的审美意味。当我们读着这些词藻时，马上就会唤起一幅意象，马上就会感觉到"象"中的意味。

如，西风与秋风，字面义都是秋天的风，但诗歌中更多用的是西风："菡萏香销翠叶残，西风愁起绿波间"（李璟《山花子》）；"碧云天，黄花地，西风紧，北雁南飞"（王实甫《西厢记》）；"西风烈，长空雁叫霜晨月"（毛泽东《娄山关》）——之所以如此，是因为虽然二者都有萧索、凄凉、伤感的意味，但西风似乎更强劲，更有力度。

"白日"当然是太阳，但它比"太阳"有味儿。"白日"有一种光芒万丈、灿烂辉煌的气象。

"绿窗"，意思是绿色的纱窗，但"绿窗"作为一种意象更有一种温馨感、亲切感，有一种诱人的家庭生活气氛。从"劝我早还家，绿窗人似花"（韦庄《菩萨蛮》）和"今夜偏知春气暖，虫声新透绿窗纱"（刘方平《夜月》）中，均可体会出以上意味。

　　"板桥"即木桥，但古代诗歌中却只有"板桥"而绝少"木桥"。如"春江一曲柳千条，二十年前旧板桥"（刘禹锡《杨柳枝》）；"鸡声茅店月，人迹板桥霜"（温庭筠《商山早行》）等，仔细品味，"板"比"木"更有诗味，更有形象感，音节上也更响亮。

　　"菡萏香销翠叶残"（"菡萏"即荷花，二者所指名物相同，但在诗歌中出现给人的感受不同："荷花"通俗写实，"菡萏"则比较古雅，给人一种高贵而疏远的感觉。"翠叶"即"绿叶"，但"绿叶"给人以浅俗的感觉，而"翠叶"给人以珍贵美好的感觉。

　　其次，要充分了解意象所凝聚的文化内涵。

　　意象原本是诗人为表达某种特定的情思意念而创造出来的。它一旦被创造出来，并得以广泛流传，就为社会大众所认可，某一意象就和某种特定的情思意念建立起比较稳定的内在联系，从此成为一种现成思路被诗人反复运用。于是，特定意象上就积淀起相应的文化内涵，成为文化传统的表象符号。正如C·布鲁克斯所说，当一个词用在一首诗中，它就应当是在这一词境中被具体化了的全部历史的总结。对此，读者必须有相应的了解。

　　如"折柳"、"折梅"、"南浦"、"长亭"、"游子"、"故人"、"落叶"、"孤帆"、"浮云"、"落日"、"朝"、"暮"、"秋"、"雁"、"月"等等常见意象，往往和离愁别恨有关，成为表达相思离别的现成符号，人们一看见这些意象，就很容易勾起相应感情。

　　"蛾眉"作为一个意象最早见于《诗经·硕人》的"螓首蛾眉"，随后又见于《楚辞·离骚》的"众女嫉余之蛾眉兮"。由这些文化传统作基础，就大体形成了"蛾眉"意象的联想指向：美女那细长而弯曲的双眉，如"华清恩幸古无伦，犹恐蛾眉不胜人"（李商隐《华清宫》）；有时是美女的代称，如"六军不发无奈何，宛转蛾眉马前死"（白居易《长恨歌》）；有时又指一个人美好的情操和品德，如"众女嫉余之蛾眉兮"（屈原《离骚》）。

　　在古代诗歌中，像这类代表了人类的共同感情和习惯思路，能引发某种固定情绪和习惯性联想的程式化意象，比比皆是。欣赏古代作品不可不察。

第三，从意象的组合中感悟"味外之旨"。

意象常常并不孤立地在作品中出现，而是相互拼接组合，共同完成"意"的传达。诗歌中每个意象都有其相对独立的意味，而当它们通过不同手段组合在一起时，就会产生新的意味，产生如司空图所说的"象外之象"、"景外之景"、"韵外之致"、"味外之旨"。

如温庭筠的《商山早行》中诗句："鸡声茅店月，人迹板桥霜"。从语法上看是六个词语的堆垛，从意象角度看是六个意象的巧妙组合。"鸡声"是早行的时间意象，"茅店"、"板桥"是早行的空间意象，"人迹"、"霜"是早行的场景意象，"月"与"鸡声"相并也是时间意象，与"茅店"衔接，一上一下，又是一个空间意象；与对句"霜"组合，极写凌晨之冷清，又是一个场景意象。单个地看，六个意象每个都可以用来描写早行之辛苦；所有意象排列组合在一起，行人的羁愁旅思、道路辛苦得到了更强烈的表现。

相同或相近的意象经过不同作家的不同组合，可以产生完全不同的意味。如以"白骨"代死人，是汉魏隋唐诗歌中常见的一个意象，但分别出现于下列三种组合中，其"味外之旨"就不同。曹操的《蒿里行》用"白骨露于野"与"千里无鸡鸣"相组合，渲染出因战乱而造成的荒凉景象；杜甫在《赴奉先咏怀五百字》中用"朱门酒肉臭"与"路有冻死骨"相并置，暴露了贫富不均的强烈对比；陈陶在《陇西行》中用"可怜无定河边骨"与"犹是春闺梦里人"相接，沉痛地控诉了战争给人民带来的生离死别。[①]

为了论述问题的方便，以上我们举的例子基本都是诗歌中的意象，但读者不要产生误解，以为只有诗歌中才有意象。不是的，意象是文学所有体裁所共有的艺术要素，因此在散文、小说、戏剧、电影等叙事文体中也同样存在。因篇幅所限本节就不再列举了，读者阅读时须留心识别。

---

① 陈植锷：《诗歌意象论》，中国社会科学出版社1990年版，第72~73页。

### 五、意境与意象的联系与区别

意境与意象一样，是我国抒情文学创作中总结出来的审美范畴，也是传统文艺理论和美学的重要概念，因而具有共同的审美特征。这就是，它们都是作家根据抒情传意的需要而从生活中选择、提炼出来的，或者干脆就是由心灵幻化出来的，因而都是主客观的统一：情与景、心与物、意与象、意与境的统一。当然，在这种主客观的统一关系中，也有侧重，即矛盾的主导方面是主观，是主体的心灵。在意象和意境中，当然要描绘大量的景象、物象、事象乃至于人物形象，但这些都不是作家着意表现的中心，作家的目的不是为它们本身留影造像，而是在为"情思"寻找和创造合适的载体。透过载体，所抒发的是情感，是心灵——作品发言人(如游子、思妇等)的心灵以及作家的心灵。[①]

意象与意境的另一个共同点是，具有生动具体的可感性，可内视性，即都可以"呈于象，感于目，会于心"。王国维称这一特点为"不隔"。他举例说，"池塘生春草"，"空梁落燕泥"两句，妙处唯在"不隔"；而"谢家池上，江淹浦畔"则"隔"矣。"池塘生春草"是著名诗人谢灵运的名句。"谢家池上"指的就是谢氏这一名句。那么为什么前者"不隔"而后者"隔"呢？因为前者写景如在目前，形象清新，生动可感，而后者无形象可"视"，不能"呈于象，感于目"，所以为"隔"。"江淹浦畔"亦如此。意境，首先是一"境"，是"境"就应该具体可感，可以"内视"，丧失了这一特点，"境"不存在了，意境也就没有了。

意境与意象有联系更有区别。区别在于，意象（狭义）具有单个性、独立性，表现在作品中是一个个词语，代表单个的景、物或事实，是作品艺术构成的基本单位；而意境则是由许多个意象的有机组合构成的，因而具有整体性、统一性。意境的"境"不同于"景"、"物"，而相当于整体性的"生活"情景，相当于一个"场"。意境的创造离不开意象，各种意象的有机组合构成"意境"。

---

① 叶燮语：《中国美学史资料选编》（下），中华书局1981年版，第314页。

如柳宗元的《江雪》：

　　千山鸟飞绝，万径人踪灭。

　　孤舟蓑笠翁，独钓寒江雪。

这里的"千山"（物象）、"鸟飞绝"（事象）等等都是意象，诸多意象构成了一个可"见"的"生活场景"，一个空灵的艺术空间：在冰天雪地、荒无人烟的严寒之中，一个老渔翁正驾一叶扁舟悠然垂钓于寒江之上。——这里已经不是单独存在的意象，而是意象的综合。综合之后形成了一个"场"，一个具有空间性、立体性、流动性的可供读者体验的"生活场"。

再如马致远那首著名的《秋思》，其中的"枯藤"、"老树"、"昏鸦"等，是一个个单个的独立的意象，而它们的完美组合才形成一个"境"（或者说是"场"）——一个充盈弥漫某种情思意绪的"境"——即意境。既然是"境"，是"场"，就具有立体性、空间性，就是一个整体，一个和谐的场景、氛围。这种效果是要靠整体才产生的，而单个的、独立的意象是不具有如此强大的艺术感染力的。

## 六、意境的特征

以上是我们所要说的意境的第一个重要特征：空间性、场景性、和谐性。——意境是一个完美和谐的艺术空间，是一个相对完整的生活场景。

意境的空间性、场景性特征在具体作品中的表现，大体上可分为两种类型：

一种是如《江雪》、《秋思》那样笼罩整首诗的空间或场景。也就是说，一篇作品呈现为一个整一完备的空间或场景，这是一种典型的"空间"形态。

但更多的是非整一完备的空间形态，即一篇作品中某几句构成了一个相对完整和谐的空间或场景，这也是一种意境。如唐代司空曙的《喜外弟卢纶见宿》，全诗如下：

　　静夜四无邻，荒居旧业贫。

　　雨中黄叶树，灯下白头人。

以我独沉久，愧君相见频。

平生自有分，况是蔡家亲。

这首诗的前四句描绘出一幅场景：远景是静夜里孤零零的荒村，陋室内潦倒落魄的寒士，已然传出凄凉困窘的意味。近景："雨"、"黄叶树"、"灯"、"白头人"，四个意象叠加，一幅立体场景像电影画面一样呈现在读者眼前，无限辛酸，无限悲凉，无限的人生感慨，见于言表。这四句所描绘出来的已经构成一个"空间"，一个"场"，这已经可以视为一个相对完整的意境。即使没有后四句，也不失为一首好诗。

再如杜甫的绝句：

江碧鸟逾白，山青花欲燃。

今春看又过，何日是归年？

这首诗前两句写景，十个字描绘出一幅富有生气的优美境界：青山绿水，白鸟红花——雪白的水鸟翱翔在碧波荡漾的江面之上。白与绿相互映衬，白者愈白，绿者愈绿；火红的鲜花盛开在蜿蜒起伏的青山之上，青草衬红花，青者愈青，红者愈红。两句十个字写出了江、山、花、鸟四景，白、绿、青、红四色，写出了鸟在天上飞，水在河里流，花在山上开。天上地下，有动有静，无论是动的还是静的都显出勃勃生机，显出大自然无限美好，让人感到赏心悦目，心旷神怡。这两句写出了一个阔大壮丽的"空间"，自成一意境。在这里透出的是作者对大自然的欣悦和热爱之情。然而，虽然眼前美景无限好，毕竟不是我家乡。美景反而勾起作者深沉的乡思，这才引出后两句"抒情"："今春看又过，何日是归年？"

意境的另一重要特点是含蓄蕴藉，余味无穷。

对于这一特点，古人早有认识并有许多精辟的论述。如"义生文外"、"余味曲包"（刘勰）；"文已尽而意无穷"（钟嵘）；"但见性情，不睹文字"（皎然）；"境生于象外"（刘禹锡）；"象外之象，景外之景"（司空图）；"句中有余味，篇中有余意"（姜夔）；"言有尽而意无穷"（严羽）；"妙在笔画之外"（苏轼）等等。所有这一切都证明了古人对于意境含蓄蕴藉，余味无穷的特点的透彻领悟。

由于意境具有余味无穷的性质，所以有意境的作品能够诱导欣赏者超越具体有形的"象"（"景"、"物"、"境"）而想得更深更远，乃至于无限。

例如《江雪》，直接呈现给读者的就是那样一个"生活场"，但这个"生活场"是生活中根本不存在的，这是由作者的心灵幻化出来的，因而具有象征意义。它象征了柳宗元政治上失意之后的抑郁苦闷以及不屈服的心灵，渔翁清高孤傲，完全蔑视周围环境的冷酷。渔翁的形象实际上就是柳宗元的心灵形象。体会不出这些篇外之"余意"，仅仅看到了一个虚幻的"生活场"就决不能说理解了此诗。

我们还可以想得更远——这首诗不仅是柳宗元的心灵象征，而且也可以是一切清高孤傲、不与世间污浊相妥协的心灵的象征。它是一种具有普遍意义的理想人格，一种具有典型性的精神品格。一切有此类心灵品质的人都可以在这里找到精神寄托、精神参照和精神慰藉。

对于《江雪》这首诗，我们似乎还可以从超越历史、超越社会、超越现实的角度来观照它，以既从文本出发又超越文本的眼光来领悟它。在这种眼光里，诗的头两句描绘出的是一个空无虚静、万籁俱寂的恒寂世界。渔翁在这寥廓的宇宙空间中悠然自得地垂钓，其意义已远不在垂钓本身，而是象征了渔翁超世拔俗，游心太玄，独与天地相往来的精神境界。对于渔翁来说，身外世界已不成为束缚限制其行为的客观羁绊，他已获得了自由——心灵的自由和行动的自由。从这一意义来说，渔翁其实是庄子所说的"真人"、"至人"。

再如元稹的小诗《行宫》：

　　寥落古行宫，宫花寂寞红。

　　白头宫女在，闲坐说玄宗。

这首诗20个字，直接呈现于读者面前的，是空虚冷落的古行宫里一幕生活小景。但这里蕴涵了多少意味啊！这里有对宫女凄凉身世的深切同情，有红颜易老、青春易逝的人生感慨，有时移世迁、盛衰递变的感喟叹息……总之，小诗意境深邃，诗味隽永，诱发读者浮想联翩。宋代洪迈在《容斋随笔》中称赞它"语少意足，有无穷之味"。

现代美学理论认为，整体大于部分之和，形式与关系可以生成一种新质。两个(乃至于更多)意象的组合可以生出象外之意(1+1＞2)。意境余味无穷的奥秘即在这里。关于这个意思，前面在"意象的意味"一节里已经讲到，兹不赘述。

### 七、意境的涵义

通过意境与意象异同的对比可以看出，所谓意境指的就是作品中心灵化了的特定"生活"场景，它是由意象与意象的有机组合而形成的。意境具有具体可感性(不"隔")、空间性("场"或"境")、余味无穷等几个显著特点。根据以上特点可以看出，并不是所有的诗词作品都有意境——例如那些以学问入诗(大量用典、雕章琢句等)、以议论入诗，不假形象直接抒怀咏志等类作品一般就没有意境。对于有意境的作品来说，也并不都是从开头到结尾构成一个完整统一的意境，而更多的是其中某几句构成一个相对完整和谐的意境。

以上我们着重谈了诗词作品中的意境，其原因是意境在诗词中表现比较普遍比较集中，同时也因为诗词作品篇幅短小，便于举例分析。不过这样做并不意味着散文、小说、剧本等其他样式的文学作品中不存在意境。事实上，作为一个审美范畴，作为一种艺术现象，意境普遍存在于各种类型的文学作品中，只不过其表现形态与诗词作品中的意境有所不同，但其基本特征仍是一脉贯通的。

最后，从欣赏角度出发还需要说明的一点是，有无意境不应该成为衡量作品艺术上成败优劣的唯一尺度。正确而通达的观念应该是："有意境者固然高，无意境者未必低"。[①]

**思考练习题：**

一、什么是意象？

二、意象的实质是什么？

---

① 袁行霈：《中国诗歌艺术研究》，北京大学出版社1985年版，第47页。

三、意象主要有哪些形态？

四、从哪些方面把握意象中的意味？

五、意象组合的艺术功能是什么？

六、意境与意象的共同点是什么？

七、意境的特征是什么？

八、体会下列诗句意象的意味。

狗吠深巷中，鸡鸣桑树颠。

——陶潜《归田园居五首》之一

大漠孤烟直，长河落日圆。

——王维《使至塞上》

落日照大旗，马鸣风萧萧。

——杜甫《后出塞》五首之一

无可奈何花落去，似曾相识燕归来。

——晏殊《浣溪沙》

秋风萧瑟天气凉，草木摇落露为霜。

群燕辞归鹄南翔，念君客游多思肠。

——曹丕《燕歌行》

# 第二节 人物与主题

叙事性作品(为行文方便，以小说为例)，顾名思义，其基本特点是叙事，而"事"是由人做的，无人即无事，所以叙事必写人，人与事是相互依存不可分割的。但在具体创作实践中，作家根据艺术表现的需要，也可以有所侧重，如或侧重于叙述故事，或侧重于描绘人物。有人根据这种侧重点的不同，把前者叫做情节小说，把后者叫做人物小说。

侧重于描绘人物的小说，其艺术表现的重心也不尽相同：有的侧重于表现人物的性格特征(如鲁迅的《阿Q正传》)；有的侧重于表现人物的命运(如王蒙的《蝴蝶》)；有的侧重于表现人物的心态

(如张承志的《绿夜》);当然,更多的是性格、命运、心态的综合表现……形态复杂,难以尽述。这里,我们着重谈谈侧重于人物性格塑造的作品的欣赏。

文学作品中的人物性格,简单说就是人物的全部精神因素、全部精神特征的总和。由于生活中人的精神世界本身的复杂性、微妙性,也由于作家个性、气质、生活经验、艺术修养等各方面的独特性、多样性,所以由以上两种因素(生活+作家)融汇出来的人物性格也是千差万别,形态各异的。这正应了生活中的俗语:"人上一百,形形色色","人心(性格)不同,犹如其面","一娘生九子,连娘十个性"。这既是生活的奥妙,也是艺术的奥妙。——以上是我们要讲的第一层意思:人物性格的各异性。对此,读者在欣赏作品时一定要有充分的认识,通过各异的性格认识各异的人心,各异的人生,各异的命运。

但这只是把握人物性格时需注意的一方面。同时,还应该认识到,各异性中也有相对共同、共通、统一的一面,即有相对的一致性。据此,我们又可以对形态各异的人物性格进行大致的归纳和分类。

## 一、人物形态分类

关于人物形态的分类,比较有影响的是英国作家爱·摩·福斯特的分法。他在《小说面面观》中将人物性格分为扁形和圆形两种类型。所谓"扁形人物",就是按照一个简单的意念或特征而被创造出来的类型人物或漫画人物,其性格特征可以用一句话加以概括。所谓"圆形人物",就是性格比较复杂,因而不能用一句话加以概括的人物。福斯特对人物性格型的两分法简单明快,通俗易懂,其中包含不少合理成分,因而很容易被人理解和接受。

但是,如果深入到具体作品、具体人物来考察,就会发现"两分法"不免失之于粗疏和过于简单化,用以解释文学史上许多著名典型形象的性格十分牵强,不能令人信服。对此,我国学者马振方在他的《小说艺术论稿》中进行了深入详细的分析和检视。他从古今中外文学作品实际出发,同时吸取福斯特理论的合理之处,提出了自己的人物类型理论——把人物性格分为三类：扁形人物，尖形人物，圆形人物，并且对每一类人物的特征都给予了更为科学更为合理的解释。下面，我们就以马振方先生的分类为依据，结合作品中具体人物形象，简要介绍三类人物性格的特征。

（一）扁形人物

如上所述，扁形人物是指性格特征单一，可用一个词语或一句话加以归纳概括的人物形象。这类人物的创造，目的是为了传达作者的某种意念。具体说又可分为两类：观念型和特征型。

观念型扁形人物，是作者为表现某种思想观念而借用的工具或符号。

例如，日本作家星新一有一篇小说叫《自信》，写一个名叫西岛正男的独身青年，住在某公寓某房间里。一天晚上，忽然有一个自称"西岛正男"的汉子大模大样地走了进来，声称自己就是这房间的主人。正男认为那汉子是开玩笑，是恶作剧，是神经不正常，因而左盘右问，并且用种种办法来证明自己是"西岛正男"而来人不是"西岛正男"。但在盘问及想办法证明自己身份的过程中，那汉子神态率真、自然，泰然自若，充满自信；而自己心里却越来越虚，越来越不敢自信，最后竟至于承认："大概您是真正的正男。即使事实并非如此，可你很有自信，您有存在的价值。"于是，只好自己灰溜溜地离开自己的屋子，"茫茫的夜雾将他吞没了"。

这篇作品，情节很荒诞，寓意很明显。作者想借西岛正男这一人物传达自己对人生的某种观察：生活中有的人缺乏自信，以至于缺乏到连自己是自己都不敢相信。西岛正男的性格被夸张被变形，因而很典型很单一。他还有没有其他性格特征我们一概不知。这是一个典型的观念型扁形人物。

观念型扁形人物自古就有。例如："远古神话传说中的部分人物。如开天辟地的盘古，抟土造人的女娲，窃药奔月的嫦娥，怒触不周之山致使'天倾西北'、'地不满东南'的共工，都是表现古人思想观念的符号，是古人对天地、自然形象的解释。"再如，"单纯表现迷信观念、宗教信条的人物。六朝志怪小说中的许多人物都是为'记经像之显效，明应验之实有'服务的，是善恶报应、因果轮回等宗教观念的形象化。此种人物在小说史上历代不绝，古典名著《聊斋志异》也不乏其例"。还有，"以写实形式出现而无生活血肉的概念化人物。这是图解观念的稻草人，或宣示观念的传声筒；有些角色被纳入所能想见的种种美德或丑行，看上去似乎很多面，实际上是高尔基说的那种善或恶的'容器'，仍是体现观念的工具"。①这一类型的人物，清代小说《野叟曝言》的主人公文素臣可以算作一个标本。作者试图把他塑造成浑身放光彩的神圣人物，说他"是铮铮铁汉，落落奇才，吟遍江山，胸罗星斗。说他不求宦达，却见理如漆雕；说他不会风流，却多情如宋玉。挥毫作赋，则颉颃相如；抵掌谈兵，则伯仲诸葛，力能扛鼎，退然如不胜衣；勇可屠龙，凛然若将陨谷。旁通历数，下视一行；闲涉岐黄，肩随仲景。……"②总之，他文功武烈，并萃一身，天下少有，古今无双。不仅如此，作者还要进一步"美化"他，说他还是玩女人、生孩子的好手，说他姬妾成群，生二十四男，男又大贵，且生百孙。如此等等，肉麻之至。鲁迅说，凡人尘荣显之事，为士人意想所能及者，此书几毕载矣，惟尚不敢希帝王。可以说，文素臣的性格集当时理学家们梦境之大成，看似多面实则是木偶。在扁形人物中，这种以写实形态出现的概念化人物，最令人讨厌。

特征型扁形人物，特点是具有某种孤立的具有象征意义的性格特征，是某种性格特征的抽象。

例如王蒙的小小说《雄辩症》，写一位病人前往医院就诊。医生说请坐。病人说，为什么要坐呢？难道你要剥夺我的不坐权吗？医生无可奈何，说请喝水吧。病人说，这样谈问题是片面的，因而是荒谬的，并不是所有的水都能喝。例如你如果在水里掺上氰化钾，就绝对不能喝。医生说，你放心，我这里并没有放毒药。病人说，谁说你放了毒药了呢？难道我诬告你放了毒药？难道检察院起诉书上说你放了毒药？我没有说你放毒药，而你说我说你放了毒药，你这才是比毒药还毒的毒药？……短短几百字，小说创造出一

---

① 马振方：《小说艺术论稿》，北京大学出版社1991年版，第34页。

② 《野叟曝言》第一回语，转引自《鲁迅全集》，人民文学出版社1982年版，第9卷第243页。

个具有突出性格特征—雄辩症—的人物形象。这种性格特征是一种夸张一种概括一种象征，从中能见出时代的某些印痕。人物有现实外表，却又显然非写实，而颇像寓言。在古代寓言中，有一些具有单一性格特征的人物。如愚公、智叟、东郭先生以及"守株待兔"、"刻舟求剑"、"揠苗助长"、"削足适履"、"杞人忧天"、"叶公好龙"等故事中的主人公。神话中也有这类人物，如夸父、精卫、羿、刑天、普罗米修斯等。

### （二）尖形人物

尖形人物的基本特征是：一，有多方面的性格特征，不像扁形人物只有一面；二，在多方面性格特征中，某一侧面特别突出，超常，引人注目。尖型人物不是平面人物，而是立体人物。他们就像几何图形中的各种锥体，都有一个引人注目的高高的尖顶——尖端特征。

例如《三国演义》中的关羽，是很成功因而也很动人的艺术形象。清人毛宗岗在评点《三国演义》时对他评价甚高："历稽载籍，名将如云，而绝伦超群者莫如云长。青史对青灯，则极其儒雅；赤心如赤面，则极其英灵。秉烛达旦，人传其大节；单刀赴会，世服其神威。独行千里，报主之志坚；义释华容，酬恩之谊重……是古今来名将中第一奇人。"[1]总之，关云长是封建时代传统道德的楷模，在他身上集中着多方面的性格特征。诸如忠、义、仁、智、勇、信、骄……但最突出的是忠、义、勇。所以在小说《三国演义》行世之后，终于被尊为"忠义神武关圣帝君"。

再如《水浒传》中的李逵，通常被认为是性格最简单的形象——其基本性格特征是鲁莽。但是，如果深入研究就会发现，李逵性格并不止是一个"鲁莽"，而是还有直率、天真、无私、至诚、勇猛、孝顺、讲义气等，甚至有时还耍无赖、弄狡猾，一副可爱的儿童相。

再如著名的阿Q，也很复杂或者说很丰富。有学者用系统论方法对阿Q性格作了全面分析，指出他既质朴愚昧又狡黠圆滑；既率直任

---

[1]《中国美学史资料选编》，中华书局1981年版，第219页。

性又正统卫道；既自尊自大又自轻自贱；既争强好胜又忍辱屈从；既狭隘保守又盲目趋时；既排斥异端又向往革命；既憎恶权势又趋炎附势；既蛮横霸道又懦弱卑怯；既敏感禁忌又麻木健忘；既不满现状又安于现状；如此等等。不过，虽然阿Q的性格有如此多的侧面，但其最突出给人印象最深的还是他的"精神胜利法"，能够让人一下子记住的，还是阿Q自我安慰的话："我们过去比你阔多了"，"儿子打老子"。

类似关羽、李逵、阿Q这种既有多侧面又有突出点的人物形象，中外文学史上比比皆是。如极端主观主义的堂·吉诃德，吝啬得出奇的葛朗台老头，懒惰成性的奥勃洛莫夫，人道主义楷模冉阿让，投机大王乞乞科夫，伪君子答丢夫，野心家麦克白，妒忌狂奥塞罗，"套中人"别里科夫等等，都是尖形人物的先例。中国古典小说中尤其多，明代三大小说名著《三国演义》、《水浒传》、《西游记》中的主要人物大多属于这一形态。

### （三）圆形人物

与尖形人物相比，圆形人物的根本特点是没有超常的性格特征，逼似生活中的真人，常人。当然，这并不是说圆形人物没有突出的性格特征，而是说圆形人物即使有突出的性格特征，但与现实的人相比，并不超常，没被漫画化，也不带类型性，就像生活本身一样，如林黛玉的多愁善感等等[①]

让我们举个当代小说中的成功例子吧——刘震云的中篇小说《单位》和《一地鸡毛》中的小林。小林大学毕业，分配到某国家机关当职员。刚开始来到单位，小林仍是学生脾气，跟个孩子似的，对什么都不在乎。譬如说，常常迟到早退，上班穿个拖鞋，不主动打扫办公室的卫生，还常约一帮分到其它单位的同学来这里聚会，聚会完也不收拾。领导批评他，他还顶嘴。党小组长劝他写入党申请书，他说"我对贵党不感兴趣"。但两三年下来，小林"幡然悔悟"，发现应该改掉孩子脾气。首先是同时分配工作的不少同学开始提升，而自己还是个大头兵；再者是结婚了没房子，与别人合住

---

① 马振方：《小说艺术论稿》，北京大学出版社1991年版，第38页。

一套房子；还有，结了婚生了孩子，又接母亲来住，工资低生活紧张，而要分房子涨工资就要提级，提级就必须入党，必须在单位混得好，处好人际关系。从此，小林像换了一个人：上班准时准点，不再穿拖鞋，不与人开玩笑，积极扫地打开水，主动干一切别人不愿干的杂务，帮领导搬家卖大力气，写入党申请书外加一个月一次思想汇报。宁肯忍痛让孩子喝不上奶粉，也要省下钱来给党小组长送点礼。单位里人际关系复杂微妙，勾心斗角，他谁也不敢得罪。他时时察颜观色赔小心，处处低声下气讨别人的好，既要任劳又要忍气。小林被生活征服了，生活教会了他许多。为了老婆调动工作，他被迫违心送礼；为了省下几分钱，他一大早到公家副食店排队去买豆腐；为了增加点收入，他抹下脸来去卖鸭子……终于，小林开始"成熟"了，已不像刚来单位时那么天真，尽说大实话，明白了在单位就要真真假假，真亦假来假亦真，说假话者升官发财，说真话倒霉受罚。于是，他渐渐学会了说假话，学会了办事卖关子，也学会了收人家的送礼……（《一地鸡毛》）

小林变了：由幼稚变得老练了，由天真变得世故了，由单纯变得复杂了。从艺术角度看，小林的性格由"扁形"变为"圆形"了。"生活"真是这样子的吗？——不是这样子又是什么样子呢？！面对这样的人物，谁不感觉他真得不能再真呢？！谁能不感到他就在我们眼前，就在我们身边，甚至就是我们自己呢？！

像小林这样的人物，从生活中走来，带着生活本身的全部本真性、丰富性、复杂性。通过小林的生存处境与心路历程，作品揭示了人与人生的种种奥秘，让读者从中透视了世态世相世情的本来面目，看清了人心人性的深层幽微，了解了人情世故的种种隐曲和复杂，因而体验到一种勘破人生底蕴的苦涩感、怅惘感、痛快感。正如马振方先生所说的："小说是表现人生的艺术，人物逼似生活中的真人、常人，必然产生特有的亲切感、真实感和艺术美感。这是圆形人物独到而普遍的审美价值，是任何扁形人物和尖形人物无法代替、也无法比拟的。"①

---

① 马振方：《小说艺术论稿》，北京大学出版社1991年版，第46页。

关于人物性格形态的把握，暂谈以上这么多。在结束本节之前，还有两个意思需要说一说。第一，人物性格类型的划分只是大体，大略，大致，粗线条，大轮廓。其实，类与类之间不是非此即彼，截然分明的，而是还有许多中间型、过渡型。第二，人物性格的形态虽有层次高低之分，但并不意味着某一种形态形象的审美价值和艺术成就就一定比另一种形态的形象低。人物性格的形态类型不能作为衡量人物形象价值和成就的唯一尺度。事实上，每种类型的性格都各有所长，各有自己独特的审美价值，因而不可一概而论。

### 二、人物形象与主题的关系

叙事文学题材的三要素(人物、情节、环境)中，人物最重要。这是因为，人是社会实践的主体，是各种"社会关系的总和"(马克思语)，所谓社会生活，就是人的生存及活动。离开了人，既无"社会"亦无"生活"。因此，作家在创作中，无不倾全力写好人物，通过人物形象尤其是主要人物形象，传达自己对社会人生的感受和理解，揭示作品的主题。

这样一来，就为欣赏者把握作品的主题提供了一个有效的思考线索——通过人物形象的分析入手。

通过人物形象揭示作品主题，大体上有以下几种情况：

### （一）通过人物性格的丰富内涵揭示主题

例如蒋子龙的《一个工厂秘书的日记》中的厂长金凤池，是个一心为工作，精明能干而又世故圆滑的人物。上任第一天，厂里人还不认识他，他就为一位普通工人解决了葬母要车的困难。为了笼络捣蛋的对手，他主动为其女儿安排了工作。他利用到工业局开会之机，在机关大楼挨门拜访搞"关系学"——他不无炫耀地宣称自己发现了一个"真理"：在资本主义社会办事靠金钱，在社会主义社会办事靠关系。他领导的工厂赢利了，支部书记主张为工人盖宿舍楼，他坚决反对，因为他怕直接管辖他们的"三姑六婆"乱伸手瓜分掉。年终发奖金，他亲自到银行软缠硬磨，要回了钱还要当天发下去，因为他怕明天来了文件不让发。果然第二天来了不让再发奖金的文件，但文件对他们已失去效用。总之，作品情节处处揭示了金凤池的精明、圆滑、世故。然而他却是廉洁奉公的好干部。他拉关系让的烟等全是自己掏腰包，家里全靠老婆工资维持生活；而且，对于自己的圆滑，金凤池本人也很讨厌，他认为自己不够"人民代表"的资格，因而选代表时不投自己的票。金凤池的性格是怎样形成的呢？他自己有过一个解释："我不是天生就这么滑的。是在这个社会上越混，身上的润滑剂就涂得越厚。泥鳅所以滑，是为了好往泥里钻，不被人抓住。人经过磕磕碰碰，也会学滑。社会越复杂，人就越滑头。"这段话，解释了金凤池性格的成因。由此，作品的主题也就明确了：抨击社会不正之风。

乔典运的《问天》，塑造了一个农民形象——三爷。支书让民主选村长，候选人是张文和李武，选谁呢？三爷首先想的是"看谁对咱好"：张文在公共场合挽回过自己的面子，为答谢这份情义，于是决定选张文；李武的妈在吃食堂时照顾过自己，此恩不能不报，于是又决定选李武。儿子说谁对咱好是白搭，得看谁对支书好，谁对支书好了才能当。思来想去两人都对支书好，三爷又决不定了，于是只好掷硬币占卜。抛了两次俩结果，没办法只好直接问支书。支书不表态，难坏了三爷。万般无奈中三爷只好弃权。

三爷的性格有点夸张和漫画化，但让人觉得很真实、很典型、很有代表性。三爷有了民主权利，却不习惯使用——他习惯于啥也不想，听上级的话。面对"民主"，他的惯性思路是自己的利益(看谁对咱好)，要不就是揣摩上级的意图(支书想叫谁当)，以上级的意志为自己的意志。这就把三爷自私、愚昧、奴性的性格特征充分刻画出来了。把握了人物性格，主题大体上也就明确了：揭示了某些农民缺乏民主意识和独立人格、愚昧奴性的精神状态，批判了极"左"政治所造成的恶劣影响，提出了要推进民主政治，必须大力提高广大人民群众的精神素质的大问题。

**（二）通过人物的命运揭示主题**

有的作品，并不特别注重人物性格的塑造，而是着眼于人物的经历、人物的命运，通过人物的生活史来透视人生和社会，从而揭示作品的主题。

莫泊桑的长篇小说《一生》就是如此。主人公约娜，是个极平凡、极普通的好姑娘。她心地单纯、温柔善良，在修道院寄宿学校接受过良好教育，很有教养。她对人生怀着美好的憧憬，却没有过分的奢望；她渴望走向生活，却缺乏必要的生活经验。离开学校回到家乡，认识了当地贵族青年于连·德·拉马尔，看到小伙子温文尔雅，风度翩翩，很快坠入情网，不久就由热恋到结婚，度过了一段短暂的甜蜜岁月。但约娜看错了人，其实于连在温柔体贴的外表下面有一颗卑污的心灵。当他与约娜结婚并占有了约娜的财产后，便开始暴露出贪婪、吝啬、自私的本性，他一心算计钱财，对约娜越来越粗暴，越来越冷淡。他诱奸了使女并使她怀孕。约娜对丈夫失望后将全部感情寄托在儿子身上，但儿子长大后和父亲一样成了冷酷无情的市侩，当他在商业投机和糜烂的私生活中耗尽母亲的财产后，便弃母亲于不顾。约娜在一连串不幸的打击下心力交瘁，灰心绝望。走投无路中只好卖掉心爱的住宅和老使女一起节俭度日。最后，儿子的姘妇死了，儿子把刚出世的婴儿交给了老母亲。约娜满心喜悦，感到生活又有了活气。小说的最后一句话，是约娜的使女萝莎丽的感叹："你瞧，人生从来不像意想中那么好，也不像意想中那么坏。"萝莎丽是约娜一生经历的见证人，她的感叹可以视为是对约娜一生命运的总结，也可以视为整个作品的主题。作者似乎是想借约娜的一生，说明人们所期待的幸福往往是不现实的，永远得不到的，但也不要完全失望；对待生活既不能有太多的幻想，也不要完全不抱希望。

人的命运，是人的生命历程，是人生在时间和空间两个方向上的展开。命运富有沧桑感，历史感，富有戏剧性，故事性，宜于直接呈现社会的面貌，传达人生的况味，因而常常为文学家所关注，选为主题的载体。鲁迅笔下的祥林嫂(《祝福》)，王蒙笔下的张思远(《蝴蝶》)，高晓声笔下的李顺大(《李顺大造屋》)性格特征并不特别鲜明突出，但其命运却十分典型。在他们的命运中负载着更为丰富深远的社会历史内容，显现着更为深刻厚重的社会文化特征。

**（三）通过性格与命运的结合揭示主题**

这种情况更为普遍，即既注意人物性格的精细刻画，通过性格尽量映照和涵盖更多的社会生活信息；同时又注意人物命运的展开描述，从人生际遇、人际纠葛、人事变迁的角度透视社会历史的底蕴。大型作品如长篇小说更多的是采用这种方式。

如莫泊桑的《漂亮朋友》就是如此。小说出色地描绘了一个流氓恶棍(性格)发迹的全过程(经历、命运)。主人公杜洛华原是一个乡村贫穷酒店老板的儿子，精明狡猾，天生的强盗胚子。在殖民地非洲服役时，奸淫烧杀，无恶不作。回巴黎后在铁路局当了一名寒酸的小职员。他无比艳羡上流社会的优雅和浮华，决心挤到这一阶层去。经人介绍，他进入了《法兰西生活报》社当了一名外勤记者。外勤记者的工作使他接触到巴黎社会的各个角落，上至亲王、部长、将军、主教，下至妓女，老鸨、咖啡馆侍者。很快他就对巴黎社会的腐臭、污浊有了透彻的认识，他认定了"在人类的岸然道貌之下，不过是永恒的男盗女娼"。这一点与他臭味相投，从而增加了他"奋斗"的信心和力量。他狡黠机敏，诡计多端，善于揣摩老板的秘密企图，善于制造假象，散布流言蜚语，很能迎合老板的需要，不久就得到老板的信任。他利用自己漂亮的外表向老板夫人献殷勤，很快被升任为"社会新闻栏"主编，从此更加肆无忌惮。他毫无道德和良心，无所顾忌地把遇到的所有女人都当做奴隶或工具加以使用，政治主编福雷斯蒂埃的妻子玛德莱娜最初是杜洛华的向导、恩人。是她帮助他写出一篇文章，使他获得了进身之阶。他对她无比钦佩，无比感激。他发现她与政界有密切交往，文笔潇洒，很有才能，便疯狂向她进攻。果然，在她丈夫死后，他如愿以偿，既接替了她丈夫的政治主编职务，又接替了丈夫的角色。依靠她的帮助，他转眼间成为政治新闻界的风云人物，新内阁的重要代言人，荣获了十字勋章，挤进了贵族阶层。之后，他的政治野心恶性膨胀，需要借用新的梯子时，他就嫌玛德莱娜碍事了。于是他设圈套玩了一出捉奸的丑剧，毫不费力地达到了离婚的目的，又从玛德莱娜那里勒索了五十万法郎的遗产。他盯上了金融巨头兼报社老板瓦尔特的权势和财产，他勾引了瓦尔特的女儿(同时也是他情人的女儿)并拐走了她，强迫瓦尔特承认他们的婚事。他要借势参与国家政治，要干更大的"事业"。杜洛华惊人的无耻使老奸巨猾的瓦尔特也大为惊叹，料定他"将来一定能当议员和部长"。

杜洛华是莫泊桑所塑造的最为成功的一个典型形象，这个人物的性格特点十分鲜明：寡廉鲜耻，阴险狡诈，不择手段。他的信条是："人人都为自己，谁有胆量，谁就胜利。"然而就是这样一个恶棍，在那个社会里竟能如鱼得水，飞黄腾达。这说明当时日益堕落腐败了的资产阶级需要他，特别是金融垄断集团，为了控制操纵国家政治经济及一切宣传工具，需要物色一批精明强干的恶棍作为走狗，这些人越是无耻越是胆大就越有利用价值。而杜洛华就正是这样的人。是社会培养和造就了杜洛华无恶不作、荒淫无耻的性格，也是社会为这种人横行无阻创造了条件。读者读完全书，作品的主题自然而然就明白了：通过杜洛华这一恶棍的发迹过程，无情地揭露和批判了资本主义社会(尤其是报界)的黑暗和腐败。——这是从社会政治角度看出的主题。

换个角度，即超越社会和历史的人生角度，我们可以说作品揭示了人类生活普遍存在的一种荒诞现象：小人得志。杜洛华这样性格的人并不是只有资本主义社会才存在。马克思主义的思想路线是实事求是，一切从实际出发，如果从实际出发我们就不得不承认，包括我们现在所处的社会主义初期阶段在内的各种社会形态下，都有这种人。这说明，这类人的存在并成为"英雄"，成为众人眼里的"成功人士"，是人类生活中普遍存在的一种荒谬现象：在一定条件下，君子斗不过小人，小人反能成功、得志。原因复杂，此处不拟细说。

《漂亮朋友》代表了莫泊桑小说思想和艺术的最高水平，由于这部作品的出版，恩格斯曾表示要向作者"脱帽致敬"。


**思考练习题**

一、人物性格的形态大致可以分为哪几种类型？每种类型各有什么特点？

二、结合具体形象体会"圆形人物"的审美价值。

三、分析曹操和王熙凤的性格特征。

四、人物形象与主题的关系是什么？

五、通过人物形象揭示作品主题大体有几种情况？

# 第三节　人物与作者

传统文学观念总是强调文学对生活的反映。在这种观念影响下，作家倾向于对生活的写实，读者倾向于把作品理解为写实，大家关注的都是作品与客观生活的关系，对作品中人物的分析往往是就人物说人物，关注是人物本身，而忘了人物背后的作家。这是一种狭隘的欣赏观念，为了纠正这一不足，这里提出人物形象与作家的关系问题，提出人物背后有作家。

## 一、人物形象与作者的关系

文学作品中人物形象与作者的关系是什么？这是读者在欣赏文学作品时经常想到的一个普遍性问题。

最简单的答案是，人物形象是作家的精神产儿，是作家心灵感受人生的艺术结晶，作家们的创作体验无不确凿证明着这一点。人物形象是作家经过心灵的熔铸创造出来的，因此在人物身上流淌着作家的血液，贯注着作家的生命，充盈着作家的精神，弥漫着作家的气息，人物是作家整个生命、心灵、精神、个性的对象化、形象化。由于作家把自己的一切都投射到人物身上，反过来，从人物身上也自然而然地映射出作家。读者眼前出现的是"双重影象"——直接是人物，间接是作者；表层是人物，深层是作者。

从人物形象上可以看到作者的什么？一可以看到作者的人生观、价值观、生活观，看到作者的人格理想、思想认识、精神追求，看到作者的生活经验、文化修养、审美情趣，看到作者的感情和理智，看到作者的个性和气质……总之，从人物身上可以看到作者整个精神世界，看到作者的方方面面——"凡你给我的我都还给你"。当然，我们这是就整体而言，至于每一具体形象身上映射了或主要映射了作者的什么，那要具体情况具体分析。

## 二、从人物形象身上可以看到作者的哪些方面

### （一）看到作者的人生观、价值观

　　例如，在《红与黑》的主人公于连·索黑尔身上，主要映射了作者司汤达的人生观、价值观和社会观。于连是一个资产阶级个人奋斗者的典型形象，是法国大革命以后成长起来的一代知识青年的代表。这批青年人大都雄心勃勃，精力充沛，在智力与意志上大大优越于贵族青年，只是因为出身微贱才不得不处于下层。但他们对此并不甘心，他们渴望财富和荣誉，渴望改变自己的社会地位，于是勇敢地投入上流社会的角斗场。于连英勇顽强地奋斗了，在他身上体现出了资产阶级个性中最有活力、最有进取性的一面。他属于资产阶级上升时期那种敢作敢为、具有顽强意志和冒险精神的类型。这种人没有宗教信仰，没有对来世的幻想也没有对来世的恐惧，他们生来就是要为荣誉、地位、财富及一切现世幸福而奋斗。他以平民的平等意识对抗封建等级观念，以个人价值对抗高贵的出身，他维护个人的尊严，追求个人的价值。总之，于连的全部行为代表了一种价值观念，这就是个人主义——追求个人幸福，个人价值，个人意志，个人的独立和自由。在19世纪文学中充满了这种"个人"，而于连是其中最为突出的一个。

　　《红与黑》的主要情节取自法国伊泽省的一个刑事案件，案件中的刑事犯是于连的原型。将生活原型改造成为一个举世闻名的艺术典型，奥妙不是别的，当然是作者赋予了他以不朽的艺术魅力——作者放进了自己，放进了自己的人生观、价值观、社会观。司汤达本人是个启蒙思想的信徒，政治态度激进，拥护资产阶级革命。在思想上，他直言不讳是一个自我中心论者，在他心目中，"利己"是人的本性，谋求个人幸福是人生的最高目的和人类一切行为的唯一动机。为荣誉、地位、财富和爱情而奋斗，是人生无可争议的"伟大事业"。他在《自我中心主义者的回忆》中说："社会好比一根竹竿，分成若干节。一个人的伟大事业就是爬上比他自己的阶级更高的阶级去，而那个阶级则想尽一切办法阻止他爬上去。"这句话非常明确地概括了他的人生观、价值观、社会观。正是由这种观念出发，他塑造出了于连①而读者从于连身上也看到了

————————

　　① 艾珉：《法国文学的理性批判精神》，北京大学出版社1991年版，第90～91页。

司汤达。

### （二）看到作者的人格理想

在列夫·托尔斯泰笔下的一系列人物身上，我们看到了作者所认同、所追求的人格理想。这些人物主要有：《一个地主的早晨》（中篇小说）、《琉森》（短篇小说）、《复活》（长篇小说)中的聂赫留朵夫，《哥萨克》中的奥列宁，《战争与和平》中的彼尔和安德烈，《安娜·卡列尼娜》中的列文。这些人物，虽然名字、职业、身份不尽相同，但有一个共同点是道德上纯洁高尚，追求人格的自我完善，有了罪恶真诚地忏悔以求良心的安宁。他们出身高贵却对社会的不平和本阶级的腐朽有明确认识，因而在精神上紧张探求走出本阶级的道路，探索如何消除社会的不平和罪恶，宣扬"爱人如爱己"的博爱思想。作为贵族，他们坚持体力劳动，尽量使自己的生活平民化，愿意为老百姓谋福利。以上种种，是托尔斯泰本人在生活中所奉行、所坚持、所思考过的，是他本人已经做过或想做的事。他追求一种完善的人格和崇高的道德境界，这种追求反映在文学作品中，就是他笔下的一系列人物形象。

### （三）看到作者的个性气质

在人物形象(尤其是在作家所刻意塑造的主要人物)身上，往往还可以透视出作者本人的个性气质。如美国著名作家海明威，30年代接连创造出一批性格强悍有力的硬汉子形象。这些人物中有斗牛士、拳击手、渔夫、猎人等。他们面对险恶的自然环境和艰难的人生处境不消沉，不退却，冷峻地与命运进行抗争。《老人与海》中的老渔夫桑提亚哥，就是硬汉形象的代表。作品写这位风烛残年的老人经过千辛万苦好不容易捕到一条大鱼，但在返航途中却被一群鲨鱼吃掉了。老人与鱼群进行了顽强的搏斗终于失败了，但他的精神不败："一个人并不是生来要被打败的，你尽可以把他消灭掉，可就是打不败他。"——从这一系列硬汉形象身上，折射出了海明威本人的个性气质。海明威从小喜欢打猎、射击、踢球、拳击、游泳，成年后在非洲丛林围过猎，在古巴海上捕过鱼，既是斗牛迷也是拳击迷，无论在任何事情上，他都喜欢做强者。可以说他笔下的硬汉形象正是他本人性格的化身。

### （四）看到作者的生活经验

例如王蒙，19岁时写的小说《青春万岁》，其中的人物形象的性格天真、单纯、透明而热情；几年后，作者阅历稍增，对生活和人生有了较多的理解，再写《组织部新来的年轻人》，主人公就相应地复杂一点，在单纯、透明和热情中又加上一些淡淡的惆怅和困惑。及至20多年后的80年代，王蒙经历了"故国八千里，风云三十年"生活的洗礼和磨炼，思想已经成熟了。复杂化了的经历、思想、感情使他看到了人和生活的复杂。于是，他开始写出一个个富有深度的思想和性格都很复杂的人物形象，典型的代表是长篇小说《活动变人形》中的倪吾诚。倪吾诚是个什么样的人？说不清，复杂得连他的儿子(倪藻)也说不清："知识分子？骗子？疯子？傻子？好人？汉奸？老革命？唐·吉诃德？极左派？极右派？民主派？寄生虫？被埋没者？窝囊废？老天爷？孔乙己？阿Q？假洋鬼子？罗亭？奥勃洛摩夫？低智商？超高智商？可怜虫？毒蛇？落伍者？超先锋派？享乐主义者？流氓？市侩？书呆子？理想主义者？这样想下去，倪藻急得一身又一身的冷汗。"很难设想，阅历简单思想浅薄的人能写出像倪吾诚这样的形象。

### （五）看到作者的无意识心理

在人物形象身上，欣赏者不但可以看到作者显意识层面的精神内涵——即作者在创作过程中可能明确意识到的东西(如人生观、价值观、人格理想、道德评价等等)；也可以看到作者无意识层面的精神内涵——作者在创作过程中没有明确意识到的东西。而这，也就是常说的深层心理或无意识、下意识、潜意识。

只要稍稍留心观察，就可以发现深层心理在作品中的存在几乎是无所不在的。例如，在新时期最早出现的一批"改革文学"里，人们发现了这样一种模式：陷入困境的改革家(英雄)，往往会得到才情卓具而且长得也很漂亮的痴情女性的辅佐(她们常常是女工程师、女记者、女医生之类的才女)。在《乔厂长上任记》里是乔光朴和童贞；在《花园街五号》里是刘钊和吕莎莎；在《跋涉者》里是杨昭远和丁雪君；在《故土》里是白天明与袁静雅……人们仔细一想，这不就是传统文学中"英雄才女"、"英雄美人"的格局吗？

张贤亮的一组作品(《土牢情话》、《灵与肉》、《绿化树》)与以上作品稍有不同,这里叙述的是悲欢离合的爱情故事,当男主角遭难时遇到的是"乔安萍——李秀芝——马缨花"这样一组心善貌美的女性,她们虽无才情但却温柔贤惠善良。人们仔细一想,这不是传统小说戏曲的"才子淑女"格局吗?这种格局多是一个落难的"才子"(知识分子),被一个委身事之的慧眼淑女(古典式女性)所救。这种种模式在当初出现时,反映了作者内心深处的幻想或愿望,也就是作者心中的无意识;如今作家仍喜欢采用这种模式,除了显现了内心深处的幻想外,还可能因为受以上传统文学的影响,脑子里无形中接受了古老的文化模式。这可以说是双重无意识。类似的例子还多。

有位精细的评论家对作为新时期审美理想载体的女性形象(余丽娜、陆文婷、冯晴岚、凌雪、袁静雅、童贞、金竹……)作了一番考察,发现她们的外貌体态乃至神情气质都有着一脉承传的相似:她们大多"生来苗条纤细,看上弱不禁风"(陆文婷);而且"多病"(如冯晴岚、余丽娜、袁静雅等)。她们又全都那么温善娴静:"具有一种特别的恬静美"(冯晴岚);"素来是从容的、沉静的","坐在对面的椅子上,安静得像一滴水"(陆文婷);"不喊不叫,脸上甚至还挂着甜蜜蜜的笑容,说话温柔好听"(童贞);"娴淑是她的本色"(袁静雅);"温柔得简直像没有脾气的人"(余丽娜)……在肖像上,她们又大都有"秀气的眉,端正的鼻子,加上乌黑的头发"(冯晴岚);还有"一双目光非常沉稳和善的眼睛,一个端正、秀美、光泽和神气的鼻子"(凌雪);"一弯柳叶眉,……那双会说话的丹凤眼神,时而深沉,似乎在思索什么?时而不安,似乎又在担心着什么?"(金竹);"她的眼神是温润的、绵软的,里面透出来的愁苦多于欢乐"(童贞);"漆黑的美发"、"温柔的含着笑意的眼睛"(陆文婷)……当这些描写分散地存在于各个作品时,我们或者发现不了什么,可是当把它们集中起来综合考察时,却会引起人的深思。从这一个个古典东方女性的体态神韵气质里,读者似乎又看到了温柔娴静纤弱多病的崔莺莺、杜丽娘、林黛玉、薛宝钗。生活中女性的外貌及性格绝不会一模一样,但几十个作家笔下的理想女性竟如此的不约而同，在作者深层潜意识中起作用的难道不是历史积淀的传统审美心理吗？！[①]

### 三、反面形象与作者的关系

上面我们谈到可以从人物形象身上不同程度地看到作者的某些方面。这里自然引出一个躲不开的问题：那么，从反面（包括有缺点弱点的）人物形象身上也能"看"到作家么？答案也是肯定的，不过不可一概而论，而应具体分析。

从反面形象身上"看"到作者，大体上有两种情况。1.从对反面人物的"丑"的否定中，反观作者正面的道德观念、情感态度和人格理想；2.从反面形象身上"看"到作者与之相同相通相近的弱点和缺陷。

第一种情况比较普遍，也容易理解，基本属于文艺常识。即作家塑造反面人物形象，揭露他(或她)的丑恶，不是"零度感情"的纯客观罗列，更不是肯定和赞扬，而是带有明确的主观情感、主观态度，如嘲笑、讽刺、挖苦、鞭挞等等，即揭露它是为了批判它、否定它。在这种批判和否定中，自然就体现出了创作主体的正面态度和正面理想。这里的转化机制颇似一个简单的数学公式：$-(-1)=1$。括号中的"$-1$"代表否定性形象(或一般人物身上的缺点错误即否定性方面)，对于否定性形象加以否定(否定之否定)，传达出的当然是正面的东西了。这种情况理论上比较简单，此处不拟多说。

这里主要谈谈第二种情况。

从反面形象上看到与作者相同、相通或相近的弱点和缺陷，大略说来有两种类型：一是直接相通，即作者本人身上就存在着与人物相同的缺点、弱点和毛病；二是间接相通，即在深层心理(无意识深处)上有某种相通之处。

我们先来看第一种类型。

果戈理的传记作家魏列萨耶夫，在研究了果戈理的生平和作品之后惊奇地发现，"我们最伟大的讽刺作家(指果戈理—引者)在自己私生活中的表现，同他抛掷到世界上永远为人嘲笑的乞乞科夫、

---

① 宋永毅：《当代小说中的性心理学》，《文学评论》1985年版第五期。

赫列斯塔科夫、罗士特来夫、玛尼洛夫一模一样。果戈理处理自己的事务时正像乞乞科夫那样不择手段，像赫列斯塔科夫那样自吹自擂到忘我的地步，漫天撒谎同罗士特来夫如出一辙，建立空中楼阁时的那份天真劲儿，活脱就是玛尼洛夫。"①

为什么果戈理笔下的人物同他本人那么相像呢？原因无它，就因为作者在塑造这些人物时取了自身的某些性格特征为模特儿。果戈理本人对这一点直言不讳。请看果戈理有趣的"供认"："坦率地说出一切：所有我最近的著作都是我的心史……对我的这些人物，我除了赋予他们以自身的龌龊行径外，还把我本人的丑陋行径也赋予他们了。我是这样做的：抓住自己的恶劣本性，把它放在另一个人身上和另外一个场合里，然后跟踪追缉，竭力把他当作一个深深地侮辱过自己的死敌来描绘，用仇恨、嘲笑以及凡是能到手的一切追逐他。"②果戈理在这里承认把自己的"恶劣本性""丑陋行径"赋予了他笔下人物，这并不意味着他本人就等同于他笔下的丑类。因为他说得很清楚，他挖出自己身上的丑恶面是为了"跟踪追缉"，是为了仇恨它、嘲笑它、批判它。能嘲笑自身丑陋的人，其心灵某种意义上已经并不丑陋。因为他已经从对自身负面的否定中超越了负面，走向了正面。——虽然如此，读者毕竟从他笔下的人物形象身上，看到了作为人的果戈理，心灵中也确实存在着至少是存在过一般人性的弱点。正因为他身上有与书中人物相同或相通的东西，所以下笔如写己，优游自如，栩栩如生；而一写到自己所不熟悉的人物则笔致枯涩，生气顿消。鲁迅在翻译了果戈理《死魂灵》第二部第二章后就看出了这一点。他说："果戈理的运命所限，就在讽刺他本身所属的一流人物。所以他描写没落人物，依然栩栩如生，一到创造他之所谓好人，就没有生气。"③

和果戈理一样，俄国另一作家冈察洛夫也承认过，他笔下那个怠惰麻木、萎靡不振、无所作为的奥勃洛摩夫，不仅是从"他人身

---

① 《果戈理是怎样写作的》，天津人民出版社1980年版，第1~2页。
② 《果戈理是怎样写作的》，天津人民出版社1980年版，第21页。
③ 《鲁迅全集》，人民文学出版社1981年版，第十卷第413页。

上"看到的,而且也是"自身"体验出来的。可见果戈理的创作经验是一种比较普遍的现象。

我们再来看第二种类型。

对人类深层心理深有研究的心理学家荣格告诉我们,在人类集体潜意识中有一个著名的"原型"叫"阴影"。所谓"阴影",荣格认为,简单说就是"黑暗的自我"。它处于人格的最内层,比其他任何原型都更多地容纳着人的最基本的自然性。"阴影"中包括一切激情和不道德的欲望和行为,它是人身上所有那些最好和最坏东西的发源地。①这种心理能量平时被理智、理性、伦理道德、社会规范压抑着,管束着,掩盖着而不流露出来。但作为心理能量被压抑不等于被清除,相反,它像一股奔涌的潜流时时在寻找表现自己的机会。作家也是人,人格深层中也不例外地隐藏着"阴影",平时被严严地控制着,没机会得到表现,但一当进入自由想象的天地,尤其是进入有缺陷的人物的心灵深处,就可能在暗中与其沟通,从而产生共鸣。在这里,是集体潜意识把他们连在一起。这时候作家对缺陷和丑恶的描写和揭露,其实也就等于自身深层心理的宣泄,说白了就是"阴影"原型在自我表现。这样一来当然就能写得生动活泼,真实可信。

英国著名作家毛姆曾分析过作家与人物在深层心理上相沟通的情形。他借笔下人物说:"作家对那些吸引着他的怪异的性格本能地感兴趣,尽管他的道德观不以为然,对此却无能为力。……他喜欢观察这种多少使他感到惊异的邪恶的人性,自认这种观察是为了满足艺术的需求;但是他的真挚却迫使他承认:他对于某些行为的反感远不如对这些行为产生原因的好奇心那样强烈。一个恶棍的性格如果刻划得完美而又合乎逻辑,对于创作者是具有一种魅惑的力量的,尽管从法律和秩序的角度看,他绝不该对恶棍有任何欣赏的态度。我猜想莎士比亚在创作埃古(《奥赛罗》中的小人——引者注)时可能比他借助月光和幻想构思苔丝德梦娜怀着更大的兴味。说不定作家在创作恶棍时实际上是在满足他内心深处的一种天性,因

---

① 霍尔等著:《荣格心理学入门》,生活·读书·新知三联书店1987年版,第56～61页。

为在文明社会中，风俗礼仪迫使这种天性隐匿到潜意识的最隐秘的底层下；给予他虚构的人物以血肉之躯，也就是使他那一部分无法表露的自我有了生命。他得到的满足是一种自由解放的快感。"①毛姆的剖析显然有些"冷酷"，也可能有点武断，但我们不得不佩服他的观察力，不得不承认其中的真理性。

毛姆所剖析出来的作家心灵深处的潜意识，前面我们已经说过，是一种集体潜意识，是人所共有的潜意识。这也就是说，作者在创作时挖掘的是自己的深层，但就其性质而言，却等于是对人性的剖析。只有从这一角度出发，才能更公平地理解作者与笔下反面形象的关系，才能更准确地理解某些反面形象不朽的艺术魅力。如歌德笔下的靡菲斯特，巴尔扎克笔下的伏脱冷，莎士比亚笔下的麦克白夫妇，陀斯妥耶夫斯基笔下的瓦尔科夫斯基公爵等等。这些人物，极端邪恶，口中常常吐出了一连串"残酷的真理"，然而却自有撼人心魄的艺术魅力。通过他们，读者对人性会有更深入全面的认识。

### 四、人物形象与作者关系的复杂性

以上，我们对作品中人物形象与作者的关系作了一些分析考察。需要说明的是，这种分析考察是抽象的、简单化的。就文学作品的实际来看，二者的关系是十分复杂十分微妙的：有的比较直接，更多的比较间接；有的比较显露，更多的比较隐晦。——这与作家所选用的题材、使用的创作原则、所属的创作流派以及本人的创作个性有关。但不管直接间接显露隐晦，有一点是必须明确的，即人物形象与作者之间的关系既不是毫不相干也不是相互等同，而是若隐若现，若明若暗，若即若离。

读者一定要牢记，文学作品属于艺术的范畴，作品中的人物形象是艺术形象，其中包含着作者而不等同于作者。即使是那些具有明显自叙传性质的作品也是这样。如美国作家菲茨杰拉尔德是一位喜欢把自己写入作品的小说家，他常常毫不留情地把自己的私生活写入小说中，以至于使读者分不清哪些是他笔下的故事哪些是他的

---

① 【英】毛姆：《月亮和六便士》，外国文学出版社1981年版，第187页。

私生活。尽管如此，我们也不能把他与笔下人物等同。他的传记作家查尔斯·显恩说得好："菲茨杰拉尔德不断地把自己渗入到他小说的人物里去，是为了他要重新创造一种想象中的美国式生活。他常常在写作中显露他自己，可是他写得如此卓越，以致他显出来的是人性的百态"20世纪30年代，鲁迅在批驳某某作品是写的生活中的某某人之类的论调时，也说过类似的话。他说，不要说某作品没有以某某人为模特儿，"纵使谁整个的进入了小说，如果作者手腕高妙，作品久传的话，读者所见的就只是书中人，和这曾经实有的人倒不相干了。例如《红楼梦》里的贾宝玉的模特儿是作者自己曹霑，《儒林外史》里马二先生的模特儿是冯执中，现在我们所觉得的却只是贾宝玉和马二先生，……这就是所谓人生有限，而艺术却较为永久的话罢。"①

**思考练习题**

一、怎样理解"人物是作者的精神产儿"这句话？

二、从人物形象身上可以看到作者的哪些方面？

三、反面形象与作者的关系大体上有哪几种情况？

四、怎样理解"作者与性格有缺陷的人物乃至是反面人物有某种内在相通的东西"？

五、谈谈深层心理与文学创作的关系。

# 第四节　把握故事情节

## 一、故事情节对于叙事作品的重要意义

一篇(部)小说写的是什么？当然是"事"。因为小说属于叙事艺术，其艺术经营的中心环节就是"叙事"，无"事"可"叙"，无论如何也不会产生一篇小说。叙事就是讲故事，因而小说家往往被称为故事家。

---

① 《鲁迅全集》，人民文学出版社1982年版，第六卷第519页。

故事在具体作品中是通过情节来展开的。情节指的就是一系列相互有因果联系的，主要按时间顺序发展的那些事件，因此有故事就有情节。情节是一篇(部)小说的骨架，也是作家创作意图和作品主题的基本载体。正因为此，读者欣赏小说的时候，当然也就要特别注意去把握小说的故事情节。

**二、怎样把握一篇(部)小说的故事情节**

**（一）用一句话或几句话归纳故事情节的梗概**

一篇作品，从整体上看总是有一个中心内容。这个中心内容大体上可以视为"关于××的故事"。如《三国演义》的中心内容，大致可以归纳为：东汉末年至三国归晋这段历史时期，军阀混战及三国鼎立的故事。《水浒传》的中心内容可以归纳为：北宋末年以宋江为首的农民军在水泊梁山起义造反的故事。《西游记》的中心内容可以归纳为：孙悟空大闹天宫和唐僧师徒四人一路斩妖除怪、战胜千难万险去西天取经的故事。《红楼梦》呢，讲的是封建大家庭贾府里的故事，如此等等。

以上归纳是对作品内容最抽象、最简括的归纳，可以视为对作品"写的是什么"的第一级归纳，归纳出的是"故事"，也就是作品的中心题材。这种归纳当然失之于粗疏，但有了这样一个归纳，读者对全书内容就看到一个总的轮廓和框架，就获得了一个俯瞰整个作品细部的制高点，就找到了全书基本情节的总的源头。有了它，就可以纲举目张，由源及流。

中心内容的展开，就推演、生发、撒播出一系列具体情节。这些具体情节仍可进行归纳和概括，这可以视为对作品"写的是什么"的第二级归纳，归纳出的是情节。如《三国演义》中的"刘关张桃园三结义"、"刘玄德三顾茅庐"，《水浒传》中的"智取生辰纲"、"三打祝家庄"，《西游记》中的"大闹天宫"、"三打白骨精"，《红楼梦》中的"宝玉挨打"、"抄检大观园"等等。这些都是著名的典型情节，在中国几乎有口皆碑。这些归纳，精要地抽取了情节的基本内容，简单明快，易懂易记，如画龙点睛，一下子活在读者心里。对故事情节的归纳，可以锻炼读者的理解力和概括力。

### （二）理出情节中的矛盾冲突及情节发展顺序

任何情节的内部都包含有某种矛盾冲突，即两种对立力量的起伏消长。这种矛盾冲突可能是尖锐激烈的，也可能是相对和缓的；可能是外在的(如人与人、人与社会、人与自然)，也可能是内在的(如思想感情上的犹豫、波动、困惑、迷惘、对立等)，更可能是内外结合，相互渗透、相互影响的。从创作角度看，矛盾冲突是情节发展的内在动因。从欣赏角度看，矛盾冲突是理解情节实质和意义的关键，所以欣赏者必须善于用心，找到矛盾冲突的症结所在。

矛盾冲突双方力量的起伏消长，推动着情节一步步地向前发展。这种发展有着大体上的轨迹：开端(即开场或发端，这是矛盾冲突的起点)、发展(矛盾冲突逐渐展开、深化、激化)、高潮(矛盾冲突达到顶点)、结局(矛盾冲突解决后的结果)。这里的顺序是事物发展的自然顺序，"生活"顺序，而不是作品的结构顺序。结构是对情节的安排，可以打破以上自然顺序，直接或从高潮或从结局写起等等。

如王蒙的小说《冬天的话题》，杜撰了一个关于"什么时候沐浴为好"的争论的荒诞故事。其中的矛盾冲突也纯属虚构：某市"沐浴学"权威朱慎独，认为晚上沐浴为好；从加拿大留学归来的青年人赵小强，在晚报上发表《加国琐记》的小文章，说那里的人们更喜欢清晨起床后洗澡。赵的文章，写者无心，而看者却有意。文章被朱慎独的崇拜者们煞有介事地视为是对权威的不敬，开始攻击赵小强；而赵小强的"哥儿们"为保护赵起而反"攻击"。于是双方矛盾越来越激化，战斗越来越升级，以致闹得沸反盈天，龙卷风一样把全城乃至方圆400公里的人都卷了进去。小说夸张、荒诞、幽默，辛辣地嘲讽了社会心理中的某些恶性积弊和不正常。小说情节的开端起始于朱慎独的崇拜者余秋萍从小报看到赵的文章，义愤填膺地找到朱氏"告状"。朱氏在崇拜者们的煽动下态度有点不大冷静，但姿态还是蛮高的。可是他的崇拜者们却加油加醋，无中生有地宣扬了一大堆朱氏骂赵小强的话。这些传到赵的耳朵里，"哥儿们"开始反击——这是情节的发展。事情一直闹得满城风雨，市领导也介入了冲突，社会上浴池开放时间开始分为早上和晚上两大派，整个社会卷入，甚至省级和国家级报刊也含蓄地参与了这场论争。赵小强觉得自己被放到一台"旋转加速器"上，越转越快，身不由己。——这是情节的高潮。这篇作品的情节没有明显的"结局"，矛盾冲突直到最后也没有得到解决。虽然"忽然又传说一个什么人说了话了，早晨洗澡也未尝不可"，但这并不是矛盾的解决，而说明争论仍在延续中。所以当有人向赵祝贺时，"他的心却更沉重了"。故事在情节高潮中结束，不了了之，留下的是另一番更深远的意味。

需要说明的是，"故事情节"是个比较含混的概念，严格说起来，"故事"和"情节"是不一样的。故事靠情节来展开，来完成，但故事"大于"情节。因为，故事中包括有非情节因素。如故事的开始往往有一些背景性介绍，告诉读者故事发生的时间、地点、环境及出场人物等等，接下来才是某件事的发生，即进入情节。如《冬天的话题》，作品开头一千多字关于朱慎独及其家世的介绍就属于非情节因素，属于故事不可缺少的内容而并不进入情节。

**（三）掌握情节的基本形态**

这也是把握故事情节的重要方面，此问题内容较多，单独列出详细解说。

**三、情节的基本形态**

古今中外小说（小说乃叙事作品经典文体，故以小说为例）汗牛充栋，浩如烟海，情节形态千类万殊，难以尽述，读者往往有眼花缭乱之感。北京大学马振方教授博览群书，详细梳理，做了富有创造性的归纳。[①]他把小说故事情节的形态大致分为拟实和表意。拟实是以人生世事为蓝本，内容须合现实的逻辑，以生活本身的样态反映生活，传达作家的识见、感情和理想；表意小说是以表意为旨归，内容是超验的，非现实的，或是现实的变形变态，以奇思异想为意念、情感营造荒诞的形象结构，传达作家的生活感受和真知灼见。两类小说，有时互相渗透互相融合，但一般以其一为主。

**（一）拟实小说的情节形态**

---

① 马振方：《小说艺术论》，北京大学出版社1999年版。

两类小说的艺术形态表现在情节上各有不同。具体说来，拟实小说的情节大致可分为三种形态。

### 1.传奇型

基本特点是情节中的人，一般都是非寻常之人（英雄，豪杰，奇人，能人，名人，美人，恶人……）；事，也是非寻常之事（英雄创业，豪杰争锋，战场厮杀，官场斗智，情场奇闻……）。在情节的组织上，注重关联性、连贯性、奇巧性、戏剧性，一般都跌宕多姿，复杂曲折，波澜起伏，引人入胜。情节中的矛盾冲突相对来说都比较尖锐、紧张、激烈，而且有起因，有发展，有高潮，有解决，来龙去脉比较清楚，节奏快捷，毫不拖沓。主要人物和主要事件有头有尾，线索分明。在艺术表现上，以叙述为主，少用工笔细描及写意、象征等手法。由于情节推进速度较快，所以与主线无关的细节较少，基本上没有或很少心理刻画，一般是将心理溶化在人物的语言行动之中，这就使情节密度较大。

传奇型情节最明显的艺术效果是扣人心弦，有很强的吸引力，使人过目不忘。如《三国演义》中关云长的"温酒斩华雄"、"过五关斩六将"、"单刀赴会"、"刮骨疗毒"、"水淹七军"、"败走麦城"等等；《水浒传》中武松的"景阳冈打虎"、"斗杀西门庆"、"醉打蒋门神"、"大闹飞云浦"、"血溅鸳鸯楼"等；林冲的"误入白虎堂"、"刺配沧州道"、"风雪山神庙"、"雪夜上梁山"等，都能给读者留下很深的印象，以至于家喻户晓，有口皆碑。

我国古代的传奇、话本、拟话本、章回小说、武侠小说、公案小说，现代的《李自成》、《林海雪原》、《犯人李铜钟的故事》等小说中的情节，基本属于这一类型。

### 2.生活型

与传奇型情节相比，生活型情节的最大特点是追求"常"而不追求"奇"。选择日常生活、凡人小事作题材，内容充分生活化、现实化、日常化、凡俗化，反映生活深入细微，就像生活本身。在艺术表现上特别注重细节的描绘，用绵密、逼真、细腻的细节编织生活之网。生活型情节由于与现实的生活形态接近，所以具有充分的可体验性、可比照性。读着这样的情节，恍如走进真实的生活氛围，使人于布帛菽粟、柴米油盐、衣食住行中品味人生的滋味。生活型情节的审美效果是让读者感到亲切、亲近而不是惊奇。

中国古典小说《红楼梦》、《儒林外史》，托尔斯泰的《安娜·卡列尼娜》，福楼拜的《包法利夫人》，奥斯丁的《傲慢与偏见》，日本紫式部的《源氏物语》等，其故事情节都是典型的生活型。这些年我国文坛上出现的被称之为"新写实主义"的小说，也属于这一类。如池莉的《烦恼人生》，方方的《风景》，刘震云的《新兵连》、《单位》、《一地鸡毛》等。

### 3.心态型

与前两种类型的情节相比，心态型情节最大特点是写人物外在行动少而内心活动多。人物心态成为作品压倒一切的艺术内容，因而作为传统情节骨骼的事件短、小、少、散，而且推进不长，往往是写了好多，情节才前进了一小段。然而就在这一小段上，却生发延展出数不清的枝杈——人物的所见、所闻、所感、所思。由那一小段"情节"线所触发，人物的各种感受、印象、联想、幻想、幻觉、回忆、情绪、情感纷至沓来，人物的心理活动和感情因素成为结构的主要依据，心理时空成为结构的中心线索，物理世界的现实时空被心理时空打乱，分割，成为两者错综复杂的结构形态。

如爱尔兰现代著名作家乔伊斯的《尤利西斯》，三大部分共18章，用写实手法记录了都柏林三个平凡人物一天的琐碎活动，它通过人物各个器官的感受，逼真、细腻地描绘了都柏林市从早到晚万花筒般的生活情景。再如我国读者熟悉的王蒙的短篇小说《春之声》，没有什么故事，用传统眼光来看，其情节很单纯很单薄：一个科学家春节前回家探亲在闷罐子车里乘车的过程。他坐在车里，没做什么事，也没什么事好做，顶多只是为一位抱孩子妇女让了"座"，与她交谈。其余全写的是他的所见、所闻、所感、所思。他感觉敏锐，联想丰富，四面八方，天花乱坠，零乱中有不零乱，都统一在一个调子中："如今每个角落的生活都在出现转机，都是有趣的，有希望的和永远不应该忘怀的。"

这类小说的意义和价值并不在于那"一小段"简薄的外在情节上，而主要在于这段情节上所粘附、生发、辐射出的生活内容、心理内容上。那是一个令人眼花缭乱然而内容可能异常丰富的生活世界、情感世界，看懂了自有美妙的趣味。

以上三类情节形态比较典型，容易识别。然而也有许多小说的情节形态并不典型，而是同时兼有两种形态特点的两栖型、中间型。

**（二）表意小说的情节形态**

表意类小说更复杂多样，这是由其超验形态特征决定的。超越现实的范畴不同，情节形态也就不同，综合考虑可分为两大类型：幻异型和变态型。

**1.幻异型**

吴承恩的《西游记》、斯威夫特的《格列佛游记》、威尔斯的《星际大战》，产生时期不同，内容、形式也不同，但有一个共同点：天马行空，幻诞奇异，超越现实的自然性，因而同属幻异型。根据三者超越自然的性质不同，由此又分属三种形态：神话式，变异式和科幻式。

神话式又称神怪式、魔幻式，鲁迅谓之"神魔小说"，是神话传说的艺术发展，也是宗教观念与现实生活在小说中互相融合的结晶，它运用神鬼灵异、妖魔幻化之类具有宗教渊源、民俗信仰的超自然意象表达作者对现实的理解和生活理想。如《西游记》和《聊斋志异》等。

变异式是不带任何迷信色彩，而使自然之人或物发生不可能发生的变异，如人化为物，物具人格之类。这类情节的最早形态出现在寓言、童话中，这两类作品经常把物人格化。但变异的范围更广，更多的是人的变异。如变异型的代表作——拉伯雷的《巨人传》，斯威夫特的《格列佛游记》，卡夫卡的《变形记》等。

在特定范畴之内，科学与神话是对立的，但科学幻想与神话幻想一样，成为小说超越现实自然性的一种形式巧手段，成为幻异型的又一形态——科幻式。科幻式小说主要在科学技术领域驰骋幻想，既要借助现实的科学，又要超越科学的现实，从而造成超越现实自然性的奇幻意象。如凡尔纳的《地心游记》、《从地球到月球》，威尔斯的《时间旅行机》等就是这类小说的代表作。

**2.变态型**

变态小说的形象、内容如果并不超越现实的自然性，只是超越其社会性，换句话说，所写之事不是人做不到的，而是人不会去做的，违反正常的生活逻辑、人情事理，这就会造成与幻异型并立的另一超验小说——变态型。

变态是变形艺术的一种，变形有自然性的，也有社会性的，变态型仅指后者。从其变态途径来看，又可分为四种形态：夸诞式、奇想式、佯谬式、假实式。

**夸诞式**：夸张是小说常用的艺术手段。但拟实之作的夸张不超出生活逻辑的最大限度，所以还是现实性的。如果夸张大大超出生活限度，使现实人生大变其态，从而失去现实性，具有荒诞的艺术品格，这就是夸诞的表意形态。如中国古代寓言中的"刻舟求剑"、"守株待兔"、"削足适履"、"揠苗助长"等，都是把人的某种不智的特征夸张到荒诞程度的产物，是现实人事的艺术变态。现代小说如马克·吐温的《竞选州长》、契诃夫的《变色龙》、《套中人》，本书前文所举的王蒙的《雄辩症》、《冬天的话题》等都是这类小说的精品。

**奇想式**：讲求艺术构思的奇与巧。所谓奇，就是造设的形象、世界新奇特异，出意表，使生活大变其态。以出奇吸引注意，表达作者情思意念。如清代小说家沈起凤在其《谐铎·桃夭村》中创造了一个风俗奇特的所在：每到仲春，地方官先将女子"以面目定其高下"，再将男子按考业排列次序，"然后合男女两案，以甲配甲，以乙配乙"。商人马某为得美妇贿通考官，得中榜首，不料奇丑女子也用同样办法"列名第一"，两者相配，哭笑不得；不肯行贿的才士和美女都被考官"缀名案尾"，因而也侥幸相配，因祸得福。作者以其奇思异想嘲讽了官场的舞弊之风，发泄了才士的不平之气。

**佯谬式**：佯谬式小说与夸诞式和奇想式不同之处在于，前两种的变态虽然超越现实，却合幻想的逻辑，因而显得合情入理，怪亦不怪，易为读者理解、接受；而佯谬变态作品展示的既非奇人，亦非异域，只是人物色言行构成的事体极端反常，自相矛盾，既无现实的逻辑性，也无幻想的逻辑性，恩惠显得异常荒谬，难于理解，给人一种莫名其妙的神秘感。但在这种荒谬的背后隐藏着作者的艺术用心，隐藏着他对现实、人生的独特的感受和思考，其中不乏真知灼见。荒谬只是事象的表面，艺术的造作，故称"佯谬"。卡夫卡的小说《审判》中的约瑟夫K，无缘无故被逮捕，抗辩、奔走都无济于事；最后被残酷处死，既不气愤，也不反抗。一切都显得莫名其妙，不合情理。还有，卡夫卡著名小说《城堡》中的主人传经送宝K受雇于城堡，却莫名其妙地进不了城堡，一切努力也都莫名其妙地不作用。这种莫名其妙的情节、事象就是生活的佯谬变态。

**假实式**：以上三种变态造成的形象、画面、艺术世界与现实生活差异很大，因而比较容易辨别。较难辨别的是假实式。假实式情节不明显违背生活逻辑，与现实情事并无显著差异，但又不像拟实之作那样贴近实在的人生，而给人一种陌生感和距离感。这种陌生感和距离感恰是变态造成的心理效应，也是变态的一个证明。这种变态的突出表现是其形象的思想强化而个性弱化。这正合作者的创作意图：主要不是摹写某种特定的人物与人生，而是假借近乎现实的形象结构表现某种思想精神和生活哲理，故谓之"假实"，而属于表意。如海明威的《老人与海》，八十多岁的老人八十多天没有打到鱼，后来打到一条硕大无比的马林鱼，但在拖鱼上岸时马林鱼又被鲨鱼吃掉了。如此人物似真似幻，不以个性鲜明见长，而以表意得力取胜。

以上所列情节的形态都是比较典型的，但是一接触实际作品或许未必如此特点鲜明。这不要紧，作为一般读者其实没有必要把作品情节形态一定分得那么清。你不明白哪篇作品具体属于哪种形态不影响欣赏。本节讨论情节形态的意义在于，让读者从理论上明白小说情节是有不同形态的，每种形态各有自身的艺术特点、艺术规范，不要固守欣赏成见，接受自己熟悉的而排斥自己相对陌生的；再者，对待不同类型的情节，要用不同的标准去衡量，而不要用此类要求彼类。

还是歌德说得好，一件艺术作品是用自由大胆的精神创造出来的，我们也就应尽可能地用自由大胆的精神去观照和欣赏。[1]

**思考练习题**

一、简述故事情节对于叙事作品的重要意义。

二、怎样把握一部叙事作品的故事情节？

三、故事情节主要有哪些主要形态？

四、阅读王蒙的短篇小说《说客盈门》，然后作下列练习。

　　1.归纳故事情节；

　　2.找出矛盾冲突；

　　3.指出情节的发展过程；

　　4.属于哪种情节形态？

---

① 《歌德谈话录》，人民文学出版社1978年版，第138页。

# 第五节 怎样评价情节

　　情节是叙事性作品的基本骨架，叙事性作品离不开情节，情节对叙事性作品有特别重要的意义。那么，作为读者，怎样评价情节处理的优劣，如何看待情节设置的利弊得失呢？讨论这一问题不能就情节论情节，而必须把它放到一个更大的背景——文学活动的全过程——来加以考察。

　　现代文学理论把文学视为一种活动——审美的精神活动，活动的四个基本要素是：世界，作家，作品，读者，四要素构成一个完整的艺术活动链条。四要素的中心是作品，是作品把它们联系在一起。用图示即：

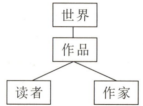

文学活动的四个基本要素

　　艺术生产，作为一种精神现象，说到底，是世界在作家头脑中反映的产物，客观世界包括宇宙自然和社会生活是文艺创作的源泉，因此必然要受到客观社会生活本身的制约；同时，又因为它是社会生活在作家头脑中反映的产物，因此又打上了生产者本身主观的精神印记；再者，艺术创作是通过欣赏才能对社会产生作用，因而，作品将对欣赏者产生什么样的影响，产生什么样的效果，也是作家不得不考虑的内容。社会生活——作家——欣赏者，也就是原料——生产者——消费者，这是完整的艺术生产系统的三个基本环节。系统论的观点告诉我们，每个系统都是一个不可分割的有机整体，要寻找处理和解决问题的最佳方案，必须立足于整体，充分考虑到要素间的互相联系。从这个理论基点出发，本书认为评价情节（对于作家来说是处理情节）需要遵循三条基本原则。

### 一、看情节是否符合生活逻辑

任何成功的文学作品的情节，都是作者通过艰苦的艺术构思才"编"（本书是从正面意义上使用这个字眼的）出来的。生活可能为作家提供相当不错的可供参考的情节，却绝不可能为作家提供不经任何艺术加工就可以原封不动搬进作品的现成情节。因此，搞创作必须善于虚构，善于编织情节。作家的虚构具有充分的自由性，但自由性不等于随意性。也就是说，情节虽然是"编"出来的，却不能随意乱编，而应当受着非常严格的规定和制约。这就是：必须服从生活逻辑，符合事理真实。"所谓事理真实，系指构成情节的人物行动合乎生活的发展逻辑，合乎社会的人情事理，具有现实的同一性；如果是神话幻想小说，则要合乎幻想的逻辑，具有幻想的同一性。——这种同一性是由人物与环境的关系体现的。情节是人物的行动，是人物与环境相互作用的结果，受人物、环境两个方面条件的制约。看一个情节真实与否，就是看某种人物在某种环境下能否采取某种行动。"[①]

不合事理真实的情节有两种。一种是现实人的"超人"行动，超越人的自然性或社会性。《三国演义》就不乏其例。诸葛亮两番"预伏锦囊妙计"就远非人力所能及。第五十四、五十五两回中，刘备赴吴招亲，身履危境，孔明对此有所预见，授以密计，化险为夷，是可能的；但历时半年之久，事态变化多端，一个个具体环节很难逆料，将三条妙计封于锦囊，并且规定了每条拆看的时间，这就弄得神出鬼没，过于玄虚，大大超过了智力的极限，因而也就不可信了。第一百零五回孔明又用同样办法于死后诛杀叛变的魏延，情节更不可信。所以鲁迅说，《三国演义》写诸葛多智而近妖。

另一种不合事理的情节与此不同，人物的行动不是人力达不到的，而是与人物性格相左，与人物所处的具体环境相矛盾。《水浒传》第三十五回"浔阳楼宋江吟反诗"，就与他先是拒不落草、后又力主投降的一贯忠君的思想、表现大相径庭，因而显得突兀、造作，不真实。前面我们讲到贾宝玉在后四十回中的表现与前面不一

---

[①] 马振方：《小说艺术论》，北京大学出版社1999年版，第113～114页。

致、与人物性格核心相违背，也属这种类型。

综上所述，"现实的情节，一要合于一般人的自然性和社会性——事理真实的大前提，二要合于个别人的性格特点和他所处的具体环境——具体真实的小前提。违背两者之一，就要破坏事物矛盾的同一性，损害情节的真实性。"①

幻想的情节不受前者的束缚，但受后者的制约。孙悟空等神话人物的行动可以超越一般人的自然性和社会性，却不可违背自己的性格，不可违背他与环境的同一性。当然，那人物、环境是幻想的，不是现实的，其同一性也是幻想的。但这幻想的同一性十分要紧，是幻想情节合于事理真实的重要前提。如孙悟空神勇无比，变化多端，天马行空，自由自在，但作者设定他要受紧箍咒的约束，这就是一个幻想的规定，既然设定就必须遵守，不能违背这一规定，违背了就不可信。

然而，生活中具体事件受多种因素的影响，所以，同样是符合生活逻辑，事物的发展趋向往往不只是一种可能性，而是有多种可能性。表现在艺术作品里，情节的发展就可能有多种趋向，而不仅仅只有一种趋向。那么，作家选择哪种可能，让情节往哪条路上发展呢？根据什么选择呢？这就要求有别的原则，也就是处理（亦即评价）情节的第二条原则。

### 二、看情节是否符合作家的创作意图

列夫·托尔斯泰的短篇小说《天网恢恢》，写一个小商人阿克肖诺夫，在经商途中被栽赃诬陷为杀人犯，流放到西伯利亚做苦工，一待就是26年，已经步履蹒跚了。就在这时，来了新犯人叫马卡尔，经了解证实马卡尔就是杀了人嫁祸于他的那个人，就是破坏了他的家庭幸福，使他失去了妻子和孩子，使他受了26年冤枉罪的那个人。情节发展到这里，以后怎么办，有多种可能性：告发仇人，昭雪自己的冤案；拼出一死来报仇；保持沉默，饶恕他；等等。托尔斯泰写的是："两个星期就这样过去了。阿克肖诺夫夜里睡不着，苦恼得什么似的。"他在作着激烈的思想斗争，犹豫不

---

① 马振方：《小说艺术论》，北京大学出版社1999年版，第115页。

决。这都合乎情理。正在这时，马卡尔在监狱墙角挖洞企图逃跑被阿克肖诺夫发现了。他只要一说出去，马卡尔就会被处死——前罪姑且不论，仅此新罪就足以被置于死地了。天赐良机予阿克肖诺夫，报仇的机会到了。那么，阿克肖诺夫会怎么办呢？这里至少又有两种可能：告发或者不告发，而按一般常理，他应该去告发。但阿克肖诺夫却终于没有去告发。不但不主动告发，而且当押解他们的士兵发现有人挖地道，典狱长把大家公认为老实公道的阿克肖诺夫叫去，让他检举揭发的时候(第三次报仇雪恨的契机)，他仍然不告发。他说："我不能说，大人。要是我说了，这是不合上帝的意志的。随你怎样处置我吧，我是听候你的发落的。"——他终于没有告发他的仇人。

受了26年天大的不白之冤，惨到家破人亡，妻离子散，然而仇人到了面前且又遇到几次告发契机却终于不告发，这实在让人感到憋气，忍不住发出质问，他为什么不告发？！

很明显，是作者不让他告发。托尔斯泰是个虔诚的基督教义的信奉者，宣传者。他讲良心，讲慈善，讲博爱，讲宽恕，讲感化，讲救赎人的灵魂。在《天网恢恢》中，托尔斯泰让阿克肖诺夫见了仇敌不告发，目的就是要把他塑造成理想人物，从而宣传他的托尔斯泰主义：宽恕一切人，包括自己的仇人。托尔斯泰认为只有这样才是符合上帝的意志的。作者对这篇作品十分珍爱，在《什么是艺术》一书中，认为他所有的作品中最好的只有两篇，一篇是《高加索的俘虏》，另一篇就是《天网恢恢》。

和阿克肖诺夫的形象塑造相呼应，杀人犯马卡尔的行为(表现为情节)也按托尔斯泰的方式处理了。他终于被感化了(终于没被感化而是一坏到底也不是不可能，生活中并不乏这样的人，但托尔斯泰不需要这种人)。他跪在阿克肖诺夫面前承认自己杀了人又加害于阿克肖诺夫。他请求宽恕："看基督份上，宽恕我吧，我是多么卑鄙下流啊。"他终于去自首坦白了自己的罪行。

从《天网恢恢》关于阿克肖诺夫和马卡尔两人的艺术描绘中，我们看到了作者的创作意图在情节处理中所起的决定性作用。

文学作品中情节的发展，首先应该服从生活逻辑，服从人情物理。但在不违背生活逻辑和人情物理的前提下，情节的发展常常具有多种可能性而不是只有一种可能性。既然情节发展具有多种可能性，那么选择哪种可能，让情节往哪条路上发展呢？这就要看作家的创作意图了。也就是说，在情节的选择与处理背后，隐藏着的是作家。透过情节的选择与处理，我们看到的是作家，是作家的创作意图，精神意向，是作家的人生观，价值观，审美观，是作家的思想倾向，情感倾向，道德评价等等。

这一道理，在表意类作品(如神话式、寓意式、变异式、象征式、喻隐式等)中，表现得更加明显。因为表意类作品的创作宗旨即是表现主观情意，所以，情节的选择与处理均以"意"为主，服从"意"的传达。如汤显祖的《牡丹亭》，主人公杜丽娘是个痴情女子，她向往美好甜蜜的爱情，由于在现实生活中无法实现，只好把理想托之于偶然在梦中出现的书生。她"梦其人即病，病即弥连，至手画形容传于世而后死。死三年矣，复能溟莫中求得其所梦者而生。"为了爱情，她真正是"一往而深，生者可以死，死可以生。"（汤显祖：《牡丹亭记题辞》），这样的情节设计明显不是基于"实"而是基于"情"。[①]

需要进一步讨论的是，符合以上两条原则的情节就是最好的情节吗？不一定。例如舞台上要表现一个流氓调戏良家女子，让角色表演种种下流的动作。这样的情节既符合生活真实又符合作者揭露坏人的意图，但却会对观众产生不必要的刺激，具有不良的社会效果。这样的情节显然不是好情节。看来，仅有以上两条原则是不够的，还必须有别的原则来制约，这就是处理（亦即评价）情节的第三条原则——

### 三、看情节能否产生好的社会效果

文学作品具有两重性。一方面，它是作家个人创造的精神产品，通过作品表现着作家的思想感情和创作意图；另一方面，它又是社会的精神产品，它总是要对社会对大众负责的。因而作家在创作时就必须时时刻刻考虑作品可能产生的社会效果，考虑作品可能

---

①《中国美学史资料选编》，中华书局1981年版，下册第136页。

对欣赏产生什么样的影响。这种考虑制约着整个艺术处理的方案当然也包括情节的处理。历来有社会责任感的作家都是这样做的。篇幅所限，此处不再举例，相信没有读者会认为作品是可以不顾社会效果的。

由"社会效果"这条原则，我们就不难判断某些以"真实"的名义，津津乐道于展示凶杀、暴力、性行为的详尽场面和过程，从理论上看错在哪里。"真"必须辅之以"善"，才美；否则就可能是"丑"或"恶"。这些所谓的作家自然也考虑到了读者的反应，但考虑的不是社会文明的要求，而是迎合了那些非文明甚至是反文明的趣味，追求的是商业上的利益，简单说是金钱让这些人丧失了作家起码的道德意识。这些人玷污了文学，玷污了艺术，已经不配作家的称号。

以上，我们对于艺术生产系统中的四种因素三个环节进行了考察和分析，并相应提出了三条作家处理情节——同时也是欣赏者评价情节的基本原则。这三条原则各自具有相对独立性，又相互交叉、相互制约，共同组成一个有机的严密的逻辑体系。三者的关系如下：

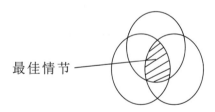

最佳情节

只有同时符合三条原则的情节才是我们需要的最佳情节。每一条都不能孤立存在，而必须与其他两条相联系、相依赖、达到辩证统一才有存在的价值。不能过分强调其中的任何一条，否则就会在思想方法上犯形而上学的错误。多年来我们的文艺工作中出现这样那样的错误，原因很多，其中与理论上的片面性和绝对化也不无关系。违反辩证法是要受惩罚的。

**思考练习题**

1.评价情节的基本原则是什么？其理论根据何在？

2.用评价情节的基本原则，分析你所欣赏的文学艺术作品？

# 第六节　背景与氛围

## 一、背景的含义

什么是背景？简单说，背景就是叙事性作品中故事发生所在的时空范围。

叙事性作品的中心任务是叙事写人，这个"事"发生在什么时候，什么地方，什么条件下，这些对人物的活动对故事的进展关系极大，正是这些为人物的活动和故事的进展提供了舞台，提供了依据，也提供了某种客观规定性。而这些，就是所谓"背景"，我国文艺理论教材中一般又叫做"环境"，它是叙事作品题材构成的三要素(人物、情节、环境)之一。正因为如此，作家在创作时一般都很注重背景的营构和描绘，有经验的读者在阅读文学作品时也很注意对背景的把握和研究。

## 二、背景的构成因素

具体作品中，背景的构成比较复杂，粗略说大体上可以分为两个层次：具体背景和社会背景。具体背景即故事发生的具体环境(人们习惯上又称为"小环境")包括时间、地点以及人物间具体的人际关系。如《红楼梦》中的贾府——大观园，《高老头》中的伏盖公寓，《老井》(郑义)中的老井村，《孔乙己》中的咸亨酒店，《祝福》中的鲁镇。更具体的是"某一天夜晚"，"在小河边"……具体背景与人物活动有直接关系，一般作品都有直接的叙述和描绘，可以在作品中直接看到。

社会背景(人们习惯上又称为"大环境")指故事发生的时代(社会环境)，也包括特定的文化氛围，如风俗、人情、习惯、民族心理等等。这是大范围的"背景"。正是这种大范围的时空背景，决定某一时期社会生活的性质，规定了人与人之间的"现实关系"，制约着人们生存活动的大致走向。社会背景在作品中有时有明确而简略的交代，如"某朝某代"，"文化大革命中"，"党的十一届三中全会以后"等等；有的交代并不清楚，如《红楼梦》，但读者也能看出来属于封建末世。

### 三、背景的作用

具体背景与社会背景的关系，是前者体现后者并受后者制约，后者寓于前者之中并通过前者表现出来。作者在创作时着力经营的是具体背景。以下，我们从几个方面谈谈背景的艺术作用，换句话说就是从哪些方面"看"背景。

### （一）背景与主题思想

背景的选择与设置对于主题思想的表现关系极大。某些特定的时间、空间具有特定的意义，作家艺术家特别注意选择这类具有特定意义的时间和空间。

如法国作家都德的《最后一课》，故事发生于最后一堂法文课上。这堂课的大背景是普鲁士军打败了法国，在占领区强制推行文化奴役政策，强行剥夺了法国人包括法国小学生学习本国语言的权利，改为一律学德语。这对于具有强烈民族自尊心的法国人来说，无疑是一种奇耻大辱。这是最后一堂法文课了，在这堂课上，教师、学生乃至于自动涌来听课的村民，都极为激动；就连平时不爱学习的小法朗士也被一种悲壮庄严的感情所控制，对本国语言表现出强烈的留恋，痛悔过去没有好好学习它。《最后一课》集中表现了法国人的爱国热忱。"最后一课"，漫长历史中极短暂的一瞬间，但在特殊情况下，它却熔铸着极为深刻的社会历史内容，具有极大的象征意义。"最后一课"，让人一听就感到了极大的情感冲击力，就会唤起深沉的亡国之痛和爱国感情。可以肯定，换一个"时间"就很难产生如此强大的艺术效果。

再如都德同是反映普法战争的短篇小说《打完这盘台球》，写一位法军元帅打台球上瘾成癖，一旦玩起来便如醉如痴，天塌下来也不顾。他又一次打台球了，时间是在敌人进攻法军阵地之际。前线将士忍饥挨冻，严阵以待，只等元帅一声令下便发起冲锋。但命令迟迟不下，原因是元帅球兴正浓。传令兵接二连三地跑来报告，军情十万火急，元帅置若罔闻。元帅的积分一分一分在增长，战场上法军士兵一批一批在阵亡。再有一分元帅就赢了这场球，然而一颗炮弹在指挥所前炸响，法军全军覆没，彻底输了这一仗。作品把故事背景安排在敌人疯狂进攻，法军急待指挥的这一瞬，把法军元帅的昏庸腐败揭露得淋漓尽致。

"空间"的安排也同样重要。如上例《打完这盘台球》，这场台球不是在娱乐休息等场所里打，而是在前线指挥所里，其揭露鞭挞的意义得到了最大程度的突出和强化。再如王蒙的《春之声》，"空间"选在挤满了急于回家过春节的旅客的闷罐子车上。车上的旅客来自四面八方，各行各业，一节车厢就是一个"社会"，车厢成了观察社会了解社会的好窗口。作品就通过主人公在车厢里所见所闻，感受到了"春之声"——"如今每个角落的生活都在出现转机，都是有趣的，有希望的和永远不应该忘怀的"。

有的作品"空间"不变，但在它上面再加上一维——变化着的"时间"，那么这一"空间"就会成为一面镜子，有效地映照出人事的更迭，社会的变迁。如老舍的《茶馆》就是成功的范例。

### （二）背景与人物性格

背景可以有效地烘托、暗示人物性格。如巴尔扎克的《欧也妮·葛朗台》中对于葛朗台老头所居住的索漠城的那条街，那所"灰暗、阴森、静寂"的屋子的描绘，无不处处表现着葛朗台的性格特点——虽腰缠万贯，但却极端地贪婪吝啬：门框支柱的柱头，门洞，门槛，都磨出无数古怪的洞眼，像法国建筑的那种虫蛀样儿，也有几分像监狱的大门。褐色的大门是橡木做的，没有油水，到处开裂。门上小洞的铁栅已经锈得发红。室内顶上的梁木露在外面，梁木中间的楼板涂着白粉，已经发黄了……一般来说，暴发户都喜欢摆阔气，比奢华，但葛朗台却相反，他把一分钱看得比自己的生命还重，他疯狂聚敛，却一个子儿也不愿花出去，他是一个守财奴。这才是葛朗台，暴发户中独特的"这一个"。

有的背景设计，可以用来解释人物性格的形成。如方方小说《风景》中的"河南棚子"，是七哥生于斯长于斯的生存环境。这里贫穷、肮脏、喧闹，居住条件简陋而拥挤，七哥一家弟兄几个不得不常睡在床底下。人们缺乏文化，缺乏爱意，人与人之间变得冷酷而势利。七哥在这种环境中长大，骨子里渗透着环境所加给他的影响。

### （三）背景与情绪基调

背景描写还能有效地渲染出特定的气氛，传达出特定的情绪情感内涵。

请看鲁迅小说《药》中对"坟场"的一段描写：

> 微风早已经停息了；枯草支支直立，有如铜丝。一丝发抖的声音，在空气中愈颤愈细，细到没有，周围便都是死一般静。两人站在枯草丛里，仰面看那乌鸦；那乌鸦也在笔直的树枝间，缩着头，铁铸一般站着。①

——"气氛"阴冷，凄凉，直透骨髓。

再如：

> 会馆里的被遗忘在偏僻里的破屋是这样地寂静和空虚。时光过得真快，我爱子君，仗着她逃出这寂静和空虚，已经满一年了。事情偏又这么不凑巧，我重来时，偏偏空着的又只有这一间屋。依然是这样的破空，这样的窗外的半枯的槐树和老紫藤，这样的窗前的方桌，这样的败壁，这样的靠壁的板床。深夜中独自躺在床上，就如我未曾和子君同居以前一般，过去的一年中的时光全被消灭，全未有过，我并没有曾经从这破屋子搬出，在吉兆胡同创立了满怀希望的小小的家庭。②

这是鲁迅小说《伤逝》开头部分的一段。文中对"破屋"的描绘透露着叙述人涓生的心情，同时也定下全篇的叙述语调及情绪基调：悲凉、戚怆、伤感。背景消融在情绪中，情绪投射在背景中。

### （四）背景与故事情节

记得有位作家说过，在人生，环境是招来行为的，事件和它发生的场所之间，有一种相生相应的关系。说得不错，人生中的某些行为(表现为故事情节)常常是由环境所产生出来的。"老井村"（郑

---

① 《鲁迅全集》，人民文学出版社1981年版，第一卷第448页。
② 《鲁迅全集》，人民文学出版社1981年版，第二卷第110页。

义小说《老井》中的具体背景)因为地处黄土高原，常年缺水，人的生存极为困难，这才有孙旺泉的爷爷率众舍身求雨的壮举，才有老井村祖祖辈辈为打井找水所作的艰苦努力，才生发出《老井》的一系列故事。再如某些特殊地域中流行的民俗风情，生活习惯，文化观念，图腾禁忌等等，也是某些特殊故事发生的生活根源。离开了这些"背景"，人物，故事都可能会变得让人不可理解。

还有些艺术品类，例如推理、侦探小说，故事情节与地理环境，生活场景关系极为密切。在这些小说中，屋后有一条小路，墙上有个裂缝，楼上有个贮藏室之类，往往可能成为情节发生发展的关键因素，成为犯罪的契机或破案的线索。因此，阅读这类文学作品，一定要注意研究背景，以便弄懂全部故事情节。

背景的作用大致就是以上这些。

关于背景，最后还须说明几点：1.有的作品，背景是固定不变的，而更多的作品中，背景是不断地变化和转移的；2.写实性较强的作品，比较强调背景的确定性、真实性，而寓意性较强的作品，往往并不强调这些，而好像是故事可以发生在任何时代、任何地方。3.有的作品，无论是对自然环境还是对社会环境，一般都有明显的文字加以描绘和交代(如巴尔扎克和雨果的作品)，而有的作品常常把背景描写融汇于故事情节之中(如《红楼梦》)。

### 四、什么是氛围

20世纪80年代初，作家王蒙在谈到小说创作时曾说过，中国的诗歌创作讲究意境，其实小说创作也应该讲究意境。小说的意境，也可以叫做氛围(为了与诗词的意境相区别，本书选择了"氛围"这一概念)，王蒙非常重视它在小说艺术中的地位，把它列为小说构成的一种基本要素。

什么是氛围呢？简单说就是作品中出现的可供读者具体感受的艺术情景、艺术场景、艺术空间，它和意境一样，是一个可以"进入"的具有空间感的活生生的"生活场"。用王蒙的话说就是小说中创造的艺术世界。他向小说家们发出号召："我希望我们在写小说时，能够注意创造这么一个艺术的世界。在某种意义上说，在小说里创造这么一个艺术的世界，比我们写出一段很精彩的故事还难。"①

王蒙有号召有行动。他自己的小说创作就很注重氛围的创造。例如他的短篇小说《听海》，写一个盲老人和一个小女孩来到大海边，亲近大海，感受大海，思考大海。老人看不见大海的浩瀚了，但他有敏锐的听觉，他不但"听波"、"听涛"而且"听虫"，他俨然进入了心灵化的艺术氛围，从中听出了浓浓的诗意，听出了一曲曲心灵的歌唱。

例如在"听虫"一节里，作者为我们描绘出这样一个艺术世界：温柔的海风，没有月亮，只有星星。在这静静的海边之夜，老人听到的不是海啸而是虫鸣："叮、叮、叮，好像在敲一个小钟，滴哩、滴哩、滴哩，好像在窃窃私语，咄、咄、咄，好像是寺庙里的木鱼，还有那难解分的拉长了的嘶——嘶——嘶，每个虫都有自己的曲调、自己的期待和自己的忧伤"。

这是一个沉静的世界："什么都没有，只有空旷，只有寂静和洁净，只有风"；这又是一个热闹的世界："当心静下来的时候，当人静下来的时候，大自然就闹起来了"。在这里，永恒而巨大的海潮声成为遥远的幕后伴唱，小虫的声音，甚至是渺小得差不多是零的颤抖的呼吸声却清晰地鸣响起来……这是一个特定的"自然世界"，一个特定的艺术氛围。

在"听波"一节里，作者笔下又是另一种景观：第二天晚上他们来到了海边沙滩上，风平浪静，老人听到的是缓慢、均匀、完全放松的海的运动。噗——，好像是吹气一样的，潮水缓缓地涌过来了。沙——，潮水碰撞了沙岸，不，那不是碰撞，而是抚摸，爱抚，像妈妈抚摸额头，像爱人抚摸脸庞。平平静静，安安稳稳，潮水涌过来又退回去，永无休止……

### 五、氛围的艺术品性

以上两种氛围，既是通常所谓的环境(背景)，又不完全是通常的环境。它与通常的环境描写不同的地方在于，它不强调对"客观"的直接再现，而是作者根据抒情达意的需要，经过选择、组织

①《漫话小说创作》，上海文艺出版社1983年版，第105页。

或根本就是由心灵幻化出来的心灵化环境，诗意化环境，它的根本特点不是再现性而是表现性。从艺术价值来说，氛围其实就是作者或作者笔下人物心灵的物化形态，是心灵的客观对应物。换句话说，艺术中的氛围不是"物质"空间，而是精神空间；不是物理空间，而是心理空间。

由于氛围的这种艺术品性，所以读者在面对"氛围"时，一定要仔细体会这里所渗透、所弥散、所暗示、所象征的精神信息，心灵信息。

如上面"听虫"一节里，盲老人沉浸在虫声的奏鸣中，渐渐听出了自己的心声：大海的潮声是永恒和巨大的，但在大海面前，小虫们并不自惭形秽，而是用尽自己的生命力去鸣叫，即使发出的是渺小得差不多是零的颤抖的呼叫，也尽其所能地叫出来："他谛听着虫鸣，又觉得在缥缈的月光中，自己也变成了那只发出颤抖的眈眈声的小虫，它在用尽自己的生命力去鸣叫。它生活在草丛和墙缝里，它感受着那夏草的芬芳和土墙的拙朴。也许不多天以后，它就会变成地上的一粒微尘，海上的泡沫，然而，现在是夏天，夏天的世界是属于它的，它是大海与大地的一个有生命力的宠儿，它应该叫，应该歌唱夏天，也应该歌唱秋天，应该歌唱它永远无法了解的神秘的冬天的白雪。他应该歌唱大海和大地，应该召唤伴侣，召唤友谊和爱情，召唤亡故的妻，召唤月光、海潮、螃蟹和黎明。黎明时分的红霞将送它入梦。妻确实是已经死了，但她分明是活过的，他的盲眼中的泪水便是证明。这泪水不是零，这小虫不是零，他和她和一切的他和她都不是零。虽然他和她和它不敢与无限大相比，无限将把他和她和它向零的方向压迫去，然而，当他们走近零的时候，零作为分母把他们衬托起来了，使他们趋向于无限，从而分享了永恒。在无限与零之间，联结着零与无限，他和她和它有自己的分明与确定的位置"。——这分明就是一曲生命的赞歌，一曲弱小的、不幸的、卑微的人的人生价值、人生意义的赞歌。小虫的吟唱，唱出了盲老人的自尊与自信，唱出了小说作者对弱小者、不幸者、卑微者的尊重、鼓舞和激励。——"叫吧，小虫，趁你还能叫的时候"。

同样，在风平浪静、缓慢、均匀、完全放松的海波声中，老人感受到的是"大海的胸襟"，大海的浩瀚可以涵纳一切，包容一切。面对大海，人世的芥蒂、纠纷、恩怨，又算得了什么！"天空是空旷的，海面是空旷的，他不再说话了，他听着海的稳重从容的声息，他感觉着这无涯的无所不包的世界，他好像回到了襁褓时期的摇篮里。大海，这就是摇篮，荡着他，唱着摇篮曲，吹着气。他微笑了，他原谅了，他睡了。"——多么富有韵味的一幅"画"！以上描绘，是大海景观的客观真实，还是人物心理的主观真实，无法分清。准确地说，两者都是：是主观心理屏幕上映出的自然景观，也是感觉化形象化物态化了的心理真实。这是一幕主观性很强的艺术"画面"，或者说是一幕表现性很强的艺术氛围。在这里，读者既听到了大海的涛声，也听到了老人的心声。作为自然的海浪拍打自然的岩石，无所谓胜利与失败，也无所谓英勇与怯懦，所谓"失败"与"英勇"，所谓"无可奈何"与"振作精神"，所谓"执着"与"超脱"云云，全是盲老人对大海的感觉与理解，是老人心中的大海，是人化的大海。

### 六、氛围小说与传统小说的区别

在传统小说里，作者最为重视的艺术因素是人物和故事，因而把如何叙述情节，如何刻画人物作为艺术经营的焦点。在现代小说里，有的作者已经不把人物和故事当作艺术经营的中心，而开始着意营构某种富有精神气息的"氛围"。在这类作品里，人物、故事的存在已经不具有独立意义，已经不成为艺术表现的目的，小说家叙述一些事件(如《听海》中人们到海滨旅游，《春之声》中乘客回家过年)，介绍几个人物(如《听海》中的盲人与小女孩，《春之声》中岳之峰和抱小孩妇女)，目的在于营造一种意境，渲染某种气氛。在这里，人物、事件成为营构意境、氛围的素材和媒介，而氛围才是艺术的真正核心。在氛围小说里，故事显得若有若无，情节显得支离破碎，人物显得模模糊糊。这些，并不是作品的缺点，因为作者的意图不在这里。作者的意图是想以氛围烘托、暗示、隐喻、象征某种情思、某种意念，某种难以言传的心态，某种曲折隐晦的人生哲理，所以作者必须把读者的注意力直接引向氛围，使氛围占据读者的注意中心和感受中心，让读者从对氛围的直接感受中得到某种启示，某种领悟，某种体验。这就理所当然地要对人物和故事进行淡化处理，有意把它们从引人注目的中心地位推到幕后去。

在着重渲染氛围的小说里，作品的意旨不靠人物和情节展现，而是从"氛围"中自自然然流出。如"听虫"一节中，主人公的(同时也是作者的)人生赞歌是从氛围的描绘中自然引发的，氛围的意蕴逐渐透明。再如美国电影《金色池塘》，反复地渲染了一个自然氛围—宁静的森林。夕阳照耀下的池塘平静无波，饱经人世风霜的一对老人安详地住在这里。老人的女儿从喧嚣浮华的城市来到这里，一下子被这里幽静、宁谧、安适的气氛所震慑，所征服，所感动。这种气氛所透出的是人类对生命的彻悟，是人类从浮华浅薄走向深沉浑朴的象征。这里没有语言，没有说明，面对这样的氛围，一切语言都是多余的。

很明显，小说里氛围的营构吸取了抒情性作品创造意境的经验，凸出和强化了作者的主观因素，以主统客，以情统形，具有明显的表现性。因而，氛围也就明显有别于一般写实性作品中的环境描写，一般的环境只是人物活动的空间，故事发生的地点或场景，其艺术价值是一维的——如这里一棵树，那里一座桥，它们只说明"这里"有什么，什么样，而不像氛围那样具有抒情性，心灵性。因此读者在欣赏着意营构氛围的作品时，要仔细品味氛围当中，氛围之外的艺术信息，体味里面所蕴涵的情思意绪。

**思考练习题**

一、什么是背景？

二、背景的构成因素有哪些？

三、背景有哪些作用？

四、举例说明什么是氛围？

五、氛围的艺术品性是什么？

六、氛围小说与传统小说的区别是什么？

七、体会下列作品中"氛围"的意味。

　　在我的后园，可以看见墙外有两株树，一株是枣树，还有一株也是枣树。

　　这上面的夜的天空，奇怪而高，我生平没有见过这样的奇怪而高的天空。他仿佛要离开人间而去，使人们仰面不再看见。然而现在却非常之蓝，闪闪地□着几十个星星的眼，冷眼。他的口角上现出微笑，似乎自以为大有深意，而将繁霜洒在我的园里的野花草上。

　　……

　　鬼眨眼的天空越加非常之蓝，不安了，仿佛想离去人间，避开枣树，只将月亮剩下。然而月亮也暗暗地躲到东边去了。而一无所有的干子，却仍然默默地铁似的直刺着奇怪而高的天空，一意要制他的死命，不管他各式各样地□着许多蛊惑的眼睛。

——鲁迅《秋夜》

# 第七章 意蕴层面

## 第一节　意蕴的涵义及类型

### 一、意蕴的涵义

作为文学作品的读者，大都有一种强烈的精神需求，那就是读完某一作品，总是要问：作品表现的是什么呢？——这实际上是在追索作品的意蕴。可以说，追索作品的意蕴，是读者的普遍性要求。

那么，什么是文艺作品的意蕴？朱光潜在翻译黑格尔论艺术的经典巨著《美学》时解释说，"意蕴"的原文是des Bedeutende，意思是"有所指"或"含有用意"的东西，近于汉语的"言之有物"的"物"，因译"意蕴"。[①]

黑格尔非常强调意蕴在作品构成中的地位。他认为，文艺作品由两种因素构成：外在因素和内在因素。外在因素即直接呈现给我们的东西——即我们通常所说的题材，在叙事性作品里表现为人物、情节、环境，在抒情性作品里表现为意象和意境等；内在的因素即意蕴。"意蕴总是比直接显现的形象更为深远的一种东西。艺术作品应该具有意蕴，……它不只是用了某种线条，曲线，面，齿纹，石头浮雕，颜色，音调，文字乃至于其它媒介，就算尽了它的能事，而是要显现出一种内在的生气，情感，灵魂，风骨和精神，这就是我们所说的艺术作品的意蕴"。[②]

黑格尔的意见代表了许多作家、理论家对于意蕴的共识，即认为意蕴是作品中所蕴涵的心灵、思想等精神性因素。基于这种认识，我国文艺理论家余秋雨把意蕴简捷地概括为"蕴藉于艺术生命体内的精神能量"。[③]作为欣赏对象的文艺作品的构成形态，决定了

---

① 朱光潜：《美学》，商务印书馆1981年版，第1卷第24页。
② 朱光潜：《美学》，商务印书馆1981年版，第1卷第25页。
③《艺术创造工程》，上海文艺出版社1987年版，第53页。

主体对它的欣赏程序："遇到一件艺术作品,我们首先见到的是它直接呈现给我们的东西,然后再追究它的意蕴或内容"①这就是说,欣赏一部作品,眼光绝对不能只停留在外在层次,而必须穿过外在层次把握其中的意蕴,把握文艺作品的意蕴,是文艺欣赏最关键最重要的一步。意蕴隐形于作品外在因素之中,成为外在因素的核心和主宰,那么,意蕴就是平常我们所说的主题吗?

我们的回答是:是,又不完全是。我国文艺理论关于"主题"的通常解释是:"又叫主题思想。文艺作品通过描绘现实生活和塑造艺术形象所表现出来的中心思想"②从这一定义可以看出,通常所说的"主题"即一种思想。它是通过对整个作品的分析,提炼,从而归纳总结出来的一种理性认识,具有抽象性和概括性。我国小学、中学乃至于大学课堂上,归纳一篇作品主题的模式一般是:本文通过"××"反映(或表现)了"××"。这里前一个"××",即作品的题材,直接显现于外的东西,后一个"××"即主题思想。显然,这时的主题已从具体题材中被剥离出来,已是高度概括和抽象的东西。

与主题相比,意蕴包含"思想",但又远远不止是"思想"。黑格尔说意蕴是"一种内在的生气,情感,灵魂,风骨和精神",这里当然包含所谓"思想",但又远远比"思想"丰富。它包括人的整个内心世界,显现着人的整个内心世界的全部丰富性,具有更多的心灵信息和精神内涵。例如,一首无标题乐曲,一幅山水风景画,一首即兴抒情小诗,它们可能传达了创作主体的某种感受,某种体验,某种思绪,某种情感……它们朦胧浑沌,不可捉摸,可意会不可言传,可神通不可语达,但又真切实在,而不虚无缥缈。欣赏者从这些作品里可以领悟到某种意蕴,但却不一定能归纳出什么"思想"。准确地说,它们也根本不是什么"思想"。"思想"一词具有"沉甸甸"的份量和"凝重成形"的"质感",而情绪、体验、感悟等等情感性、心灵性的东西未必都具有如此的"份量"和

---

① 朱光潜:《美学》,商务印书馆1981年版,第一卷第24页。
②《辞海》,文学分册,上海辞书出版社1979年版,第11~12页。

"质感"。要言之，"意蕴"包含思想又大于"思想"。

## 二、意蕴与意义有什么不同

简单说来，第一，意蕴大于意义。文学作品的意蕴包括意义和意味。第二，意义是经过分析，抽象出来的东西，能够以命题的形式进行表述。如上面所讨论的"主题"，其具体内容就相当于"意义"。而意蕴却不必而且也很不容易以命题的形式表述。当你试图以抽象的命题形式去表达它时，它已从命题形式中飘散和逃失了，也就是说，你所抓住的其实已经不是它本身了。"当然，我们也可以对意蕴进行理性的抽象，将意蕴转变为意义，但这已经属于审美领悟之后的理性分析了。经过理性抽象的意义小于意蕴"①。第三，从艺术欣赏的角度看，意义属于理性认识的对象，而意蕴属于审美领悟的对象。审美领悟是一种感性悟解活动，它以感性直觉的形式，对意蕴进行直接的、整体的把握和领会；而理性认识则以逻辑思维的方式，以理论的形式把握对象。逻辑思维必然要对对象进行分析和抽象，而分析和抽象的过程中，必然会丧失掉对象本身丰富微妙的东西。因此，许多艺术家拒绝对自己作品的意蕴进行抽象和归纳。当某位莎士比亚剧作的导演被问及作品的主题时，导演回答：一切都在台词里。当列夫·托尔斯泰被问及《安娜·卡列尼娜》的主题思想是什么时，托翁说要回答这一问题就必须把全部故事情节重新再写一遍。歌德也拒绝把他的作品的意蕴归结为某种简单的"概念"。他说："我对美学家们不免要发笑，笑他们自讨苦吃，想通过一些抽象名词，把我们叫做美的那处不可言说的东西化成一种概念。"②

## 三、意蕴≠作家的立意

本书以为，创作意图与意蕴之间有十分紧密的内在联系，但终究不是一回事。创作意图是作家试图通过作品表达的一种思想、认识、感情、意念，用古人的话说就是"立意"。立意的确定对于一

---

① 叶朗主编：《现代美学体系》，北京大学出版社1988年版，第193页。
② 《歌德谈话录》，人民文学出版社1978年版，第132页。

篇作品的创作来说极为重要，对于整个创作过程的各个环节都有指导作用，即所谓"意在笔先"，"以意为主"，"以意为帅"等等。立意体现在作品里，即通过艺术的形象、意境传达出去，就成为作品的意蕴。前者是后者的基础，后者是前者的外化，二者在一般情况下是一致的。——这是二者的联系。但二者的区别也是明显的。具体表现在：

（一）**意蕴是作品的意蕴** 是通过作品体现出来，以作品本身为载体的一种精神存在，它本身具有客观性和确定性，否则就失去了供人们逐渐认识、反复认识的客观依据，也失去了衡量各种不同认识是非曲直的客观标准。而创作意图是作家的主观思想主观心灵，它是存在于作家心灵中思维中的一种精神存在，它还没有通过作品外化出去，还没有找到合适的"物质"载体，因而还不具有客观性和确定性。

（二）**从内涵角度考察** 立意体现在作品里即成意蕴，二者在一般情况下往往是一致的，即作品表现出来的正是作家想要表达的。但，由于种种原因，二者之间也常常出现不一致的情形。造成这种不一致的原因是多方面的。

综上所述可以看出，意蕴≠主题思想≠意义≠立意，意蕴是作品本身所蕴涵的客观的可以归纳和概括的思想，也包括心灵、生命、情感等可意会不可言传的精神信息，换句话说即除了"思想""意义"之外还有"意味"，它具有自身的审美特性。

## 四、意蕴的类型

### （一）情感性意蕴

情感是人类精神生活的一个极重要的范畴。对于艺术创作来说，情感尤其有着特殊的价值：它既是创作的材料(表现对象)又是创作的动力(创作动机)。作家艺术家大都是情感特别丰富特别细腻特别敏感的人，同时又是具有艺术表现能力的人，于是，情感体验遂成为作家艺术家最为热衷于表现的内容。古往今来，文艺作品中留下了多么丰富的人类情感体验的信息啊!这些作品中所体现的情感也就是作品的意蕴。

如秦观的《浣溪沙》：

漠漠轻寒上小楼，晓阴无赖似穷秋，淡烟流水画屏幽。自在飞花轻似梦，无边丝雨细如愁，宝帘闲挂小银钩。

这首词的意蕴就是一种心境，一种情感体验："像轻寒一样冷漠的感觉，晓阴一样黯淡的心情，飞花一样渺茫的梦想，丝雨一样细微的哀愁"[①]这是一种空虚、落寞、无可奈何、百无聊赖的心态。这种心态十分具体也十分"抽象"，没有具体原因因而更具有普遍性和典型性。再如李清照的《声声慢》（"寻寻觅觅"）也是写心境的名篇。作者以高超的语言技巧，通过种种意象，既融情入景又直抒胸臆，创造出一个绝美的"意境"。读者从中读出了孤寂冷清、悲哀疲惫、伤感烦闷、无情无绪、无着无落、无抓无挠、若有所失、空空荡荡等情感体验。而这就是这首词的意蕴。这是一种不可名状不可言传的情绪状态，李清照敏感地捕捉到了，将其形象化、形式化、符号化了，因之，一种典型的情感体验成为可以"把握"的了。

在叙事性作品中，作家艺术家的情感态度、情感体验是作品全部意蕴的一个方面，一般来说比较隐蔽，但如果对作品进行整体观照，还 是可以体会出来的。如鲁迅对孔乙己是既有同情又有嘲讽，对阿Q是"哀其不幸，怒其不争"。曹雪芹对大观园中那群不幸的女孩子是无限同情无限惋惜，认为她们"原应叹息"（"元迎探惜"）；对封建大家庭日渐没落，他感到无限伤感。如此等等。

### （二）道德性意蕴

道德性意蕴，即作品所体现出来的某种道德倾向、道德理想、道德观念。

道德，是人们在共同的社会生活中所遵循的行为规范。从社会角度说，它是意识形态的重要组成部分之一，是社会文明程度的重要标志，社会靠它来调节人与人之间的关系。从个体角度看，它是个人精神生活的一个重要领域，是立身行事的内在准则，是内心无形的"上帝"。文学艺术以社会生活为反映和表现对象，目光始终

---

① 沈祖棻：《宋词赏析》，上海古籍出版社1980年版，第28页。

对准人，人与人的关系，人的行为动机，人的内心世界，而这一切无不与道德紧密相关，所以文学写人，必然涉及人的道德，自觉不自觉地对笔下人物作出道德评价，从中透露出作者的道德倾向，道德观念。而这，通过艺术形象体现出来，即作品的道德意蕴。

作品的道德意蕴往往以人物性格为载体，通过人物形象的塑造体现出来。如刘备的忠厚，曹操的奸诈，关羽的义气，杨家将和岳飞的忠君爱国，包公的清正廉明，陈世美的忘恩负义，赵氏孤儿的报仇雪恨，白娘子的忠贞痴情，刘慧芳的善良贤惠，聂赫留朵夫的忏悔意识，冉阿让的仁慈博爱等等，都比较明显地体现着作者的道德评价，宣示着作品的道德意蕴。

由于道德在社会生活、社会意识及人的心理结构中的地位，所以道德性内容历来为广大艺术家所关注，历来为广大欣赏者所欢迎。从文艺史看，凡是真实而深刻地表现了某一时代某一社会健康而美好的道德观念的作品，都能拨动广大欣赏者的心弦，有的甚至流传千古，与人们进行着心灵上的交流和共鸣，净化和提高着一个民族乃至全人类的道德水准。

### (三)政治性意蕴

在现代社会里，政治是社会生活的重要组成部分，在某些特定时期里，甚至是最为重要最为核心的部分。社会的政治生活状况如何，直接影响着社会生活的方方面面，影响着千千万万社会成员的前途和命运。因此，具有历史使命感和社会责任感的作家艺术家，总是时刻关心着国家大事，关心着政治生活的状况，常常以政治生活为题材进行创作，表达着自己对政治问题的认识、见解和建议，而这些就形成了作品的政治性意蕴。

例如我国粉碎"四人帮"进入新时期的最初几年里，政治问题是作家们思考的焦点，因而也是这一时期文学作品所要表现的中心内容之一。随着社会政治生活的发展和艺术家思考的深化，作品的意蕴也不断发生着嬗变。先是以《班主任》(刘心武)、《伤痕》(卢新华)为代表的对"文化大革命"所造成的沉重灾难进行揭露。紧接着是对错误政治形成的过程进行历史反思，思考重心由现实转向历史，表现领域由"文革"伤疤上推到50、60年代甚至更远，力图在更深广的范围内总结历史经验。随后出现的是以蒋子龙的《乔厂长上任记》为代表的一大批作品对社会经济体制进行的政治思考，极为深沉地揭示出现代化的历史要求和与这个要求不相适应的政治经济体制之间的矛盾，暴露了极左政治的严重遗患所形成的重重阻力，反映了要求改革的强烈愿望。这三类作品分别被冠以"伤痕文学"、"反思文学"、"改革文学"之名，由此也可以看出它们与社会政治思潮的紧密联系。由于它们契合了当时的政治思潮，所以都曾产生过强大的社会影响。20世纪90年代之后至今出现的"反腐败"小说，如张平的《抉择》《法撼汾西》《十面埋伏》《国家干部》等，都是政治性意蕴很强的小说，体现了作家在新的历史条件下高度的社会责任感和历史使命感。

由于政治在社会生活中的特殊地位，广大读者十分关心政治生活，同时也特别关注具有政治性意蕴的文艺作品。中外文艺史上，以政治性意蕴引起关注甚至产生轰动效应的例子俯拾即是。有时候，欣赏者对作品政治意蕴的关心超出了对艺术性的追求。

**（四）社会性意蕴**

社会性意蕴是指作品真实反映了一定历史时期社会生活的面貌及其本质，具有较高的认识价值，使读者能够通过作品更好地认识社会、理解社会。

对于文学反映社会生活的功能，古今中外的理论家和艺术家们一直都相当重视。古希腊的"模仿说"、文艺复兴时期的"镜子说"、十九世纪俄国的"再现说"，直到马克思主义的反映论，以及我国古代孔夫子的"诗可以观"（"观风俗之盛衰"）等等，都比较一致地认识到了文学反映社会生活的功能。文学来自生活，生活是文学的源泉，没有生活也就没有文学，所以，关注社会生活，反映社会生活，应该说是文学的题中应有之义，是文学的一个好传统。许多作家以真实地反映自己所处时代的社会生活为己任，从而创作出了不朽的作品。

如巴尔扎克、托尔斯泰、狄更斯等人就是这方面的卓越代表人物。巴尔扎克明确表示说，他决心要当法兰西社会的"书记"，为社会留下真实的记录。由于他有意识的努力，在艺术地描绘社会方面取得了辉煌的成就。恩格斯在评论他时赞颂说："他在《人间喜剧》里给我们提供了一部法国'社会'的卓越的现实主义历史，他用编年史的方式几乎逐年地把上升的资产阶级在1816至1848年这一时期对贵族社会日甚一日的冲击描写出来，……在这幅中心图画的四周，他汇集了法国社会的全部历史，我从这里，甚至在经济细节方面(如革命以后动产和不动产的重新分配)所学到的东西，也要比当时所有职业的历史学家、经济学家和统计学家那里学到的全部东西还要多"。[①]

### （五）人生意蕴

人生意蕴即作品所传达出的对人生况味的品尝与玩味，对有关人生诸问题的思考与回答。

"人生"与"社会"相互渗透相互交叉，但仔细品味，二者又不是一回事。"社会"具有明显的时间和空间的限定性，时空变了，社会面貌也随之而变。时间在流逝，社会在发展，今天的社会已不是昨日之社会，此处的社会亦不是彼处之社会，正所谓此一时也彼一时也，此一地也彼一地也。而"人生"却具有相对的稳定性与永恒性：生老病死，悲欢离合，爱情婚姻家庭，事业前途命运，成功与失败，所失与所得……无论哪个时代哪个社会的人都要面临这些人生的基本问题。它与生俱来与生俱去，谁也躲避不开，谁也超脱不了，无论是皇帝还是小民，是富翁还是乞丐。既如此，"人生"遂成为人人共同关心的对象，成为作家艺术家热衷于表现而广大读者热心欣赏的永久性话题，"认识社会和人生"遂成为广大读者最重要的欣赏动机之一。

由于"社会"和"人生"相互渗透相互交叉，描写人生要常常同时写到社会，那么具有社会性意蕴的作品和具有人生意蕴的作品有什么不同呢？大体说来，二者的着眼点不一样，重心不一样：一个着眼于社会，时代特征明显，注重背景、环境的描写；一个着眼于人生，时代特征不明显，背景、环境淡化。例如，杜甫的诗歌中，"三吏三别"等时代特征鲜明的属于前者，而《茅屋为秋风所

---

① 《马克思恩格斯选集》，人民出版社1966年版，第4卷445~446页。

破歌》、《登高》等着重品味人生况味的属于后者。在白居易的诗歌中，《观刈麦》、《卖炭翁》、《宿紫阁山北村》等篇属于前者，而《长恨歌》、《琵琶行》、《花非花》等篇则属于后者。我国新时期小说中，路遥的《平凡的世界》、贾平凹的《浮躁》、柯云路的《夜与昼》、《衰与荣》属于前者，池莉的《烦恼人生》、《太阳出世》，刘震云的《单位》、《一地鸡毛》属于后者。如此等等。

当然，由于"社会"与"人生"的相互渗透和交叉，所以同时具有人生意蕴和社会性意蕴的作品也很普遍。如鲁迅的《伤逝》、《孤独者》等。

**（六）理想性意蕴**

理想性意蕴是指作品所表现出来的追求美好事物美好生活的理想和愿望。

俄国作家冈察洛夫曾说过："……艺术家的目的，哪怕是无意识的、被动的或隐蔽的目的都是追求某些理想，譬如说，追求把他观察到的现象加以改善，追求以最好的事物代替最坏的事物。这种最好的事物便是理想，艺术家摆脱不了它，特别是当他除了智力之外，还有热情的时候"[①]冈察洛夫的话是深刻的，他透过令人眼花缭乱的艺术现象看到了艺术创造的某种本质。不安于现状，时时心存美好的愿望，憧憬美好的未来，追求美好的理想，是人类在艰难困苦中生存下来的一大精神支柱，是人类不断进步、社会不断进化的内在精神动力，也是艺术创造的内在精神动力。人类对理想的追求，一是落实在现实的社会实践中，一是表现在文艺作品中。文艺作品是寄托理想，"实现"理想的最自由的天地。整个文艺发展史充分证明了理想与艺术创造的密切关系。当原始人被倾盆而下的暴雨以及随之而来的洪水灾害逼得生存不下去的时候，《女娲补天》的神话产生了；当封建社会青年男女为不能自由婚恋而愤懑而遗憾的时候，《孔雀东南飞》、《梁山伯与祝英台》、《牡丹亭》等作品就出现了……当我们仔细考察古今中外文艺作品意蕴的时候，就

---

① 《古典文艺理论译丛》，人民文学出版社1961年版，第1册第184页。

可以清晰地看到作品中投射出来的各个时代人们的理想和愿望，看到人类心灵发展的轨迹。

### （七）人性意蕴

人性意蕴是指作品所表现出来的对于人的本性、天性的理解和认识。

什么是人性？这是一个从常识角度看来非常简单，然而从理论角度看来却又很不容易说清的问题。本书主旨不在于理论辨析，所以我们避开抽象的哲学讨论而只取通常理解：人性即人之所以为人的基本属性，它包括自然属性和社会属性，是自然属性和社会属性的渗透和融合。人性的这种结构决定了它既不等于兽性又不等于神性。人就是人，是人就不可能不受人性的制约。文学是人学，文学关注的对象是人，是人的生活、人的心灵、人的情感、人的性格、人的思想、人的命运。而这一切的深层，隐伏着的是"人性"。"人性"并不抽象，它就现身于每个人的具体生活中。因而，作家在关注人的生活、人的心灵的时候，更关注其中所蕴含的人性信息。人性，自古以来就是作家热衷表现的一个兴奋点，作家在对人的生活的具体描绘中，往往透露着自己对人性的洞察、理解和认识，从而使作品传达出耐人思索的人性意蕴。

如文艺复兴时期著名作家卜迦丘的《十日谈》，高举人性的旗帜，反对基督教神学；用个性解放反对禁欲主义，大力宣扬男女之爱、人的自然欲望是符合人性的，"人性"和"人欲"是不可抗拒的。例如"第四天"故事的开头讲了一个插曲：一个青年自幼随父亲在山上修行，过着与世隔绝的清教徒生活。有一天父亲带他下山去，看到一群年轻漂亮的姑娘。他问父亲这是什么。父亲怕儿子知道她们是女人从而唤起肉欲，于是骗他说，那是"绿鹅"，是"祸水"。但儿子不怕，他向父亲要求带一只绿鹅回去。父亲这才知道人的天性是阻挡不了的。19世纪法国作家法朗士的小说《泰绮思》，写一位高僧在沙漠中修行，忽然想到名妓泰绮思是一个贻害世道人心的尤物，他要感化她出家，救她本身，救被惑的青年们，也给自己积无量功德。在他的感化下，泰绮思竟出家了。他恨恨地毁坏了她在俗时候的衣饰。但是，奇怪得很，这位高僧回到自己的独房里继续修行时，却再也静不下来了，见妖怪，见裸体的女人，他急遁，远行，终于无效。无奈何只好跑到泰绮思那里老实坦白："我爱你！"[①]——作品对高僧有所嘲讽，但也道出了人性力量的强大。

当然，所谓人性，并不就是以上两作品所讲的"色"，其实它有着极为广泛的包涵：既包括人性的优点如同情、怜悯、向善等，也包括人性的弱点如自私、势利、好逸恶劳等。中国古代小说家对人性往往有透彻的洞悉，在作品中多有描绘[②]。关注人性，说明了人类具有理解自身、认识自身、把握自身的强烈意向，文学作品对人性的表现说明了人类在这方面的艰苦努力。当然，就每一具体作品来说，作者对人性的理解和认识或许是偏颇的，片面的；但，在人类自我认识的漫漫长途上，谁敢说自己的认识是一次完成的绝对真理呢！

### （八）哲理性意蕴

哲理性意蕴是指作品的意蕴具有哲理品格，涵盖的时间和空间更久远更阔大更具有超越性。具有哲理品格的作品，着眼点不在于特定时代、特定社会里特定的人身上发生了什么，而在于任何时代、任何社会里任何人身上都可能发生的什么。艺术哲理的本质在于对世界对人生的内在意蕴的全面性、整体性开发，是对于人生真谛的探索和开掘。人生哲理，深涵于人生现象的最深层，或者说矗立于人生现象的最高处，俯瞰着、统摄着、支配着每个具体个人的人生。它无时不在，无处不在，悄然化身于一切人的人生过程之中。人生哲理的这种涵盖性、普适性、深刻性、抽象性使其具备了强大的精神魅力，吸引着古往今来的人类苦苦地探索它，追寻它。探索它简直可以说是人类与生俱来的形而上的精神冲动。正因为如此，人生哲理成了艺术家和欣赏者注目的共同焦点，成了双方进行对话的最佳话题之一。每当欣赏者在作品中发现人生哲理时，在精神上就会感到抑制不住的兴奋。

---

① 《鲁迅全集》，人民文学出版社，1982年版，第6卷第304页。
② 邵毅平：《洞达人性的智慧》，浙江人民出版社1992年版。

人生哲理的品味其实就是人生真相的窥破。窥破了人生真相当然是愉快的,但往往同时也是痛苦的、苦涩的。这种痛苦不是一般意义上的痛苦,而是清醒的痛苦,哲学的痛苦,智慧的痛苦。它不是单纯的痛,而是痛中有快;也不是单纯的苦,而是苦中有甜。这种复合的味道才更接近人生的真实,更有深度。这种痛苦并不引人消极和颓废,而是增加几分直面人生的勇气,增加几分承受人生的内在力量,多几分应付人生、驾驭人生的智慧。

### (九)宗教性意蕴

我们不止一次说过,文学艺术所关注的对象是社会,是人生,而社会和人生太复杂太奥妙,人们对它越是深入思考就越是对有些现象感到不可理解不可思议,感到有一种超出于人的主观能力之外的"神秘力量"的存在,感到它在冥冥之中对人生对世界对自然起着一种支配作用。这种"神秘力量",通常人们称之为"上帝"、"造物主"、"大自然"、"无限"、"永恒"等等,中国古人称之为"天",称之为"道"。总之它确实客观存在着,而人对它的面目又不能完全窥知,因而感到敬畏,产生一种类似宗教性的情感体验。把这种体验通过作品体现出来,即宗教性意蕴。

如史铁生的小说《宿命》。作品写一个正春风得意、马上就要出国留学的青年人莫非,在马路上骑车突然轧在一只茄子上,摔倒后被汽车撞断了腰椎,从此以后被"种"在了病床上和轮椅里。汽车与人相撞,只是一秒钟的时间,正是这一秒钟颠覆了他的命运。那么,为什么他不能早一秒钟或者晚一秒钟摔倒从而躲开这万恶的一秒钟呢?于是他开始往回想,一步步地追根溯源。追来追去终于追到了——是因为一个学生在课堂上老是笑,而学生笑是因为他看见一只狗望着一进学校大门的大标语放了一个很响但是发闷的屁。狗放屁引起学生笑,学生笑引起莫非追问他为什么笑,追问时校长给莫非戏票,看完戏排队吃包子,回家路上碰见同学说话,然后自行车在路上轧上茄子摔倒被汽车撞断腰椎瘫痪。由狗屁到瘫痪,一连串事件的发生纯属偶然,完全随机,随便一个小小的因素变化都会打断整个链条,灾难就不会发生。但是,神秘莫测的是,一连串事件竟然因缘和合,接连发生了。这是谁在安排,谁在支配?没有谁安排，也没有谁支配，一切都是无目的无规律无原因地自然发生的。这种力量无以名之，只好把它叫做超人力量，也可以叫造化，叫"造物主"，叫"上帝"（不等于教堂里的上帝），叫"道"，叫"神"。这个"神"不是人格神，而是自然神，宇宙神——即客观世界、客观规律本身。由于它不是人格神，换句话说不是宗教所说的神，所以人们对它的感受就是类似宗教的宗教性体验，作品的意蕴就是宗教性意蕴。

《宿命》写出了对命运的偶然性、随机性、荒诞性的思索，对命运的神秘性、不可知性、不可思议性的思索。这就是我们所说的宗教性意蕴。

顺便说一句，在史铁生的作品中，相当一部分都具有宗教性意蕴。由于作者不幸的生活遭际，使他对人生对命运对宇宙思考得格外深，格外远，于是他就与"上帝"照面了。"上帝"在他笔下，是个使用频率比较高的词。

不但作家、艺术家在深入思考时不期然遇到了"上帝"，就是以探讨物质世界为己任的自然科学家，当他们一步步逼近自然的奥秘时，也同样不期然遇到了"上帝"。例如20世纪的科学泰斗爱因斯坦就是一个宗教感很强的科学家。他说："相信世界在本质上是有秩序的和可以认识的这一信念，是一切科学工作的基础。这种信念是建筑在宗教感情上的。我的宗教感情就是对……那种秩序怀有一种崇敬和激赏的心情"。"那些我们认为在科学上有伟大创造成就的人，全都浸透着真正的宗教的信念。"[1]可见，一旦穷究到人生、世界、宇宙的最深处，就会有一个"上帝"出现。在这一点上，科学与艺术是相通的。

不用多加解释读者也会明白，我们所说的"宗教"、"上帝"等等，只是为了方便的借用，是加了引号的，并不等于基督教教堂里所崇奉的上帝。二者的区别是明显的。正如爱因斯坦所说，基督教的上帝是一种支配人间祸福的人格神，而科学家所说的"上帝"是指世界秩序或因果关系。

---

[1] 赵鑫珊：《科学·艺术·哲学断想》，生活·读书·新知三联书店1985年版，第140页，第138页。

**思考练习题**

一、文艺作品的意蕴是什么？意蕴的审美特性是什么？

二、意蕴与主题思想，与意义，与立意的联系及区别是什么？

三、怎样理解"形象大于思想"？

四、文学作品的意蕴主要有哪些类型？

# 第二节　意蕴的丰富性

## 一、什么是意蕴的丰富性

前面，我们对于文学作品的意蕴进行了粗略的分类。在进行完这一工作之后，紧接着需要说明几个意思。其一，以上分出的若干类，只是文学作品意蕴的主要类型而非全部类型。文学作品意蕴的类型与人类精神生活体验相对应，而人类精神生活体验是无限复杂无限丰富的，所以对文学作品的意蕴无论分出多少类，都是不完备的，有遗漏的。其二，这些类型在具体作品中往往是互相渗透互有交叉的，而不是截然分明，互不相干的 。其三，某些作品，尤其是一些篇幅较小的作品，意蕴可能比较单纯集中，可以明确归到某一类，而相当多的作品(尤其是篇幅较大内容丰厚的作品)的意蕴往往是复杂的，多样的，即具有多方面意蕴，这就是所谓意蕴的丰富性。

## 二、以《红楼梦》等为例说明意蕴的丰富性

例如，《红楼梦》，意蕴就非常丰富，从不同角度考察就有不同的意蕴。

从社会角度看，《红楼梦》以贾府为中心，写出了一个正在衰落中的完整的封建社会：上至王公贵族，皇亲国戚，下至丫环奴仆，僧道尼姑，大至国家礼法，小至老妪怄气，封建社会的方方面面，诸如政治、经济、文化、教育、法律、宗教、婚姻、家庭，纷繁复杂，应有尽有。因此，《红楼梦》被誉为封建社会的百科全

书，为我们全面认识封建社会提供了一个活标本，具有较高的认识价值。

对于《红楼梦》，一般人不大注意从政治角度去看它，但作为具有诗人气质的政治家毛泽东，却看出了其中的政治性意蕴。毛泽东说《红楼梦》的主题是四大家族统治的历史，四大家族的兴衰史。他说曹雪芹写《红楼梦》是想"补天"，补封建制度的"天"，但写出的却是封建家族的衰落。《红楼梦》是借一家一族的衰败展示封建社会走向没落的必然性。毛泽东认为贾府的衰落，首先是人的衰败，即统治者阶层自身的腐朽所致；其次体现在作为封建根基的家长制的动摇，在贾府里的儿子不听父亲的话，各人有各人的打算；再者，封建社会经济关系也开始变化，土地所有权不断转移。以上三个基础动摇了，整个封建制度的衰败自然就无可挽回。毛泽东还认为《红楼梦》是写阶级斗争的，小说人物中统治者有二十几人，其他都是奴隶，三百多个，被压迫致死很多。《红楼梦》体现了古代的"民主文学"的传统，其民主性便是对封建制度的不满，对小人物尤其是被压迫妇女的同情。总之，毛泽东的看法是从大处着眼，即从政治、阶级斗争着眼，具有高屋建瓴的概括力，很富有启发性。

从道德角度看，作品通过艺术形象的塑造，对传统的道德观念，如男尊女卑，文死谏武死战等等，提出了大胆的挑战；通过对一切善的美的事物(如宝玉对女孩子们的尊重体贴，宝玉与黛玉的纯情相恋等)的衷心赞美，和对一切恶的丑的事物(如贾赦、贾珍、贾琏之流的淫滥，王熙凤的阴险刻毒、谋财害命等)的揭露批判，传达出明确的道德判断。

从《红楼梦》对"大观园"的描写，可以看出理想性意蕴。相对于社会现实来说，大观园不折不扣是一个"桃花源"，是一个子虚乌有的乌托邦。它的存在与外面的世界相对立：外面的世界是一个污浊的世界，肮脏的世界，淫滥的世界，功利的世界，而大观园却是一个纯净的世界，情的世界，爱的世界，超功利的世界。总之，大观园是作者创造的一个理想国。现实的污浊，逼得人透不过气来，所以才"逼"出一个大观园来，而大观园作为一种理想境界，反过来成为人们寄托精神寄托情感的符号，成为一种与现实力量相抗衡的精神力量。

从人性角度看，曹雪芹谙熟人情世故，对人与人之间的微妙关系，人的内心隐秘，都有至深至细的精彩描写。此所谓"世事洞明皆学问，人情练达即文章"。"洞明"世事，"练达"人情，说明作者对人性有着透彻的观察和理解。

从人生角度看，《红楼梦》全书都可以视为作者对人生的一声既深且长，无可奈何的感叹。作者的身世遭遇，加以精神敏感的素质，决定了他对人生的痛苦、人生的孤独、人生的悲凉、人生的荒谬、人生的无常、人生的无奈、人生的短暂、人生的失落、人生的幻灭等等，有着超乎常人的深切体验，把这一切投射到作品中，就使《红楼梦》具有了浓郁的人生意味。正是这一点，引起了不同时代不同社会不同国家的读者的深切共鸣，陪着作者感叹人生，品味人生，思考人生。

从哲理角度看，《红楼梦》对于许多关于人的本原性问题都有很深入的哲学思考。如"我"是谁？"我"是什么？"我"从哪里来？到哪里去？没有"我"之前和之后，"我"在哪里？什么是"时间"？"时间"的本质是什么？"时间"是怎么存在的？"时间"的永恒性和人的存在的短暂性。人为什么而活着？人活着的目的和价值是什么？"色"与"空"的关系是什么？如此等等，这些既玄且妙，既古老又现代的形而上命题，《红楼梦》都有自己的理解和回答。《红楼梦》对这些人生本体命题思考的深度及广度，甚至令现代人感到惊异。

还有，对于人的命运的偶然性，随机性，不可思议性，不可预测不可把握性，曹雪芹也有深切的领悟。他感到人的命运似乎被某种看不见的神秘力量支配着，他对此无法解释，只好归之于冥冥之中"神"的安排——即一切事皆前定，这就是"太虚幻境"中关于人物命运的"判词"。这当然是迷信，当然不足取。但，这至少说明艺术家曹雪芹在思考人的命运时，就像科学家爱因斯坦在思考宇宙的秩序时一样，感到了神秘，遇到了"上帝"，于是他把这个"上帝"人格化为警幻仙子(神)，一切由她主宰着。不过，作者并没有机械地演绎"判词",而是把人放回生活中去描写。从整个作品的叙述中,从诸多人物悲欢离合、盛衰起伏的遭际中,读者感到了作者曾经感受到的人生命运的某种神秘性,感到了肃穆澄明的宗教性意蕴。

对于《红楼梦》的意蕴,我们概括完了吗?当然没有。《红楼梦》是说不完道不尽的,正如歌德所说,优秀的作品无论你怎样去探测它,都是探不到底的。《红楼梦》就像一块蛋白石,能在慢慢转动的不同角度下放射出不同的光彩。

以上是从不同角度看作品,因而看出了不同意蕴。其次,如果读者看作品时运用的理论不同,即读者所戴的"眼镜"的色彩不同,也可看出不同意蕴来。

还是《红楼梦》,鲁迅说,"单是命意,就因读者的眼光而有种种:经学家看见《易》,道学家看见淫,才子看见缠绵,革命家看见排满,流言家看见宫闱秘事……"[①]英国作家戈尔丁的《蝇王》,"相信弗洛伊德的从中得出孩子们的行为是对文明社会和父母权威的反抗;道德主义者认为由此可以知道,一旦脱离社会制约和道德规范,'恶'会膨胀到何种程度;政治家说《蝇王》说明了民主的破产和专制的胜利;基督教徒归之于原罪和世纪末;还有的人索性把戈尔丁看作存在主义者。"[②]

### 三、文学作品为什么具有多方面意蕴

这首先是由文学的对象——生活——本身的特性决定的。生活本身是混沌整一的,丰富的,复杂的,它无所不包,无所不有,独立自主,周行不息。作为作家,只要尊重生活,尊重生活的本原性,就可能使作品像生活本身那样经得起分析,从中看出丰富的蕴涵。

其次是艺术方面的原因。艺术讲究含蓄、蕴藉、不直说,意蕴靠形象自身显现出来,这样就给读者留下了进行不同理解的可能。

了解了文学作品,尤其是优秀作品的意蕴具有丰富性特征之后,我们也就同时获得了把握作品意蕴的又一有益启示:必须学会

---

① 《鲁迅全集》,人民文学出版社1982年版,第8卷第145页。
② 【英】戈尔丁:《蝇王》,上海译文出版社1985年版,第9页。

从不同角度不同层次不同侧面分析提炼作品的意蕴，以求获得一个全面的立体的认识。

**思考练习题**

一、文学作品意蕴的丰富性主要表现在哪些方面？

二、文学作品为什么会具有多方面意蕴？

三、文学作品意蕴的丰富性特征对文学欣赏的启发是什么？

四、分析《三国演义》(或《西游记》)的意蕴。

# 第三节　表层意蕴与深层意蕴

## 一、什么是表层意蕴与深层意蕴

一部优秀的文学作品，除了表层意蕴之外，往往还有深层意蕴。

表层意蕴即通过作品的艺术描写，直接体现出来的意蕴，可以从艺术形象中直接归纳和概括；而深层意蕴则是直接的艺术描写所暗示、所象征出来的意蕴。深层意蕴不脱离具体的艺术描写又远远超越了具体的艺术描写，它由具体的艺术描写出发向人类精神生活的深层掘进，往往代表了人类精神生活的某种模式、某种范型。与表层意蕴相比，深层意蕴具有抽象性、普遍性、超越性特征。

## 二、举例分析作品的表层意蕴与深层意蕴

《诗经》中有两篇很有名的爱情诗：《蒹葭》和《将仲子》。《蒹葭》写一个秋天的早晨，抒情主人公来寻他(或她)的心上人，但心上人在可望而不可即的地方，他(或她)不畏水道的迂曲回盘，不顾道路险阻悠长，依然执着地追求。《将仲子》写一个热恋中少女的复杂心理。请看第一段的今译："求求您仲哥儿呀，莫翻我家里巷墙呀，可别攀断杞树杈呀。哪敢吝惜杞树杈呀？怕的是我爹和妈呀。仲哥仲哥真想您啊，爹妈责骂也可怕呀。"①

--------

① 《诗经鉴赏集》，人民文学出版社1986年版，第114页。

两诗的意蕴是什么呢?比较普遍的看法是,《蒹葭》"表达了主人公对'伊人'的爱悦之情","表现出主人公执着的爱情追求,以及不能和心爱者欢会倾诉钟情的怅惘情怀。"①《将仲子》反映了女主人公"对婚姻自由幸福的憧憬和追求","以及对当时旧礼教压制的极端不满和抗争"②。以上两诗意蕴的归纳,是直接从作品的艺术描绘中作出的,因而读过作品的读者一般都会表示同意和接受。——这可以视为两诗的表层意蕴。但这种绝对有根据有道理因而也为读者广泛接受的归纳并不意味着已穷尽了对两诗意蕴的探索。现代眼光透过直接的艺术描写看到了其中更深层更普遍更根本的东西。例如我国学者林兴宅,认为在《蒹葭》和《将仲子》里,蕴含着人类生活中最深刻的悲剧,是人生悲剧情调的象征形式。具体说,它们"分别表现了人类的两种困扰、两种心态和两种行为方式"。③

**我们将林氏的意思图示如下:**

| 意蕴<br>作品 | 人生困扰 | 心灵范式 | 行为方式 |
|---|---|---|---|
| (蒹葭) | 理想与现实的冲突 | (对可望不可及理想境界的)企恋 | 主动的进取<br>(或痛苦的追求) |
| (将仲子) | 感情与理智的冲突 | (情理冲突、灵肉交战的)内心戏剧 | 被动的顺应<br>(或无可奈何的适应) |

林氏的归纳从具体出发但又超越了具体,走向了抽象;立足于意象但又超越了意象,走向了形而上。虽然"凌空"但不"蹈虚",它开启了认识文学作品意蕴的新思路,使人很受启发。

再如白居易的《长恨歌》的意蕴,从表层看,人们的意见比较

---

① 《诗经鉴赏集》,人民文学出版社1986年版,第176页,174页。
② 《诗经鉴赏集》,人民文学出版社1986年版,第115页。
③ 《艺术魅力的探寻》,四川人民出版社1985年版,第169~177页。

一致，即表现了唐玄宗(李隆基)与杨贵妃的爱情悲剧。深一层看，"除了有一个显在的爱情悲剧的主题之外，还有一个隐在的美的主题：美的存在、美的毁灭和人类对美的向往的主题。"在《长恨歌》中，白居易把杨贵妃的美作为她的格外突出的唯一特征加以描写，因此，杨贵妃也就成为"美"的代号，她的命运也就可以视为美的命运。爱美、追求美是人类的本性，唐玄宗的"重色思倾国"就建立在爱美本性上。但是，在现实社会中，不只有美的原则，还有实利原则。当二者发生冲突的时候，实利原则往往压倒美的原则而使美遭到摧残和毁灭。所以唐玄宗在"六军不发无奈何"的情况下，为了政治的需要，只好让"宛转娥眉马前死"。这是人类的深刻悲剧，是人类永远难以摆脱的两难困境。所幸的是，无情的现实虽然可以毁灭掉美的事物，但它却不可能毁灭掉人类对美的向往。追求美、向往美将永远是人类的精神寄托、精神安慰。《长恨歌》中蓬莱仙景的神话就证明了这一点。——显然，这个"隐在的美的主题"比"李杨的爱情悲剧"的主题更具有人类学的本体意义，更具有形而上的意味。

### 三、方法论意义

以上例证的分析，具有普遍的方法论的意义。它启发我们，在欣赏文学作品时，眼光务必不要只停留于表层意蕴上，还要开动脑筋，想想在直接的艺术描写之外，是否蕴藏着更为深层的意蕴(这些深层意蕴往往也是作者所不曾想到的)。循着这一思路，我们可以"读"出许多作品的深层意蕴。例如，《安娜·卡列尼娜》除了社会性、道德性等意蕴外，还可以从中读出追求个人幸福与社会伦理规范之间永恒性的矛盾；从《哈姆雷特》中读出意愿与行为相脱节；从《阿Q正传》中读出普遍的人性的弱点……

**思考练习题**

一、举例说明什么是文学作品的表层意蕴和深层意蕴。

二、分析《离骚》的表层意蕴和深层意蕴。

# 第八章 文学综合质

## 第一节 情 调

### 一、什么是作品的情调

在阅读文学作品时，读者常常不知不觉地会进入一种情绪氛围之中，被某种情绪所吸引所控制所笼罩所感染：或热情洋溢，或冷静理智，或亲切温馨，或尖酸刻薄，或幽默滑稽，或严肃深沉，或激昂慷慨，或恬淡平和，或清新明朗，或阴郁沉重……这种情绪体验有时甚至强烈影响着读者的心情，使其在某一时间内竟然无法从中摆脱出来。读者的这种审美反应当然受制于作品的某种艺术因素，这种艺术因素，人们通常称之为情调。

让我们通过具体作品来体验什么是文学作品的情调。

例如曹操的《短歌行》：

> 对酒当歌，人生几何？
>
> 譬如朝露，去日苦多。
>
> 慨当以慷，忧思难忘。
>
> 何以解忧，唯有杜康。

这首诗是曹操抒情言志的代表作。全诗叹人生，明心志，情调颇为复杂：时而感伤，时而悲壮，时而慷慨，时而沉郁，感情一波三折，回环往复，但基本调子是沉雄豪壮，感伤而不悲观，沉郁而不沉沦。情感富有力度，其浓如酒。

再如《古诗十九首》中的"青青陵上柏"：

> 青青陵上柏，磊磊磵中石。
>
> 人生天地间，忽如远行客。
>
> 斗酒相娱乐，聊厚不为薄。
>
> 驱车策驽马，游戏宛与洛。

这首诗创作的时代背景与曹诗相距不远，但传达的思想感情却大不一样。本诗也慨叹人生之无常，但在此前提下不是珍惜有限的生命去作一番事业，而是表示要及时行乐，游戏人生，享受生活，感伤导致消沉、沉沦。所以全诗调子就很低沉、灰暗，情感真实却浮泛无力。

杜甫的《春望》：

> 国破山河在，城春草木深。
>
> 感时花溅泪，恨别鸟惊心。
>
> 烽火连三月，家书抵万金。
>
> 白头搔更短，浑欲不胜簪。

感世伤时，忧国忧民。调子抑郁、沉痛。

杜甫的《闻官军收河南河北》：

> 剑外忽传收蓟北，初闻涕泪满衣裳。
>
> 却看妻子愁何在，漫卷诗书喜欲狂。
>
> 白日放歌须纵酒，青春作伴好还乡。
>
> 即从巴峡穿巫峡，便下襄阳向洛阳。

热情洋溢，涕泪交流。调子欢快、明朗。

白居易的《问刘十九》：

> 绿蚁新醅酒，红泥小火炉。
>
> 晚来天欲雪，能饮一杯无？

天晚欲雪，邀朋饮酒，情味十足，情调温馨可人，令人微醺欲醉。

白居易的《舟中读元九诗》：

> 把君诗卷灯前读，诗尽灯残天未明，
>
> 眼痛灭灯犹暗坐，逆风吹浪打船声。

谪戍途中，怀念朋友(朋友元稹也被贬在外)，逆风吹浪，凄苦人生。诗中意境、氛围渲染得浓烈逼人，读之令人黯然无话。全诗的情调凄苦、悲凉。

通过以上诸例的罗列，读者大体可以从中体会什么是文学作品的情调。情调，指感情的基本特质。在心理学上通常指感觉、知觉等的情绪色调，即同感觉、知觉等相联系的情绪体验[①]。在文学作品

---

① 《辞海》缩印本，上海辞书出版社1980年版，第870页。

中，情调指的是贯注和流动于作品整体中的情绪色调。它没有"实体"可供把捉，你"看"不到它，然而你又无时无处不感觉到它的存在，它像精灵一样弥散充盈于作品的字里行间，诉诸读者的感觉和体验。情调有时又叫基调(基本情调)、色调或调子。

### 二、文学作品中的情调是怎样形成的

从创作心理学上看，它来源于作家创作时的心境，来源于作家对于笔下题材的心理体验、心理感觉、情感态度。找到了这种感觉，写起来就左右逢源，游刃有余，文思泉涌；找不到这种感觉则文思枯涩，凝滞艰窘，难以下笔。例如列夫·托尔斯泰在写作《哥萨克》期间，曾写信给朋友诉说自己的苦恼："我有一次跟您提到过的那部严肃的东西，我起初曾用四种不同的调子写作过，我把每一种调子写了约莫三个印张，然后就搁笔不写了，因为不知道选择哪一种调子好。"法捷耶夫在写作《青年近卫军》时，一切材料都收集好了，主人公们的性格和情节的发展也都清楚地浮现在脑子里了，但就是下不了笔，原因就是还没把握好作品的调子，没找好心理感觉。看来，文学作品情调的内在机制是作家创作时对于对象的一种基本情感体验，情感态度，它的形成与创作主体的各种主观因素有关。

### 三、怎样从情调中看作家

了解了情调的形成机制，对我们欣赏作品很有启发。它启示我们要善于通过作品的情调更好地把握作品中的作家，分析调子中蕴涵的作家的心灵，作家的情感，作家的心态，作家的个性等。

例如透过情调，首先可以体验到创作主体的心境。杜甫的《春望》与《闻官军收河南河北》的情调大不一样，很明显是因为作者创作时的心境大不相同。李清照的《声声慢(寻寻觅觅)》，情调凄然冷清，惨戚动人。透过字里行间我们看到了女诗人的内心凄凉，悲苦，寂寞，冷落，孤独，哀怨，疲惫，失望，伤感，烦闷，无聊，无情无绪，无着无落，如有所失，空空荡荡，魂不守舍。岳飞《满江红(怒发冲冠)》调子激昂悲壮，大气磅礴。这本身表现出岳飞创作时心情悲愤慷慨，壮怀激烈，洋溢着建功立业的战斗豪情。

总之，心境是内在原因，情调是外部表现。有什么样的心境，写出的作品就有相应的情调。情调的改变就意味着情绪发生了变化，心境与情调密切相关。许多作家懂得心境与作品情调的内在联系，为了保持作品相对稳定相对统一的情调，创作时尽量保持心境的一致，尽量一气呵成，而不中断停顿，致使作品情调不统一。

其次，从情调中能看出作者对生活的认识、处世的态度，看出作者的人生观、世界观。一个人热爱生活，对生活充满自信，充满理想和希望，那么其作品的情调就绝对不会悲观黑暗、低沉消极。上举曹操的《短歌行》就是显例。同样道理，一个对生活丧失信心，悲观厌世的人，其作品的情调无论如何不会是沉雄豪迈，激昂高亢的。

再次，从情调中还能看出作家的创作个性。个性是一个带有倾向性的比较稳定的心理特征的总和。人的个性是在生理素质的基础上，在教育和环境的影响下发展起来的。对于作家来说，个性表现在作品中，就形成作品的情调和风格。所以读者可以从情调中反过来把握作家的个性特征。例如鲁迅作品的调子大多冷峻、沉郁，思想深刻犀利，眼光冷静敏锐，看问题精深透辟，入木三分，从中我们可以看出鲁迅是一个阅历丰富、善于思考、抑郁内向的内倾型性格。郭沫若作品的调子大多热烈奔放、激情充沛，从中我们可以感觉到郭氏的外倾型性格。由于作家的个性特征是比较稳定的心理结构、心理模式，所以在创作中就容易外化为作品某种相对稳定的艺术色调。如果戈理的幽默，陀斯妥耶夫斯基的阴冷，屠格涅夫的感伤，契诃夫的谐谑等等，从这些调子就可以透视出作家本人的形象。

关于文学作品的调子，读者在欣赏过程中还要注意的是，对于篇幅较短、容量较小的作品(如诗、词、散文、小小说等)来说，一篇作品一般只有相对统一的一种调子；对于篇幅较长、容量较大的作品(如长篇小说)来说，一部作品可能有多种调子，即可能既有温暖的抒情，又有冷静的解剖，还有豁达宽容的幽默，如此等等。

**思考练习题**

一、举例谈谈什么是文学作品的情调。

二、情调对于创作的意义是什么？

三、怎样从情调中看作家？

四、阅读下列作品，体会其不同情调。

### 西 江 月
#### 苏 轼

世事一场大梦，人生几度新凉？夜来风叶已鸣廊，看取眉头鬓上。酒贱常愁客少，月明多被云妨。中秋谁与共孤光，把盏凄然北望。

### 浣 溪 沙
#### 苏 轼

游蕲水清泉寺，寺临兰溪，溪水西流。

山下兰芽短浸溪，松间沙路净无泥，萧萧暮雨子规啼。谁道人生无再少？门前流水尚能西，休将白发唱黄鸡。

# 第二节 传 神

## 一、"传神"的涵义

《卫风·硕人》是《诗经》里一首赞美卫庄公夫人庄姜的诗。全诗四章，最为人传诵的是第二章："手如柔荑，肤如凝脂，领如蝤蛴，齿如瓠犀，螓首蛾眉，巧笑倩兮，美目盼兮。"余冠英先生将这一章译为现代汉语："她的手指象茅草的嫩芽，皮肤像凝冻的脂膏，嫩白的颈子象蝤蛴一条，她的牙齿象瓠瓜的子儿，方正的前额弯弯的眉毛，轻巧的笑流动在嘴角，那眼儿黑白分明多么美好。"①而这一章中最有魅力的是后两句。魅力何在？在其"传神"。正如清人孙联奎所评："《卫风》之咏硕人也，曰：'手如柔荑'云云，犹是以物比物，未见其神。至曰：'巧笑倩兮，美目

———————————
① 《诗经选》，人民文学出版社1979年版，第59页。

盼兮'，则传神写照，正在阿堵，直把个绝世美人，活活的请出来在书本上滉漾。千载而下，犹如亲其笑貌。此可谓离形得似者矣。似，神似，非形似也。"①

"传神写照，正在阿堵"，是中国美术史和美学史上很著名的一句话，出自东晋画家顾恺之。顾恺之画人，"或数年不点目睛。人问其故，顾曰：'四体妍媸，本无关于妙处。传神写照，正在阿堵中。'"阿堵，意为这个，此处指眼睛。顾的意思是，传神靠的就是眼睛。这是顾恺之的创作经验谈。在人体各器官中，眼睛最能充分流露心灵的秘密，是内心生活和情感的主动性的集中点。要想写（画）好一个人，最好的是写（画）好他（她）的眼睛，因为眼睛能"传神"。

看来，"传神"一说最早来源于人物画的创作经验，后来，"传神"的理论思想泛化为衡量艺术品成败与否的一条重要标准，被广泛运用于诗歌、音乐、戏剧、小说等一切文学艺术领域，由此演化出诸多类似提法：入神、神似、神遇、神采、神理、神骏、神髓、神情、神韵等等。"神"——"传神"成为中国美学的独特范畴，成为创作、欣赏、批评文艺作品的一个重要概念。

那么，"神"到底指的是什么呢？

汉代刘安在《淮南子·说山训》中说："画西施之面，美而不可说，规孟贲之目，大而不可畏：君形者亡焉。"②这话是说，所画西施，虽美却不动人。画孟贲（古代大力士）之目，虽大却不可怕，原因是只画出了人物外形而没有画出主宰外形的内在精神。"君形者"即"神"，即人的精神气质。

据《世说新语》载，顾恺之为裴楷画像，画完了又在其面颊上添三根胡子。人问其原因，顾说裴楷的面相俊朗而有特征，添三根胡子就把特征显出来了。"看画者寻之，定觉益三毛如有神明，殊胜未安时。"③这里的"神"指的是对象的风采、特征。

到明清时，"传神"的概念被用于小说评论中，金圣叹高度评

①《中国古代文论类编》，海峡文艺出版社1990年版，上册第413页。
②《中国古代文论类编》，海峡文艺出版社1990年版，上册第393页。
③《中国古代文论类编》，海峡文艺出版社1990年版，上册第395页。

价《水浒传》的艺术成就，尤其称赞其人物塑造"传神"，说《水浒》叙一百八人，人有其性情，人有其气质，人有其形状，人有其声口，所以令人"只是看不厌"。

"神"也可以指一种精神境界，心理状态。如陶潜的名句"采菊东篱下，悠然见南山"，活现出悠然自得、闲静自适的心境。而唐宋时关于末句的"见"字颇有分歧，有人以为应为"望"字。苏东坡以为应该是"见"字，若作"望南山"，"觉一篇神气索然也。""见"与"望"都是观看之意，为什么用"望"字就神气索然了呢？苏东坡解释说："陶渊明意不在诗，诗以寄其意耳。'采菊东篱下，悠然望南山'，则既采菊又望山，意尽于此，无余蕴矣，非渊明意也。'采菊东篱下，悠然见南山'，则本自采菊，无意望山，适举首而见之，故悠然忘情，趣闲而景远。"[①]苏东坡的艺术感觉是很细腻很敏锐的，他从一字之差中体会到的是精神境界的不同，心理状态的不同；从一个字的运用中体会诗之有神与无神。

对于状物描景的作品来说，"神"还可以是指对象的精微奇妙之处，指对象独特的动态、状态，即神态。如杜甫有两句诗："白鸥没浩荡，万里谁能驯。"一个"没"字把白鸥翻飞灭没于烟波浩渺间的动态美尽传出来了。而有人不懂，认为"鸥不解没"，欲改为"波"字；苏东坡说，一字之改，就把原诗的"神气"改掉了。杜甫作诗很注意炼字，所以他的许多字用得非常传神。如"穿花蛱蝶深深见，点水蜻蜓款款飞"；"细雨鱼儿出，微风燕子斜"；"星垂平野阔，月涌大江流"；"无边落木萧萧下，不尽长江滚滚来"等等。

**二、"神"的特征**

通过以上诸例，我们大体可以意会，古人所谓的"传神"，即准确表现出了客观对象的特征、个性、气质、精髓、本质，如此等等。古人所谓的"神"，有几个重要特点。

---

① 许钦承编：《千古名句诗话辞典》，中州古籍出版社1989年版，第382页。

### （一）独特性

事物的外形可能是相似的，而事物的"神"却是绝对不相同的，是不可重复，不可代替，独一无二的。正如清代沈宗骞所说："传神写照，由来最古……以天下之人，形同者有之，貌类者有之，至于神则有不能相同者矣。"[①]如《水浒传》中人物，皆英雄豪杰，而其个性特征却各不一样。

### （二）内在性

观察事物注重内在精神气质，是中国文化的一个传统。《列子·说符》中记载的九方皋相马的故事就说明了这一传统：九方皋是相马名士伯乐的好朋友，有一次受秦穆公之命寻觅好马。九方皋辛苦奔波三个月觅得一匹，赶快呈报秦穆公。秦穆公问是一匹什么样的马，九方皋想了想说是一匹黄色的雌马，拉来一看却是一匹黑色的雄马。秦穆公很失望，说不辨牝牡骊黄的人怎么能识马之优劣。伯乐为九方皋作了辩护。伯乐说，九方皋识马的眼光与一般人不同，他是"见其精而忘其粗；见其内而忘其外；见其所见，不见其所不见；视其所视，而遗其所不视。"意思是九方皋不看重马的皮毛外相，只重视它的内在精神气质。秦穆公将信将疑地试用了那匹马，果然是天下最好的马。这故事本身具有典型意义，它道出了中国人看问题的智慧。评诗论画着重"神"就是这一智慧的表现。

### （三）超越性

古人认为"神"并不在于艺术品的某一局部某一细节某一因素，而是灌注于整体并从象外、意外、言外传达出来的具有超越性的新质。如明人彭珞说："盖诗之所以为诗者，其神在象外，其象在言外，其言在意外。"[②]金圣叹说："传神要在远望中出"也说出了"神"的超越性特征。

**思考练习题**

一、举例说明"神"的涵义。

---

① 杨辛、甘霖编：《美学原理》，北京大学出版社1983年版，第209～210页。
② 《中国古代文论类编》，海峡文艺出版社1990年版，上册第402页。

二、“神”的基本特征是什么？

三、古代对“神”的理解有什么局限？

四、下列句、段摘自安琪的短篇小说《喊山》，仔细阅读，体会字、词、句的“传神”。

（一）

八百里伏牛山，哧溜一下子，便将这地方围了起来……

（二）

一饼血红夕阳被山嘴咬住，一点儿一点儿往下吞。牛呢，便犟着脖筋，死活不肯再往前挪，硬撅橛地立等着卸套，任凭那掌鞭的汉子往死里打它。

（三）

牛通人性，便喜欢着蹄子，不等卸完套，就挣着要走。

（四）

一架山响满了焦急的牛啼声。汉子微微一笑，遂披了布衫，捎了犁，夹了鞭子，仄着身子跟着牛蹄声下山。暮色渐合，天和地都有些苍凉。汉子呢，便觉得这一个世界实在是大得慌，空得慌……

（五）

……他看见沟那边粘着一粒人，眼睛一亮，遂拧着脖子喊：“喂，那个哎——”

（六）

那边山腰里，有一豆灯火亮出，女人紧了紧脸皮，收着笑……

# 第三节　趣

## 一、“趣”之于文学的作用和意义

清代郭麐有这样一首诗：

小憩人家屋后池，绿杨风软一丝丝。

舆丁出语太奇绝，安得树荫随脚移？

——《真州道中绝句》(四首之一)

这首诗写的是，盛夏酷暑，诗人乘轿行路在真州道上，因为又热又累，所以暂时在路旁绿荫下歇息。又该上路了，轿夫好不情愿，遗憾地说：要是树荫凉儿能跟着我们一道走该多好啊！这首诗摄取的是一幅生活小景，原本无甚稀奇，但又有打动我们的地方：这就是最后一句轿夫的真情痴语，新奇别致，突发异想，让人觉得特别有趣，也就是说，这首诗妙就妙在它的新奇，它的别致，它的有趣。有趣就有味儿，有趣就动人，因此它虽不"著名"但我们仍不能不承认它是好诗。

由此引出文学的一个共性问题，即趣味性。有趣，是区别文学作品与非文学作品的一个重要标志(广义的"趣"，即严羽所说的"诗有别趣"的"趣")；也是区别文学作品优劣高下的重要标志之一(狭义的"趣"，详见下文。本文所谈即狭义的"趣")。

历来的作家、艺术家以及理论家、评论家都很重视"趣"的作用与意义。明代高启说："诗之要，有曰格、曰意、曰趣而已。"谢榛说："诗有四格，曰兴、曰趣、曰意、曰理。"李贽更说："天下文章当以趣为第一。"说法虽嫌夸张，却醒目地道出了"趣"之重要。清代黄周星说得比较平实中肯，他说："一切语言文字，未有无趣而可以感人者。"事实正是如此，若无"趣"，作品则如泥人、土马，有生形而无生气，无生气即无生命，自然不能感人。

## 二、"趣"的涵义

什么是"趣"呢？现代汉语辞典中一般把"趣"解释为意味、情态或风致。意味、情态与风致又是什么呢?这实在是一个只能感受，只能体验，只能品味，只能意会，而很难用语言文字加以准确概括的问题。——古人对此早有认识，如袁宏道说："世人所难者唯趣。趣如山上之色，水中之味，花中之光，女中之态，虽善说者不能下一语，唯会心者知之。"[①]看来，"趣"同"神"、"韵"、"气"、"味"等范畴一样，是一种活泼灵动，既空蒙又实在，既无形无相又不是不可把握的一种艺术元素。

———————————

① 《中国古代文论类编》，海峡文艺出版社1990年版，上册第441页。

"趣"难说但也并不是完全不可以说。宋代苏轼就曾试着对"趣"作过一个解释。他说："诗以奇趣为宗，反常合道为趣。"①反常，即表达的不一般化，超越常规思路，打破习惯性思维，给人以新奇感、新鲜感，让人觉得出人意表，妙不可言；合道，即合乎情理，合乎"实际"，可以理解可以接受。如郭麐的《真州道中绝句》，轿夫如果说"我真不想走啊"，"我想多凉快一会儿啊"之类，那就毫无诗意， 也就说不上有趣。因为这样说没跳出常规思路。而现在他竟异想天开地想让本不会动的树凉荫儿"活"起来"动"起来跟上自己走，这显然是疯话、傻话、痴话，即超越习惯思路的话，然而也正是在这疯、傻、痴中见出"趣"来。可见，"反常"也确是有趣的一种条件一种前提。我们认为，苏轼的话当然不能说是对"趣"的解释的最后真理，但也确实对我们理解"趣"的本质、"趣"的特征有所帮助，有所启发。

### 三、"趣"的类型

"趣"之于作品，如"香"（味）之于花，当读者在作品中发现它时，自能感到馨香扑鼻，会心一笑。然若细品之，如"香"可以分类一样，"趣"也是可以分出不同类别的。以下我们试将常见的"趣"类列出，以便于识别。由于"趣"的品格和特征如上所述，所以我们的分类不重分析不重阐释，而着重在列出作品让读者自己玩味体会。

#### （一）天趣

我们先来看看古人称之为有天趣的作品：

> 子美《秋野》诗："水深鱼极乐，林茂鸟知归。"此适会物
> 情，殊有天趣。

——谢榛《四溟诗话》

> 汤扩祖《春雨》云："一夜声喧客梦摇，春风送雨夜潇潇。
> 不知新水添多少，渔艇都撑进板桥。"庄廷延《听雨》云："梅
> 花风里雨霏霏，人卧空堂静掩扉。一夜沧浪亭畔水，料应陡没钓

---

① 《中国古代文论类编》，海峡文艺出版社1990年版，上册第444页。

鱼矶。"二诗相似，均有天趣。

——袁枚《随园诗话》

细品以上诸例及点评，我们可以感受到所谓天趣，主要是指作品妙肖自然，浑然天成，清新可爱之情态。有天趣的文字，好像是作者在"跟着感觉(直觉)走"，感觉所到，信手拈来，得之于心，应之于手，毫无刀雕斧琢之痕迹。如谢灵运的名句"池塘生春草，园柳变鸣禽"，极为质朴自然，天趣盎然，被元好问赞为"池塘春草谢家春，万古千秋五字新。"相反，如果过于雕琢用力，就会失却天趣。如宋代诗人黄庭坚，以议论为诗，以学问为诗，讲究"无一字无来历，无一字无出处"，所以作品就比较沉闷，枯涩，少有天趣。清人赵翼在《瓯北诗话》中说："山谷则专以幻峭避俗，不肯作一寻常语，而无从容游泳之趣。"赵翼的评语是不错的。

### （二）机趣

机趣即机巧之趣，这是由作者机心巧运、妙思巧构而带来的一种趣味。机趣之"趣"一般体现在作者安排之"巧"上。

如古代江南民歌《子夜歌》："始欲识郎时，两心望如一。理丝入残机，何悟不成匹！""怜欢好情怀，移居乡里。梧桐生门前，出入见梧子。"再如刘禹锡的《竹枝词》："杨柳青青江水平，闻郎江上踏歌声。东边日出西边雨，道是无晴却有晴。"以上三首诗，都是根据汉语语音的特点，采用了谐声双关语的表现方式。第一首中的"匹"既是成匹布的匹，又是匹配成双的匹；"丝"既是蚕丝，又与思念的"思"谐音。第二首中的"欢"是当时女子对情人的爱称，"梧子"双关"吾子"，即我的人。第三首中的"晴"谐音"情"，"道是无晴却有晴"明指天气阴晴无定，暗喻意中人的感情扑朔迷离，捉摸不定。以上这种"文字游戏"，巧在谐音双关，显得妙趣横生。这类表现手法在其他文学体裁如小说中也常有运用。如《红楼梦》中的"千红一窟(哭)"、"万艳同杯(悲)"、"贾雨村"(假语村言)、"甄士隐"(真事隐去)、"空对着，山中高土晶莹雪（薛宝钗）；终不忘，世外仙姝寂寞林(林黛玉)"，如此等等。

### （三）谐趣

谐趣即诙谐之趣，作品写得幽默滑稽，引人发笑。

如辛弃疾的《西江月》下片："昨夜松边醉倒，问松：'我醉何如？'只疑松动要来扶，以手推松曰：'去！'"辛弃疾别出心裁地写出了憨拙可爱的醉态以及醉态中的幻觉，写得别有风致，诙谐有趣。

鲁迅先生的笔最为辛辣，在他笔下，常常是嬉笑怒骂皆成文章。他的文字中，许多充满谐趣，请看一例：

A：阿呀，B先生，三年不见了！你对我一定失望了罢……

B：没有的事……为什么？

A：我那时对你说过，要到西湖上去做二万行的长诗，直到现在，一个字也没有，哈哈哈！

B：哦，……我可并没有失望。

A：您的"世故"可是进步了，谁都知道您记性好，"责人严"，不会这么随随便便的，您现在也学会了说谎。

B：我可并没有说谎。

A：那么，您真的对我没有失望吗？

B：唔，无所谓失望不失望，因为我根本没有信任过你。①

这段对话，俨然是精彩的相声小段，"包袱"一甩，令人喷饭，既辛辣又幽默。

### （四）情趣

主要指情绪、情感表达得新巧、别致，不一般，有趣味。

如金昌绪的《春怨》：

打起黄莺儿，莫教枝上啼。

啼时惊妾梦，不得到辽西。

小诗要表现的是少妇思念丈夫的相思之苦，但不直述直说，而是虚拟一生活味儿十足的戏剧情景，表现得情趣盎然，令人叫绝。

再如唐代诗人于鹄的《江南曲》：

---

① 《鲁迅全集》，人民文学出版社1982年版，第三卷第596～597页。

偶向江边采白蘋，还随女伴赛江神。

众中不敢分明语，暗掷金钱卜远人。

这也是一首写思妇的诗，但写法不一样，因而另有一番情趣。诗中写一位少妇心不在焉，无可无不可地随女伴"采白蘋"、"赛江神"，但她意不在此，而是苦苦地思念着心上人。她想祷祝他身体健康，她想掷钱占卜他何日归来。但这一切都不敢明说、明做，而只好暗语、暗掷以掩人耳目。小诗活活刻画出了少妇内心深处复杂而微妙的情态，充满生活情趣。

许多民歌也深谙此道，请看一首洛川民歌：

郎在山上放牛羊，姐在河边洗衣裳。郎望姐，姐望郎，牛羊跑上打麦场，棒子打在石板上。

### （五）意趣

即意念、意蕴方面奇妙生趣。

如唐代诗人张籍著名的《节妇吟》：

君知妾有夫，赠妾双明珠；

感君缠绵意，系在红罗襦。

妾家高楼连苑起，良人执戟明光里。

知君用心如日月，事夫誓拟同生死。

还君明珠双泪垂，恨不相逢未嫁时。

此诗题下曾注曰："寄东平李司空师道。"李师道是当时割据一方、很有权势的军政大官，他看中了张籍的才干，想拉他做幕僚。可是张籍政治上主张统一，反对藩镇分裂，道不同则不相为谋，因而拒绝了李的拉拢。但因为李位高势大，张又不敢得罪他，所以用这首《节妇吟》含蓄而又明白地表达了自己的政治态度：你虽有一番好意，但我不得不拒绝。张籍借男女情事以言政治，言辞委婉而意志坚决，非常巧妙而艺术地处理了一件相当棘手的人生难题。这种表现方法精巧别致，独出心裁，有理，有节，有情，有智慧，有技巧，意趣由此产生。

再如宋代诗人杨万里的《明发茅田见鹭有感》：

自叹平生老道途，不堪泥雨又驱车。

鹭鸶第一清高底，拂晓溪中有干无？

这首诗是作者一早启程赶路偶遇茅田鹭鸶所发的感叹：鹭鸶不是第一清高么？那么它一早就站立茅田，干什么呢？——那还用说，还不是为了觅食疗饥嘛！既如此，又谈何清高？！作者由鹭鸶想到了自己为官一生劳碌奔波，眼下还不得不一早驱车奔走在泥雨中，于是禁不住发出了深沉悠远的感叹：叹人生，叹命运，叹自己!作者从自身出发理解鹭鸶，又从鹭鸶身上看到自己。于是既感叹鹭鸶又感叹自己，充满意趣。

### （六）理趣

一般来说，"理"是理性的、理智的，往往与情无涉；"理"又是抽象的，枯燥的，这一点又与艺术的生动形象相瘾牾。由于以上原因，在文学作品中"说理"是需要谨慎的，但这并不意味着文学作品中不能说理。事实上，只要处理得好，即用艺术的方法去"说理"，把"理"说得很艺术，照样可以趣味盎然，这就是所谓有理趣。

请看杨万里的一首诗《晚日再度西桥》：

归近西桥东复东，蓼花迎路舞西风。

草深一鸟忽飞起，侬不觉他他觉侬。

这是一首典型的触景生情(意)的即兴诗，作者完全无意于说理，而是眼前景，胸中意，顺手拈来，浅白轻灵，富有天趣。然而，我们又完全可以把它当作一首哲理诗读。作者似不经意间吟出的第四句（"侬不觉他他觉侬"）多么富有哲理！仔细想来，社会的人际关系中有多少"侬不觉他他觉侬"的情景(如"说者无心，听者有意"就是一例)发生啊!我们每个人都处在一定的社会关系之网中，作为个人，当你自以为不关涉任何人，只是自己独个儿自由行动时，其实你已在不经意间拉动了结在你身上的整个人际关系之网，已经直接间接地关涉到网上的其他人，他人就有可能对此作出相应的反应和对策。这些反应及后果往往是你个人所始料不及的，这难道不是"侬不觉他他觉侬"吗？当你这样品味杨万里这首即兴小诗时，就不知不觉地为它的理趣所打动，沉醉于意味悠远的艺术享受中。——其实我们这样来理解杨万里的诗本身也是"侬不觉他他觉侬"的一个例子。因为，当杨万里兴味十足地写下这首诗时，他绝对不会想到千年之后会有人这样来理解他的诗。再生发去，就在笔者此刻写下对杨万里诗的理解时，也料不到未来的读者对此会作何想。可见，"侬不觉他他觉侬"就像多米诺骨牌，具有相关性、串联性、辐射性、无穷性、普遍性。想一想，此"理"难道无"趣"么？

理趣在作品中的存在形态多种多样：或在物中，或在景（或境）中，或在情中……；有的是无意说理而理自见，有的是有意说理而化为形（象）。但不管哪种形态哪种方式，都必须符合艺术规律，都必须是艺术的。好的说理诗都具有很高的艺术性，既有"理"又有"趣"。

**思考练习题**

一、谈谈"趣"之于文学的作用和意义。

二、结合具体作品谈谈什么是"趣"。

三、文学作品中的"趣"主要有哪些类别？

四、阅读作品时，注意仔细体会其中不同类别的"趣"。

# 第四节 艺术风格

## 一、什么是艺术风格

请先来仔细吟诵、品味两首著名的唐诗。

登幽州台歌

陈子昂

前不见古人，后不见来者。

念天地之悠悠，独怆然而涕下！

### 宣州谢朓楼饯别校书叔云

#### 李 白

弃我去者，昨日之日不可留，

乱我心者，今日之日多烦忧。

长风万里送秋雁，对此可以酣高楼。

蓬莱文章建安骨，中间小谢又清发。

俱怀逸兴壮思飞，欲上青天揽明月。

抽刀断水水更流，举杯销愁愁更愁。

人生在世不称意，明朝散发弄扁舟。

这两首诗，在思想情感方面有一个共同点，那就是两位作者都有很强的生命意识，对时间的流逝极为敏感；时间无限而生命有限，时光在匆匆流逝，然而人生之路却困顿艰窘，豪情难抒，壮志难酬，因而内心郁结，借诗抒发出无限感慨。两位作者的情感都有相当的深度和力度，所以艺术表现上也有相同点，即都不绘景状物，也不拐弯抹角，而是直坦胸怀，直抒郁闷，如开闸泄洪，一任情感奔涌而出，浩浩荡荡，淋漓酣畅。但，尽管如此，仔细品味起来，两诗给人的艺术感觉(审美效果)还是不一样的。陈诗深沉悠远，慷慨悲凉；李诗飘逸潇洒，豪迈奔放。读者对诗的感觉来源于作品本身，即来源于作品的总的艺术特色、艺术风貌。—文学作品通过内容与形式所呈现出来的这种总的艺术特色、艺术风貌，文学理论中有专用术语概括，这就是：艺术风格。

艺术风格，对于一个作家来说，是具有独特的艺术创造能力和在创作上臻于成熟的一种标志；对于一部作品来说，是区别于其他作品的鲜明印记，是作品中所有艺术因素、艺术特点的融汇和集中。前面我们已经分别讲过了文学作品艺术因素的方方面面，如字词、节奏、韵律、意象、意境、氛围、基调、文体、气、势、趣等等，所有这些因素与作品的艺术风格都有联系，但又不同于艺术风格本身。它们是构成风格的一种元素，是风格的一种外在表现，而艺术风格则弥散、浸透于以上诸种艺术因素、艺术成分的有机综合之中并通过它们表现出来。风格之于作品，犹如一个人的风度，它是一个人的气质、经历、思想、感情、文化修养等等内在精神因素的综合表现，它体现于主体的一颦一笑一言一行一举手一投足之中。一个人可以模仿另一个人的服饰、动作等等，却不能模仿出他的风度，因为风度是内在的、整体性的东西。

## 二、艺术风格是怎样形成的

它的形成直接决定于作家的创作个性。作家的创作个性是指作家全部精神因素的总和，因此创作个性又可以说是作家的精神个性，包括独特的个性气质、生活经历、文化修养、人格精神、艺术追求、审美情趣和艺术才能等等。所有这些相互渗透，熔铸成作家独特的心理结构，形成独特的创作个性。独特的创作个性贯注于整个创作过程中，体现于具体的艺术处理、艺术运作方式上，就产生了千类万殊的艺术风格。

## 三、从哪些方面辨识和把握艺术风格

艺术风格是作品文本所独具的一种风采，作品通过它证明自身的价值，作家通过它证明自身的存在，读者通过它理解和把握作品并从而认识作家。因此，风格是读者在欣赏过程中一定要注意充分领略的东西。那么，从哪些方面来辨识作品的艺术风格呢？

前面我们已经讲过的韵律、节奏、语气、氛围、色调、文体等等，都是"认出"风格的依凭和切入点。现在让我们换一种角度，即从创作角度来看，风格是通过哪些艺术途径、艺术手段、艺术因素体现的，反过来说就是从哪些方面可以"认出"作品的风格。

撮其要者，主要从以下几个方面。

### （一）题材的选择与处理

题材，是作家的写作材料，是作品的表现对象，是作品构成中客观方面的因素。客观事物本身是有自身特定的"风格"色彩的。如自然界中的长江黄河，崇山峻岭，万里长城，浩瀚沙漠，怒吼的狂飙，呼啸的海洋，喷发的火山，倾泻的瀑布等等，本身带有崇高、雄浑、壮阔的美学"风格"；而小河流水，清风明月，湖边垂柳，江南桃花，毛毛细雨，莺歌燕舞等等，本身带有优雅、秀丽、妩媚的美学"风格"。这些带有"风格"色彩的客观事物，与作家不同的精神个性、审美情趣相适应，召唤着不同作家对它们的选择。例如，喜欢阳刚之美的艺术家，可能会选择"长江黄河"之类作题材。我们从作家笔下的题材中，就可以大致领略到作品的某种风格。

如唐代"边塞诗派"诗人高适和岑参，主要以戎马风尘的边关战斗生活为题材。在他们笔下经常出现的是苍茫辽阔的原野，一望无际的黄沙，剽悍凶猛的匈奴，咆哮奔腾的烈马，粗犷悲凉的胡笳，彻骨钻心的严寒，大开大阖的出征，大起大落的胜负，激烈残酷的厮杀，白骨累累的战场，突兀荒瘠的高山……这些题材，无不带有雄壮、雄奇、雄伟的壮美气象，因此，从这些题材的选择和表现上很容易看出高适和岑参雄浑恢宏、大气磅礴的艺术风格。

当然，相同的题材只是为作家创作风格相近的作品提供了客观基础，由于作家创作个性的差异，所以对于相同的题材会进行不尽相同的艺术处理，因而就会显出同中有异的艺术风格。仍以高适和岑参为例。两人同写"边塞"，因为主观条件有所不同，所以诗风也不尽相同。高适年少落魄，家境贫寒，四处漂泊，落拓不羁；中年以后得到重用，好气任侠，即使在皇帝面前也"负气敢言"。这种性格特点为他的诗增添了胆识、力量、气魄，使他的诗风格雄浑中带有粗犷。岑参出身世宦之家，书香门第，早年习诗，诗风迥拔孤秀；出塞后诗风臻于雄浑，但仍带有早年的特色，因而他的雄浑中带有奇丽，峭拔的风味。如《白雪歌送武判官归京》的开头和结尾："北风卷地白草折，胡天八月即飞雪。忽如一夜春风来，千树万树梨花开。""轮台东门送君去，去时雪满天山路。山回路转不见君，雪上空留马行处。"此诗是一首咏雪送人之作，诗中再现了边塞瑰丽的自然风光，充满浓郁的边地生活气息。全诗笔力矫健，状物充满奇思妙想，抒情真挚动人且含蓄深沉。从风格上看，雄浑豪迈中不乏温婉新奇。

### （二）意象、意境的组合与营构

意象、意境 是作家主观精神世界的客观对应物，透过意象、意境的组合与营构，很容易看出作家的创作个性，看出作家、作品的艺术风格。如高适笔下经常出现的意象是胡天、远天、万木、草原、冰雪、青云、北溟、大城、荒城、云屯、三边、蓟门、戍楼、异域、空塞、风尘、肥马、骐骥、鸿鹤、黄鹄、白鸥、苍鹰、长山、铁岭、天路、千岩、千旗、氛氲、大旆、大刀、浩歌、雷霆、大浪、沧波等等，岑参笔下常见的意象是赤焰、虏云、炎氛、千仞、万蹄、大荒、胡沙、天涯、边烽、胡烟、昆仑、天山、葱山、万岭、战场、出征、六翮、苍穹、飞鸿、边空、浮图、铁衣、角弓、飞雪、金甲、烟尘等等。这些意象无不具有雄浑劲健、气势浩瀚的情感色调；由这些意象进而组成的意境当然也就雄浑阔大、壮美有力。再如李白笔下的意象常常是巨大的、有力的。如巍峨的泰山，峭拔的峨嵋，奔腾的江河，潺荡的海湖，滚滚的惊雷，光耀的闪电，苍茫的云海，浩瀚的星空，飞泻的瀑布，呼啸的长风，咆哮的猛虎，怒吼的豺狼，沙场的拼搏，烈马的嘶鸣，侠客的纵歌，豪士的狂饮等等，这些意象无不表现了李白豪放的风格和磅礴气势。[①]相反，如果作品中出现的是其他色调的意象，那么，作品就可能呈现为另外一种风格。

例如和高适同时代的王维，其作品风格与高适迥异其趣。且看他的几首诗：

闲桂花落，夜静春山空。月出惊山鸟，时鸣春涧中。

————《鸟鸣涧》

木末芙蓉花，山中发红萼。涧户寂无人，纷纷开且落。

————《辛夷坞》

空山不见人，但闻人语响。返景入深林，复照青苔上。

————《鹿柴》

这里的意象是闲人、落花、静夜、空山、夜月、山鸟、春涧、芙蓉花、山中、空山、深林、青苔等等，由这些意象组合构成的意境多呈现为闲逸、幽静、淡泊、深远的特点，于是王维的这些作品就表现为冲淡、平和、娴静的风格。

### （三）体裁的驾驭与艺术手法的选用

体裁是指文学作品的具体样式，如小说、诗歌、散文等。体裁是千百年来作家们在创作实践中逐渐形成确定的，每种体裁都有相对确定的审美规范，都有特定的艺术特性。如悲剧宜于表现崇高悲

---

① 王明居：《唐诗风格美新探》，中国文联出版公司1987年版，第77页，128页。

壮的风格，喜剧长于表现幽默滑稽的风格，正剧适于表现严肃庄重的风格。诗歌长于抒情，小说长于叙事，散文长于说理。就诗歌而言，有格律诗和自由诗——格律诗格律谨严，每首诗不但有特殊规定的字数、行数，而且每行又有特殊规定的声调和韵脚。从形式上看，律诗自有谨严规范的美，但过于严格的诸多规定也容易束缚思想感情的表达，一般说来，难以与热烈奔放的思想感情的表达相适应，因而也就往往为个性自由活泼的诗人所不取。例如律诗定型于唐代，然而李白却极少采用这种形式，因为他天性活泼，才高气逸，感情奔放，想象奇特，诗情勃发时灵感如回飙掣电，纵横驰骋，神出鬼没，表现在结构上则大开大合，大起大落，变化无穷，真正是笔落惊风雨，诗成泣鬼神。所以李白的诗完全是天才的抒发，自由的创造，因而很难用律诗的形式去框定。但是，性格方正严肃的杜甫却喜欢采用律诗，是唐代律诗写得又多又好的一个。他能把盛唐那种雄豪壮伟的气势情绪纳入规范，即严格地收纳凝聚在一定形式、规格、律令中。这里从体裁的驾驭上，我们既窥见了诗人的个性，也把握了作品的风格。

艺术手法的使用与艺术风格也有紧密的联系。让我们再以李白和杜甫作对比：李白的诗富于奇特的想象（如"狂风吹我心，西挂咸阳树"，"太白与我语，为我开天关。"），超常的夸张（如"燕山雪花大如席"，"一风三日吹倒山"），高度的虚拟（如"我欲因之梦吴越，一夜飞度镜湖月"），在语言节奏旋律上则奔泻急速，迸发突进（如"黄河之水天上来，奔流到海不复回"，"天姥连天向天横，势拔五岳掩赤城。天台四万八千丈，对此欲倒东南倾"）。从以上手法的运用上可以见出李白豪放飘逸的艺术风格。杜甫的诗长于精细写实（如"车辚辚，马萧萧，行人弓箭各在腰。爷娘妻子走相送，尘埃不见咸阳桥"），鲜明的对比（如"朱门酒肉臭，路有冻死骨"，"信知生男恶，反是生女好。生女犹得嫁比邻，生男埋没随百草"），紧密的结构（如"江浦雷声喧昨夜，春城雨色动微寒"，"窗含西岭千秋雪，门泊东吴万里船"），在语言节奏旋律上则回旋舒缓，跌宕顿挫，凝重深沉（如"风急天高猿啸哀，渚清沙白鸟飞回。无边落木萧萧下，不尽长江滚滚来。万里悲秋常作客，百年多病独登台，艰难苦恨繁霜鬓，潦倒新停浊酒杯"）。从以上诸方面可以看出杜甫沉郁顿挫的艺术风格。

### （四）语言的特色

文学是语言的艺术，语言是作家表达思想感情的基本材料和媒介，语言是文学的第一要素。在语言里，蕴藏着艺术的一切奥秘。因此从语言的使用上可以看出作家的创作个性，看出作家、作品的艺术风格。

通过语言看风格，大略说有两方面。一是看使用了哪些语言（字、词），二是看这些语言是如何组织、如何使用的(即文体)。

先说第一方面。

每个作家出于自己的精神个性，都有自己最喜欢使用、最能传达自己精神世界的字或词，因而从这些字、词的频繁使用上，大致就能见出其特定风格。

如毛泽东作为政治家和诗人，胸襟雄放阔大，他最喜欢用因而也用得最多的一个字是"万"字。冰心老人对此作过专门的研究。她说，"万"字是一个最有力量的汉字，这个字表达了浩大的气势和雄伟的气魄。"万"字在毛泽东诗词中频频出现。如：《沁园春·长沙》："看万山红遍，层林尽染"，"万类霜天竞自由"，"粪土当年万户侯"；《西江月·井岗山》："敌军围困万千重，我自岿然不动"；《采桑子·重阳》："寥廓江天万里霜"；《减字木兰花·广昌路上》："命令昨颁，十万工农下吉安"；《渔家傲·反第一次大"围剿"》："万木霜天红烂漫……唤起工农千百万"；《十六字令三首》："奔腾急，万马战犹酣"；《七律·长征》："万水千山只等闲"；《念奴娇·昆仑》："飞起玉龙三百万"；《清平乐·六盘山》："不到长城非好汉，屈指行程二万"；《沁园春·雪》："北国风光，千里冰封，万里雪飘"；《七律·人民解放军占领南京》："百万雄师过大江"；《浣溪沙·和柳亚子先生》："万方乐奏有于阗"；《水调歌头·游泳》："万里长江横渡"；《蝶恋花·答李淑一》："万里长空且为忠魂舞"；《七律二首·送瘟神》："万户萧疏鬼唱歌"；《七律·和郭沫若同志》："玉宇澄清万里埃"；《七律·答友人》：

"红霞万朵百重衣"；《七律·冬云》："万花纷谢一时稀"；《满江红·和郭沫若同志》："一万年太久，只争朝夕"……从这些"万"字的运用上，可以约略窥得毛泽东诗词艺术风格之一斑。[①]再如上引王维的几首诗，包含了王维常喜欢用的一些字，如，闲、静、寂、无、空等，从中也可以领会王维冲淡的诗风。

再说第二方面。

作家、作品的风格还鲜明而直接地体现在语言的有机组合——文体——上。同样的语言，运用不同的方式组合产生不同的文体，体现出不同的韵味。成熟的作家都有自己独特的文体，语言运用自有独特的风格，以至于敏感的读者只要读上一段文字，立刻就能从文体上直觉地判断出是某一作家的作品。

关于文体的辨识和把握，我们已经在前面专题讨论过，此处不再赘述。

总之，风格在作品中的表现，既是多方面的又是综合的，所以读者要把握具体作品的风格，既要善于从多角度进行观察和分析，又要善于凭直觉全面整体地体验和领悟。

**思考练习题**

一、什么是艺术风格？

二、艺术风格与作家创作个性的关系是什么？

三、从哪些方面辨识和把握艺术风格？

四、仔细阅读，体会下面两首诗的艺术风格。

回　　答

北　岛

卑鄙是卑鄙者的通行证，／高尚是高尚者的墓志铭，／在那镀金的天空中，／飘满了死者弯曲的倒影。

冰川纪过去了，／为什么到处都是冰凌？／好望角发现了／为什么死海里千帆相竞？

---

① 冰心：《毛泽东诗词鉴赏一得》，见臧克家主编《毛泽东诗词鉴赏》，
河北人民出版社1991年版，第293～298页。

我来到这个世界上，／只带着纸、绳索和身影，／为了在审判之前，／宣读那些被判决的声音：

告诉你吧，世界，／我——不——相——信！／纵使你脚下有一千名挑战者，／那就把我算作第一千零一名。

我不相信天是蓝的；／我不相信雷的回声；／我不相信梦是假的；／我不相信死无报应。如果海洋注定要决堤，／就让所有的苦水注入我心中；如果陆地注定要上升，／就让人类重新选择生存的峰顶。

新的转机和闪闪的星斗，／正在缀满没有遮拦的天空，／那是五千年的象形文字，／那是未来人们凝视的眼睛。

1976年4月

## 寄 杭 城
### 舒 婷

如果有一个晴和的夜晚，／也是那样的风，吹得脸发烫；／也是那样的月，照得人心欢；／呵，友人，请走出你的书房。

谁说公路枯寂没有风光，／只要你还记得那沙沙的足响；／那草尖上留存的露珠儿，／是否已在空气中消散？

江水一定还那么湛蓝湛蓝，／杭城的倒影在涟漪中摇荡。／那江边默默的小亭哟，／可还记得我们的心愿和向往？

榕树下，大桥旁，／是谁还坐在那个老地方？／他的心是否同渔火一起，／飘泊在茫茫的江天上……

1971年5月

# 第九章 艺术技巧

艺术技巧，也叫表现手法，是一个内容丰富、庞大驳杂的体系，其中读者最熟悉的有叙述、描写、抒情、议论、比喻、夸张、象征、铺垫、渲染等等。因为已经比较熟悉，所以没必要再设文讲解。随着文学的发展，传统艺术手法不断翻新，新的手法不断创造出来，篇幅所限，无法一一讲解。这里选择了几种老概念有新内涵的艺术技巧略加介绍。没讲解到的还要靠读者自己去学习。

## 第一节 结构

### 一、什么是文学作品的结构

文学作品的意蕴贯注在艺术形式之中，通过艺术形式表现出来。要了解作品的意蕴就要剖析艺术形式，剖析艺术形式有助于理解作品的意蕴。

这里，我们打算谈谈作为形式因素之一的结构，与意蕴之间的关系，看看结构是如何传达作品的意蕴的(结构的艺术功能)。

结构，也叫布局，是指作品的组织方式和内部构造。结构有表层和深层之分。表层结构指的是对作品中可直接感知的内容进行的组织和安排，如人物的设置，情节的安排，场面的组织，环境的铺陈，对抒情描写等艺术手法的调度，开头结尾起承转合之类。深层结构指的是作品内容的内在时空关系，内在的生命节奏，意象的组合方式等等。

### 二、结构的艺术功能

现代科学理论告诉我们每一种事物都有特定的结构，特定的结构具有特定的功能——结构与功能之间具有紧密的内在联系。在艺术领域当然也是如此。

举个极简单的例子。有三张照片(我们姑且把它当作三个镜头)：a——微笑的脸，b——恐惧的脸，c——手枪。三个镜头可以有好几种排列组合方式(结构),不同的组合方式具有不同的艺术效果。如:1."a——c——b"式,"叙述"的是一个人正在微笑,忽然有手枪对着他,他害怕了。这种组合方式符合事物发展的正常顺序,合情合理,很容易理解。但平铺直叙,艺术效果一般。2."a——b——c"式,即一个人正在微笑,忽然变为恐惧了,反差如此之大,怎么回事呢?"c"一推出,噢,明白了,原来有手枪在对着他。这种组合方式产生了悬念,使观者心理上增加了跌宕和波折,艺术效果比较强烈。3."b——c——a"或c——b——a"式,微笑在后面,怎么解释呢?可试作如下解释:一个人忽然面对突如其来的手枪,本能性的反应自然是恐惧,但他随即迅速镇定下来。他想,我是一个革命者,我为革命而牺牲,死得其所,重于泰山,是我的光荣,于是他微笑了,他藐视地面对敌人:来吧,照这儿打!——这不也合情合理吗?

再如小说的结构,有明显的表意功能。小说结构是对于事件或动作的有目的有顺序的安排,这种安排稍一变动,作品的意义就会跟着改变。小说结构的这种功能,维戈茨基早在本世纪初就已经看到了。他举例说,a、b、c三个音,或a、b、c三个词,或a、b、c三个事件,如果把它们的次序改为b、c、a或b、a、c,它们就会改变作品的意义和情绪。因此,小说中事件的安排,句子、表象、形象、动作、行为和插话的贯穿,如同音的贯穿为旋律,词的贯穿为诗句一样,结构改变引起意义和情绪的改变。[①]

让我们以一篇具体作品——史铁生的小说《宿命》——为例,来说明这一点。

《宿命》主要写一个志得意满的青年忽然被汽车撞断了腰椎,从此改变了命运。他感到了人的命运中,确乎存在着某种令人不可思议的、"神秘"的(即所谓"宿命"的)因素。按照情节发展的自然顺序,应该是这样的:

1.背景(非情节因素):主人公莫非,中学教师,志存高远,许多人给他介绍对象他都没放在心上。他将要出国留学,已办好了护

---

[①]《艺术心理学》,上海文艺出版社1985年版,第198页。

照，迁证，买好了机票。

2.出国前某一天下午，莫非上物理课。一个平时很老实的学生看见一只狗望着学校大门正中的大标语放了个很响但是发闷的屁，因此，老止不住笑，被罚出教室。下课后莫非问他为什么笑，问了20分钟，这时候校长给了莫非一张戏票。

3.看戏—歌剧《货郎与小姐》。

4.看完戏去包子店买包子。排在第七位轮到莫非买了一个，吃了就走。

5.遇见一个熟人，打招呼耽误一至五秒钟。

6.自行车轧在一只茄子上摔倒，腰椎被汽车撞断。

7.医院——从此成为残废。

8.万般无奈只好写小说。

然而小说并没有按情节的自然发生程序去安排结构，而是对情节进行了大拆解，按另外一种方式重新进行了组合——让我们按作品的自然"节"依次列出：

1.正是那一秒钟忽然间颠覆了"我"（莫非）的命运，我对这"一秒钟"始终耿耿于怀。开头第一句话是："现在谈谈我自己的事，谈谈我因为晚了一秒钟或没能再晚一秒钟，也可以说是早了一秒钟却偏偏没能再早一秒钟，以至终身截瘫这件事。"

2.残废已成事实，除了接受，没有办法。

3.那一秒钟之前我是个十分幸运的人，有着许多美好的计划和憧憬。

4.忽然间出事，好事全成废话。

5.以电动玩具母鸡喻命运的逆转。

6.回忆撞伤后在医院。

7.回忆最初面对残酷现实时的痛苦。

8.警察向我说明出事的原因——谁都没错。如果硬要找出原因的话，只能怨您为什么不早不晚去惹了那只茄子(天知道的原因)。

9.仔细想想，看来警察的话是唯一可能的原因。

10.开始往回想：为什么碰到了那只茄子。首先是这之前与一个熟人打了个招呼。

11. 插入一段：残疾后再也没谁向他介绍过哪位姑娘。

12. 再往前想，碰到熟人前是买包子。

13. 议论：由买包子推演出，只买到一个(偶然)导致见了那个熟人(必然)："我们必须相信这是命。"

14. 再往前想是上课、学生笑、歌剧票。

15. 碰到一位同学，解释残疾原因。因无法说清，只好说："我说我们必须承认这是命。"

16. 多年来一直琢磨，那个学生的笑才是我命运的转折点。但他为什么笑呢？莫测高深，恰似命运的神秘与深奥。

17. 感慨、无奈，只好写小说。

18. 学生们看到我的小说来访问我，那个在课堂上老是笑的学生终于说出了原因：狗屁。

19. 为什么要有这一声闷响(狗屁)？不为什么。只有归之于"上帝"。

通过将情节自然发生程序与作品结构安排顺序两相对照，便可发现《宿命》艺术结构上的特点：第一，倒过来写，即由结局回溯原因，一步步往前找。第二，将情节"间离"，加进去了许多感慨、议论等情感性、思考性内容。

现在我们要问，作者为什么要采用这种结构方式呢？这种结构方式有什么功能呢？这要看作者的目的(即创作意图)。作者由于自身的不幸，所以对人生命运等根本性问题进行过执著的深入思考。他发现人的命运中确实存在着一种客观的人自身不能主宰的"神秘"因素(即"宿命"因素)。这是人的无奈，但却是人生的真相，理智清醒理性坚强的人类必须勇于承认勇于面对这种现实。人类就是要在无奈中迈出坚定的步伐，坦然坚毅地面向人生。史铁生要把他的思考结果传达给读者，以期引起读者的深入思考，在思考中勘破某种人生真相。由此意图出发决定了他的艺术手段的选择，即艺术结构的安排。

如果按情节的自然发生顺序组织结构，即结构与情节同步发展，其结果使读者不过是看到了一个平淡的不幸的故事，它至多能在善良的读者心里唤起一点同情和怜悯，感叹一声"这人真不幸"

拉倒，一般不会引起有意识地深入思考，思考其中的人生道理。因为它的发展太自然太平常太司空见惯太顺理成章了，它一环扣一环，太紧太密，没有缝隙，使人想不到这里面还有什么"神秘"。"自然"是一种抗体，最具麻痹性、欺骗性、蒙蔽性，它使人的注意如水过鸭背，不知不觉地就从情节上滑过去了。而这种"艺术效果"当然是作者最不愿看到的，所以他在"结构"中实施了一点"法术"——倒过来和"间离"。"倒过来"写的作用是，变故事自然发生的"现在进行时"为"过去完成时"，时态变了，故事被推远了。故事被置于思考的框架中，成为思考的材料，思考的对象。作品一开头就是回忆的口气，就奠定了思考的调子。不过，仅仅利用"倒过来"这一招还不足以保证读者不注目故事。为了减弱"故事"本身的魅力，作者又对故事进行了"间离"——有意颠覆故事的自然进程，在故事链条中不时插入抒情和议论成分，如第1.2.5.11.13.16.19这些自然节就属于"间离"段落。而且，即使在叙述情节的段落中，也带有浓郁的抒情成分和议论因素。总之，作品让你感到叙述人不是在讲一个有趣的故事而是在讲他对人生的思索和理解。作品的结构完美地体现了作者的创作意图，有效地传达了作品的意蕴。

再如陈村的小说《一天》。作品结构上一个明显特点就是张三（主人公）生活中的"一天"与他的"一生"叠印起来：开头第一节写青年张三天未亮起来第一次跟师傅"学生意"（学技术），依次写路上，工厂干活，最后一节写到下班回家时，已经是"光荣退休"了。作品写到的"现在"迅速转化为遥远的过去，"一生"在暗中消逝在"一天"里了。作者采用这种结构方式，不露痕迹地让读者获得一种人生感慨：人生平平淡淡，不知不觉就过完了——一生如一天。试想，如果换用其他结构方式，恐怕就难以将这种意蕴传达得如此成功如此巧妙。

由此可见，艺术结构与艺术家的创作意图之间有着内在的对应和同构关系，艺术结构有传达作品意蕴的功能。这才是艺术结构的深层实质，这才是艺术形式的奥秘之所在。

了解了艺术结构的实质，也就为把握艺术结构找到了透视点，即透过特定结构领悟艺术的特定意蕴，领悟艺术家寄托在结构中的心灵信息。

### 三、艺术结构的类型

艺术结构可以分为许多类型，如单线型，复线型，网状型，辐射型，连环型，板块型，时空颠倒型，纵横交错型等等。而且，不同的艺术样式、不同的体裁，其结构的表现形态及组织方式也各不相同。对此，欣赏时都必须予以注意。

**思考练习题**

一、什么是文学作品的结构？

二、谈谈结构的艺术功能。

三、史铁生的短篇小说《命若琴弦》艺术结构上有一个明显特点，即开头与结尾用的是同一"画面"，组成了一个"圆圈"：

> 莽莽苍苍的群山之中走着两个瞎子，一老一少，一前一后，两顶发了黑的草帽起伏攒动，匆匆忙忙，像是随着一条不安静的河水在漂流。无所谓从哪儿来、到哪儿去，也无所谓谁是谁……

结合全文，谈谈作者为什么要这样安排。

# 第二节 象 征

### 一、什么是文学的象征

象征是一种最古老也最现代至今仍为艺术家所喜欢采用的表现方法。什么是象征？美国诗学教授劳·坡林说，象征是某种东西的含义大于其本身；我国学者余秋雨说象征是有限形式对于无限内容的直观显示；林兴宅在他的论象征的专著中说，象征是用具体的感性形象表征某种抽象的精神意蕴。以上诸说道出了象征的基本特点是以少喻多，以具体代表抽象，以特殊表现普遍，以有限暗示无限，它要解决的是有限与无限的矛盾。也就是说，艺术家所要表达的"意思"很大，很多，很抽象，很概括，很深远，很微妙，没有办法没有可能一下子直接倾注到作品中(直接倾注不成艺术)，因而必须抽象化为一个具体的可视可感的形式——形象或意境,以具体的形象或意境来比喻、来代表、来暗示那个抽象的意思。这时候,艺术的形象或意境就具有了象征功能。由此看,象征所体现的其实就是艺术的普遍规律,因而从最广泛的意义上说,所有的艺术品都多少具有象征色彩,具有象征功能。

**二、象征的结构**

象征具有双层结构:表层和深层。表层是可供感知的感性形式(形象、意境),而它的背后,它的深层是更广阔更深沉更抽象更普遍的意蕴。因此,欣赏文学作品时,欣赏者必须注意辨识其中的象征,参透象征的涵义,这才算真正理解、把握了作品。

**三、象征的主要类型**

自古至今,中外作家都十分喜欢使用象征这种艺术表现方法,因而象征在作品中的存在不仅相当普遍,而且多种多样,多彩多姿。余秋雨在一本论创作的著作中,对象征进行综合考察,把象征分为两大类:部件性象征和整体性象征。部件性象征又可分为符号象征和氛围象征,整体性象征可分为寓言象征和本体象征[①]这一分类简单明快,是对复杂象征现象所进行的宏观把握。以下,我们打算以此分类为线索,结合具体作品谈谈各类象征的不同特点。

**(一)符号象征**

黑格尔说,象征首先是一种符号,不过不是单纯的符号而是艺术的符号。在单纯的符号里,意义与符号本身的联系是一种完全任意构成的拼凑,而在艺术符号里,意义与符号本身(艺术形象)是密切吻合的。到了20世纪,美国的苏珊·朗格更明确地把符号分为推理符号和艺术符号。她说,艺术符号即表象符号,是一种具有象征意义的形象或曰图画,这种符号是人类情感的表现,是由情感转化成的可感知的形式。这种形式的功能并不在于要把人们的眼光吸引到它本身,而是暗示人们通过外层表象联想到更深远的意蕴,领会到它所蕴涵所代表的东西。

---

[①]《艺术创造工程》,上海文艺出版社1987年版。

中国古人很早就领悟了形象的象征功能，就懂得借具体可感的形象(艺术符号)传达微妙抽象的思想感情，因而创造出数不清的意味深长的艺术作品。例如绘画和诗文中的松、竹、梅、兰、菊、莲、日、月、星、风、云、雨、雪、山、水、老虎、狮子、雄鹰、麒麟、仙鹤、鸳鸯、雁、龙、凤、鱼等等，都有丰富的象征意味，一看到或听到这些形象，立刻就能联想到其中所的意义和意味。电影电视中也常常运用符号象征这一方式。如阳光明媚象征形势大好，乌云密布象征形势险恶，电闪雷鸣或风狂雨骤象征斗争激烈，波涛拍岸象征心潮澎湃，青山——青松，象征对英雄的哀悼和敬仰，也象征英雄永远活在人民心中，如此等等。戏曲中的脸谱、道具、布景、表演动作程式也都是很典型的符号象征。符号象征在小说中的使用也很普遍。如鲁迅作品中，革命者夏瑜坟上的花圈(《药》)，《狂人日记》中"狂人"从书页中看到"吃人"二字；《北方的河》(张承志)中的那些大河；《红罂粟》(张抗抗)中的"红罂粟"；《一地鸡毛》(刘震云)中的"一地鸡毛"；《绿化树》(张贤亮)中的"绿化树"；《啊，青鸟》(陆星儿)中的"青鸟"；《立体交叉桥》(刘心武)中的"立体交叉桥"；《墙基》(王安忆)中的"墙基"；《蝴蝶》(王蒙)中的"庄周梦蝶"；《井》(陆文夫)中的"井"等等，不胜枚举。

### (二)氛围象征

与符号象征一样，氛围象征也是一种部件象征，它与符号象征不同之处在于，它不是通过符号化的具体象征语汇，而是通过有象征意义的意境烘托，片断性地指向诗情和哲理。

例如王维的诗《竹里馆》："独坐幽篁里，弹琴复长啸。深林人不知，明月来相照。"《辛夷坞》："木末芙蓉花，山中发红萼。涧户寂无人，纷纷开且落。"《鸟鸣涧》："人闲桂花落，夜静春山空。月出惊山鸟，时鸣春涧中。"《山中》："荆溪白石出，天寒红叶稀。山路元无雨，空翠湿人衣。"这里每首诗的意境都是富含象征意义的氛围。沉浸流连于这种氛围中，不用分析和思考，而是放任全身心去感受去体验去品味，心灵立刻被诗中意象、意境所散发出来的精神气氛所笼罩，所感染，所陶醉，不知不觉得到净化和抚慰，悠悠然感悟到一种清空神秘的宇宙精神，一种安适和谐的人生境界，一种宁静深邃的佛家禅味。总之，氛围所象征的意蕴，在无言中被心灵所摄取，所吸收，所涵纳。

抒情散文常常很注重"氛围"的象征意味。如张承志的散文《北庄的雪景》，写他于大雪纷飞之中去河州东乡北庄拜访中国伊斯兰教协会副会长马进城，作者对"北庄"的描写，使人明显感到表层写的是"自然"，深层指向是"人生"：

> 河州东乡，在冬雪中它呈着一种平地突兀而起、但不辨高低轮廓的淡影，远远静卧着，一片神秘。奔向它时会有错觉，不知那片朦胧高原是在升起着抑或是在悄悄伏下。……它外壳温和，貌不惊人，极尽平庸贫瘠之相，掩藏着腹地惊心动魄的深沟裂隙，悬崖巨谷。

> 我竭力透过雪雾，我看见第一条峥嵘万状恐怖危险的大沟时，心里突然一亮。大雪向全盛的高峰升华，努力遮住我的视线。东乡沉默着掩饰，似乎是掩饰痛苦。然而一种从未品味过的、一种几乎可以形容为音乐起源的感触，却随着难言的苍凉雄浑、随着风景愈向纵深便愈残酷，随着伟大的它为我露出裸体——而涌上了我的心间。

> 北庄如同海底的一块平地，雪在这里像是砌过抹平一样。在这片记忆中平坦得怪异的地场正中，有一株劈成双叉的柏树。巨冠如两朵蘑菇云，双树干在根部扎入白雪，远远望去有一种坚硬扎实的感觉。树冠顶子模糊在雪雾里，于墨黑中隐约一丝深绿。

> 雪海中这一棵树孤直地立着，唯它有着与雪景相对的墨黑色——其它，无论庄子院落，无论山沟峦壑，无论清真寺和稀疏的行人，都溶入了大雪之中，再无从分辨了。

这里写出的是风景，是环境，也是氛围，它处处蒸腾散发出浓浓的精神气息。在这种氛围里人们感受到的是苍凉浑厚，是酷烈雄壮，是傲岸挺拔，是顶天立地，是沉默宁静，是深沉内在的力之美。这种氛围给人的是震撼，使人想到的是人、人生。

小说家如果善于利用"氛围"的象征意味，会使作品产生远远超越于一般环境描写的艺术效果而具有丰富深厚的精神意蕴。如罗曼·罗兰的巨著《约翰·克利斯朵夫》（第一册）中有这样一段描写：

> ……高脱弗烈特接着又说："大人物有什么用?哪怕你像从这儿到科布伦茨一样大，你也作不了一支歌。"
>
> 克利斯朵夫不服气了："要是我想作呢!……"
>
> "你越想作越不能作。要作的话，就得跟它们一样。你听啊……"
>
> 月亮刚从田野后面上升，又圆又亮。地面上，闪烁的水面上，有层银色的雾在那里浮动。青蛙们正在谈话，草地里的蛤蟆像笛子般唱出悠扬的声音。蟋蟀尖锐的颤音仿佛跟星光的闪动一唱一和。微风拂着榛树的枝条。河后的山岗上，传来夜莺清脆的歌声。
>
> 高脱弗烈特沉默了半晌，叹了口气，不知是对自己说还是对克利斯朵夫说：
>
> "还用得着你唱吗? 它们唱的不是比你所能作的更好吗?"
>
> 这些夜里的声音，克利斯朵夫听过不知多少次，可从来没有这样的感觉。真的! 还用得着你唱吗? ……他觉得心里充满着柔情与哀伤。他真想拥抱草原，河流，天空，和那些可爱的星。他对高脱弗烈特舅舅爱到了极点，认为他是最好，最美，最聪明的人，从前自己把他完全看错了。

这一段的背景是，克利斯朵夫小时候就显出极有音乐天赋，六岁即能作曲。当了一辈子宫廷乐师而默默无闻的祖父渴望孙子成名，一再鼓励孙子为当大人物而编歌。小克利斯朵夫野心勃勃，忘乎所以，满脑子成名的念头。但平凡朴实的舅舅认为这种无病呻吟很无聊，他带小外甥到大自然中去聆听"天籁"。恬然、宁静的氛围，使小克利斯朵夫深受感动，狂妄浮躁的心绪一下子得到了净化。这是两种精神境界两种精神力量的交锋，小克利斯朵夫默默无言地皈依了"自然"，皈依了"上帝"，变得谦虚而真诚，领悟了音乐的真谛。

### （三）寓言象征

寓言象征是一种整体性象征。在寓言象征里，担负象征任务的不是局部的符号，而是作品的整体结构。营造这样一个结构本身不是艺术创造的目的，主要目的在于让它承担阐释内在意蕴的任务，通过它把读者引向深远的精神空间。

"寓言象征"的主要特征是，以一个怪诞的故事直指哲理内涵，而这个哲理内涵就是作品的主旨。为什么要故意采用一个怪诞的外表呢？因为怪诞的外表能起到一种"间离"（或曰陌生化)作用，让读者知道这里的所谓"故事"只是一个外壳，一种假定，一种手段，真正的目的在"故事"的背后。这样，读者注意力就不会停留于表层而会有意识地追索深层(意蕴)。这就是庄子所谓的得意忘言，得鱼忘筌。

例如巴尔扎克的《驴皮记》，写一个野心勃勃、一心追求光荣和财富，但却穷困潦倒、欲投塞纳河以了生命的青年瓦朗坦，忽然遇到一个神仙式人物老古董商。老商人给他一张灵符——驴皮。这驴皮有一种神奇的作用，即占有了它就意味着占有了一切，通过它可以满足占有者所有的人生欲望。但有一个条件，那就是"你的心愿须用你的生命来抵偿。你的生命就在这里。每当你的欲望实现一次，我就相应地缩小，恰如你在世的日子"(以上为"驴皮"上的神秘文句)。瓦朗坦由于受不了欲火的煎熬，于是毫不犹豫地接受了它。从此他的欲望可以随意实现了，但最后终于为此付出了生命。他以自己的生命证明了驴皮的灵验。这部小说的故事情节是荒诞的，但其意蕴却相当深刻。这是巴尔扎克在饱尝人生辛酸之后得出的一条痛苦结论：人类为谋求生存尚且需要耗费巨大的精力，而如果想要追求某种大的快乐，满足某种强烈欲望，则无疑要付出生命的代价。巴尔扎克悟到了欲望与生命之间的矛盾：你想长寿么，那么就必须扼杀感情，清心寡欲；你想满足欲望么，那么就必须以消耗乃至付出生命为代价。巴尔扎克要传达他悟出的人生哲理，需要一个恰当的艺术形式。如果采用人们熟知的日常生活形态，很难集中而典型地传达这一意思；于是他找到了一个现代寓言为外壳，通过它的象征作用完美地实现了自己的创作意图。

寓言象征在西方现代文学中，得到了更为普遍的运用，创作出一大批举世闻名的佳作。如卡夫卡的《变形记》、《城堡》、《审

判》、《美国》，加西亚·马尔克斯的《百年孤独》，尤奈斯库的
《秃头歌女》、《犀牛》、《椅子》，贝克特的《等待戈多》，迪
伦马特的《物理学》、《贵妇还乡》，布莱希特的《四川好人》、
《伽利略传》，戈尔丁的《蝇王》，卡内蒂的《迷惘》等等。有人
说，不理解寓言象征，就不会理解50%以上的20世纪佳作，这话看来
并不过分。之所以会出现这种局面，是因为现代作家已不再满足于
叙述一个有头有尾独立自主的故事，诱使读者产生似真似幻的艺术
幻觉，跟着情节哭一阵笑一阵，哭完笑完酣然入梦乡；而是想让读
者在情感愉悦的同时能更严肃更深入地理解世界、思考人生，获得
一份健全的理智。这样，传统的艺术形式就难以适应这一创作目
的，于是，寓言象征就成为艺术家的最佳选择了。

## （四）本体象征

本体象征也是一种整体的象征，但它与以怪异故事为外壳的寓
言象征不同，它是"以艺术家自己发现、构建的一个平实的世界，
来与世界整体对应，从而把艺术世界里的一切，来从整体上隐喻整
体世界。由于它执着于、并固守着现象本体，因此被称作'本体象
征'。"[①]换句更容易理解的话说就是，寓言象征由于外层表象的怪
异荒诞，使人一看便知这是艺术的假定性形式，作者这样写是"别
有用心"，因此眼光很快就由外层转向思索作者所"别有"的"用
心"。而本体象征的形象外壳看起来一点也不怪异荒诞，而好像确
有那么回事，它具有某种"纪实"性，似真性。但艺术家的目的又
绝对不是想向读者讲一个生活中确实发生过的娓娓动听的故事，而
是想通过一个让读者觉得真实可信的故事暗示出一个更深远的哲
理，从而让读者知道真理就在身边，就在平实平凡平常平淡的生活
中。它以生活本身的伟大暗示着哲理的伟大，以哲理的深刻反证着
生活本身的深刻。

具有本体象征性质的作品，读起来好读，好懂，好接受，因为
它有一个平实、自然、独立自主的生活故事。但也正因为如此，它
又有某种欺骗性，麻痹性。——"自然"是一种抗体。它往往会使

---

① 余秋雨：《艺术创造工程》，上海文艺出版社1987年版，第233页。

读者觉得这里并没有什么奥妙，因而眼光会漫不经心地滑过去。所以，在欣赏文学作品时读者要保持一份艺术的自觉，想一想平实自然的故事里是否蕴含着更深远的道理。举个例子看看吧。

史铁生的小说《第一人称》，写了这样一个故事："我"——一个小伙子——在郊区分到一套房，在二十一层，"我"请假去看那套房。楼被院墙围住，三面是树林，南边有一条河，一座小桥直入院门。"我"走进院门看见一个姑娘背靠树干坐在树荫里，"我"问她这是不是要找的那座楼，她喃喃说"顺其自然"。"我"爬到三楼，见那姑娘依然坐在那里，"我看不见她的脸但我感觉到了她神容的宁和与陶醉，""她正神思悠游不在物界"。她是谁呢？一个可羡慕的女人！"我"爬到五楼，看到她还坐在那里，但又看到墙外一个来来回回走着的男人，看样子心烦意乱焦躁不安。怎么回事呢？啊，明白了：他们两个是一对相爱又不得不痛苦分手的恋人。看来那姑娘不是恬淡与悠然，而是神思恍惚，语调空洞，眼光迷惘。"我"爬到七楼，看见一片树林，树林里隐着一片墓地。那么那姑娘和那男人是怎么回事呢？啊，原来是这样：那女人一身素装看来是来祭奠深爱着的人，他死了，她接受不了。男的和她一块来，劝她忘了过去，今后我们在一起。那女的说你让我一个人待一会儿，于是到院子里了，那男的焦躁不安。到第九层，"我"又看到树林里有两条交叉的路，一条路端是个公共汽车站牌，那男的在专注地张望。啊，明白了，原来是这样：那男的在焦急地盼望约会的情人，那女的跟来盯梢，但又不便露面，因而躲到院子里。她痛苦不堪，失神地自语"顺其自然"。到二十一层，"我"忽然又看见树林里有一个婴儿。这是谁家的孩子，怎么放在这里？啊，明白了，原来是这样：这是一个私生子，他的父母尚未结婚，所以不得不抛弃他。男的在张望谁会来抱走他的孩子，女的不忍心看这一幕，来到这里躲开了。"顺其自然"，她指的是那孩子的命运。"我"不放心，想说服那对男女把孩子抱回去。当我从二十一层跑下来分别找到他们时，原来他们二人毫无关系，根本不认识，那男的是个画家，他在林中作画，题为"林间墓地"。

故事不神不奇不怪不异，平平实实自自然然，"叙述人"在叙述自己的亲身经历，但依然能引起我们深长的思索。

同一现象，又都是亲眼所见，然而从不同的角度(层次)看来，却可以作出完全不同的理解。不是说，耳听为虚眼见为实么？看来即使"眼见"也未必"为实"，你看到的可能只是现象。事实的"实"(本质)永远隐藏在"事"(现象)的后面，你不要太相信太执着于自己的"眼睛"。此一也。其次，有趣的是，"我"对同一现象所作的种种不同理解，都顺理成章，自圆其说，因此都使"我"很自信："啊，明白了，原来是这样。"然而"原来"到底是不是"这样"呢？未必！看来，人很容易相信自己，然而"自己"也是靠不住的。换句话说，人不仅容易受客观世界的"骗"，也很容易受自己的"骗"。第三，要想认识事物的真相，必须不断变换角度，穷尽各个层次，争取看"全"。假如在某一个角度某一个层次上停下来，得到的可能只是一个片面的、虚假的认识。第四，即使尽了最大努力，即最全面的观察(如"我"从地面到21层，又从21层到地面)，也未必能全部洞悉对象的全部秘密，对象总要保留一些不可知的成分。如"我"终于弄明白那一男一女毫无关系，但那个孩子呢？他哪里去了？不是留下许多"也许"吗？！第五，归根结底，每个人对事物的认识，都不可避免地是从自我出发，又不可避免地受到"自我"的局限。正如小说创作中选择第一人称叙事角一样，叙述人只能叙述他所看到的听到的想到的，他只能叙述他所了解的世界，而在他的视野之外必然留下很大的盲区。所以史铁生把他的这篇小说命名为《第一人称》。

仔细想想，个人、人类对世界对人生的认识不都是如此的吗?个体的人不去说它了，即如人类，从有自我意识、有文明以来，都在积极地苦苦探索自然、探索宇宙、探索社会、探索人生的秘密，至今当然也取得了极为辉煌的成果，但在"上帝"看来，人类对宇宙，包括对自身又认识了多少呢?以物理世界来说，在伽利略时代，人们以为世界就是伽利略所认识的那个样子；在牛顿时代，人们以为世界就是牛顿所认识的那个样子；在爱因斯坦时代，人们又以为世界就是爱因斯坦所认识的那个样子。很明显，他们谁都远远没有穷尽对世界的认识，他们所认识到的可能都只是世界的一点点。那么，世界到底是什么样子呢？100年后，1000年后，10000年后人们认识到的世界又是怎样的呢？谁知道呢？——思之令人叹息。说不定人类作为无限宇宙中一个微小的物类，永远也难以窥得宇宙的全貌。人类所认识到的，也只能是在自身条件下(带着本身固有的局限)所获得的认识，是"第一人称"视角的认识，而不可能是"全知"视角的认识。在自然——宇宙格局里，"全知"的只有"上帝"，只是自然——宇宙本身，而它又是无言的。这就是人类的局限，人类的宿命，人类的悲剧！人类就是在意识到这一悲剧的情况下仍然不停地苦苦探索的，这，又是人类的伟大。

由史铁生的《第一人称》，我们放开思想，想到了以上一些理解(这些理解也难免"第一人称"——"我"，即本书作者的局限，换个人又可能有其他不同的理解)。这都是从小说自身生发出来的，是"本体象征"的暗示力发出来的。本体象征是一种具有极高审美价值的象征方式，读者在欣赏文艺作品时务必要细心辨识它。

以上我们介绍了四种象征方式，相对来说，它们都具有比较典型的形态，可以比较明确地加以识别。但在大量具体作品中，象征方式是多种多样的，丰富多彩的，并不一定像以上所举例子那么"典型"，这是需要具体作品具体分析具体讨论的。

**思考练习题**

一、象征的特点是什么？

二、为什么说所有的文艺作品都具有象征的色彩？

三、举例说明符号象征、氛围象征、寓言象征，本体象征的特点。

四、为什么在欣赏文学作品时要时刻保持一份艺术的自觉？

五、阅读文学作品时，注意识别其中不同的象征方式。

# 第三节　叙事角度

## 一、叙事角度的意义

叙事角度的选择，对于小说创作来说极为重要。因为小说艺术的基本要求是叙述好一个故事，而这个故事由谁来叙述却大有讲究——它决定作者在作品里应该讲哪些事，不应该讲哪些事，哪些事应该让读者知道，哪些事不应该让读者知道，而必须让读者联想和想象；还决定叙述人在多大程度上参与故事，以及应该用什么样的口气什么样的方式讲述这些故事。所有这一切，不但制约着作者如何写，也制约着读者应该怎样看。

由于以上原因，现代文艺理论特别重视叙事角度的研究，在西方成为创作理论的一个显要问题，成为一门学问——叙述（事）学。我国理论界过去对此不太自觉，现在也已引起高度重视，并且已出版了专著。叙事理论的引进及研究，带来了小说艺术形式的重大变革，以致于造成一种"形势"，要想读懂当代小说，就必须具备"叙事"方面的相应知识。为此，本书对叙事角度的有关知识略作介绍，以期有助于读者阅读能力的提高。

目前，国内外学术界对叙事角度的研究很细致很全面很深入，但也失之于繁琐庞杂，不易掌握。为普通读者计，从阅读欣赏的实践需要出发，本书拟化繁为简，概括介绍几种最基本最主要的叙事角度。

### 二、全知叙事的特点及类型

全知叙事的基本特点就在于"全知"，叙述人就像上帝一样知道故事的全部来龙去脉，知道所有人物的一切隐秘，包括其复杂微妙的心理变化。就叙述人与人物的关系来看，叙述人既在人物之内又在人物之外，知道他们身上发生的一切而又不与其中任何人认同。叙述人凌驾于任何人物之上，掌握的情况多于任何人物，用公式表示即：

叙述人＞人物

如《红楼梦》第二十九回的一段：

那宝玉心中又想着："我不管怎么样都好，只要你随意，我就立刻因你死了，也是情愿的；你知也罢，不知也罢，只由我的心，那才是你和我近，不和我远。"黛玉心里又想着："你只管你就是了；你好，我自然好。你要把自己丢开，只管周旋我，是你不叫我近你，竟叫我远了。"

看官，你道两个人原是一个心，如此看来，却都是多生了枝叶，将那求近之心，反弄成疏远之意了。此皆他二人素昔所存私心，难以备述。如今只说他们外面的形容。

在这一段里，角色双方互相不了解对方隐曲微妙的心理，因而隔膜误会，然而叙述人知道。叙述人把双方的心理剖析得纤毫毕现，而且直接出面进行评论。这是一段典型的"全知叙事"。

**全知叙事又可以分为不同的类型**

**1.主观型**

其特点是叙述者用第一人称身份或以编著、介绍者身份，直接登场亮相，对故事加以叙述、交代、报道，而且常常通过发表感想与议论来干预叙述的进程。例如18世纪英国小说家菲尔丁就率先利用这种叙述方式。请看他在《汤姆·琼斯》第一章的一段话："我们写人性，也将先托出在乡村常见的一些普通的、单纯的人性以飨饿得发慌的读者，然后用宫廷、城市所提供的造作、罪恶等等法国式或意大利式的高级作料，加以清炒或红烧。我们相信，用这种方法一定能使读者愿意永远阅读下去，正如上述伟人使有些客人永远愿意吃下去一样。"在这里，叙述人直接出场与读者对话交流，交待他叙述的原则，然后展开他们无所不知的叙述。在我国古典小说中，叙述人也常常出面与接受者对话。如上引《红楼梦》中"看官，你道两个人……"一段即是。这里虽不是以第一人称（"我"、"我们"）直接出面，但却明白显示了叙述人的存在。

**2.客观型**

主要特点是叙述人不直接介入作品，不到处发议论，而是用第三人称讲故事。叙述人隐身于叙述过程之内，使读者不能直接发现他的存在。正如莫泊桑所说，把生活中发生过的一切都精确地表现给我们，小心翼翼地避免一切复杂的解释和一切关于动机的议论，而限于使人们和事件在我们眼前通过。代表性作品可举莫泊桑的老师福楼拜的名作《包法利夫人》。在这部作品里，叙述人不仅从没有以第一人称出现过，而且十分克制自己的主观态度，完全符合福楼拜自己的"艺术家不该在他的作品里面露面，就像上帝不该在自然界里面露面一样"的艺术信条。当然以上两种类型也并不是绝然对立的，有些作品在叙述过程中，也常常交替或混合使用两种叙事方式。

### 三、有限叙事的特点及类型

即从故事中一个人物的角度讲述故事。由于故事是借用一个特定的人物之口讲述的，所以他只能讲述他所感知所认识所理解的一切，而这一切无不受到其自身主客观条件(如气质、性格、生活经验、时空范围等)的限制。在这种情况下，叙述者知道的和人物一样多，人物不知道的事，叙述人无权叙说。正是这一特点，有限叙事又叫"人物视点式"、"内聚焦式"、"同视界式"，用公式表示即：

$$叙述人＝人物$$

有限叙事可采用第一人称，也可采用第三人称。

第一人称有限叙事，叙述人可以是主要人物，也可以是次要人物。老舍的《月牙儿》：

> 是的，我又看见月牙儿了，带着点寒气的一钩浅金。多少次了，我看见跟现在这个月牙儿一样的月牙儿；多少次了，它带着种种不同的感情，种种不同的景物，当我坐定了看它，它一次一次的在我记忆中的碧云上斜挂着。它唤醒了我的记忆，像一阵晚风吹破一朵欲睡的花。

这里的"我"(叙述人)即女主人公，一个被迫沦为暗娼的可怜女子。她在回忆中叙述自己凄惨不幸的一生，所叙的一切都是她的亲身经历，真切感人，具有震撼人心的艺术力量。

再如法国作家加谬的《局外人》，叙述人即作品主人公莫尔索，通篇是他的自我反省与内心独白。

第三人称有限叙事的特点是，"叙述人"并不在作品中直接露面，而是始终粘附于某一个人物身上，以他的眼光观察，以他的心灵思考，笔锋所及以不超越此一人物为限。

如陈村的《一天》：

张三走进弄堂就把眼睛睁开了，刚才张三只睁开半只眼睛，张三睁着半只眼睛感觉是很舒服的，现在把一只眼睛全部睁开，张三感觉也很舒服。因为弄堂里的空气是很好的。张三从家里出来就觉得弄堂里的空气很好。很好的空气张三很爱吸一吸……

作品的整个故事是按照张三的心理感觉叙述出来的，全篇絮絮叨叨平板沉闷的语言风格，全是受"张三"这一视角限制的。

有限叙事的另一种类型是"不定式"，或者叫"移动式"，即叙述人不是某一个固定人物，而是根据需要不断变换，不断转移。如美国作家福克纳的《喧哗与骚动》，小说由四个部分组成，前三部分的叙事角度分别是康普生家庭的三兄弟班吉、昆丁、杰生，第四部分是黑人女佣迪西尔太太。小说每一部分的叙述话语都分别打上了叙述者不同的个性特征。我国作家戴厚英的《人啊，人!》采用的也是不定式有限叙事方式，同一件事从不同人物的视角叙述出来，使读者获得一个全面的立体的感受和认识。

有限叙事的一个特殊类型是"意识流"方式。意识流的叙事方法试图最大限度地记录人物的全部内心活动及其过程，使情节化入人物意识活动，由人物的意识屏幕上映出。意识流叙事角度把读者带入人物的内心世界，洞悉了人物全部的心灵奥秘。

### 四、纯客观叙事的特点

叙述人只向读者客观地叙述其所见所闻，将人物的言语和行为，将生活场景和事件进程直接展现给读者，不进入人物意识，不作心理分析，不作主观评价。在这种情况下，叙述人的作用很像是摄像机和录音机，他只观察到了对象的外部呈现，而不了解内部奥秘。叙述人了解到的情况少于笔下人物，用公式表示即：

叙述人＜人物

如苏童《妻妾成群》中一段：

颂莲走到水井边，她对洗毛线的雁儿说："让我洗把脸吧，我三天没洗脸了。"雁儿给她吊上一桶水，看着她把脸埋进水里，颂莲弓着的身体像腰鼓一样被什么击打着，簌簌地抖动。雁儿说："你要肥皂吗?"颂莲没说话，雁儿又说："水太凉是吗?"颂莲还是没说话。雁儿朝井边的其他女佣使了个眼色，捂住嘴笑……

这一段叙述出的都是直接可见可闻的内容，而不涉及人物心理。颂莲为什么不说话，她内心有什么活动，因为不可见不可闻，也就没法写出来。如果换用全知叙事或者以颂莲为视角的第一人称有限叙事的方式，就可以对颂莲的心理活动津津有味地描绘一番；如果让托尔斯泰或陀斯妥耶夫斯基这些心理描写大师来写，大约会一层层分析下去，以致分析出连"颂莲"自己也未必意识到的心理内涵。如果用意识流方式去写，或许能"流"出颂莲一生生活的碎片来，但现在用纯客观角度叙事，所写只能限于所见所闻，颂莲怎么想，让读者想去。

以上这一段"纯客观叙事"采用的是第三人称，叙述人隐身于"故事""画面"之外。同样是这一段，仍然是纯客观叙事，也可以改用第一人称，例如让陈家的一个小丫头充当叙述人，由她作为旁观者叙述出来，效果也是一样的。但要注意的是，如果恪守纯客观叙事的规范，那么，第一人称的"我"只能是一个严格的旁观者，只能叙述所见所闻之类的外部现象，而不能带上自己的主观色彩、主观感受、主观评价，否则就变成第一人称有限叙事了。

以上我们分别介绍了三种基本的叙述角度、叙事方式，在这之后，需要接着说的另一个意思是，在具体作品尤其是在长篇作品中，作者在注意保持叙事角度一致的前提下，又往往并不仅仅局限于只用一种叙事角度，而往往是根据内容需要，灵活自由地变动叙事角度。如《红楼梦》，以客观全知叙事为主，叙事人隐身于故事背后；但个别地方也用主观全知叙事，叙述人走出来与接受者直接对话(如上引"看官……")；甚至还采用第三人称有限叙事，如"冷子兴演说荣国府"、"刘姥姥三进大观园"、"林黛玉进贾府"等就是。在现代作品中，叙述角度的转变就更为自觉更为灵活了。总之，叙述角度是艺术手段，内容表达和接受效果是目的，作家应该自由地调度各种艺术手段为艺术目的服务。

**五、各种叙事方式的利弊得失**

叙述方式作为艺术技巧，是在人们的艺术观念指导下适应创作实践的需要而产生的，在长期的历史发展过程中，每种叙述方式都形成了各自相对稳定的特点。

全知叙事出现得最早，历史最悠久，运用得最普遍，发展得最成熟，至今仍受到作家的青睐和读者的欢迎。全知叙事的长处是，自由灵活，叙述人不受时间空间等任何限制，纵横捭阖，运用自如，使人物和事件得到最广泛最自由的表现，使读者对人物和事件能有一个最全面最具体的了解；而且它还能最大限度地展示社会生活的深度和广度等等。其不足之处在于，正因为它无所不知就像上帝，但"上帝"在现代人眼里失去了威严，所以现代读者往往对"无所不知"的真实性产生怀疑；其次，因为叙述人"全知"，所以他喜欢把一切详尽地告诉你，逼着你接受，用不着再去思考和提问。这样就限制了读者积极创造的乐趣和神秘的魅力。

有限叙事选定一个特定人物作为叙述人，外在世界的一切通过他的心理屏幕映出，这样明显控制了叙述人的活动范围和权限，从形式上让读者感到他也是一个平等的人而可以接近，可以相信；如果采用第一人称，读者会觉得好像某人正在给他讲自己的故事，好像在倾听第一手材料，因而大大增强了作品的真实感；而且由于受叙述人主客观条件的限制，"他"必然有许多不知道不明确的地方，这些地方作为空白留给读者思考，给读者想象提供了更广阔的空间；再者，有限叙事从不同人的眼光观察世界，也为读者提供了从不同角度把握世界的新的可能。但有限叙事也有弊病，具体表现在，作者不能直接表示自己的观点；没法介绍叙述人自己；读者只能用一个人物的观点去看故事，除叙述者之外读者看不到别的任何人物的想法。还有，故事受叙述人本人所在时空的限制(客观条件)，无法展开个人视野之外必要的东西；同时，由于叙述同时要受叙述人身份、性别、经历、职业、文化修养等(主观条件)的限制，有许多东西必然会成为叙述的盲点，这些盲区影响了读者想尽可能全面了解生活的阅读期待。

纯客观叙事摄录现象最快最多，使读者能看到更多的行动和事情的发生和发展，能最大限度地保留现实生活的原生性与客观性。运用这种叙述方式写出的作品由于叙事主体的主体性被最大限度地克制，没有任何解释，充满了空白，迫使读者自己去投入去解释，这样会最大限度地调动读者的主动性。但由此也产生了相应的缺陷：由于叙述人没有感情投入，使文本感情因素过于稀薄，因而显得过于"客观"，过于冷漠，过于冷冰冰。这样就不能与读者形成感情上的沟通，不能激发读者的情感投入。另外，"纯客观"回避了对人的内心世界的关心，这就意味着它放弃了文学这种艺术形式的特长。

总之，三种叙述方式各有所长各有所短，作为作家最好不要厚此薄彼，而要根据需要灵活地变换视角，取长补短，完成最佳的艺术创造。作为读者，了解了一定的叙述理论，可以更好地把握和认识作品的艺术特点，理解其中的妙处。

**思考练习题**

一、全知叙事的类型及特点。

二、有限叙事的类型及特点。

三、纯客观叙事的类型及特点。

四、比较全知叙事、有限叙事、纯客观叙事三种方式的长处及缺陷。

五、试析下列节选作品片断的叙事角度。

> 我从此便整天的站在柜台里，专管我的职务。虽然没有什么失职，但总觉得有些单调，有些无聊。掌柜是副凶脸孔，主顾也没有好声气，教人活泼不得；只有孔乙己到店，才可以笑几声，所以至今还记得。

（鲁迅：《孔乙己》）

分析：《孔乙己》所用的是第一人称次要人物叙事角，是通过咸亨酒店一个小伙计的眼光来看孔乙己的，因此只介绍他的所见所闻，以及所感，叙事者介入孔乙己故事不多，但亦非完全未介入，如作品中写孔乙己要教他写字等，所以也非纯客观报导者角度。

> 他饿了，摸摸袋里还剩一块僵饼，拿出来啃了一口，看见了热水瓶，便去倒一杯开水和着饼吃。回头看刚才坐的皮凳，竟没有瘪，便故意立直身子，扑通坐下来一试了三次，也没有坏，才相信果然是好家伙。便安心坐着啃饼，觉得很舒服。头脑清爽，热度退尽了，分明是刚才出了一身大汗的功劳。他是

个看得穿的人，这时就有了兴头，想道："这等于出晦气钱——譬如买药吃掉！"

（高晓声：《陈焕生上城》）

分析：《陈焕生上城》所用的基本上是第三人称有限全知叙事角，作品紧紧跟踪陈焕生的所见、所闻、所感，像是将一束强光折射到他身上，照见他神经的每一颤动，这对刻画这一典型人物形象是极有作用的。

是的，我又看见月牙儿了，带着点寒气的一钩儿浅金。多少次了，我看见跟现在这个月牙儿一样的月牙儿；多少次了。它带着种种不同的感情，种种不同的景物，当我坐定了看它，它一次一次的在我记忆中的碧云上斜挂着。它唤醒了我的记忆，像一阵晚风吹破一朵欲睡的花。

（老舍：《月牙儿》）

分析：《月牙儿》全篇是第一人称主要人物叙事角，作者让一个旧社会被迫沦为暗娼的女子亲身倾诉她自己的痛苦和不幸，这比用一个旁观者的眼光来写，更加深切，更具有控诉力量，更能引起读者的同情。

象用力掷在墙上而反拨过来的皮球一般，他忽然飞在马路的那边了。在电杆旁，和他对面，正向着马路，其时也站定了两个人：一个是淡黄制服的挂刀的面黄肌瘦的巡警，手里牵着绳头，绳的那头就栓在别一个穿蓝布大衫的背心的男人的臂膊上。这男人戴一顶草帽，帽檐四面下垂，遮住了眼睛的一带。但胖孩子身体矮，仰起脸来看时，却正撞见这人的眼睛了。那眼睛也似乎正在看他的脑壳。他连忙顺下眼，去看白背心，只见背心上一行一行地写着些大大小小的什么字。

（鲁迅：《示众》）

分析：《示众》是第三人称客观叙事角。鲁迅对于旧社会的某些群众的落后、愚昧、麻木是极为痛心的，对于他们无论什么都只是"看"，尤有所感。他在这篇作品中以极为冷峻的客观描写的手法"现场转播"他们是如何看的，作品中并不多加评论，而思想感情从这种笔法中已自然流露出来。

也是一只蝴蝶，却不悠游。上不着天，下不着地。"你的事情现在还排不到日程上。"专家组长对张思远说。一个钻山沟的八路军干部，化成了一个赫赫威权的领导者、执政者，又化成了一个被革命群众扭过来、按过去的活靶子，又化成了一个孤独的囚犯，又化成了一只被遗忘的，寂寞的蝴蝶。我能不能经得住这一切变化呢？

（王蒙：《蝴蝶》）

分析：王蒙的《蝴蝶》以及《夜的眼》、《布礼》、《春之声》、《风筝飘带》等都运用了意识流的技巧。在这一段里，描述的是主人公张思远的意识活动，有联想、回忆、感受、情绪、和自问，还有往事的一个情节片断等等，人称叙事角是跳跃的、变幻的，一切以人物真实意识活动为转移。

——节选自《文学鉴赏辅导》

# 下编　文学欣赏案例

　　文学欣赏的对象是文学作品，而古今中外的文学作品浩如烟海，汗牛充栋，可用来作为"案例"的不胜枚举。与其挂一漏万，不如选择经典。经历过历史的大浪淘沙留下来的名家名作，代表了文学的精华，蕴含着人类文明的密码，至今对青少年的成长乃至于人类心灵的构成仍有现实意义。本篇就以国内外名家名作作为文学欣赏的"案例"，以期汲取思想精华，提升读者人生境界。

# 第十章 中国古典作家举隅

## 第一节 屈原：精神信仰至高无上

屈原（公元前339年～公元前278年），名平，字原通常称为屈原，号灵均。屈原是我国第一位伟大诗人，如一座巍巍丰碑，拔地而起，横空出世，突然屹立于中国文学、文化史上，以自己丰厚的精神蕴涵泽被后世，千载之下诵读屈原作品，读者仍然为其深蕴的巨大的精神力量所震撼，仍然禁不住感而佩之，敬而仰之。屈原之所以为屈原，就在于作品中奇特、强悍的精神力量。那么，这精神力量的具体内涵是什么，或者说支撑屈原精神世界的支柱是什么呢？

### 一、美政——强烈的社会责任感

综观屈原作品及生平事迹可以发现，屈原强大的精神力量首先来自于他关于"美政"的崇高理想。

据《史记·屈原贾生列传》介绍，屈原曾任过"左徒"和"三闾大夫"两种职务，"博闻强志，明于治乱，娴于辞令"，"入则与王图议国事，以出号令；出则接遇宾客，应对诸侯"，可见他深得楚怀王信任，是参与决策和执行的朝中高官，是楚国杰出的政治家。具有极高的政治地位和出众的行政能力的屈原，关于楚国的发展和强大，心中有一套完整的治国方略，用他的话说即"美政"的政治理想。《离骚》最后说"既莫足与为美政兮，我将从彭咸之所居！"可见"美政"是屈原的人生目标，是他梦寐以求的政治理想。美与善相通，这里不用"善"而用"美"，更突出强调了"美"的涵义，美较善意味着更纯粹更理想更美好，因为"不全不粹不足以为美"（荀子《劝学》）。屈原追求纯美，是一种很高的标准，所以"美政"就是他的政治理想或理想政治，是他赖以安身立命的精神支柱。

根据专家学者的研究，屈原的"美政"主要包括以下基本内容：

### （一）效法尧舜，以德治统一中国

屈原所处的时代，中原文化中儒家思想已广为流布，儒家远绍尧舜，近法文王周公，以其高明人格与德业功绩，创建民为邦本的制度与正德厚生的政治传统。屈原欣赏儒家这一思想，其"美政"的基础由此而来。屈原作品中屡屡称颂尧、舜、文、武等历史上的圣贤君主，在总结历史兴亡的经验教训基础上提出了"善"与"义"的原则："瞻前而顾后兮，相观民之计极。夫孰非义而可用兮，孰非善而可服。"（《离骚》）"重仁袭义兮，谨厚以为丰。"（《怀沙》）这里的善、仁、义均为美政的内涵，主要是指道德观念。屈原主张以仁德治国，而以仁德治国的榜样当推尧舜，只有具备尧舜之德的人才有资格统一天下。

### （二）以重民、利民为施政的基础

春秋以降，民本思想已成为当时的时代思潮。中原文化尤其是儒家特别强调重民观念，"苟无民何以有君"、"民为邦本"思想已是许多政治家、思想家的共识。屈原接受了这一先进思想，作品中多处使用"民"字，如《离骚》："长太息以掩涕兮，哀民生之多艰。""怨灵修之浩荡兮，终不察夫民心。""民生各有所乐兮，余独好修以为常。"—由此可见"民"在屈原心目中的地位，他视重民、利生为"美政"的施政基础。

### （三）以法治限制贵族集团的贪污腐败

屈原对于楚国统治集团的贪污腐败、结党营私、造谣生事深恶痛绝，多次予以揭露抨击。为了拯救国家，屈原提出建立法度以打击、限制旧贵族的政治主张："奉先功以照下兮，明法度之嫌疑。国富强而法立兮，属贞臣而日娭。"屈原作品中屡屡使用"绳墨""规矩""凿枘"等词，就是对法制规范的强调。

### （四）举贤授能的主张

春秋战国时期各诸侯国互相征伐，国强则胜国弱则败，为了强国各国君主都普遍注重选拔贤才治国，举贤授能成为当时政治的普遍要求。屈原对此深以为然，在《离骚》中提出"举贤以授能兮，循绳墨而不颇"。为了使贤才得到重用，他主张打破出身尊卑之别，破格任用出身低微的人。[①]

屈原的"美政"理想，体现了当时最先进的政治文化理念，整个天下尤其是楚国糟糕的政治现状催生出了屈原这一理想。对于屈原来说，以天下兴亡为己任，"美政"理想体现了他强烈的社会责任感和历史使命感。正如他自己所说："岂余身之惮殃兮，恐皇舆之败绩"——他一心所想的是国家的安危而不是个人的得失。为了国家的强盛安全他倾注了毕生精力，虽屡遭诬陷打击而终不改志。因为，"美政"是他终生为之奋斗的事业，他把事业看得比生命重要。

综上所述可以看出，"美政"理想是屈原赖以生存的精神支柱，这一理想实现与否是他全部人生意义之所在，牵动着他的全部生命和感情，他为之奋斗为之歌哭，为之奉献了自己的一生，成就了一场为理想而献身的壮烈的人生悲剧。

### 二、内美——高洁纯粹的美好情操

诵读屈原作品，读者心灵受到强烈震撼的，是他坚守高洁纯粹的美好情操。这种情操，用屈原的话说即"内美"："纷吾既有此内美兮，又重之以修能。"（《离骚》）他把自己的道德情操、精神品格看得至高无上，极端珍视，不惜以生命为代价去践履它，捍卫它。这在中国文学史、文化史上，可以说是空前的。屈原的"内美"是立体的，全方位的，条列起来主要有以下内容。

### （一）高度的尊严感

关于这一点，已是历来屈原研究者的共识，如老一代学者姜亮夫先生所说，屈子自视颇高，在其精神素质中，颇有"天生德于予"之自我爱恋成分。屈原自尊自爱在作品中处处可见。《离骚》开篇叙说家世渊源后又与叙说自己生身时辰："摄提贞于孟陬兮，惟庚寅吾以降。""摄提""孟陬""庚寅"是寅年、寅月、寅日的意思，依从"人生于寅"的说法，自己的生辰应三寅之吉，得

---

① 郭维森：《屈原评传》，南京大学出版社1998年版，第210～217页。

天独厚，如此巧合的生日简直是天降之高贵。高贵的血统和巧合的生日让他感到自己的"内美"上接于天，下承于祖，这种高贵的自负自然使他意识到自己具有崇高的使命和责任，不应该平庸度过一生，而应该积极入世，担荷国家宗族之大任。

屈原作品中大量出现佩饰及香草美人的意象，这一切都与"内美"品质的表现有关。屈原以美玉、香花、美人、芳草等美好高洁的事物来自喻自励，亦可以想象他对于自身人格的高度珍爱。从他与天地、日月、星辰、山川之神相召邀、相哭诉、相冥契的心灵幻象中，亦可以感受到他那种睥睨尘世、高蹈超俗、狷洁孤傲的圣洁气质。屈原之自尊自爱，几乎可以用一个"狂"字来概括。中国古代第一流诗人哲人都"狂"，然没有人像屈原这样孤高自爱到如此程度[①]。

### （二）刚直耿介

刚直耿介即司马迁赞屈原之"正道直行"。正因为屈原有高贵的自负，有崇高的使命和责任意识，所以面对国家大事，面对现实的矛盾冲突，他从不折节屈膝，委曲求全，而是针锋相对，坚持原则。哪怕是主宰自己命运的顶头上司楚王，他也敢于直斥。除直接批评楚王言论外，屈原痛斥朝政昏乱，是非颠倒，也是对楚王的间接批判。还有，屈原屡屡列举历史兴亡的事例，以古喻今，也是说给楚王听的。对楚王的态度尚且如此，对朝中佞臣他的批评就更为尖锐泼辣，毫不留情。凤凰在笯，鸡鹜翔舞，黄钟毁弃，瓦缶雷鸣，玉不同糅，兰草不芳，满目腥臊，怨恶椒兰之类感情色彩极为鲜明的意象在屈原作品中随处可见。

屈原这种刚烈直率，是非分明的性格，大大有悖于温柔敦厚的中庸之道，有悖于藏愚守拙的处世哲学，然而正是有悖于流行的处世之术，才显出其品格之高洁，人格之独立。

### （三）坚守信念，独立不迁

屈原之所以刚正不阿，锋芒毕露，永不妥协，是因为他有坚定的人生信念和高洁的道德操守，这是他立身处世的大原则和总目

① 胡晓明：《诗与文化心灵》，中华书局2006年版，第53页。

标。然而他的信念在现实生活中却遭受巨大的挫折，奸佞诬陷，君王疏离，身谄此境，屈原将何去何从，摆在他面前有三条路：一是隐忍沉默，等候君王醒悟；二是远适他国，一走了之；三是屈从权势，同流合污。怎么办？屈原内心深处也进行过激烈艰难的思想斗争，这种斗争常常表现在其作品的心灵对话中。如《惜诵》，是屈原离开郢都前的辩冤明志之作，作者对于自己的不公平遭遇极为愤懑，茫然失措："欲高飞而远集兮，君罔谓汝何之？欲横奔而失路兮，盖志坚而不忍。"诗人明知道事君无路，最好及早"横奔""高飞"，但是终归因"志坚"而不忍，哪怕遭受胸背被剖、内心绞疼般的痛苦，也只好认了—他自己把自己说服了。再如《渔父》中渔父劝屈原，世人皆浊皆醉，你又何必那么执着认真，干脆安分随时，随大溜吧！屈原何尝不知渔父是为自己着想，但自己的性格决定无法从众，无法"与世推移"，他以决绝的态度回答渔父的好心劝告："宁赴湘流，葬于江鱼之腹中。安能以皓皓之白，而蒙世俗之尘埃乎？"

所有这些对话，其实都是屈原内心冲突的反映，是主我与客我的话，超我与本我的对话，表现了内心的自我怀疑、犹豫和彷徨。然而激烈冲突的结果，都是一样的：宁死不改志，宁蒙尘不改清白。一个"横而不流""独立不迁"的高士形象傲然屹立。

一个人身处黑暗险恶的现实处境而不改志，以一人之力上抗君王下傲群小，靠的是什么？靠坚强独立的性格，靠崇高强大的精神信仰。屈原对自己的人生信念、精神原则有超强的自信，这种自信是他的精神支柱，是支配他进退行止的力量源泉。他的"内美""修能"如日月悬空，为后世立下了做人处世的榜样。

### 三、神灵——超验世界的精神主宰

现实的社会生活中的精神支柱——"美政"理想被轰毁，在惨痛的现实面前屈原还有内在的精神支柱来支撑，在激烈的思想斗争中，"内美"的精神素质帮他渡过了难关，他选择了坚守。然而坚守就意味着还要面对善恶不分黑白颠倒的残酷现实，这一切还在向屈原的价值观念发出挑战？屈原不解，难道这一切不都是邪恶不义活该灭亡的吗？怎么正义如此软弱无力，邪恶如此猖獗霸道？现实世界无法回答他的质疑，他转向超验世界；理性世界无法回答他的困惑，他转向非理性世界；孤苦无告之时，屈原问天问地问神灵。天地神灵不是主持正义惩恶扬善的吗？那么就请它来仲裁是非，给个说法吧！也就是说，在屈原的精神世界，还有一个更高的精神主宰，那就是超验世界的"天""神灵"。

《天问》就是屈原上述心理需求的表达。《天问》是屈原作品，同时也是中国文学史上形式和内容都极为奇特的一首诗。内容上，恢弘博大，举凡天地山川日月星辰神话传说奇闻异物，到历代兴衰君臣际会政治风云无所不包，形式上一连一百七十多个问题连翩而至一气呵成，全诗洋洋洒洒纵横捭阖气势逼人。诗作从天地形成的远古问起，先问天文地理，次问神话传说，再问历史兴亡，最后问到楚国现状。"天"在先民心中，同时也在屈原心中，是万物的本原，善恶的根据，神秘的主宰，人间是非的最后判官，屈原的困惑想从这里找到解释。但是事与愿违，他问的结果却对"天"产生了深深的怀疑："天命反侧，何罚何佑？"历史上不公平之事屡屡发生，现实中不公之事比比皆是，那么天理何在？可见天道不可恃，不可信，得出这一结论包含了屈原的无比心酸、悲凉、愤怒乃至于绝望。

天道靠不住，那么神灵呢？屈原转而去求"神"。据专家考证，屈原所任左徒或三闾大夫，掌管有关宗族、宗教的事务，这一职务与巫史传统相联系，可以相信屈原对巫术、祭祀之类原始宗教文化相当熟悉。考虑到上述背景，可以理解屈原在极度痛苦的状态下会借助神灵抒发自己的情绪，以从中求得精神安慰。《离骚》就是这一精神需求的代表之作。

有学者对《离骚》的内在结构、意象、语言进行详尽分析后得出结论，《离骚》是一首祭歌或对祭歌形式的模拟。在祭歌或模拟祭歌的形式下，屈原举行或模拟着一次颇为繁杂的巫术祭祀仪式。他一面作出降神的表演，唱着祭神的歌；一面向神痛陈自己在尘世的遭遇，请求神灵的裁正，于是哀怨和愤怒火浆似的喷出。他自己清楚地知道，这既是在祭祀，又是在泄愤。这次祭祀或模拟祭祀的目的十分明确，那就是请求神灵对自己的世俗遭遇给出一个公正的裁决，使自己悲伤的心灵得到慰藉。"当世俗的秩序不能化解屈原的烦恼时，他向神灵求得帮助就是不可避免的了。"①

祭祀是一个神圣的事件，向神求正归根到底也只是一个求得精神解脱的过程。从祭祀者心理的角度来看，他实际上需要的是一个能向之倾诉内心痛苦的有知的对象，需要的是神灵的是非判断来安慰自己。为什么屈原要求助神灵，到原始宗教中寻求精神慰藉呢？这是因为，原始宗教祭祀的一个重要功能就是抒发感情、宣泄各种过激情绪，祭祀歌舞在这里起着非常重要的作用。人们正是在一片狂欢的气氛中，充分发泄了自己的感情，进入一种忘我的境界，来达到对现实苦难的超越，使人们获得暂时的解脱。这是原始宗教文化的功能。具体到屈原来说，天大的委屈让他感到极度的心理不平衡，巨大的悲愤无处发泄，这使他不能不产生绝望的情绪。这时，屈原无可选择，只有原始宗教这只仁慈的大手，才能给他以温馨的庇护。当他呼唤着神灵，用香草把自己装扮起来的时候，他就推开了一扇尘封未久的大门，温馨的阳光再一次拥抱自己迷失在理性世界的赤子。在这个光明的世界中，屈原浑身芳香，高洁纯粹，居高临下地打量着那个污浊的世界，"户服艾以盈要兮，谓幽兰其不可佩"，"苏粪壤以充帏兮，谓申椒其不芳"。他是那么理直气壮，那么充满自信，可见这个虚幻的世界给了他一根多么坚强的精神支柱，同时又给醒醒醒的现实世界提供了一面多么明亮的镜子，它对升华屈原的批判精神起着重要的作用。②

**四、虽不能至，心向往之**

现实世界人生理想破灭，屈原转向内心寻求安慰，刚烈耿直的他无法说服自己转而求助超验世界的天和神灵，然而神灵的安慰只是虚幻的、心理的、暂时的，回到现实，黑暗依然如故，无法改变，屈原内心依然无法安宁，他无法放弃自我放弃信念，所以依然在痛苦的深渊里不能自拔。他爱而不得其所爱，又不能忘其所爱，生不如死，于是采取了决绝的姿态进行抗争，终于抱石沉渊，以一

---

① 过常宝：《楚辞与原始宗教》，东方出版社1997年版，第138页。
② 过常宝：《楚辞与原始宗教》，东方出版社1997年版，第167页。

死殉了自己高贵的生命，殉了自己的理想和人格，殉了恋恋不舍的祖国。死，是高贵生命高尚人格的另一种形式的自我肯定。

屈原死了，他的死给后人留下了极大的遗憾和震撼。用另一种眼光看，或者以为屈原迂腐、固执，不知进退，不知变化，然而屈原的伟大正在于此，没有了这些还有屈原么！屈原的死，一般被理解为精神崩溃了，但也可以理解为不但不是崩溃，相反，恰恰是因为他的人生信念、精神支柱太执着太刚硬太强大了。他的精神信念大于一切高于一切直至生命，当精神信念无法实现时，他宁愿以一死来维护。至死，他的精神信念都是超强的，不变的，这怎么能是崩溃了呢！回到本文题旨上来，"心何以安"，或者说屈原的精神支柱在哪里？其实，无论"美政""内美"还是神灵，无论是现实世界还是超验世界，他的支撑看起来内容不一样，但细致考察起来发现，其中一以贯之的东西是信仰，是道义，是真理，是责任，这一切都表现为一种崇高的精神，这是他生命的唯一支撑，是他的精神家园，他为此而生为此而活最后也为此而死。

屈原以死完成了自己的人格形象，这一形象以其高洁、耿介、执著等极为丰富的精神内涵凝结为一个精神符号，成为后人立身处事的光辉榜样。人生在世，理想与现实冲突，怀才不遇，忠诚遭患，在任何时代尤其是封建时代，随时都可能发生，它不只是个别现象，而毋宁说是普遍现象。这一困境直接挑战了士大夫所信奉并赖以安身立命的人生信条，怎么办？不少人为了世俗利益选择了放弃、逃避和屈服，但也有人选择了坚守。在选择坚守的人中，屈原的形象就可能起了相当大的作用。历代文人士大夫留下了大量歌颂屈原的文字就是明证。困境中的人可能没有屈原那份独立和坚强，但只要心中有屈原在，他们的心灵就有所皈依，就有了精神支柱。屈原为困境中的人起到了指引和救赎的作用，正所谓"虽不能至，心向往之"。

然而遗憾的是，时至今日还有人不理解屈原精神所体现的价值和意义，还有人在嘲笑屈原"始终偏执于那份过分膨胀的道德激情"，像堂吉诃德那样"长矛飞舞，豪气冲霄，却声嘶力竭，自不量力"；挖苦说"屈原对苦难的诉说，在一定意义上可以说是诗化了的自我美化和病态的所谓道德担当"；他们把屈原的行为定性为"精神缺陷"："他过分沉湎于追忆个体的辉煌，或在所谓的'无悔'里不断表白并寻找解脱以求自慰。这是屈原的精神缺陷。要直面自己的精神缺陷是痛苦乃至残酷的，但却是时代的必需。很遗憾，屈原并没有真正做到这一点。"在这种评价里，屈原完全是一个自我中心主义者，一个自我膨胀了的道德狂，一个不识时务的精神病患者。在评论者眼里，屈原的性格是偏执的，人格是病态的，精神是有缺陷的。既然如此，还谈什么崇高和伟大？所有的只是荒诞、滑稽和可笑，一个令人悲悯的可怜虫而已。

时至今日还有人这样来评价屈原，令人颇为惊讶！屈原身后两千多年来围绕他的评价总有争论，虽然如此，也还从来没有见过如此否定如此贬低的评价。难道世风真的变了，真的走向"后现代"，英雄、理想、崇高、伟大，都成了被嘲笑挖苦的对象了？难道人的精神都犬儒化才算是不"病态"，才算没有"缺陷"？退一万步说，后现代思潮是承认思想多元化的，为什么就不能承认屈原精神也是一种精神，而非要判其病态和缺陷呢？难道现代人或者说现代某些人做不到的，就是病态和不正常吗？事实上，正像自然界需要生态平衡一样，精神界也需要生态平衡。在精神生态场中，绝对不能仅仅只有那些世俗的乃至于平庸的思想存在，而是还应该给崇高、伟大、英雄、理想留出足够的位置，有了这样两极，才可以形成人类精神的张力场。有了崇高这一极，人类精神才有仰望的目标，才可以时时得到引领和提升，否则随时就会堕落和沉沦。这是不言自明的道理，也是为人类文明史所不断证明的道理。凡是一个社会一个民族精神堕落沉沦的时候，就是其崇高精神遭怀疑受批判"躲避崇高"的时候。所以，要维护社会的精神文明，维护社会文化进步，就要维护崇高的价值和意义。当然，谁都知道，崇高不是哪个人随便都能达到的目标，但正因为这样才更体现它的价值，才不能轻易贬低它否定它。屈原的存在，是中华民族的骄傲，也是人类精神史的骄傲，他标示了人类精神可以达到的强度和高度。他可能偏执，但他的崇高和伟大就在他的偏执里，没有了他的所谓偏执也就没有了他的崇高。所以应该感谢屈原，感谢他在中华民族早期历史上树起这么一座令全人类敬仰的巍巍丰碑，让中华儿女代代受益。屈原精神早已积淀在中华民族灵魂深处，并将继续辉耀千秋。

# 第二节 陶渊明：逃出樊笼，回归自然

陶渊明（约365年～427年），字元亮，名潜，自号"五柳先生"，卒后友人私谥"靖节征士"，浔阳柴桑（今江西省九江市）人。出生于一个衰落的世家，生活在晋宋易代之际。因家贫，陶渊明先后加起来曾做过几年官，却因"质性自然"，不愿"以心为形役"、不肯"为五斗米折腰"而解绶去职，回归田园。陶诗以清新自然著称于世，代表作品有《饮酒》《归园田居》《五柳先生传》《归去来兮辞》《桃花源诗》等，深受后世文人推崇，美学家朱光潜先生认为，可以和陶渊明比拟的，前只有屈原，后只有杜甫。

## 一、儒家情结

陶渊明虽然生活在以《庄子》、《老子》为宗的两晋时代，但是中国传统文化中对他影响最大的是儒家思想。他有着令人骄傲的家世：曾祖父长沙郡公陶侃"功遂辞归，临宠不忒"；祖父陶茂曾任武昌太守，"直方二台，惠和千里"。先人的高洁品格潜移默化地影响了青年时代的陶渊明。其外祖父孟嘉为人洒脱且家里藏书丰富，所以陶渊明能够"少年罕人事，游好在六经"，"历览千载书，时时见遗烈"。儒家积极进取的思想时刻影响着他，"忆我少壮时，无乐自欣豫。猛志逸四海，骞翮思远翥"（《杂诗》）就是他远大理想的真实写照。他希望通过仕途实现自己"大济苍生"的宏愿，虽然后来荏苒岁月让他气力渐衰，生逢乱世以致有志难酬，但他一生都没有完全心灰意冷，垂垂老矣之时仍欲有所作为，"古人惜寸阴，念此使人惧"。正如梁启超所说："他虽生长在玄学佛学的氛围中，他一生得力处和用力处都在儒学。"

儒家强调每个人对社会都有一份责任，天下兴亡，匹夫有责。陶渊明对于社会有很强的责任心，他念念不忘自己的理想，建功立业的愿望直到归于田园后也不能忘怀，希望能像先祖一样功成身退。《饮酒》诗最后一首就是他儒家复兴治世愿望的真切体现。这首诗首言伏羲、神农那样纯真的人已经罕见，举世少真（"真"是道家思想的哲学范畴，儒家道家化是魏晋时期的潮流）。下接孔子辛劳奔走想让东周社会民风世俗再回归淳朴，在他的努力下虽然没有达到天下大治，但诗书礼乐得以恢复。及至秦始皇焚书坑儒，更加世风日下，好在汉初儒生，勤恳传授六经，儒家思想得到复兴。然后，"如何绝世下，六籍无一亲？"一句急转直下，他发现自己的时代与汉朝已恍若隔世，六经早就没人爱好亲近了，不由感叹目前经术之无续，期望像孔子那样的人出现，还老百姓一个太平盛世。但是因为对社会现实的失望，他认为即便有人也像孔子那样成天在外驰车奔走，也没有人前来礼贤问津。最后两句追忆历史感叹今朝之后转到饮酒上以寄托空虚。"但恨多谬误，君当恕醉人"是本诗的结语，自言"谬误"，可见在陶渊明的时代呼唤孔子再生、儒家复兴是有触犯当世之嫌的，虽知如此，他依然借酒吐真言，渴望儒家复兴治世的愿望溢于言表。

在魏晋文人中，羡慕长生不老的神仙，痛感人生无常，用饮酒来愉悦自己的想法十分普遍，借酒进入玄远、迷离的境界是许多文人的追求，但陶渊明并没有沉迷于酒精的刺激。《影答形》中直接指出长生之道是不存在的，但担心"身没名亦尽"，主张只有立善可见爱于后世，可以不朽。通过追求身后之名来达到永恒比借喝酒寻找短暂的快乐强多了。这种观点来自儒家"立德、立功、立言"之"三不朽"思想。立善求名以致不朽，是当时儒家名教之要求，也是渊明思想的一个重要方面。

尽管陶渊明有着远大的理想，但是"总发抱孤介，奄出四十年"之后，现实政治使他绝望了。陶渊明一生曾任江州祭酒、参军、彭泽县令之职，官场周旋十数年，经历了三仕三隐，最终在彭泽县令任上因不愿"为五斗米而折腰"，上任仅80多天就辞官回家，从此"躬耕自资"。但是好景不长，无情的火把他的房子烧了，只能暂寄船上，直至63岁在贫病交迫中去世。陶渊明对于儒家治世的社会理想从未改变过，但是在令人绝望的世风下，在艰难的生活中，只好痛快饮酒，才能不枉此生。

**二、玄学濡染**

梁启超说："古代作家能够在作品中把他的个性活现出来的，屈原以后，我便数陶渊明。"朱光潜先生认为"大诗人先在生活中把自己的人格涵养成一首完美的底诗，充实而有光辉，写下来的诗是人格的焕发，渊明便是这个原则的一个典型底例证"。两位学术大师表达了同一个意思，就是诗与人互证，读诗自可识人。《归去来》中那片将芜的田园，《桃花源》中那片缤纷的落英，弥漫思念的霭霭《停云》并不是同一色调的风景，可见诗人性格之丰富。"采菊东篱下，悠然见南山"的眼神，"刑天舞干戚，猛志故常在"的勇猛，"人生实难，死之如何？呜呼哀哉！"的踯躅悲痛，感情基调起伏很大，归结到一个人身上充分表明了他矛盾的内心。陶渊明是幸运的，当安身立命的儒家理想受到打击的时候，玄学思想为他启示了另一条路，他的高明之处就在于两者都不盲从，在矛盾中保持一份恬淡，于冲突中达到调和。

魏晋时期是我国思想大觉醒的时代，各种学术思想交错互动，儒家思想在众多思潮中处于劣势地位。当时的儒生虽然坚持"不知生焉知死"，"敬鬼神而远之"的圣人名言，但是采取的是一种回避的态度。在那个时代提倡儒家复兴是有违世风的，渊明也不得不借酒后直言来表达心中感想。儒学衰落的同时，玄学思想蓬勃发展，在阮籍生活的时代其地位已经超过了儒家，渊明比阮籍晚了将近一百年，玄学虽然已经过了最兴盛的时刻，但仍对世人有相当大的影响。玄学思想是以老庄的面目出现的，但又不等于先秦老庄思想，是他的变种，是在不完全背弃儒家封建伦理的基本观念的条件下，吸收了汉以来名家、法家的学说，以老庄思想为标志的哲学思想。

玄学家提倡任真自得与委运任化，他们把眼光投向于茫茫宇宙、讴歌自然,注重生命本体与自然万物相交相融的关系，仰观俯察，从自然中体悟"道"的无穷，忘情于自然山水之中，以期达到天人合一的境界。陶渊明受玄学的影响，把宇宙的变化、四时的更替、人的穷达生死，都看作一种自然的力量，这种事物的发展变化是什么力量也改变不了的，"聊乘化以归尽，乐天命复奚疑"（《归去来》）。他又认为人和自然一样是由气构成的，"咨大块之受气，何斯人之独灵"（《感士不遇赋》）。气聚则生，气散则亡，人类本就来自于自然之中，禀受宇宙之气而生，死亡也只不过是将来自于自然的形体复归自然，"陶子将辞逆旅之馆，永归于本宅"，怀着回家的喜悦面对死亡，这就是陶渊明对玄学委运任化最高明的理解。如愿斯化于天地，"死去何所道，托体同山阿"，自可无恨。

另外，玄远静谧的山水田园与玄学家追求的"道"具有很大的共通性，人们在自然面前更容易敞开胸怀，心与物游，自然适性。所以，玄学家提倡寄情山水，认为人只有与自然山水融为一体，顺应宇宙运化，才能获得真正的自由，陶渊明正是这种提倡的实践者。陶渊明出世的理想屡次受到挫折，明白了济世之志在当时社会无法实现，便辞官归隐。他打破了世俗的樊笼，融入到广阔的田园山水中去。"穷通靡攸虑，憔悴由化迁"（《岁暮和张常侍》），穷通既无所思虑，憔悴亦听其自然。他认为千万年转瞬即逝，人的一生仅如沧海一粟，人尽管是宇宙灵气的聚合，但是终究会消逝于无边的浩瀚之中，然而这种消逝不是颓废的空寂，而是宇宙自然运化的一部分，生死一途只是所有生命延续过程中的一个片段，所以他能够"乐天委分，以至百年"。

每个时代的文人都必定受到时代各种思潮的影响，陶渊明思想中委运任化的一面正是来自于玄学思潮的影响。"目送回舟远，情随万化遗"（《于王抚军座送客》），由于超越了狭小的俗世空间，他与万物的关系不是"相濡以沫"的生死关头，而是"相忘于江湖"的自在与自得，"纵浪大化中，不喜亦不惧"正是这种境界的体现，也是陶渊明获得心灵安顿的处方之一。

### 三、安贫乐道

"安贫乐道"是陶渊明的为人准则。他所谓"道"，偏重于个人的品德节操方面，体现了儒家思想。他特别推崇颜回、黔娄、袁安、荣启期等安贫乐道的贫士,表示要像他们那样努力保持品德节操的纯洁,决不为追求高官厚禄而玷污自己。他并不一般地鄙视出仕,而是不肯同流合污。他希望建功立业,又要功成身退,像疏广对疏受所说的"知足不辱,知止不殆"。他也考虑贫富的问题,安贫和求富在他心中常常发生矛盾,但是他能用"道"来求得平衡:"贫富常交战,道胜无戚颜。"(《咏贫士》其五)而那些安贫乐道的古代贤人,也就成为他的榜样:"何以慰吾怀,赖古多此贤。"(《咏贫士》其二)他的晚年很贫穷,到了捱饿的程度,但是并没有丧失其为人的准则。

"安贫乐道"是典型的儒家生活态度,所以为拥护儒家思想的陶渊明所欣赏,因此,他在诗中不断地歌咏那些体现了儒家生活态度的儒士们。如"安贫守贱者,自古有黔娄。好爵吾不荣,厚馈吾不酬。……朝与仁义生,夕死复何求"(《咏贫士》其四)。"颜生称为仁,荣公言有道。屡空不获年,长饥至于老",是说早逝的颜回和饥寒一生的名士荣启期。"积善云有报,夷叔在西山。善恶苟不应,何事立空言。九十行带索,饥寒况当年。不赖固穷节,百世当谁传"。诗人一针见血:人说善有善报,恶有恶报,但至善之人的伯夷、叔齐饿死在首阳山;荣启期是一个安贫乐贱的人,九十岁还以鹿皮为裳,以绳索为带,饥寒交迫。他们所以能名声传世,依赖的就是固守贫困的节操。《扇上画赞》把隐逸传统从三皇五帝到春秋战国、两汉魏晋一直说到自己,把自己置于荷蓧丈人、於陵仲子、丙曼荣、薛孟尝、长沮桀溺、张长公、郑次都、周阳珪这些固贫守节的古人当中,当仁不让。陶渊明以躬耕为荣,并能在古代贤人中找到同道。无论是固穷守节的隐士,还是亡国大夫、忠臣勇士,都和他在身世和心迹上有些相似,与他们相交,就不会因孤独而消沉,"何以慰吾怀,赖古多此贤"(《咏贫士》),他把这些儒士当成了他安身立命的榜样。

### 四、崇尚自然

崇尚自然是陶渊明对人生更深刻的哲学思考。"自然"一词不见于《论语》、《孟子》,是老庄哲学特有的范畴。老庄所谓"自然"不同于近代与人类社会相对而言的客观的物质性的"自然界”，它是一种状态，非人为的、本来如此的、自然而然的。世间万物皆按其本来的面貌而存在，依其自身固有的规律而变化，无须任何外在的条件和力量。人应当顺应自然的状态和变化，抱朴而含真。陶渊明希望返归和保持自己本来的、未经世俗异化的、天真的性情。所谓“质性自然，非矫厉所得”（《归去来兮辞序》），说明自己的质性天然如此，受不了绳墨的约束。所谓“久在樊笼里，复得返自然”（《归园田居》其一），表达了返回自然得到自由的喜悦。在《形影神》里，他让“神”辨自然以释“形”、“影”之苦。“形”指代人企求长生的愿望，“影”指代人求善立名的愿望，“神”以自然之义化解它们的苦恼。形影神三者，还分别代表了陶渊明自身矛盾着的三个方面，三者的对话反映了他人生观里的冲突与调和。陶渊明崇尚自然的思想以及由此引导出来的顺化、养真的思想，已经形成比较完整而一贯的哲学。

在中国文学史中，诗人陶渊明的人生阅历并不复杂，作品数量并不很多，但其人格备受尊崇，其诗文广为流布，其文学地位之高无以复加，就是因为他所拥有的丰富的精神内涵。关于这一内涵，前人已经概括出许多，如散淡、旷达、狷介、率真、平易、质朴、宁静、冲默、乐天委分、随缘自适、固穷守节、委运任化……这些固然都可以成立，但假如进一步概括，更贴切的还是“自然”。

陶渊明的精神核心是自然。

梁启超：“渊明何以能够有如此高尚的品格和文艺？一定有他整个的人生观在背后。他的人生观是什么呢？可以拿两个字来概括他：‘自然’”，“他并不是因为隐逸高尚有什么好处才如此做，只是顺着自己本性的‘自然’”，“‘自然’是他理想的天国，凡有丝毫矫揉造作，都认作自然之敌，绝对排除。他做人很下艰苦功夫，目的不外保全他的‘自然’他的文艺只是‘自然’的体现，所以‘容华不御’恰好和‘自然之美’同化。”这一段话中，梁一连用了七个“自然”，表达他对陶渊明

“自然精神”不容置疑的肯定。这里的“自然”，仍是中国传统文化精神中的“自然”，相当于“自在”，接近于“自由”。因此，梁启超接着又说：“爱自然的结果，当然爱自由”，这导致陶渊明一生

都是为了追求精神生活的独立而拒绝外界的利诱与胁迫，从而进入一种自然、自在、自由的精神境界。

胡适在其《白话文学史》中以不容置疑的口气判定："陶潜是自然主义哲学的绝好代表者。他一生只行得'自然'两个字。"朱自清认定："陶诗里主要思想实在还是道家"，"道法自然"，前人所论陶诗"真淳"，同样是语出老庄。郑振铎在他的插图本《中国文学史》中一再赞美陶渊明是一位"真实的伟大的天才"，一位"天真"、"自然"的人，就像出污泥而不染的荷花、展翅于晴空的孤鹤、静挂于夜空的朗月。胡云翼在其《新著中国文学史》中如此评价陶渊明："陶潜的思想，虽说很有点儒教的忠义气分，但他受老庄一派哲学的陶冶很深，成为一个自然主义的人生观者，是一个乐天派的文学家。"朱光潜以法国自然主义哲学家卢梭"所称羡的'自然状况'"解释陶渊明的《桃花源记》，认为这是一个典型的农业时代的"淳朴乌托邦"。朱光潜认为在中国文学史上陶渊明的崇高地位只有屈原、杜甫可以与之相比并，且三人艺术境界之高下各有千秋，"渊明则全是自然本色，天衣无缝，到艺术极境而使人忘其为艺术"。在"自然本色方面"，陶诗如"秋潭月影，澈底澄莹"，不但杜甫显得"时有斧凿痕迹"，苏东坡更是"小巫见大巫"。

类似的评说（包括古人）俯拾即是，节省篇幅不再列举。

### 五、当代意义

陶渊明传世的诗文并不算多，约一百余篇，却在中国文学史中享有崇高地位，被誉为"诗人中的诗人"。这是因为他质性自然，热爱自然，自自然然地吟咏着他心目中的自然，真正将自然化人自己的生命，让生命因适应自然而获得最大限度的自由，从而为人们在天地间的生存提供了一个素朴、优美的典范——诗意地栖居在大地上。其"田园情结"、"回归意趣"、"桃源憧憬"已成为中国传统农业社会精神文明的象征，甚至已经成为中华民族集体无意识的重要组成部分。

陶渊明文学的魅力，源自"自然"的魅力；陶渊明的伟大，在于他与"自然"的天然结盟；陶渊明的命运也因此与"自然"的遭际息息相关。

进入现代社会以来,在工业化、商业化、城市化的滚滚红尘中,随着"自然"的破败凋敝,陶渊明的星光渐渐黯然失色;随着"自然"的一再蒙难,陶渊明的文学精神也已进入死期。21世纪伊始,在陶渊明逝世将近一千六百年之后,伟大诗人陶渊明再度死亡,成为一个飘忽不定、明灭游移的幽灵。可以说,目前的社会生活状况,无论从自然生态的破坏还是人心的浑浊浮躁看,都是距陶渊明的精神距离最远的时候。远离的恶果已经众目睽睽,不必列述。值得注意的是,远离的恶果必须靠不断的回归来抑止,来医治。所以,社会的进步,文明的发展,还需要呼唤陶渊明精神的回归和弘扬,这一精神瑰宝永远不能丢!

# 第三节　李白：中国文人的缩影

李白是唐代乃至中国古代文学史上一位极具典型性的诗人,在他身上集中体现着中国古代文人的某些最为基本的特征,可以说是中国文人的一个缩影,一个极有研究价值的文化"符号"。我们从理想、现实、自我三个方面讨论李白的人格精神,由此窥探中国文人的心灵结构,或者说窥探支撑他们心灵的精神支柱。

## 一、李白的理想人格

李白的思想极其复杂,换句话说他的内心世界极为丰富。研究李白的学者葛景春先生曾说过:"儒、道、名、法、游侠、纵横、佛教、兵法、阴阳、杂家各种思想均在他的作品中得到反映。"复杂归复杂,但"若论起政治思想、人生态度,在李白的世界观中占主导地位的,还是积极入世、希冀建功立业的儒家思想,以儒为主,以道为辅,儒释道结合,兼蓄百家,融为一体的开放型思想体系,是李白思想的特色。"[①]李白的儒、道、释及杂家、纵横家、兵家等诸家不同的思想,对其人格理想的形成产生了重要的影响。但是,诸家思想的影响不是简单的相加,而是有机的融合,使李白最终形

---

① 葛景春：《儒释道结合熔铸百家的开放型思想—李白思想新论》,《中州学刊》1986年第二期。

成了以儒、道两家为主，杂糅其他诸家的思想体系，而作为其最鲜明标志的便是"功成身退"的理想。

明确提出"功成身退"的人生理想，是在作于开元十五年（727年）的《代寿山答孟少府移文书》中。这一年李白27岁，对人生充满着幻想，希望有一天能成为顶天立地的大丈夫，施展"倚剑天外，挂弓扶桑，浮四海，横八荒"的过人才智，建立"寰区大定，海县清一"的不世之功，而后效仿范蠡、张良等先贤功高不居，"浮五湖，戏沧州"，重返自然，以遂自己"身退"之志。

李白把自己的人生之路分两步走，第一步是辅佐君王，施展才能，实现安民济世的政治思想："事君之道成，荣亲之义毕"；第二步则是像范蠡、张良那样功成身退，浮五湖，戏沧州，悠闲自得，潇潇洒洒地离开政治舞台。在很多诗中，李白时常流露出这种理想化的人生念头："愿一桩明主，功成还旧林。"（《留别赠王司马高》）"功成身不居，舒卷在胸臆。"（《商山四皓》）"功成谢人间，从此一投钓。"（《翰林读书言怀呈集贤诸学士》）"待吾尽节报明主，然后相携卧白云。"（《驾去温泉宫后赠杨山人》）。

在李白"功成身退"的理想中，"功成"占据了主导地位，儒家思想的熏陶、渴望建立功业强烈的进取精神在他的思想上烙下了深深的印记。"身退"是一种美好的愿望，是一种欣然向往的生活方式。自古以来，儒家的入世思想和道家的出世思想就是历代知识分子和高人贤士随时可以借用的两张牌：得意时入世，失意时出世；仕进时入世，不达时出世，如此等等，一如孟子说过的"达则兼善天下，穷则独善其身"。但老子提出的"功遂身退"，希望使二者能够兼得，而李白所需要的正是二者兼得的理想人生[①]。

李白一生敬仰鲁仲连、谢安的功成身退、粪土荣华。鲁仲连和谢安，一个是先秦策士，一个是东晋谋臣，都曾以杰出才干在危难时建立功勋，他们不同世俗的人品风范更令李白赞赏。尤其是谢安，由隐逸东山而奉诏入宫，居官期间又指挥了"淝水之战"等著名战役，功成名就之后再度归隐。"尝高谢太傅，携妓东山门……

---

① 王定璋：《李白的理想人格与主体意识》，《文苑漫步》，2007年第1期。

暂因苍生起，谈笑安黎元。余亦爱此人，丹霄冀飞翻。"（《书情赠蔡舍人雄》）"安石在东山，无心济天下。一起振横流，功成复潇洒。"（《赠常侍御》）李白诗中经常歌颂谢安，表达了他在刻意追求的"功成"之后，去过一种隐逸的美好生活。在《赠徐安宜》诗中，他曾描绘过一幅儒家理想的大同社会图画："浮人苦云归，就种满郊歧。川光静麦陇，日色明桑枝。讼息但长啸，宾来或解颐。"透过诗歌，我们可以看到男耕女织，息争停讼，安居乐业，其乐融融的景象，这就是李白"身退"后的理想之处。这不仅表达了李白的政治抱负和理想，更是表达了那种对于自由自在的游仙访道生活的热爱、对于权贵和金钱利禄的鄙夷以及他自身洒脱豁达的生活态度，这是诗人狂放的性情和高尚情操的真实反映，也是诗人为人赞颂的伟大人格和精神所在。

### 二、李白的现实人格

理想的实现离不开社会环境的支持和制约。如上所述，李白"功成身退"理想的前提、基础是"功成"，而若想"功成"，首先要入世，要建功立业，求取功名，否则，何谈"身退"？但是，李白所处的社会环境，并没有向他提供这样的机遇。

入世的艰难使李白难以"功成"。建立功业、求取功名是李白终生的抱负，他希望凭借自己的才华"不屈己，不干人"，"平交王侯"，一下子"声闻于天"，片言可喻明主，立谈而致卿相，在广阔宏伟的社会大舞台上做主角。可是事实却让李白发现他的这颗拳拳报国之心并未得到赏识。他的文才为他在诗坛赢得不少喝彩，但是仕进之事却始终遥遥无期。在事实教育之下，李白不得不走上干谒（有所企图或要求而求见显达之人）之路。

唐代文人为求仕进干谒成风，求人举荐，就得干谒。许多名人最初也是通过干谒得到举荐机会的，即使像王维、杜甫这样的大家也不能免。于是，一向崇慕古人高节、追求人格独立与精神自由的李白，为了实现自己"功成"的远大抱负，也开始游说公卿，"遍干诸侯"（《与韩荆州书》）。他曾到安州拜访过安州都督马正会、安州长史李京之和裴长史等；到襄阳"高冠佩雄剑，长揖韩荆州"（《亿襄阳旧游赠马少府巨》），拜诣了荆州长史韩朝宗；他还去过洛阳向唐玄宗献过《明堂赋》，干谒过玉真公主、秘书监贺知章等达官权贵。特别是在襄阳时，向韩朝宗上《与韩荆州书》："今天下以君侯为文章之司命，人物之权衡，一经品题，便作佳士。而君侯何惜阶前盈尺之地，不使白扬眉吐气，激昂青云耶？"这一段文字，清楚地表达了他的干谒就是为了请求韩朝宗举荐他入朝做官。

李白还尝试过以退为进的"终南捷径"，曾在开元时期结交过当时的隐士司马承祯和孟浩然等人，并向他们学习以隐逸为仕进之路。"'隐'不是为了心灵的解脱，不是为了置身世外，而是为了'隐'的对立面'仕'。"在安陆时，他在寿山结庐隐居，"问余何事栖碧山，笑而不答心自闲。桃花流水窅然去，别有天地非人间。"（《山中答问》）借潇洒出尘之心喻归隐山林之志，一边读书，一边扩大声誉，曲线求仕。但最终李白虽然入宫供奉翰林，可是却一事无成，过得并不如意，这些艰难坎坷的经历，使李白感到了内心的矛盾与尴尬，也给了他不小的打击，使他清楚地看到"功成"并不是仅有才华就可以实现的。

天宝年间，李白由隐而仕，又由仕而隐，走过了人生的壮年时期。天宝元年（742年），李白二入长安，待诏翰林，充满了对实现自己政治理想的憧憬和自信，"仰天大笑出门去，我辈岂是蓬蒿人"（《南陵别儿童入京》）把李白当时的狂喜之情表达得淋漓尽致。其实，这时的李白已经表现出政治上的幼稚，在他的眼中，自己是一个文武双全的通才，是一个能为帝王师的辅佐帝王成就大业的人才，但是事实又让他感到了矛盾和尴尬。虽然来到长安受到唐明皇"降辇步迎"的迎接，成为皇帝的座上客，但并没有迎来他自以为的官列卿相，在政治上一展雄才的那一刻。实际上在唐玄宗的眼中，看重的仅仅是他的诗歌才能，甚至一直没有给李白一个正式的官职和任何实权，供奉翰林也不过就是陪伴皇帝及后妃们吟诗作赋，游宴消遣。他的地位始终不过是一个御用文人，而发挥的作用也只是点缀升平，写诗遣兴而已。所作多为《宫中行乐词》、《春日行》、《阳春歌》等应景之作。

与此同时，在宫廷这样一个污浊险恶的环境中，他感到苦恼、烦闷，向往严子陵那样的自由自在的隐居生活，但是他并不甘心一无所成的消极隐退，而是仍然坚持自己的政治理想，坚持斗争，敢于应对"青蝇"们对他的诋毁，功不成，身不退。渐渐意识到自己的政治抱负难以实现，意识到自己入宫得来的不过是卑微的词臣地位，这对于"一醉累月轻王侯"（《忆旧游寄谯郡元参军》）、"天子呼来不上船"（杜甫《饮中八仙歌》）的李白来说是一种屈辱和精神上的折磨。于是，李白对御用文人生活日渐厌倦，并表现出了狂放不羁的本性，李阳冰在《草堂集序》中记载，李白"乃浪迹纵酒，以自昏秽。咏歌之际，屡称东山。"并常与贺知章等人为"酒中八仙"之游，一时令公侯侧目，阉宦忌惮。

天宝三载（744年），李白被朝廷"赐金放还"。"烈士击玉壶，壮心惜暮年。……世人不识东方朔，大隐金门是谪仙。西施宜笑复宜矉，丑女效之徒累身。君王虽爱蛾眉好，无奈宫中妒杀人。"（《玉壶吟》）诗中刻画了一个壮志未酬、悲愤满怀的自我形象，"世人不识东方朔"的怀才不遇之感流露无遗，显现出诗人在理想与现实的矛盾冲撞中被毁灭的悲剧意识。这一时期，他还发出了"安能摧眉折腰事权贵，使我不得开心颜！"（《梦游天姥吟留别》）的呼声。这次从政经历的失败，让李白对"功成"感到了失望，但他始终没有放弃自己的政治抱负。在他的思想里，"学而优则仕"是理所当然的，他天真地以为文采飞扬的才子必然要有似锦的仕途，诗写得好就应该当大官。他像一个倔强的孩子，在众人的劝阻声中孜孜不倦的寻找出路。

至德二年（757年），安史之乱爆发以后，当时玄宗之子永王璘率师由江陵东下，以复兴大业的名义恭请李白参与其事，李白遂满怀热忱毅然从戎。并写下"齐心戴朝恩，不惜微躯捐。所冀旄头灭，功成追鲁连。"（《在水军宴赠幕府诸侍御》）不懂政治的李白，仍希望着建立功勋，然后追随鲁连功成不居。不料肃宗李亨和永王璘之间又祸起萧墙，李璘军败被杀，李白也因此获罪下狱，不久被流放夜郎。

乾元二年（759年），李白流放途中遇赦返江陵。是年襄州兵变，困顿之中的李白忧国忧民之心不减，"将军自起舞长剑，壮士呼声动九垓。功成献凯见明主，丹青画象麒麟台。"（《司马将军歌》）这些更进一步地说明李白强烈的入世情结伴随了他的一生。

上元二年（761年），李白已年近六十，但仍壮心未已又一次踏上征途，准备参加李光弼的平叛军队，途中因病折回。宝应元年（762年），李白病死于族叔李阳冰家，结束了他富有传奇色彩的一生。

李白终其一生，都在以天真的赤子之心讴歌理想的人生，无论何时何地，总以满腔热情去拥抱整个世界，追求自己的理想，对一切美的事物都有敏锐的感受，把握现实而又不满足于现实，投入生活的急流而又超越苦难的忧患，在高扬亢奋的精神状态中去实现自身的价值。他和同时代的其他文士一样，具有恢宏的功业抱负，所谓"申管晏之谈，谋帝王之术，奋其智能，愿为辅弼。使寰区大定，海县清一"（《代寿山答孟少府移文书》），就是他最执着的人生信念。为了这个信念，他可以学习任侠击剑，梦想着建功立以求功名，可以一生不事科举而学习长短纵横之术以求亲媚人主，可以由最初的耻于干谒到后来的谒朝宦、游公卿以求仕进，也可以走"终南捷径"以求伪隐待钓。这种强烈的功名思想正是诗人那种积极进取、奋发向上的精神，是诗人自身孜孜以求的执着精神的真实写照。

就诗而言，李白是当之无愧的王者，可是，太浪漫的人是不适合政治的。政治之所以为政治，是因为它有一套固定的法则。它与浪漫、唯我格格不入，它需要某种妥协和让步。李白的理想和实践固然有着积极的意义，但是，这种值得肯定的理想却由于封建社会中现实存在的偏见和难以抗拒的陋俗，由于诗人自身狂放张扬的个性和不善处世的弱点结合而成的性格的矛盾体，而最终成为一种空想，表现出一位伟大诗人的崇高理想在社会现实中的矛盾与尴尬。

**三、李白的自我人格**

在中国传统文人的眼中，像"我"、"吾"之类的字是不经常出现的。但是在李白的诗中，抒情主体以第一人称形式的出现，却有很高的频率。如"我欲攀龙见明主"、"我浮黄河去京阙"、"我欲弯弓向天射"、"与君歌一曲，请君为我倾耳听"、"我本楚狂人"、"我宿五松下"、"我昔东海上"等等。这种强烈的"自我色彩",便是李白高度个性化的标志与张扬自我价值的重要符号。

李白自幼精修儒家经典,自称"五岁诵六甲,十五观百家,轩辕以来颇得闻矣",作为封建社会的一个文人,深受中国封建传统的儒家思想影响。接受了儒家"兼济天下"的思想,要求"济苍生"、"安社稷"、"安黎元",并且认为"苟无济代心,独善亦何益?"这正是李白不断追求强国安民的政治理想,为实现心中的宏愿不断奋斗的动机与根源。他把自身的价值看得很高,骨子里对自身价值的认定常常外化为"金高南山买君顾"的期盼、"长风破浪会有时"(《行路难》)的渴望。

"仰天大笑出门去,我辈岂是蓬蒿人"(《南陵别儿童入京》)"才力犹可待,不惭世上雄"(《东武吟》)"大贤虎变愚不测,当年颇似寻常人"(《梁甫吟》),都展现一种自我肯定、自我人格的高扬!尤其是《将进酒》这首诗,李白用感性的逻辑,用否定的方式来求得自我的肯定。他把当时士人两项最高的追求:一是富贵,一是以圣贤为楷模,都一一否定了,那实质上就是借此来肯定自己。只有纵酒寻欢,在长醉中摆脱这种世俗的羁绊,获得自由,才是最有意义的。功名富贵,是一种不能永恒的虚假的价值。李白曾写过"三杯通大道,一斗合自然"(《月下独酌》)"仙人殊恍惚,未若醉中真"(《拟古》其三),所谓"合自然""醉中真",其内涵都是在追求这种个性自由。《将进酒》"但愿长醉不复醒"的意义就在此。结尾的"与尔同销万古愁",正表现着以醉中的自由去消解自我在现实中无从得到肯定的苦闷。诗中的真正意义,就在于表现了以自负、自信、自由为内容的自我肯定。

李白的一生,从少年时英气勃发、仗剑远游,到三入长安,屡遭失败;从李璘兵败,被捕入狱到流放夜郎,半道赦还;从请缨从军,抱病而归到卧床不起,客死当乡。他自信"东山高卧时起来,欲济苍生未应晚"(《梁园吟》),他确信"长风破浪会有时,直挂云帆济沧海"(《行路难》),他坚信"天生我材必有用,千金散尽还复来"(《将进酒》)。然而诗人内心深处的孤独与寂寞,人生理想的一次次破灭，他没有因为仕途失意而忘却自我的奋斗、自我的价值。他那"安能摧眉折腰事权贵，使我不得开心颜"的洒脱与豪放，是他内心品质的真正写照。在他一生的追求中，并没有在失意中迷失自我，而是找到了适合自己的人生价值。

现实的失败使李白觉醒，觉醒的李白吸收和改造了老庄哲学的天道自然观所赋予的对主体生命的领悟，在由自我支配的精神天地里，通过回归自然和拥抱自然来过滤自己的灵魂。在拥抱自然的过程中，又自觉给诗歌注入一种历史观念，"越王勾践破吴归，义士还家尽锦衣。宫女如花春满殿，只今唯有鹧鸪飞"（《越中览古》）这首览古之作，越王勾践的破吴，吴王夫差的荣华，都不过如过眼云烟，只有宇宙自然才显示出永恒的存在。在李白的自我觉醒中，以粪土王侯，睥睨富贵的激情保持了自我人格的尊严，最终选择了游仙（《梦游天姥吟留别》），这个世界烟雾缭绕，日月辉映，群仙列队纷至沓来，披彩虹为衣，驱长风为马，龙虎为之奏乐，鸾凤为之驾车，欢歌曼舞，兴高采烈。诗人置身其中，与群仙联欢，与神灵默会，忘却了世俗的名僵利锁、诡诈心机，褪尽了人间的污秽浊臭、私心杂念，尽情享受人间没有的自由自在，无拘无束。这才是诗人身心愉悦的最高境界。李白终于在虚无缥缈的仙界找到了解放自我，张扬个性的空间。他的淡然、他的飘逸、他的洒脱，使的李白超凡脱俗，更显现出人格的伟大。

综观李白的一生，他始终都在寻找心灵的归宿，他雄浑阔大的胸怀注定他不可能驻足匍匐于某家思想之下，而是穿行于思想的密林里寻求自己的精神滋养，最终成就一个精神世界极为丰富复杂，极具标本意义的古代知识分子典型。寻找灵魂的归宿或者说精神家园，至今仍是知识分子乃至于每个人的迫切精神需求，所以阅读李白，研究李白，至今仍有现实意义，李白的心路历程至今仍会给我们以有益的启发。

# 第四节 杜甫：爱国爱民爱万物

杜甫（712年～770年），字子美，京兆杜陵（今西安市西南）人，生于河南省巩县。祖父杜审言,为初唐著名诗人。父亲杜闲曾为兖州司马和奉天县令。从家世看,他出生于一个传统的儒家仕人家庭。家庭的文化濡然对于忠君爱国、仁民爱物的思想无疑有着巨大的影响。

## 一、悲苦困顿的一生

杜甫的一生,大致可以分为三个阶段：读书和壮游；困居长安；漂泊西南。

杜甫在三十四岁之前,基本上是在读书和游历中度过的。他七岁学诗,至二十岁结束书斋生活,而后南下吴越,北游齐赵,进行了长达十年的"壮游"。此时正值盛唐"开元盛世",社会经济的繁荣和相对安定的政治局面,使杜甫的诗里充满了少年气盛的昂扬情调和自信。这一时期的杜甫曾与李白一道寻仙访道,并共同在梁、宋一带有过狂放的豪侠之游。这时的杜甫是幸福的,那种胸怀天下的壮志,在其诗作中展露无遗。"所向无空阔,真堪托死生。骁腾有如此,万里可横行。"（《房兵曹胡马诗》）"会当凌绝顶,一览众山小。"（《望岳》）"痛饮狂歌空度日,飞扬跋扈为谁雄。"（《赠李白》）开阔的心胸,雄伟的气魄,绝不亚于李白的豪气与浪漫。此时的杜甫,胸怀大济苍生的梦想,对前途充满美好的憧憬。

天宝六年(747年),三十四岁的杜甫参加了唐玄宗举行的特考,成绩出众,然而宰相李林甫嫉贤妒能,惧怕有才能的人进入朝廷,考试成为骗局。这对自许甚高的杜甫是个沉重的打击。此时的杜甫,郁郁寡欢,但又不得不困守长安,以求入仕机会。杜甫是渴望当官的,因为只有这样,才能实现自己大济苍生、为国尽忠的政治理想。但具有悲剧意味的是,在统治者的眼中,杜甫不过是一个无名小辈。为了获取仕进机会,他不得奔走于权贵之间,过着"朝扣富儿门,暮随肥马尘"、"残杯与冷炙,到处潜悲辛"的屈辱生活。理想与现实的隔阂让人伤心!不久,父亲又去世了。生活重担一下全落到了杜甫的身上,穷困潦倒的杜甫更深切地体会到了处于社会下层的人养家糊口之不易。杜甫为了维持生活给一些达官贵人写信,希望得到他们的赏识举荐,他写的《三大礼赋》得到唐玄宗赏识,但李林甫仍然没有给杜甫机会,杜甫依然穷困潦倒在社会底层挣扎。直到天宝十四年(755年)冬他才获得一个看管兵甲器杖的卑微官职。而此时杜甫已经四十四岁了。后来在长安一待十年,五十四岁了,身体越来越不行了,他回家去看看老婆和孩子,一路上,看到了社会的灾难,连年水灾旱灾不断,民不聊生,他心更加牵挂着家里的人,可是,当他一进家门的时候,一片嚎哭之声,原来他那不到两岁的幼子已经饿死了,这时,杜甫的心里像撕碎一样的痛苦,联想到自己十年来困居长安,上下求索的遭遇,怎不令诗人肝肠寸断?虽然他发出了"朱门酒肉臭,路有冻死骨"的千年长叹,但仍"穷年忧黎元,叹息肠内热"(《自京赴奉先县咏怀五百字》)。这长安十年,忠君恋阙,仁民爱物的情怀在这颠沛辛酸的生活里不唯没有衰退,反而更加强烈了。

"安史之乱"爆发,长安陷落,杜甫混杂在人群之中逃离了长安投奔唐肃宗。途中被安禄山的人抓起来送回了长安。在长安当了八个月的俘虏。这段日子是难熬的,身心受到严重打击的杜甫无法忘却的是国恨家仇,他的心里浮现出妻子儿女的面容,浮现出一家人往日相聚的画面。至德二年(757年)四月,杜甫逃出了长安到达凤翔,被肃宗任命为左拾遗,可不久就因上疏申救房琯而触犯了肃宗,被贬为华州司功参军。乾元二年(759年),杜甫在洛阳去华州的路上,目睹百姓家破人亡的惨剧。战乱的痛苦已经成了摆在他面前的赤裸裸的现实,于是,他满怀悲愤的写下了著名的"三吏"、"三别"等作品。这年关中大旱,饥荒严重,杜甫放弃了在华州的职务,前往秦州,从此永远离开了长安。

到秦州后生活无着落,杜甫冬天翻山越岭到了秦州以南的同谷县,这是他行路最多、生活最艰苦的一年。生活的残酷几乎到了惨绝人寰的地步。他在《乾元中寓居同谷县作歌七首》其一中说:"有客有客字子美,白头乱发垂过耳。岁拾橡栗随狙公,天寒日暮山谷里。中原无书归不得,手脚冻皴皮肉死。呜呼一歌兮歌已哀,悲风为我从天来。"但是,为了生存,杜甫又不得不继续南下,去蜀中投靠朋友,开始了他晚年漂泊西南的客旅生涯。

在成都靠严武等人的接济在浣花溪边盖了草堂。不久兵乱,他又入梓州。严武再次担任剑南节度使后,将他从梓州接回,聘他为节度参谋、检校工部,但不到半年他就因性情刚直,不愿在官场应酬而辞去了职务。此时的杜甫,饱受战乱之苦,对国破乱离的生活已经有着无比真切的体验。他的心已经成了一面时代的镜子,因感受的直接、思考的深入、观察的敏锐而洞见了社会的黑暗。但是残酷的现实又压得他几乎喘不过气来。纵然是心中充满了极度的悲愤和感伤,他变革现实的理想却从未泯灭过—这就是杜甫的伟大之处,沉重的生存压力和悲惨的现实生活造就了他心灵的敏锐、博大和伟岸。

在成都期间,杜甫虽然过上了较为安定的生活,但仍是多病多愁的。不久,严武病卒成都,杜甫失去依靠,遂带家眷乘船东下,于大历元年(766年)到达夔州住了两年。这两年,他更加清晰的认识到了自己的悲剧命运。在离乱中,在漂泊中,一生就将这样结束了,理想只是心灵中曾经的过客,他再也不会回来了,而诗人已经老了,再也无力去完成什么宏图大志了,他心中感到无限悲凉。大历三年,他出三峡到荆州,不意受到冷遇,遂漂流到岳州,他在《登岳阳楼》中说自己是"亲朋无一字,老病有孤舟。戎马关山北,凭轩涕泗流。"此时的杜甫已是一身病痛,耳聋齿落,右臂偏瘫,还患有肺病和风湿病,自身已难保。他说自己是"飘飘何所似,天地一沙鸥。"(《旅夜书怀》)但是,孤独的杜甫却依旧在惦念着京师关山北面的边防吃紧,为国家的安危而流泪。他想到衡州投靠一位友人,可从岳州到达衡州时,友人已调任潭州;当他赶到潭州时,友人已死。天地之大,竟无诗人安身之地!杜甫彻底绝望了。长期颠沛流离的生活,早已摧残了杜甫的身体,当他再由潭州返回岳州时,受尽了磨难的诗人,在漂流于湘江的船上去世了。

杜甫的一生坎坷困顿,但是就在这困顿多难的人生中为我们留下了一笔巨大的精神财富,千百年来,为后人所赞扬,为后人所敬仰。

### 二、爱国爱民的政治热情

纵观杜甫的一生,其实就是悲剧的一生,但他的诗历来被称为"诗史"。这部"诗史"生动而真实地反映了他那时代政治、经济、军事和社会生活的巨大变化,并对许多重要问题表达了作者的进步主张。他的诗反映时代的重大事件和社会矛盾,从来没有间断过,从长安时期的《兵车行》直到在湖南写的《岁暮行》,有无数感人的诗篇,记载了国家的灾难和人民的痛苦。至于他个人的思想感情,从早年"致君尧舜上,再使风俗淳"(《奉赠韦左丞丈二十二韵》)的抱负到晚年"欲倾东海洗乾坤"(《追酬故高蜀州人日见寄》)的理想,从《自京赴奉先县咏怀》的"穷年忧黎元,叹息肠内热"到逝世前一年写的"落日心犹壮,秋风病欲苏"(《江汉》),尽管是心情起伏,变化多端,他忧国忧民的积极精神却是首尾一贯的。这一切使人感到,好像全集的结构诗人早已设计好了似的。这当然是不可能的。至于杜甫诗集所以能显示出这样的完整性和一贯性,主要是由于杜甫爱国爱民的政治热情是始终不渝的,他忠于艺术的创作热情是一生不懈的。

杜甫的时代是唐代封建社会发生急剧变化的时代。杜甫青年时,还经历了所谓的开元之治。但当时由于贵族官僚、地主豪商,以及寺院僧侣都广置庄园,兼并土地,使在一定程度上有利于农业发展的均田制遭到破坏,大量农民失却土地。以均田制为基础、对中央政权起巩固作用的府兵制也难以维持下去,随后各地节度使招募兵士,长期率领,地方势力逐渐强大。更加上以唐玄宗为首的统治集团日趋腐化,对内横征暴敛,对外连年进行掠夺性的战争,使得贫富悬殊越来越大,阶级矛盾越来越深,最后爆发了成为唐代由盛到衰的转折点的安史之乱,并且导致了邻近

民族的不断入侵和此伏彼起的长期内乱。广大的人民在这时期担受着各种各样难以想象的苦难。杜甫个人的生活也同样发生显著的变化,他从一个官僚家庭的子弟转变为一个常常衣食无着、贫病交迫的"众人"(他自己常说:"生涯似众人"(《上韦左相二十韵》)、"老逐众人行"(《悲秋》))。由于个人的贫困,他逐渐接近贫困的人民,深切地体会到人民的哀乐和愿望,同时他念念不忘国家

的危机和民族的命运,因此他写的诗便成为这个错综复杂、变化多端的时代的一面镜子。

这面镜子所照映的事物,不是浮光掠影,也不是些烦琐细节,而多半是转变过程中带有关键性的重要事件。当唐玄宗在天宝年间对外进行掠夺性的战争,连遭失败,人民负担着过度的赋税和徭役时,杜甫写出具有划时代意义的《兵车行》。这首诗虽然是从父母妻子送别行人写起,诗人主要的着眼点则在于"君不闻汉家山东二百州,千村万落生荆杞;纵有健妇把锄犁,禾生陇亩无东西"和"县官急索租,租税从何出"。他想到的是有关国计民生的农业生产和统治者对人民的剥削。当唐代的统治集团集中天下财富,骄奢淫逸的生活达到极点,安史之乱的爆发已迫在眉睫时,杜甫一再指出尖锐的社会矛盾。"朱门酒肉臭,路有冻死骨"是给这个日趋腐烂的社会敲起的紧急的警钟。安史之乱延续了七年多,杜甫的忧思焦虑完全贯注在平复叛乱和人民的痛苦生活上边,但他同时也高瞻远瞩,看到当时的当政者由于只顾燃眉而忽略了的两件大事:一件是借用外族兵力平定叛变会带来无穷的后患,一件是西方的防务空虚会引起西方民族的入侵。为这些隐忧他写了不少诗篇,事实上过了不久,杜甫所担心要发生的事都成为惨痛的现实。像杜甫这样具有政治敏感,既能博览全局,又能洞察隐微,不只是在他同时代的诗人中很少有人能和他相比,就是过去历代伟大的诗人中也是不多见的。至于陈述人民的痛苦,讽喻皇帝的昏庸荒淫,揭发地方官吏的残暴跋扈,杜甫无论在什么时候,都看作是诗人在他的时代里应尽的职责。

杜甫的诗反映现实,能够这样深刻,主要是因为他观察事物,一切都是从国家和人民的利益出发。他身上有着中国古代知识分子所共有的秉性。忠君、爱国、爱民是他自始至终都坚持的人生理想,但这样的人生理想在封建专制的社会中,特别是在社会矛盾急剧恶化,战乱频仍的年代里,只能一次又一次的被残酷的现实无情击碎。这不是杜甫一个人的悲剧,而是中华民族古代千千万万知识分子共有的生存悲剧。

### 三、百折不回的乐观精神

杜甫的时代是从"开元全盛日"转变为"战伐乾坤破,疮痍府库贫"、"路衢唯见哭,城市不闻歌"的时代。杜甫的一生是从"放荡齐赵间,裘马颇清狂"转变为贫病交加、流离道路的一生。杜甫写他的时代和他自己的生活都是蘸满血泪,沉郁悲哀,但是读者读了他的诗,并不因而情绪低沉,反倒常常精神焕发,意气高昂。这是什么缘故呢?主要是他那百折不回的乐观精神在字里行间感染着读者。

例如759年,是杜甫一生里最困苦的一年。前半年他仆仆于"园庐但蒿藜"的洛阳道上,后半年他跋涉在艰险崎岖的陇蜀途中。有名的"三吏"、"三别"、《秦州杂诗》,以及由陇入蜀的纪行诗都是这一年内完成的。这些诗无论是写民间的疾苦,或是个人的灾难,兀立读者面前的诗人的形象可以用《秦州杂诗》中两句咏马的诗来形容:"哀鸣思战斗,迥立向苍苍"。同时他也越来越清楚地意识到"世人共卤莽,吾道属艰难",因此他就百折不回地担负起这个"艰难"。在同谷县时,他穷困到了极点,每天在山谷里拾橡栗充饥,但是这时他写的《乾元中寓居同谷县作歌七首》把残酷的现实和丰富的想象结合在一起,他引喉高唱,不管唱得多么凄凉,他也不放弃希望,唱到第六首歌时,竟唱出"溪壑为我回春姿"。

杜甫一生关怀国运,蒿目民艰,可是他实际的政治生活却非常短促,虽然如此,他那"穷年忧黎元"的热诚并没有丝毫退减过。他也说过"安危大臣在,不必泪长流",这不过是一时的解嘲,实际上他那忧国忧民的泪是一直流到他死亡的前夕。他从不消极退缩,他无时无刻不希望有一天政治能够清明,人民的生活能够改善,他锲而不舍,一再地写出像"不眠忧战伐,无力正乾坤"那类的诗句。他不但自己是这样,他对于有职位的朋友也常常勉励说:"临危莫爱身"、"早据要路思捐躯"。

但是他的胸襟并不因为这种锲而不舍的执着态度变得忧郁狭窄,而永远是阔大开朗的。他的广阔的胸怀往往通过自然界的壮丽景色给表达出来。像《登岳阳楼》这首有名的诗:"亲朋无一字,老病有孤舟;戎马关山北,凭轩涕泗流",写的是诗人的处境,是客观存在。可是在这四句的前边他写出,"昔闻洞庭水,今上岳阳楼;吴楚东南坼,乾坤日夜浮",这当然也是客观存在,但作者首先要有一个广阔的胸怀,才能把洞庭湖的气象写得如此浩大。同样情形,当他感慨于"名岂文章著,官应老病休"时,他的面前是"星垂平野阔,月涌大江流"。这类诗句俯拾即是,这只有有了广阔的胸襟,才能这样壮丽的景色来衬托他所写的时代的艰辛和个人的只有不幸。这是杜诗的一个特点,所以他的诗尽管悲哀沉痛,可是读者在深受感动的同时,并不意气消沉,而反倒兴起昂扬振奋之感。

杜甫在旧日的封建时代度过了他的悲剧的一生。无论在什么艰苦的情况下他都不曾被社会上的恶势力和自己的贫病所压倒,他也不曾采取任何一个方式逃避现实,这是由于他具有深刻的乐观精神。这个乐观精神是从他经历的国家的灾难、人民的疾苦和个人的悲剧里锻炼出来的,痛苦越深,爱国爱民的感情也就更为深切,写诗也更为努力。正是这个原故,他才创作了许多传诵千古的好诗,影响无数后代的诗人,赢得广大人民的热爱。

**四、对自然生物的深厚爱怜**

忧国忧民忧时势的杜甫,对于自然界优美的景物也善于体贴入微,对它们怀有衷心的热爱。流露这类感情的诗多半是在他生活比较安定的时期写的,但是它们和一般消极的田园诗或山水诗不同,这里也体现出作者深刻的乐观主义精神。尤其是因为他一生中比较安定的时期非常短暂,而他竟能写出不少这样的诗篇,也就使人觉得更为可贵。《春夜喜雨》的"随风潜入夜,润物细无声"把春夜小雨写得多么细致入神,末两句的"晓看红湿处,花重锦官城"把诗人所感到的欢喜写得又多么具体而又美丽。再看他重游新津县修觉寺时写的《后游》的前四句,"寺忆曾游处,桥怜再渡时;江山如有待,花柳更无私",个人的心情和面前的景物到了互相融洽、两无间隔的境地。江山有待,花柳无私,是自然界的实际,更多的是诗人自己的胸怀。杜甫半生漂泊,虽然也常有日暮途远、人事萧条之感,但他也体会到"远水非无浪,他山自有春"这个自然界无往而不可爱的真理。至于"细雨鱼儿出,微风燕子斜"、"鹅儿黄似酒,对酒爱新鹅",则说明这位五十多岁久经患难的诗人,对于弱小的生物心里保持着多么深厚的爱怜。

# 第五节 白居易：取儒道佛精华立身处世

白居易（772年～846年），中唐时期大诗人，字乐天，号香山居士，祖籍山西太原，生于河南新郑。11岁起，因战乱颠沛流离五、六年。少年时读书刻苦。贞元十六年（800年）中进士，十八年，与元稹同举书判拔萃科。二人订交。以后诗坛"元白"齐名。十九年春，授秘书省校书郎。元和元年（806年），罢校书郎，授县尉。元和二年回朝任职，十一月授翰林学士，次年任左拾遗。四年，与元稹、李绅等倡导新乐府运动。五年，改京兆府户曹参军。他此时仍充翰林学士，草拟诏书，参与国政。他能不畏权贵近臣，直言上书论事。元和十年，因率先上书请急捕刺杀武元衡凶手，被贬江州（今江西九江）司马。元和十三年，改忠州刺史，十五年还京，累迁中书舍人。因朝中朋党倾轧，于长庆二年（822年）请求外放，先后为杭州、苏州刺史，颇得民心，杭州人为了纪念他还把靠西湖边的一面，命名为白堤。文宗大和元年（827年），拜秘书监，后转刑部侍郎，四年，定居洛阳。后历太子宾客、河南尹、太子少傅等职。会昌二年（842年）以刑部尚书致仕。在洛阳以诗、酒、禅、琴及山水自娱，常与刘禹锡唱和，时称"刘白"。会昌四年，出资开凿龙门八节石滩以利舟民。75岁病逝，葬于洛阳龙门香山琵琶峰，李商隐为其撰写墓志铭。有《白氏长庆集》传世，代表诗作有《长恨歌》、《卖炭翁》、《琵琶行》等。

## 一、兼济天下的仁爱之心

白居易出身于书香门第，从小熟读孔孟之书，受儒家思想熏陶，成为一名儒家信徒。例如他自己曾多次表白说："仆本儒家子"；"自念咸秦客，尝为邹鲁儒"；"上遵周孔训"等。儒家的中心思想是仁，仁从某种意义上说就是博爱，这种思想极其深入地进入到白居易的内心，成为其思想性格的核心内容。他自己有吃有穿，他就希望天下人都像他一样有吃有穿。有一次他新做了一件布裘，他写诗说："桂布白似雪，吴绵软于云。云布重绵且厚，为裘有余温。一中夕忽有念，抚裘起逡巡。丈夫贵兼济，岂独善一身。安得万里裘，盖裹周四垠。隐暖皆如我，天下无寒人。"（《新制布裘诗》）又有一次他做了一件绫袄，既轻且暖，他在自己享受时又想到了老百姓："百姓多寒无可救，一身独暖亦何情？心中为念农桑苦，耳里如闻饥冻声。争得大裘长万丈，与君都盖洛阳城。"（《新制绫袄成感而有咏》）这两首诗充分说明白居易的仁爱之心，他继承了杜甫的精神传统，有和杜甫一样的情怀。

白居易常以孟子的两句表白自己的胸怀："古人云：穷则独善其身，达则兼济天下。仆虽不肖，常师此语。"（《与元九书》）他既以仁爱为出发点，想兼善天下，所以当他看到劳动人民疾苦时，就为他们悲伤，对他们的深表同情，总是以此为题材写诗，希望皇上看到，以期广施仁政，有利于白姓。众所周知的《观刈麦》（农家少闲月，五月人倍忙）、《纳粟诗》（有吏夜叩门，高声催纳粟）、《重赋》（厚地植桑麻，所以济生民）、《采地黄者诗》（麦死春不雨，禾损秋早霜）、《卖炭翁》（卖炭翁，伐薪烧炭南山中）等诗，有的是写拾麦的贫苦妇人，有的写纳粟纳税的穷苦农人，有的写采地黄及卖炭的老翁。这些人都是社会上最痛苦的，他们的痛苦，是达官贵人加之于他们的。白居易同情他们，而为他们奋臂疾呼，希望有权有势的人解救他们。他在《寄唐生》诗中说他写诗的主旨："非求宫律高，不务文字奇。惟歌生民病，愿得天子知。"

白居易是一位仁者，不仅同情贫苦无告的人们，而且也爱怜一些小的动物。有一次，他看到一个卖小鸡的，他可怜那些小鸡被关在篱子里挣扎，他买来放了。又有一次他看到家人买了一双鱼，躺在篮子里气息奄奄，他不忍见其死，于是放进池塘里。这些他都有诗记载。爱怜十几只垂死的小鸡和两条鱼，虽然是微不足道的小事，但由此可以见出白居易仁爱之心的广延和博大，无所不在，完全彻底。

## 二、济世为民的政治抱负

白居易既然笃信孔孟，自然就和孔孟一样济世为民的抱负。他不只独善其身，而还要兼善天下。他爱人民，尤其是那些贫苦的人民。他作了许多诗，大声疾呼统治者要广泛关注人民群众的苦难。例如他所作的新乐府诗中：《缚戎人》达穷民之情，《杜陵叟》伤农夫之困，《缭绫》念女工之劳，《红线毯》忧蚕桑之费，《卖炭翁》苦宫市，《秦吉了》哀冤民，《上阳白发人》悯怨旷。这些诗，都是合着血泪写成的，把饥寒交迫的人们，刻画得生动感人，希望当政者能够救助他们，帮助他们，使他们的日子能够好过一点。

他是一个主张实行仁政的人，他认为一切政治设施，应该以人民的利害为取舍，应该以爱民为出发点。所以他的政治主张，是希望政府建立在民意上。人民希望怎样做，政府就应该怎样做。如何施行这种政治呢？他认为，第一要做的就是要设立谏诤讽议之官，广开言路，广泛征求官吏和百姓对施政的意见。他在《策林》第七十里说：

> 臣闻天子之耳不能自聪，合天下之耳听之而后聪也；天子之目不能自明，合天下之目视之而后明也；天子之心不能自圣，合天下之心思之而后圣也。若天子唯以再会耳听之，两目视之，一心思之，则十步之外不能闻也，百步之外不能见也，殿庭之外不能知也。而况四海之大，万枢之繁者乎？圣王知其然，故立谏诤讽议之官，开献替启沃之道。俾乎补察遗缺，辅助聪明。犹惧其未也，于是设敢谏之鼓，建进善之旌，立诽谤之木。工商得以流议，士庶得以传言，然后过日闻而德日新矣。是以古之圣王由此途出矣。

他此处所指的古之圣王，就是战国时的齐威王。齐威王以敢于、善于纳谏著称于史，白居易希望当今皇上应该以他为榜样善于倾听官员和人民群众的意见。

为了帮助皇帝施行他所主张的仁政，白居易还掘了另一种措施，设立采诗官："立采诗之官，开讽刺之道，察其得失之政，通其上下之情。"（《采诗》）这一主张也与儒家对诗的功能的理解有关。孔子提出，诗具有"兴观群怨"的功能，其中的"观"即观风俗之盛衰，即通过流行在民间的诗了解民情。白居易深通此道，所以有此提议。为此目的，他提出诗的标准应该是："其辞质而律律径，欲见之者易喻也；其言直而切，欲闻之者深诫也；其事核而实，使采之者传信也。"白居易对诗歌提出上述要求，全部目的只有一个，那就是补察时政，为政治服务："总而言之，为君、为臣、为民、为物、为事而作，不为文而作也。"在《与元九书》中，他回顾了早年的创作情形说："自登朝来，年齿渐长，阅事渐多，每与人言，多询时务；每读史书，多求理道，始知文章合为时而著，歌诗合为事而作。"白居易年轻时创作了大量反映民生疾苦的讽喻诗，总体指向都是"唯歌生民病，愿得天子知"（《寄唐生》）。因为只有将民情上达天听，皇帝开壅蔽、达人情，政治才会趋向清明。

### 三、忠贞刚直的从政风格

白居易一生为官，忠贞刚直，不避权势，批评时政，弹劾奸佞。陶谷述在龙门重修白乐天影堂记中说："彼白公，服则儒士也，位则文人也。当官隶事，烈有丈夫志，至于批逆麟，刺权幸，塞左道，履平坦。"小人做官，对皇帝一味奉迎，不管是非曲直。忠臣则不然，忠臣以事情为对象，以国家为前提，至于是否与皇帝的意志相背，则不予考虑这种刚直不曲的精神，正是忠君爱国的表现，白居易就是这样的人。

例如，元和三年五月，白上疏谏牛僧孺等直言时事，而遭斥逐。同年九月上疏谏淮南节度使王锷，以进奉求平章事。四年四月上疏谏东道节度使裴均进银器一千五百余两事。同年十月，上疏谏以中使为监军事。五年三月上疏谏罢河北用兵。在这些奏文中，都可以看出白居易忠贞不阿的精神。当时一般小人固然憎恨，就是至尊皇帝也不高兴。《资治通鉴》第二百三十八卷记载："白居易尝因论事言陛下错，上色庄而罢。密召承旨李绛，谓：'白居易小臣不逊，须令出院。'绛曰：'陛下容纳直言，故群臣敢竭诚无隐。居易言虽少思，志在纳忠，陛下今日罪之，臣恐天下各思箝口，非所以广聪明昭圣德也。'上悦，待居易如初。"又《旧唐书》。白居易传说："王承宗拒命，上令神策中尉吐突承璀为招封使，谏官上章者十七八，居易面论，辞情切至。既而又请罢河北用兵，凡数千百言，皆人之难言者，上多听纳，唯谏承璀事切，上颇不悦，谓李绛曰：'白居易小子，是朕拔擢致名位而无礼于朕，朕实难奈。'绛曰：'居易所以不避死亡之诛，事无巨细，必言者，盖酬陛下特力拔擢耳，非轻言也。陛下欲开诤谏之路，不宜阻居易言。'上曰：'卿言是也。'由是多见听纳。"上述材料证明白居易忠贞刚直，不顾个人安危，以国家利益为准，敢于和皇帝抗争。

白居易时常做诗，言及自己的贞苦刚直。例如："我亦贞苦士，与君新结婚。"（《赠内诗》）"不饮浊泉水，不息曲木荫。所逢苟非义，粪土千黄金。"（《丘中有一士》）他因为性行高洁，不趋炎附势，所以对不畏风霖的松树，特别喜欢；他又因正直有气节，所以对中通外直的竹子特别爱好。松竹可以代表他，所以他以松竹为友，常常以松竹自况，因而在他的居舍里种有松竹，在他的诗集里也有多首歌咏松竹的诗。

白居易有时还以折剑比喻自己的刚直。例如他说："拾得折剑头，不知折之由。一握青蛇尾，数寸碧峰头。——我有鄙介性，好刚不好柔。勿轻直折剑，犹胜曲全钩。"（《折剑头诗》）他是一个极为刚强的人，宁为玉碎，不为瓦全。他这种性格，当他三十几岁的时候，就预感到日后必招致灾害，他在自题写真诗中说："我貌不自识，李放写我真。——况多刚狷性，难与世同尘。不惟非贵相，但恐生祸因。"这种耿直刚烈正是白居易的从政风格。

### 四、乐天知命的生活态度

白居易的思想行为受儒家孔孟和道家老庄的影响极深。他说："上遵周孔训，旁鉴老庄言。"他上遵周孔，因而安贫乐道，旁鉴老庄，因而乐天知命。孔子主张忧道不忧贫，提倡安贫乐道，白居易受这种思想的熏陶，因而也知足寡欲。

白居易对自己的人生很满足，无论在诗文方面，在仕宦方面，在生活方面，他都很满意。他说："世欺不识字，我忝攻文笔。世欺不得宦，我忝居班秩。人老多病苦，我今幸无疾。人老多忧累，我今婚嫁毕。心安不移转，身泰无牵率。所以十年来，形神闲且逸。况当垂老岁，所要无多物。一裘暖过冬，一饭饱终日。勿言宅舍小，不过寝一室。何用鞍马多，不能骑两匹。如我优幸身，人中十有七。如我知足人，人中百无一。"（《狂言示诸侄》）他自认像他这样知足的，百中无一。他能知足，才能安于现实，才能整天快乐。一个不知足的人，虽然居大厦，食万金，仍然戚戚不欢，因为还有比他生活更好的人，使他羡慕。欲望永无止境，精神也永无快乐。白居易很能知足，因而他既安且乐。

　　下面举几首诗以证白居易乐天达命的处世态度。他在给妻子的诗中说："——人生未死间，不能忘其身。所须者衣食，不过饱与温。蔬食足充饥，何必膏粱珍。缯絮足御寒，何必锦绣文。"（《赠内诗》）他在给朋友的诗中说："我今赠一言，胜饮酒千杯。其言虽甚鄙，可破悒悒怀。朱门有勋贤，陋巷有颜回。穷通各问命，不系才不才。推此自豁豁，不必待安排。"（《谕友诗》）"从旦直至昏，身心一无事。心足即为富，身闲乃当贵。富贵在此中，何必居高位。君看裴相国，金紫光照地。心苦头尽白，才年四十四。乃知高盖车，乘者多忧畏。"（《居闲》）"或吟诗一章，或饮茶一瓯。身心无一系，浩浩如虚舟。富贵亦有苦，苦在心危忧。贫贱亦有乐，乐在身自由。"（《咏意》）

　　这些诗，有的是劝妻子"保贫与素"，有的劝友人"穷通各问命"，有的劝官游之子，富贵"如瓦沟霖"，权势"若石火光"，不如回到故乡安守贫贱。他劝人如此，而自处更是如此。他穿葛衣，只求御暑，吃蔬饭只求疗饥。不求高楼大厦，不求堆金积玉。冷了在簷下晒晒太阳，热了在涧泉洗洗澡，吟一吟诗，喝一喝酒，同侄儿们玩一玩，已经心满意足，而无忧无虑。他这种知足的思想，四十岁以前就已经形成。前举赠内、谕友、寓意等诗，作于三十五岁左右；其他诗类似诗也大多作于四十岁左右。

　　白居易因为能够知足，所以他对任何方面都没有过多的奢望。他说："寡欲清心源"。（《养拙》）又说："散拙无所营"（《过李生》）。他因为寡欲无所营，所以对名利看得很轻。他从年轻时候就满怀这种思想，晚年之后更是如此。他说："浮名与虚位，皆是身之宾"；"甘心谢名利，灭迹归丘园"；"相对尽日言，不及名与利"；"荣枯事都成梦，忧喜心忘便是禅"；"勿慕贵与富，勿忧贱与贫"；"蜗牛角上争何事？石火光中寄此身"；"随富随贫且欢乐，不开口笑是痴人"，诸如此类，不一而足。

总之，总结白居易的思想，看起来复杂，其实也简单。他前半生主要是力图实现"达则兼济天下"的理想，而其关键在"达"。所谓"达"，就是"飞黄腾达"，也就是做大官，掌握权柄，然后才能通过皇帝为老百姓解除倒悬之苦。为了实现这个愿望，白居易只有走仕宦之途，故而他刻苦攻读，考中了进士，站稳了仕宦之途的起点。下一步就是争取得到皇帝的青睐与信任，于是竭力表示他对皇帝的忠诚，表示他对国事的关心。由于这种需要，他对不利于朝廷的现象便极力反对；于是采取以诗歌讽喻，或者上书谏诤，甚至有时与皇帝面对面争论，吵得面红耳赤，甚至惹怒了皇帝，因而被贬江州。被贬后他的思想发生了巨大转折，从此转向"独善其身"，开始了知天乐命的晚年生活。白居易一生行迹及思想变化，在封建时代具有代表性。在那个时代，许多当了官的读书人，大多走的都是这条路。

## 第六节 苏轼：灵魂飞翔于天地之间

苏轼（1037年～1101年），字子瞻，号东坡居士。苏轼是宋代，同时也是中国文学史、文化史上卓然屹立的巨人，他在诗、词、文、书、画等各文艺领域均有突出的建树，堪称一代典范。然而，苏轼留给后世以巨大影响的不仅是他的艺术成就，更是他的人格魅力。苏轼在不平凡的人生经历中以聪慧敏感的心灵所留下的人生体验、人生思考，及所达到的人生境界，说明他集中融汇了前人的人生智慧，他对人生问题的处理方式，体现了我们民族文化性格最典型的模式。"它标志着我国古代知识分子的处世哲学达到了一个新的高度，具有典型与范式的意义。这种成熟的范式所发生的影响，即使对于今天的中国知识分子来说，也依然是深刻的。"[1]那么，苏轼的人生模式有哪些特点，支配这一模式的精神结构有哪些秘密，应该是非常值得探讨的问题。

---

[1] 王水照，朱刚：《苏轼评传》，南京大学出版社2004年版，第574页。

### 一、思想：融会贯通儒道佛

人的一切行为无不受思想意识所支配，苏轼一生的进退行止当然也以其思想体系为根据。苏轼的思想体系恢宏阔大，渊博丰富，但其主干为儒道佛，也就是中国文化最重要的三元素。三元素中，苏轼以儒为本，旁参佛道，取舍自如，相互为用，自由地穿行于三家思想的密林里。

苏轼七、八岁开始读书，首先学习的是儒家经典。《宋史·苏轼传》载，苏轼少年时，父亲游学四方，母亲程氏亲自督促并讲授儒家经典及历史英雄人物，稍长，博通经史，好贾谊、陆贽书，青少年世界观形成时期就打下了坚实深厚的儒学功底，儒家仁人爱物、经世济民的思想已经在他心里深深扎下根基，成为他一生思想的核心。

苏轼对于儒家思想的接受首先表现于他积极用世忠君报国的人生态度上。众所周知，儒家以修齐治平为目标，鼓励士人积极入世，建功立业，有为于天下。苏轼接受了这一思想，在二十二岁时应进士之考，考题《刑赏忠厚之至论》，苏轼依经立义，以仁义爱民之心，论刑赏皆应不失忠厚，突出表现了儒家忠恕仁义的治世思想，主考官欧阳修大为欣赏。入世之后，苏轼一生竭尽所能参政议政，尽最大的社会责任，虽历经打击迫害而不改志。以世俗看来苏轼不识时务自讨苦吃，然而这正是他的伟大之处，他真诚践行儒家思想，完全不顾个人利害得失，全心全意辅君治国匡时救弊，一心要实现"致君尧舜，此事何难"的雄伟抱负。

苏轼受儒家影响还表现在他仁政爱民的行动上。苏轼从政数十年，推重孟子仁义之学，以民为本，以仁为本，殚精竭虑为民谋利。在朝中，无论反对王安石新法还是反对司马光废除新法，立足点只有一个，即老百姓的利益；在地方，他忠于职守，尽其所能为老百姓办好事办实事。苏轼一生在八个地方做官，每到一个地方都留下突出政绩。即使身为贬官，他仍然关心百姓，尽其所能为百姓做好事，每到一处都深受百姓欢迎。

在立身处世上，苏轼倡言"士以气为主"，认为"古之君子，刚毅正直，而守之以宽，忠恕仁厚，而发之以义"。他这样说也这样做，他一生奉行儒家做人标准，处处表现出浩然之气，这充分体现出儒家思想对他的影响。

苏轼从小在接受儒家思想的同时，也受到道家思想的影响。苏轼自述七岁时曾从眉山道士张易简居天庆观学习三年，以道士为师自然受到道家的熏染，加之颇有道家气质的祖父的遗传，使苏轼从小就心仪《庄子》，一读之下有"得吾心矣"之叹。由于上述影响，使苏轼在年少气盛，刚踏入仕途正待雄心勃勃大干一番事业之时，内心深处随时可见庄子思想的流露："人生本无事，苦为世味诱。——今予独何者，汲汲强奔走。""日月何促促，尘世苦局束。"由这些诗看出，苏轼内心深处与庄子是何等的心有灵犀一点通。

苏轼终生都保持着对道家思想的浓厚兴趣，尤其在仕途受挫被贬官流放之后更是如此。贬居黄州时，他曾去天庆观斋居四十九日息心悟道。贬谪惠州时苏轼曾游罗浮道院，对曾炼丹于罗浮的道家人物葛洪更为倾倒，引为老师："东坡之师抱朴老，真契久已交前生。"还有，众所周知苏轼对陶渊明的倾慕，也因为道家思想使他们相通。

对于佛教，苏轼也是从小就开始接触的。苏轼的祖母、父母皆信奉佛教，所以耳濡目染略知佛教。但年轻时血气方刚一心考虑的是事君治国为民，儒家思想占主导地位，以佛老为"言以欺世"的虚妄之学，所以持抵触排斥态度。后来因反对王安石变法遭打击而自请外任，出任杭州通判期间遍游古刹名寺，结交佛界高僧，思想开始与佛禅靠近，胸中不平之气渐消。然而真正开始从思想上接受佛理，是在被贬黄州之后。无端的冤案使苏轼险遭不测心灵受到极大震撼，从此之后佛家思想成为他解脱痛苦抚平创伤的一帖良药。他在黄州安国寺里默然静坐，佛理禅思把他从现实苦难中拯救出来，使他做到物我相忘身心皆空进入佛之境界，内心超然清净了无挂碍。后来谪居惠州，他进一步精研佛理，以期"以无所思心会如来意"，"以无所得故而得"。佛学的精研，佛理之参悟，使苏轼吸收佛家精华进入求静且达、了悟生命、慈悲为怀的人生境界。

以上分别谈了苏轼对儒道佛三家思想的接受，事实上三家思想互有相通之处往往难以截然分开，而苏轼在吸收和表现这些思想时也往往是取其精华，融会贯通，熔铸为自己丰富博大的思想体系。

## 二、视角：终极与社会的互补

众所周知，儒道佛三家的人生旨趣和处世原则大为不同，儒家入世，道家出世，佛家遁世，然而苏轼为什么能将三家和谐地融为一体，自由出入于其中呢？这里的奥秘在于，苏轼的精神世界既涵纳又超越三家，他总是将人生置于宇宙大背景下，从终极视角看待人生和社会，因而视野极为宏阔，精神极为解放，灵魂自由地飞翔于天和地之间，穿行于儒道佛思想的密林里。这里的"天"即指宇宙（哲学本体论意义），这是人类生存的大背景，从这一视角观察思考问题，我们称之为终极视角；这里的"地"指现实的社会生活，从这一视角观察思考问题，我们称之为社会视角，日常视角，世俗视角。"终极"和"社会"两种视角相互作用，互为补充，使苏轼既立足现实又超越现实，身在世俗而心超世俗，成为灵魂自由处世洒脱行高于众之人。

宇宙无限（时间无始无终，空间无边无际）而人生有限（从时间看每个人只有一生，从空间看每个人只有一身），这是人类永恒的生存困境。从宇宙角度看，不但每一个体显得十分渺小，即使整个人类也显得微不足道。人生的升沉祸福际遇，从个人角度看事关重大至切至要；但从终极角度看则是自然常态，天地无私无情，本不以人间利害感情为转移，正所谓"天地不仁，以万物为刍狗"。这是世界的真相，人类生存的真相，然而人们对这一真相却往往并不自觉。人们身处社会人际关系网络之中，满眼看到的是熙熙攘攘为名为利来来往往的人群，萦绕于怀的是欲望的满足，为一己之利害得失而苦恼。人们之所以无法摆脱这些苦恼是因为身陷世俗泥淖，思路被日常的世俗之见堵塞了。

然而苏轼与众不同。他的聪慧明敏使他总是能清醒的、自觉的用终极视角观察人类、反思自身，他的心中时刻都有一个宇宙，随时都把自己、把人生放在宇宙大背景下进行思考。如《次韵答章传道见赠》中他写道："并生天地宇，同阅古今宙。视下则有高，无前孰为后。……君看汉唐主，宫殿悲麦秀。"这首诗从终极视角感叹人生：人生天地间，古今兴亡，人生短暂转瞬即逝机会难来，但纵使汉唐功业又该如何？转眼之间宫殿麦秀。这是人生徒劳，功业难成的悲叹。当然，最能代表苏轼终极视角又最为读者熟知的作品，当属他的赤壁三咏。

在《前赤壁赋》中，面对清风明月，浩瀚长江，联想到历史兴亡，"客"曾感叹人生之短暂："寄蜉蝣于天地，渺沧海之一粟。哀吾生之须臾，羡长江之无穷"。对此，苏子另有看法，他认为江水流逝月圆月缺无减少亦无增损，一切皆自然变化。生与死不过是生命的不同形式，由生到死就像水和月一样，生命本身其实并无变化。要说变化，天地万物每一秒钟都在变；要说不变，天地万物从来都不曾消失。苏轼的意思是说，从日常视角看，人生短暂，每分钟都在变化，生命挽留不住因而无限伤感；但从终极角度看这一切均属正常，没必要伤感和叹息，只需顺其自然尽情享受大自然的聩赠就是了。由"客"与"苏子"的对话可以看出苏轼灵魂深处的一个秘密，即他精神生活中有两个"我"——主我与客我，这段对话其实质是主我与客我的对话。客我代表日常世俗生活中的苏轼，看问题采用社会视角，现实视角；主我代表精神、灵魂生活中的苏轼，看问题用终极视角。社会视角当然要受现实世界诸多限制，是不自由的，而终极视角超越了现实的任何限制因而是无限开阔无限自由的。在终极视角下，个体的"小我"化入了宇宙的"大我"，与宇宙合为一体，成为宇宙的一分子，于是心胸像宇宙一样开阔深远，心态似宇宙一样肃穆宁静。

终极视角蕴含主我客我两重自我，两重自我看人生，使苏轼产生"人生如寄"、"人生如梦"的意识。在文学史上，用"梦"来比喻人生的比比皆是，苏轼更是如此。据有心人统计，单是《全宋词·苏轼词》中，"梦"出现77处。其中比喻人生、人世间的有16个[①]如读者熟悉的："世事一场大梦，人生几度秋凉"；"笑劳生一梦，羁旅三年，又还重九"；"一梦江湖费五年"；"十五年间真梦里"；"万事到头都梦，休休，明日黄花蝶也愁"等等。不仅如此，苏轼还对白居易的"百年随手过，万事转头空"下了一个

---

① 【日】保苅佳昭：《新兴与传统——苏轼词论述》，上海古籍出版社2005年版，第77页。

转语，曰"休言万事转头空，未转头时皆梦"，意谓不但过去之经历如梦般虚幻，即当前的一切也虚幻如梦，较白诗更彻底，可见其人生虚幻意识的深化。从个人说，梦做到死为止，死被认作梦醒；但从人类历史说则生命不断延续，历史成为一个永无觉醒之期的大梦，如苏轼所说的"古今如梦，何曾梦觉，但有旧欢新怨"。这是将人生虚幻意识推广至于历史虚幻意识，又是一层深化。他还在诗中说："物生有象象乃滋，梦幻无根成斯须。方其梦时了非无，泡影一失俯仰殊。"这又是将一切存在之物的存在都认作梦境了。总之，过去、现在、将来，宇宙、历史、人生，无不如梦，无不虚幻。既然如此，那么客我，即现实生活中姓苏名轼字子瞻的这个人的存在，这个人所经历的一切，从终极视角看，也不过是"梦"与"幻"罢了，因此不必过于坚执胶着，过于迂腐僵化想不开。

双重自我看人生，让苏轼走出了苏轼，苏轼成为苏轼眼中的第三者。客我之身的苏轼身陷世俗罗网，承担多重社会责任，面临多种社会冲突，亲历穷通宠辱际遇，尝遍人生百味；但无论客我走到哪里，主我就跟到哪里，主我时刻提醒客我，你既是你又不是你，在你之外还有一个你，肉身的你与世浮沉，精神的你与宇宙同在，因而不必坚执迂腐，达时不必得意，穷时不必悲凄。

终极视角和两重自我之意识，彻底解放了苏轼的思想，使他的精神、灵魂摆脱了现实的羁绊而自由飞翔于天和地之间。"天地之间"，意谓既立足现实又超越现实，既超越现实又不脱离现实，天地之间有一根隐形的线，形成一个张力场。这就像哲学家康德所说的鸽子。柏拉图的"理念"的鸽子幻想在真空中更自由地向天空飞去，但没有空气的支持，没有大地的支持，飞翔终成泡影，鸽子也许会坠入柏拉图的"洞穴"，在影子中爬行。而真正的哲人诗人的鸽子应该既不安于作洞穴中的爬虫，也不为真空的自由所诱惑，而是在天和地之间乘着气流飞翔。

终极视角和社会视角，主我与客我是苏轼灵魂生活的基本元素，是苏轼精神世界的奥秘。正是两种视角的谐调互补，支配着苏轼的进退出处，使他能相对自由超脱地与各种现实人生困境相周旋。

### 三、两种视角与心灵家园

灵魂飞翔于天地之间，用终极和社会两种视角看人生看世界，是苏轼的人生智慧，也是中国文化的智慧（道、佛中就蕴含着终极视角）。走出苏轼，走出中国文化，发现其实这也是人类的智慧，其他民族的智者在洞察宇宙人生之秘密后，在彼此不同的文化语境下，也学会了用两种视角看问题。

法国十七世纪科学家和思想家帕斯卡尔对人与宇宙的关系有深切的理解。他说："让人思索自然界全部的崇高与宏伟吧，让他的目光脱离自己周围的卑微事物吧！让他能看看那种辉煌灿烂的阳光就像一座永恒不熄的燔火在照亮着全宇宙；让地球在他眼中比起太阳所扫描的巨大轨道来就像是一个小点；并且让他震惊于那个巨大轨道的本身比起苍穹中运转着的恒星所环绕的轨道来，也只不过是一个十分细微的小点罢了"。这段话道出了帕斯卡尔对人的生存处境的认识和感受：一边是"自然界全部的崇高与宏伟"，一边是"自己周围的卑微事物"，两种视角互补，就能从日常眼光中惊醒，从而看到事情的真相并感到震惊。

德国十八世纪的思想家康德在他的名著《实践理性批判》中说过一句著名的话："有两种东西，我们愈时常、愈反复加以思维，它们就给人心灌注了时时在翻新、有加无已的赞叹和敬畏：头上的星空和内心的道德法则。""道德法则"来自社会伦理规范，"头上的星空"则是神秘的宇宙大自然，说是"神"和"上帝"也未尝不可。这是康德所理解的人类精神生活的两种神圣元素，观察思考问题的两个坐标，两种角度。

神秘的宇宙，永恒的秩序，是德国文化大师们共同追索的目标。贝多芬，德国文化的代表人物之一，同样痴迷于神秘的宇宙。贝多芬自述道："当黄昏来临，我满怀着惊奇感，注视着天空，堕入了深思；一群闪闪发光的天体在那里旋转运行，永无停息，那就是我们称之为世界和太阳的天体：此时此刻，我神游魂驰，精神超越了这些距离我们亿万公里的群星，一直向那万物之源奔去——一切造物皆源于此；它也是一切新的造物的源泉。于是，渐渐地，天哪，我就试着把我心中的那团激情转化成音响。"这段自白意味深长，告诉我们他的乐思和灵感常常来自他对星空的仰观沉思。这仰观沉思既是贝多芬宇宙宗教感的源泉，也是他的音乐具有永恒艺术魅力的精神源泉之一。

英国作家毛姆，在一篇《上帝与神秘主义》的文章里说："我仔细想想日月星辰之间无比遥远的距离，以及光从那些星球到达我们这里所需的无比悠长的时间，不禁肃然生畏。星云的无法想象的广大无边使我瞠目结舌。"

通过以上随机举例可以看出，从宇宙终极角度看人生看世界，应该是古今中外人类的共同智慧。终极视角的运用，根本意义在于打破了人们的常规思路，解放了被日常的世俗视点所拘禁的传统思想，获得一种勘破事物真相、回归心灵家园的温馨感。终极视角极大地开拓和提升了人类的精神空间，使人类的思想在终极视域里得到最大限度的自由和解放，畅游于本真存在的境界中。从终极视角看人和世界，眼光深邃而阔大，境界高远而静谧。在那里，一切浮躁的情绪都会宁静下来，人生的得失祸福都会被淡然处之，喧嚣不安的心灵都会得到某种程度的安抚。终极视角的这种"精神医疗"作用，只要是注重精神生活质量的人，大概都发现过，体验过。例如，罗丹说："世界上没有比冥想和幻想更使我们幸福，这正是现代人最易忘却的东西。衣食不足，不减其乐，而以智者的态度享受眼与心灵时刻遇到的无数神奇，这样的人好似神仙下凡。"爱因斯坦也有同感，他说"能潜心于一些永恒的东西毕竟是很好的事，因为只有从这些永恒的东西中才能产生出一种精神，这种精神能使人世间重获和平与安宁。"以此观之，面向宇宙的沉思使世俗的心灵得到安宁，这是苏轼同时也是古今中外圣哲共同共通的人生智慧，这种智慧对人类的精神生活具有永恒的启发意义！

## 第七节　陆游：爱国情怀与悲情人生

陆游（1125年～1210年），生活于北宋宣和年间，字务观，号放翁，越州山阴（今浙江绍兴）人。他生活的时期正是靖康之难前后，当时北宋亡国，南宋统治者偏安江南，北方沦陷区人民处于水深火热之中，人民纷纷组织义军，奋起抗金。陆游的人生是专注于诗歌创作的人生，他留存有九千余首诗作于世。陆游的诗词作品大都创作于民族矛盾尖锐化时期，当时人民抗金的爱国热情普遍高涨，受这种民族情结的感染，"爱国主义"是陆游作品的主要内容。

**一、伟大的爱国诗人**

朱自清先生在《爱国诗》一文中认为陆游"虽做过官，他的爱国热诚却不仅为了赵家一姓。他曾在西北从军，加强了他的敌忾。为了民族，为了社稷，他永怀着恢复中原的壮志。"朱自清先生认为，过去的诗人里，也许只有陆游才配称为爱国诗人。有学者将陆游的一生归结为三个阶段：第一阶段是从少年到中年，这一阶段存诗200余首；第二阶段是在入蜀以后直至罢官东归，这一阶段前后近20年，存诗2400余首。这一时期是他从军时期，其作品充满战斗豪情和爱国热情，也是其诗歌创作的成熟期；陆游隐居故乡直到逝世是他诗歌创作的第三阶段。在陆游的人生三个阶段的诗词中，爱国主义精神贯穿了他作品的始终。陆游的大多数作品或者寄托着他对于国家前途命运的深切忧虑，或者抒发他空抱一腔报国热情却无所用的愁闷心绪。正因为生活在一个战乱不断的年代，又满怀报国热情，陆游在他晚年遭贬谪退居家乡的时候仍盼望能为国效力，因此写下爱国主义的千古绝唱《十一月四日风雨大作》："僵卧孤村不自哀，尚思为国戍轮台。夜阑卧听风吹雨，铁马冰河入梦来。"晚年的陆游虽然处于"僵卧孤村"的凄凉的现实境地，却依然保持"不自哀"的精神状态，时时"尚思为国戍轮台"。他一生的壮志就是为了收复国土，为祖国奋斗一生。在风雨凄凉的孤村夜晚，一位七旬老人怀着"为国戍轮台"的壮志，梦想"铁马冰河"，满怀为国尽忠的一腔热血。正如钱钟书先生评陆游诗说："爱国情绪饱和在陆游的整个生命里，而且这股热潮冲出了他的白天清醒生活的边界，还泛滥到他的梦境里去"。

陆游临终前，留下《示儿》一诗："死去元知万事空，但悲不见九州同。王师北定中原日，家祭无忘告乃翁。"陆游感叹自己活着的时候看不到国家统一的那一日，就把希望寄托于后代子孙。他在临终前仍坚信，丧失的国土终会收复，残缺的河山终会团圆。虽然自己有生之年看不到国家的统一，但他不甘心的叮嘱儿子，在家祭时千万别忘记把"北定中原"的喜讯告诉他。这首诗作情意真切，表达了诗人临终时对抗金大业未就的遗憾，更有作者对国家统一的坚定信念。全诗虽然有悲哀的情思，但基调是激昂的。

　　陆游的爱国主义思想有着厚重的历史原因。陆游出生的年代，正是北宋王朝腐败不堪，国家遭受金人侵略的时候。陆游出生的第二年，金兵攻陷了北宋都城东京，还在襁褓中的陆游就随同家人开始了辗转流徙、向南奔逃的征程。多年动荡不安的逃难生活，在陆游幼小的心灵上留下了终生难以忘却的阴影，因此爱国主义成为镌刻在他心底的一种使命意识。他终身主张驱逐金人，收复失地，解救沦陷区人民，这大概就是其爱国主义思想的根源所在。陆游的爱国主义思想还受其家庭教育和自身经历的影响，二十岁时他就有了"上马击狂胡，下马草军书"（《观大散关图有感》）的诗句，希望自己有一天能亲临战场、杀敌报国。直至四十多岁时，他才有机会在军中做一名军官，亲临前线的经历使他目睹了抗金将士的战斗热情，也使他了解了北方人民在金人统治下的悲惨生活状况，这就使他更加迫切的渴望收复失地，实现自己多年的愿望。

　　诗词是作者个人情感的一种表达，陆游的诗由于其浓厚的爱国思想的贯通而显得恢弘壮阔。读陆游诗词，我们能够深深的感受到诗人报效祖国的一片赤诚之心："早岁那知世事艰，中原北望气如山。楼船夜雪瓜洲渡，铁马秋风大散关。塞上长城空自许，镜中衰鬓已先斑。出师一表真名世，千载谁堪伯仲间。"（《书愤·其一》）陆游得不到报效祖国的机会，常常感到压抑和愤慨，在诗中表现为在激昂的基调中又鸣响着悲怆的情绪。"气如山"的雄心壮志与"空自许"的现实形成了强烈的反差，郁结在心的郁闷、失意、悲怆化为"出师一表真名世，千载谁堪伯仲间"的历史感极强的慨叹，使人产生共鸣，有着非常强的感染力。陆游的爱国主义思想不光体现在恢弘壮阔的诗词中，也体现在一些状物言情的诗歌中，比如："驿外断桥边，寂寞开无主。已是黄昏独自愁，更著风和雨。无意苦争春，一任群芳妒。零落成泥碾作尘，只有香如故。"（《卜算子·咏梅》）本词表面看是咏梅，其实是借咏梅表达作者坚定不移的爱国立场和政治节操。诗人将自己的爱国之心融入到对自然风物的热情描绘中，这是诗人爱国主义思想的另一种表达。

**二、寄情诗词和隐逸情趣**

陆游的爱国情怀是通过他的诗词表达出来的。陆游的诗词中，或直抒胸怀，或借景抒情，或托物言志，更有大量写梦的诗词，通过写梦表达自己的爱国情思。解读陆游的诗词，能让我们更加深入的理解陆游伟大的爱国主义情感。

陆游常在自己的作品中直接抒发自己的爱国情思：当年万里觅封侯，匹马戍梁州。关河梦断何处？尘暗旧貂裘。胡未灭，鬓先秋，泪空流。此生谁料，心在天山，身老沧洲。（《诉衷情》）创作于陆游晚年，作者在被弹劾罢官后，退隐山阴故居。风雪交加的夜晚，伴着一盏孤灯，作者回首往事，梦游梁州，忆起年轻时激情荡漾的戎马生活，作者写下了这首爱国词。这首词作语言明白晓畅，用典自然，不着痕迹，感情自胸臆流出，不加雕饰，如叹如诉，沉郁苍凉，有较强的艺术感染力，是陆游爱国词作的名篇之一。

陆游在诗词中常借助景物的描绘表达自己的爱国情思：和戎诏下十五年，将军不战空临边。朱门沉沉按歌舞，厩马肥死弓断弦。戍楼刁斗催落月，三十从军今白发。笛里谁知壮士心，沙头空照征人骨。中原干戈古亦闻，岂有逆胡传子孙！遗民忍死望恢复，几处今宵垂泪痕。（《关山月》）

将爱国情怀借助对外物的描绘表达出来是陆游抒发爱国情怀的另一种方法：雪虐风饕愈凛然，花中气节最高坚。过时自合飘零去，耻向东君更乞怜。（《落梅》），陆游酷爱梅花，因为它象征着气节。梅花开时不畏严寒，落时不恋春光，来得光明，去得磊落。陆游所欣赏的正是梅花的这种高洁品格。他甚至幻想"何方可化身千亿，一树梅花一放翁"（《梅花绝句》），希望终身与梅花为伴。此词表面咏梅，实际上是借梅花的品格自明心迹，自抒怀抱。陆游将梅花作为自己身世与人格的投影意象。陆游在南宋苟且偷安的环境中，一直颇遭时忌，但爱国斗志始终不衰，甚至老而弥笃。此词是他晚年所作，借咏梅以表达自己坚定不移的爱国立场和政治节操。

擅长写梦，是陆游诗歌创作的一大特点，陆游的写梦诗也离不开爱国情思的抒发。陆游的写梦诗词有近百首，至于那些不是以"梦"为题、不是通篇记梦、但篇中写到"梦"的诗词就更多了。"山中有异梦，重恺奋雕戈。教水西通渭，渔关北控河。凄凉鸣赵瑟，慷慨和燕歌。此辜终当在，无如老死何。"（《异梦》）此诗为陆游八十四岁时所作，他驰骋沙场的愿望一直未能实现，诗人只有在梦中披甲上阵、战斗于敷水渔关一带。陆游经常通过梦境与现实、昔与今、他人与自己的对比，深化诗词的情感。

陆游的爱国诗词写得恢弘壮阔，但英雄还有柔肠的一面，陆游有些表达隐逸情趣的诗词存世，为我们展示了另外一种抒情主人公形象。陆游的记游抒情之作《游山西村》："莫笑农家腊酒浑，丰年留客足鸡豚。山重水复疑无路，柳暗花明又一村。箫鼓追随春社近，衣冠简朴古风存。从今若许闲乘月，柱杖无时夜叩门。"诗作中"山重水复疑无路，柳暗花明又一村"是千古传诵的名句。诗作描绘了美丽的村庄风貌，勾画出重重叠叠的江南农村山岭，表现了诗人与农家友人亲密无间的感情，这种感情基于诗人对于农村生活的热爱。陆游常以细腻冲淡的笔法、闲适恬和的情调描绘祖国美好河山，这些作品很自然的表现出了一种诗人的人文主义精神。

### 三、由悲情人生成就的伟大

陆游有一首凄婉的爱情词作被称为千古绝唱：红酥手，黄縢酒，满城春色宫墙柳。东风恶，欢情薄，一怀愁绪，几年离索。错，错，错。春如旧，人空瘦，泪痕红浥鲛绡透。桃花落，闲池阁，山盟虽在，锦书难托。莫，莫，莫。（《钗头凤》）这首词写的是陆游自己的爱情悲剧。　陆游的原配夫人是同郡大家闺秀唐婉，结婚以后，他们是一对情投意合的恩爱夫妻。不料，作为婚姻包办人之一的陆母却对儿媳产生了厌恶感，逼迫陆游休弃唐婉。　在陆游百般劝谏、哀求而无效的情况下，二人终于被迫分离，唐婉改嫁同郡宗子赵士程，彼此之间也就音讯全无了。几年以后的一个春日，陆游在家乡山阴城南禹迹寺附近的沈园，与偕夫同游的唐婉邂逅相遇。唐婉安排酒肴，聊表对陆游的抚慰之情。陆游见人感事，心中感触很深，吟赋这首词，信笔题于园壁之上。"山盟虽在，锦书难托"以寥寥八字，表现出词人内心的痛苦之情。最后的"莫，莫，莫"发出的是极其沉痛、无奈的喟叹，荡气回肠！　这首爱情词表达了他们的眷恋之深和相思之切，也抒发了怨恨愁苦难以言状的凄楚心情，被作为爱情诗词作品的绝唱，为世人所称赏。

　　唐婉逝去四十年，陆游七十五岁时回忆起生命中的这段爱恋，作有《沈园》诗二首："城上斜阳画角哀，沈园非复旧池台。伤心桥下春波绿，曾是惊鸿照影来。"（《其一》）"梦断香消四十年，沈园柳老不飞绵。此身行作稽山土，犹吊遗踪一泫然！"（《其二》）陆游八十一岁时，身体不适，行动不便，作《梦游沈氏园亭诗》怀恋唐婉："路近城南已怕行，沈家园里更伤情。香穿客袖梅花在，绿蘸寺桥春水生。城南小陌又逢春，只见梅花不见人。玉骨久成泉下土，墨痕犹锁壁间尘。"陆游八十四岁时，在他逝世前一年，生命中最后一次来到沈园，作《春游》诗，表达了对唐婉终生的爱恋："沈家园里花如锦，半是当年识放翁。也信美人终作土，不堪幽梦太匆匆。"为什么岁月匆匆，为什么我们的爱情那么短暂？陆游自知不久于人世，仍然念念不忘当日眷侣，长达五十年的不渝爱恋，虽自感匆匆，却赢得了天长地久。这些爱情诗作是陆游用自己的一生写下的一段流芳百世、凄婉感人的爱情悲歌。婚姻的失败对陆游的一生都有恶劣的影响，家庭的悲剧让诗人受伤的灵魂无所逃遁，诗人在人生的风雨历程中没有了避风的港湾。

　　陆游的人生是悲情的，他为国家统一建功立业的愿望在他生命的结束也没有实现，他的爱情因为悲剧成为一段故事。然而，正是悲情的人生以及悲情的人生体验造就了他非凡的文学成就。伟大的人生不会是过于圆满的，但凡有成就的人必经历过人生的风浪起伏，陆游的人生可谓是文人中的坎坷之至，报国无门、仕途受阻、爱情破灭、婚姻失败，直至最后含恨而终，陆游的一生似乎与坎坷苦难相随，然而他的伟大也由苦难所成就。

# 第八节　辛弃疾：爱国词人，诗意人生

## 一、豪放的爱国词人

辛弃疾是宋代著名词人，字幼安，号稼轩，山东历城（今山东济南）人。辛弃疾出生前十三年，北宋遭遇最耻辱的"靖康之变"。此后，积贫积弱的南宋王朝偏安江南一隅，与金人二分天下，中原沦陷。南宋朝廷不思复国，抱残守缺，宁愿签订耻辱的和议换取暂时的安逸，也不愿奋起战斗。朝中奸佞当道，诬害英雄岳飞。辛弃疾少年曾参加抗金起义军，失败后南归，后出仕。他怀抱国家，心系百姓，在政治上、军事上都采取了积极的措施以利国利民。后为当权者所忌，直到晚年再次被起用，可惜并没有得到朝廷的重视，未能施展才华。

辛弃疾的词作，题材广阔，风格多样，深刻反映了南宋时期尖锐的民族矛盾和统治阶级的内部矛盾，表现了他积极主张抗金和实现国家统一的爱国热忱。在他的词作中有一系列英雄形象，他将自己炽热的情感与崇高的理想，表现为英雄的豪情与悲愤。辛弃疾词中的英雄都具有浓烈的爱国主义情感和执着的爱国主义理念。辛弃疾词中所描写的英雄形象全是历史战争中的英雄。这些英雄形象是辛弃疾将自身与历史人物形象的融合。据考证，辛弃疾绝非宋代文坛上常见的手无缚鸡之力的文弱书生，而是一位身硕体壮、颊红眼青、目光有棱的壮士。

"千古李将军，夺得胡儿马。李蔡为人在下中，却是封侯者。芸草去陈根，笕竹添新瓦。万一朝廷举力田，舍我其谁也。"

（《卜算子》）这首词中的英雄人物是汉代的飞将军李广。李广在匈奴军中赢得"汉之飞将军"称号，却在汉朝朝堂落得个被贬的下场。李广的赫赫战功，足以为大汉写就一页辉煌的历史篇章，但他终其一生都没有封侯。这首小令的上片讲的是李广屡立战功但官位不到九卿，而他的堂弟李蔡人品在下中等，却能封为列侯的故事。词作以古喻今，尖锐揭露了南宋小朝廷现状：为一群庸碌无能的投降派所把持，那些有志气、有才能的抗战志士却被排挤、打击。在《水调歌头》一词中，辛弃疾借李广射虎的典故感叹自己的遭遇。另一首《八声甘州》词中，辛弃疾写道："故将军饮罢夜归来，长亭解雕鞍。恨灞陵醉尉，匆匆未识，桃李无言。射虎山横一骑，裂石响惊弦。落魄封侯事，岁晚田间。谁向桑麻杜曲，要短衣匹马，移住南山？看风流慷慨，谈笑过残年。汉开边、功名万里，甚当时、健者也曾闲。纱窗外、斜风细雨，一阵轻寒。""桃李无言，下自成蹊。"是司马迁在《史记·李将军列传》中对李广的高度称赞，辛弃疾词中多次借用此典故，李广的英雄形象，正是南宋战争英雄的写照。

　　辛弃疾词作中的另一位英雄形象是廉颇。《永遇乐·京口北固亭怀古》："凭谁问：廉颇老矣，尚能饭否？"生逢明主，是一个英雄最大的幸运；英雄迟暮，则是一个英雄最大的悲哀。廉颇是战国时期赵国著名的军事将领，统领赵军屡败秦军，迫使秦改变策略，实行合纵。廉颇率军征战，守必固，攻必取，几乎百战百胜，威震列国。辛弃疾晚年曾被重新起用，并参与北伐。辛弃疾在词中表达了自己的意愿，希望北伐战争中，率军的是一位像廉颇一样身经百战的将领。辛弃疾一生中虽时有出仕为官，然而他受命于朝廷，听命于朝廷，却不甘阿谀奉承，最终只能被排挤，被贬谪。正如词中所说："凭谁问：廉颇老矣，尚能饭否？"辛弃疾词中的廉颇，正是词人自己的倒影，辛弃疾当时面临的也正是英雄迟暮的宿命。

　　辛词中不止一次提到另一位英雄——孙权："天下英雄谁敌手？曹刘。生子当如孙仲谋。"（《南乡子·登京口北固亭有怀》）孙权是辛弃疾心目中真正的英雄。他在《永遇乐·京口北固亭怀古》

中提到："千古江山，英雄无觅孙仲谋处。"在辛弃疾看来，英雄辈出的三国争霸时期只有孙权才是智勇双全的真英雄。孙权的一生，是吴国发展壮大的时期。孙权在位51年，他重视农业生产，也重视水利兴修，还大力发展造船业。这些措施促进了东南的经济发展，提高了吴国的军事实力，在一定程度上改善了百姓的生活，富国强兵。孙权的明君形象，正与蜀国刘禅懦弱无能的形象形成了鲜明对比。辛弃疾一直以来对于朝廷之中的"投降派"报以批判的态度，在词中，借批评刘禅的乐不思蜀讽刺当时朝中的投降派们不思复国。辛弃疾欣赏孙权的励精图治，也欣赏当年以弱胜强的赤壁之战。然而今日，孙权不复存在，吴国也不复存在，只剩下一个苟安的君主和一个残缺的江山。辛弃疾对于朝中当权者的寄望，都隐晦的在孙权这一英雄形象上表达出来了。

### 二、辛弃疾词作中的生命价值取向

辛弃疾的词作相比于其他文人词作的不同之处在于他的作品是蘸着血和泪写成的。我们今天读其词无不感受到其中的凛然正气和磅礴气势。他用创作来宣泄自己不能驰骋疆场杀敌报国，收复中原山河的悲愤与失意。他的爱国情怀让人深深的佩服和敬仰！作为一位伟大的爱国词人，他的词作充分表现了他的英雄抱负，襟怀磊落，慷慨淋漓。

1. 辛弃疾词作洋溢着坚定不渝的爱国主义精神。辛弃疾的爱国思想有着悠久的历史渊源和深厚的现实基础，一方面他从小就受到祖父辛赞忠君爱国、抗金恢复的教育，继承了屈原、李白、杜甫等关注祖国命运的爱国忧民的优良传统。在他的一些以自我为中心，表现自我形象、自我经历、自我感触的作品中，他的爱国思想表达的非常强烈。如追忆南归前，亲率五十骑突袭金营，生擒叛徒张安国的战斗生活的作品《鹧鸪天》中："壮岁旌旗拥万夫，锦襜突骑渡江初。燕兵夜娖银胡䩮，汉箭朝飞金仆姑。追往事，叹今吾，春风不染白髭须。却将万字平戎策，换得东家种树书。"词人年轻有为的英雄形象跃然纸上。"平戎策"换得"种树书"，是词人对自己一生失意的沉重概括。词人一生念念不忘驱除外侮，统一祖国，渴望驰骋疆场，杀敌报国。辛弃疾的《破阵子·为陈同甫赋壮词以寄之》洋溢着雄壮的爱国激情："醉里挑灯看剑，梦回吹角连营。八百里分麾下炙，五十弦翻塞外声。沙场秋点兵。马作的卢飞快，弓如霹雳弦惊。了却君王天下事，赢得生前身后名。可怜白发生！""梦境"即是理想之境，梦境是一幅气势壮阔、奋发昂扬的"沙场点兵临战"图。梦的实现是为了"了却君王天下事，赢得生前身后名"，这正是爱国主义思想的表现。

2.辛弃疾的词作，表达了对沦陷区人民的深切关注和系念。辛弃疾爱国思想的根源是他的民本思想。辛弃疾认为"天下离合之势常系于民心"（《美芹十论》）。这种民本思想在他的作品中有所体现，如《菩萨蛮·书江西造口壁》："郁孤台下清江水，中间多少行人泪。西北望长安，可怜无数山。青山遮不住，毕竟东流去。江晚正愁余，山深闻鹧鸪。"词人同情逃难中流民的不幸遭遇，对汴京至今仍在敌手深感愤慨。

3.辛弃疾常在词中抒写壮志难酬、报国无门、英雄无用武之地的愤懑。如《永遇乐·京口北固亭怀古》："千古江山，英雄无觅、孙仲谋处。舞榭歌台，风流总被雨打风吹去。斜阳草树，寻常巷陌，人道寄奴曾住。想当年，金戈铁马，气吞万里如虎。元嘉草草，封狼居胥，赢得仓皇北顾。四十三年，望中犹记，烽火扬州路。可堪回首，佛狸祠下，一片神鸦社鼓。凭谁问，廉颇老矣，尚能饭否？"借咏古伤今抒发爱国情怀是辛弃疾爱国词常用的表现手法。全词紧紧扣住"今"与"古"两个时间点，由今而古，由古而今，相互穿插，一边阐述历史一边评论现实。辛弃疾是个不畏强权的人，他在词中大胆的揭露朝政黑暗，抨击苟安投降。南宋政权是我国历史上对外侮实行屈辱妥协的典型，盘根错节的主降势力，昏聩无能的官僚始终左右朝政，推行着屈膝投降的政策，这给爱国者辛弃疾带来极大的憎恶与愤慨。

辛弃疾一生都在为收复失地、统一祖国不懈斗争，他的文学创作也密切的联系着他的事业和理想。将抗战救国作为词的重要主题，用词反映时代精神、人民情绪，慷慨纵横，有不可一世之慨。正是爱国主义使辛弃疾的词作充溢着一股正义之气。

### 三、人生的入世与出世

人的性格具有多种侧面，英雄也是如此。辛弃疾的词，不全是刀光剑影、挑灯看剑。在辛弃疾的六百余首词中，约有二十五首描绘山村风物的农村词、农事词，这些词作，寄寓了词人独特的情感审美体验，使我们感受到了英雄心底温暖、柔软的一面。辛弃疾的词，写出了入世与出世两种不同的人生体验。

辛弃疾的爱国词是一种积极的入世的人生态度，他的农村词、农事词是另外一种人生体验，直接反映了他对生命的热爱。辛弃疾追慕陶渊明，山水田园是他钟情的审美对象。他在对山水田园的由衷赞美和对"好雨当春，要趁归耕"隐居生活的爱慕中，表现了对农村生活的由衷热爱。"带湖吾甚爱，千丈翠奁开。先生杖屦无事，一日走千回。凡我同盟鸥鹭，今日既盟之后，来往莫相猜。白鹤在何处，尝试与偕来。破青萍，排翠藻，立苍苔。窥鱼笑汝痴计，不解举吾杯。废沼荒丘畴昔，明月清风此夜，人世几欢哀。东岸绿阴少，杨柳更须栽。"（《水调歌头·盟鸥》）这种暂时忘却尘世而获得的轻松愉悦，别具一番热爱生命的审美情趣。《鹧鸪天》将农村生活的美好描写到极致："春入平原荠菜花，新耕雨后落群鸦。多情白发春无奈，晚日青帘酒易赊。闲意态，细生涯，牛栏西畔有桑麻。青裙缟袂谁家女，去趁蚕生看外家。"（《鹧鸪天·游鹅湖醉书酒家壁》）词人用神来之笔，为我们展现了一幅幅如诗如画牧歌式的安宁、祥和与自然界的美好风光。鹅湖自然风光安适，正如老人历尽沧桑后的恬静平淡。辛弃疾对朝廷一再强加的无端迫害，感到惊异与悲愤，但在大自然中找到解脱。

辛弃疾的农村词表达了随遇而安、超然放旷的出世的人生态度。"稼杆日向儿童说。带湖买得新风月。头白早归来，种花花已开。功名浑是错，更莫思量着。见说小楼东，好山千万重。"（《菩萨蛮》）　词作展现了作者知足达观的精神世界。"连云松竹，万事从今足。拄杖东家分社肉，白酒床头初熟。　西风梨枣山园，儿童偷把长竿。莫遣旁人惊去，老夫静处闲看。"（《清平乐·检校山园书所见》）词人轻笔淡墨描绘了一派知足者富、知足者乐的乡村生活乐趣。一个胸怀国家的男子，一个渴望咆哮在疆场的英雄，有一颗可贵的童心，有着童趣，有着幽默的性情。他懂得宽容欣赏生活中细微之处的生动情趣和朴实风景。一个人拥有一种品格容易，拥有多种美好，什么都让人感觉贴切就有点难。词人晚年过着"管竹管山管水"、"宜醉宜游宜睡"的闲散自由的生活，表现出宁静、淡泊的心境。其《行香子·山居客至》："白露园蔬，碧水溪鱼，笑先生钓罢还锄，小窗高卧，风展残书。听风听雨，吾爱吾庐。"《瑞鹧鸪·胶胶扰扰》："秋水观中山月夜，停云堂下菊花秋，随缘道理应须会，过分功名莫强求。"这些均形象描绘了词人晚年种菜、钓鱼、读书、赏月、观花的生活和随缘自适的人生状态。

朱光潜在《诗学》："大诗人先在生活中把自己的人格涵养成一首完美的诗，充实而有光辉，写下来的诗是人格的焕发。"辛弃疾描绘山村生活的词带有一种人格美的魅力，他的农村词流露出的安贫乐道的状态正是他高贵人格的升华。辛弃疾在《鹧鸪天·读渊明诗不能去手，戏作小词以送之》中写道："晚岁躬耕不怨贫，只鸡斗酒聚比邻。都无晋宋之间事，自是羲皇以人上。千载后，百篇存。更无一字不清真。若教王谢诸郎在，未抵柴桑陌上尘！"这首词表面上肯定了陶渊明的高尚品性和人格，更深一层是借陶渊明说自己。辛弃疾善于用欣喜、赞赏和热爱的笔墨来书写农村中最普通、最生动、最真切的日常活动。他在词中表现了江南农村和平、宁静的生活，这样充实生动的笔墨描绘出的农村风物与尚在北方异族统治下的农村生活相对比，反映出辛弃疾的爱国主义思想和民族自豪感。近代词人况周颐说："词有淡远取神，只描取景物，而神致自在言外，此为高手。"辛弃疾正是这样的高手。《清平乐·村居》："茅檐低小，溪上青青草。醉里吴音相媚好，白发谁家翁媪。大儿锄豆溪东，中儿正织鸡笼，最喜小儿亡赖，溪头卧剥莲蓬。"这首小令，描绘了一个普通的农村五口之家的环境和生活画面。辛弃疾把这家老小的不同面貌和情态描写的惟妙惟肖，活灵活现，具有浓厚的生活气息，表现出词人对农村和平宁静生活的喜爱。从辛弃疾的词作作品中，我们可以看出他的入世思想和出世思想是和谐的。

## 第九节　关汉卿：悲凉的人生，崇高的人格

关汉卿（约1220年～1300年），元代杂剧作家，中国古代戏曲创作的代表人物。号已斋（一作一斋）、已斋叟。他与马致远、郑光祖、白朴并称为"元曲四大家"，居"四大家"之首。关汉卿是中国文学史和戏剧史上一位伟大的作家，一生创作了许多杂剧和散曲，成就卓越，被后世称为"曲圣"。他的创作为元杂剧的繁荣与发展打下了坚实的基础，是元代杂剧的奠基人。1958年，他被世界和平大会理事会定为世界文化名人。他的剧作被译为英文、法文、德文、日文等，在世界各地广泛传播，外国人称他为"东方的莎士比亚"。关汉卿从不写作神仙道化与隐居乐道的题材，他的严肃的创作态度与批判现实的战斗精神对后世有巨大影响。

关汉卿的悲剧《窦娥冤》"列之于世界大悲剧中亦无愧色"（王国维《宋元戏曲史》），是中国古典悲剧的典范；他的喜剧轻松、风趣、幽默，是后代喜剧的楷模。他的杂剧在艺术构思、戏剧冲突、人物塑造、语言运用等许多方面都为后世提供了许多宝贵的艺术经验。他的许多杂剧经过改编一直在舞台上演出，为人民所喜爱，给人以强烈的美的享受。最重要的是关汉卿的创作精神，不畏强权，大胆的揭露社会黑暗，描绘人间百态。关汉卿曾毫无惭色的自称："我是个普天下的郎君领袖，盖世界浪子班头。"在《南吕一枝花·不伏老》结尾一段，更狂傲倔强的表示："我是个蒸不烂、煮不熟、捶不扁、炒不爆、响当当一粒铜豌豆"。据各种文献资料记载，关汉卿编有杂剧67部，现存18部，其中《窦娥冤》《救风尘》《望江亭》《拜月亭》《鲁斋郎》《单刀会》等，是他的代表作。

### 一、窦娥冤：人生无处不悲凉

《感天动地窦娥冤》简称《窦娥冤》，是关汉卿最为著名的代表作，是中国十大悲剧之一，约八十六个剧种上演过此剧。自该剧产生至今，"窦娥冤"几乎成为代表"冤屈"的特定名词。《窦娥冤》塑造了"窦娥"这个悲剧主人公形象，使其成为元代被压迫、被剥削、被损害的妇女的代表，"窦娥冤"是一种人生的悲凉。

窦娥出生于书香之家，父亲窦天章是"幼习儒业，饱有文章"的书生。窦娥家境贫寒，三岁丧母，父亲为了抵债，忍心将她出卖，让她成了债主蔡婆婆的童养媳。她的悲剧命运从此进入高潮。她在蔡家平淡的度过了一段相当长的时期。婚后不久，窦娥才17岁时，丈夫因病去世。多变的世事、接踵而来的苦难，使窦娥对"恒定不变"的天理产生怀疑。她在剧作中出场时，满怀忧怨唱道："满腹闲愁，数年禁受，天知否？天若是知我情由，怕不待和天瘦。"窦娥对早年守寡、晚年丧子的婆婆孝顺有加，也深信一女不嫁二夫的教条。如果生活没有波澜，她会恪守孝道与妇道，做一个贤惠的儿媳妇。然而，她一生中最大的苦难还在后头。窦娥婆婆蔡氏以放债来收取"羊羔儿利"，无力偿还其债务的赛卢医起了杀蔡婆婆之心，蔡氏在危难之际意外被张驴儿父子救出。可是，张氏父子不怀好意，乘机要将蔡氏婆媳占为己有。窦娥坚意不从，张驴儿怀恨在心，趁蔡氏生病，暗中备下毒药，伺机害死蔡氏，逼窦娥改嫁。可是，阴差阳错，张驴儿父亲误喝了有毒的汤水，倒地身亡。张驴儿心生歹念，嫁祸于窦娥，以"官休"相威胁，实则强行逼窦娥"私休"。窦娥一身清白，不怕与张驴儿对簿公堂，本以为官府能判个一清二楚，岂料贪官桃杌是非不分，偏听偏信，胡乱判案，屈斩窦娥，造成千古奇冤。窦娥本来不想和现实生活作对，可是黑暗的现实却逼得她爆发出反抗的火花。人间的不公，更使她怀疑天理的存在。她被刽子手捆绑得不能动弹，满腔的怒火和怨气，喷薄而出，她骂天骂地："地也，你不分好歹何为地？天也，你错勘贤愚枉做天！"并且发出三桩奇异的誓愿：血飞白练、六月降雪、亢旱三年。她声明："不是我窦娥发下这等无头愿，委实的冤情不浅；若没些儿灵怪与世人传，也不见得湛湛青天。"她要苍天证实

她的清白无辜,她要借异常的事象向人间发出强有力的警示。剧中
窦娥发誓后,浮云蔽日,阴风怒号,白雪纷飞,一片浓重的悲剧气
氛。后来窦娥发下的三桩誓愿全部应验,把窦娥含冤负屈悲愤莫名
的情绪推到极限。窦娥的冤案,最终却是由她的已任"两淮提刑肃
政廉访使"的父亲窦天章出来平反。窦天章当然不属贪官墨吏,可
是,窦娥的冤魂一而再、再而三的在他书案前"弄灯"、"翻文
卷",好不容易才引起了他的注意。这一细节表明,即便是奉命
"随处审囚刷卷,体察滥官污吏"的窦天章,要不是窦娥鬼魂的再
三警示,他也会糊里糊涂的将一份冤狱案卷,"压在底下",不予
追究。最后,冤狱总算平反了,但起关键作用的是审判者与被审判
者的特殊关系。换言之,窦娥得还清白,靠的是父亲手中的权力。

"窦娥冤"映现的是对社会黑暗控诉式的,社会和道德层面的
个体人生的悲剧,传达了一种人生的个体偶然性在社会道德广阔空
间中无以名状的悲凉感。王国维曾评价说:"剧中虽有恶人交构其
间,而其蹈汤赴火者,仍出于其主人翁之意志,即列之于世界大悲剧
中,亦无愧色也。"窦娥之冤的真正悲剧在于被自己的婆婆所冤
枉,被自己的亲人所冤才是人生最大之冤,窦娥和蔡婆婆本是生活在
社会下层相依为命的婆媳俩人,都是生活中的弱势群体。窦娥与婆婆
之间产生误会,即使窦娥为婆婆死了,婆婆也没有为她流一滴泪,这种
不被亲人所理解的含冤而死才是人生的最大的悲剧。中国古代的文
学作品中不乏有冤假错案的发生,但这些作品最终会有一个圆满的结
局,最终所有的冤假错案都会被平反。《窦娥冤》虽然也被窦天章所
平反,但它真正感天动地、摄人心魄之处,在于窦娥自始至终都被至
亲婆婆所误解。这正是窦娥之冤的悲凉之处。这种"冤"使《窦娥
冤》有了很大的戏剧张力和悲剧情感力度。

**二、关汉卿的民本思想和民生关照**

在中国传统社会中,民生指民众的基本生存和生活状态,有时
也指百姓的生命。然而元代"今民生困弊,莫邪为甚"。关汉卿之
所以能够成为世界文化名人的一个重要因素,就是他执著于现实的
创作态度和关注民生、关怀弱者的人道主义精神。其杂剧中虽未直
接言说"民生",但在他现存的十八本剧作中,多数以普通民众的

日常生活为题材，广泛表现他们的生存处境、生活状态与生活理想，尤其着力于小人物的生命与尊严、安全与幸福，体现出对民生问题的特殊关注和深沉思考。

关汉卿的作品关注民众的生存状态与生命安危，关注民众的衣食生计。如《五侯宴》《窦娥冤》《裴度还带》《绯衣梦》等，反映了下层民众物质生活的贫困以及经济上受到的盘剥与欺侮。在《五侯宴》中，贫民王李氏生儿不久丈夫去世，为觅钱葬夫，被迫典身与财主赵太公家做三年奶妈。赵太公竟以卑劣的欺骗手段，改典身文书为卖身文书，迫使王李氏终身为奴。王李氏乳养了财主家的孩子，自己亲生的儿子却被强逼送人，尽尝骨肉分离的痛苦；《窦娥冤》中，正是因为贫困，"幼习儒业，饱有文章"的书生窦天章带着三岁丧母的女儿流落楚州，最终因为债务拖累，将女儿卖作童养媳以抵债，这是窦娥悲剧命运的开端；《裴度还带》中裴度因为贫穷，在亲戚家难以安身，被逼出外经商；《绯衣梦》中李庆安则被嫌贫爱富的岳丈看不起，要退掉婚约。

当时社会，人民大众除了备受物质匮乏、生计困窘的困境外，还要受到各种恶势力的凌辱与摧残，关汉卿大胆描绘了这一现状。他以悲天悯人的情怀，热切关注普通民众生命的可贵与生存的艰难，这是剧作能够引起广泛而持久共鸣的原因。关汉卿的剧作透过善良百姓的无辜丧命，透过权豪势要对贫民甚至小官吏的肆意压迫，描绘出一幅幅混乱黑暗、弱肉强食、良善遭欺、毫无公道秩序可言的社会景象，展现出呻吟于特权势力之下的百姓活命的不易。《蝴蝶梦》中，穷儒士王老汉到街上买纸笔，走的乏了在路边歇息，被骑马闲逛的权豪势要葛彪冲撞，不仅得不到抚慰，反倒因为"冲"了"大人物"的"马头"，便被活活打死；《望江亭》中，有权有势的杨衙内因为自己垂涎的谭记儿与白士中结为夫妻，便给白士中捏造罪名妄言上奏，并倚势挟权要害人性命并强夺其妻；《窦娥冤》中，更是集中展示了弱小寡妇生存的艰难和命运的悲苦。高利贷的无情盘剥，流氓恶霸的横行不法，封建官吏的贪赃枉法、草菅人命，这种种的不仁道，像一道道的绳索，联合绞杀了窦娥年轻而美丽的生命。无辜临刑的窦娥发下三桩誓愿，最终一腔怨气使天地为之动容，风云因之变色。这种浪漫主义的幻想，诚然表现了作者有"天人感应"的观念，但更多的还是表现了受迫害人民对是非颠倒、公理不伸的黑暗社会的强烈抗议与愤懑不平之情，同时，更渗透了作者"人命关天关地"的人文情怀与民生理念。

　　除了关注民众最基本的生存困境和民众被压迫的社会困境，关汉卿进一步关注民众的情感意愿困境。在关汉卿剧作中，弱势群体命如草芥不被当人看，生命的价值与人格的尊严被极端的漠视，内心的情感意愿更得不到重视与尊重。《鲁斋郎》中，银匠李四的妻子因为长得漂亮，便被权豪势要鲁斋郎硬生生抢走，却状告无门，只能忍气吞声。因为"那个鲁斋郎胆有天来大"，"他官职大的忒稀诧"，人们"提起他名儿也怕"。小官吏张圭携妻子寒食节去郊野上坟踏青，鲁斋郎见张妻容貌姣好，便命令张圭"把你媳妇明日送到我宅子里来！"张圭竟不敢不送，因为送"迟了，就把他全家尽行杀坏"。为了奖赏张圭的驯顺，鲁斋郎随手便把李妻转送给张圭。在他这种权高势大者眼里，平民百姓，尤其是下层的妇女，只是可以任由他予取予夺的物件，毫无一点生命的价值与尊严。中国历史中的老百姓本来是很容易满足的，他们只要求起码的生活条件和生而为人的尊重，却也常常只是一种奢望。权豪势要葛彪把打死人"只当房檐上揭片瓦似的"（《蝴蝶梦》）；太守桃杌把人不当人，说什么"人是贱虫，不打不招"（《窦娥冤》）。在有些父母眼里，儿女也只是自家的私有财产，根本不顾及儿女的个人情感与意愿，这是强权在家庭中的反映：《拜月亭》中的王瑞兰和蒋世隆是一对患难夫妻，他们在战乱逃难中相遇相惜，自主结为连理，希望"天下心厮爱的夫妇永无分离"。瑞兰父王尚书嫌弃蒋世隆身份低下，硬是拆散了这对恩爱夫妻，把女儿"横拖倒拽出招商店，硬厮强扶上走马车"，强逼其回京，后又逼她嫁给武状元。王瑞兰埋怨"那狠爹爹"，"违着孩儿心，只要遂他家愿"，"不顾自家嫌，则要旁人羡"，是"把世间毒害收拾彻"，害自己"将天下忧愁结揽绝"。这样的唱词，喊出了天下女儿千百年来的不满与愤懑，体现了要求人性、人格的尊严与复归的呼声。

### 三、崇高的人格美

关汉卿痛心疾首于民情民意的被漠视、被蹂躏，他的剧作涉及到人到底"是人还是非人"的大命题，他不仅描绘黑暗现实，更致力于对打破黑暗方式的思索。在关汉卿剧作中，人性高低、人情深浅与身份地位无关，反倒是愈卑贱者愈高尚、愈聪明，而且往往具有一种精神道德的美。他的剧作塑造了一批敢于追求并捍卫生命尊严的具有美好人格的形象，借之抒写并传达了生命平等，小人物也应该活的像个人的深情呼唤。

比如窦娥，天性善良、坚韧，恶棍无赖的要挟无法使她就范，无情刑棍的拷打无法强迫她低头，甚至死后冤魂还要夜闯官衙，伸冤报仇，具有"争到头竟到底"的不妥协斗争精神，誓死捍卫自己的清白、维护自身的人格尊严；寡妇谭记儿在追求美满婚姻的过程中表现出不让须眉的胆识和市井女子的泼辣顽练，具有挣脱礼教束缚，谋求人格独立和个性自由的精神；侍婢燕燕在争取婚姻自主、人格独立的斗争中，虽然蒙受了种种屈辱，最终难以挣脱等级森严的宗法制的罗网，但她不甘心受人玩弄，敢怒、敢骂的个性特点令人称赏；风尘女子赵盼儿救护从良受骗的姐妹宋引章，不仅可怜宋引章的老母无人做主，更同情"为旅偏怜客"、"贪杯惜醉人"的同病相怜的姐妹；杜蕊娘，虽身为娼家女，却心高气傲，因误认为韩辅臣不至诚，便谴责而且不再接纳他。她理直气壮的认为自己有权要求情人至诚，有权获得真挚坚贞的爱情，有权受人尊重，有权自爱自重。

关汉卿的杂剧具有强烈的现实性和昂扬的战斗精神。关汉卿生活的时代，政治黑暗腐败，社会动荡不安，阶级矛盾和民族矛盾十分突出，人民群众生活在水深火热之中。他的剧作深刻的再现了社会现实，充满着浓郁的时代气息。元末明初的动荡社会中，诞生了一批关汉卿这样的戏剧家。常年的流亡生活增广了关汉卿的见闻，同时使他更加深入的了解了下层人民的苦难生活。关汉卿的思想接近思想改革的前沿，具有深厚的底蕴。他的作品批判了元朝腐朽的民族统治，揭露了官场的黑暗，再现了农民水深火热的生存环境。

元朝推行民族压迫和民族歧视政策，处处维护蒙古、色目人的利益，汉人、南人的权益得不到保护，有时连人身和财产的安全都要受到侵犯。关汉卿的作品正是在这样的历史背景下产生的。他的作品贴近现实的真实，既有皇亲国戚、豪权势要葛彪、鲁斋郎的凶横残暴，"动不动挑人眼，剔人骨，剥人皮"的血淋淋现实，又有童养媳窦娥、婢女燕燕的悲剧遭遇；既有对官场黑暗的无情揭露，又热情讴歌了人民的反抗斗争。在关汉卿的笔下，写得最为出色的是一些普通妇女形象，窦娥、赵盼儿、杜蕊娘、王瑞兰、谭记儿、燕燕等，各具性格特色。她们大多出身微贱，蒙受封建统治阶级的种种凌辱和迫害。关汉卿描写了她们的悲惨遭遇，刻画了她们正直、善良、聪明、机智的性格，同时又赞美了她们强烈的反抗意志，歌颂了她们敢于向黑暗势力展开搏斗、至死不屈的英勇和美好的人格力量。

## 第十节　曹雪芹：《红楼梦》中无尽的人生启示

曹雪芹（1715年～1763年），名霑，字梦阮，号雪芹，又号芹溪、芹圃，清代著名文学家，出身于"百年望族"的大官僚地主家庭，因家庭的衰败饱尝人世辛酸，后以坚韧不拔的毅力，历经多年艰辛创作出极具思想性、艺术性的伟大作品《红楼梦》。曹雪芹的家族曾经经历过极度的辉煌，他的曾祖父曹玺任江宁织造；曾祖母孙氏做过康熙帝的保姆；祖父曹寅做过康熙皇帝的伴读和御前侍卫，后任江宁织造，很受康熙皇帝宠信。康熙六下江南，其中四次由曹寅负责接驾并住在曹家。曹家祖孙三代四人担任江宁织造达60年之久。曹雪芹自幼就是在这"秦淮风月"之地的"繁华锦绣"之乡中生活的，少年时代过着富贵奢华生活。雍正年间，由于封建统治阶级内部政治斗争的牵连，曹家遭受一系列打击。曹雪芹父亲曹頫因"行为不端"、"骚扰驿站"和"亏空"罪名革职，家产抄没，被下狱治罪，曹雪芹随着全家迁回北京居住。曹家从此一蹶不振，日渐衰微。经历了生活中的重大转折，曹雪芹深感世态炎凉，对封建社会有了清醒、深刻的认识。他蔑视权贵，远离官场，过着贫困如洗的艰难日子。晚年曹雪芹移居北京西郊，生活穷苦，过着"满径蓬蒿"，"举家食粥酒常赊"的生活。但他以坚韧不拔的毅力，专心一志从事《红楼梦》的写作和修订。在他48岁的时候，生活的困顿加上幼子夭亡对他的打击，他陷于过度的忧伤和悲痛，卧床不起，终于因贫病无医而逝。今传《红楼梦》120回本，其中前80回的绝大部分出于他的手笔，后40回则为高鹗续书。

## 一、"不同"的《红楼梦》

真正的好书，并不是只有一个主旨，也并不是只反映一件事物，表达一种感情。《红楼梦》就是这样一部内涵丰富的著作。一千个读者有一千个哈姆雷特；不同的读者读《红楼梦》，会有不同的认识。对于《红楼梦》，文化名人们有着各自不同的见解。

鲁迅先生曾评价《红楼梦》："经学家看见《易》，道学家看见淫，才子看见缠绵，留言家看见宫闱秘事，革命家看见排满。"

周汝昌："《红楼梦》是我们中华民族的一部古往今来绝无仅有的文化小说。"

张爱玲形容自己考据《红楼梦》"是一种疯狂的情形：十年一觉迷考据，赢得红楼梦魇名。"

王蒙认为"《红楼梦》是经验的结晶。人生经验，社会经验，感情经验，政治经验，艺术经验，无所不备。《红楼梦》就是人生。"

宗璞："《红楼梦》是一部挖掘不尽的书，随着时代的变迁，读者的更换，会产生新的内容，新的活力。它本身是无价之宝，又起着聚宝盆的作用，把种种的睿思，色色深情都聚在周围，发出耀目的光辉。"

季羡林："在古今中外众多的长篇小说中，《红楼梦》是一颗璀璨的明珠，是状元。中国其他长篇小说都没能成为学，而红学则是显学。"

周先慎："这是一本不读就是人生极大遗憾的书，是一本常读常新的书，是一本从任何角度和眼光去读都可以有所得的书，是一本像是一个富矿永远也开采不尽的书。书中写了一个悲剧——人生的悲剧、家族的悲剧、社会的悲剧，悲剧中蕴含着非常丰富的社会内容和思想意义。"人们对于《红楼梦》的体验基于每个人不同的人生经历和人生感悟，《红楼梦》是对人生和人生铺垫下的人性最真实的书写。《红楼梦》里的人物性格复杂，充满了立体感。《红楼梦》博大精深，涉猎范围广泛，读《红楼梦》应该从多个角度，有日常琐事也有动人的爱情，有家族的兴衰也有个人命运的沉浮，有一个时代的背影。而这整个故事，是建立在人生的多重悲剧之上的。

## 二、人生的多重悲剧

《红楼梦》是中国长篇小说的一座高峰，红学者多认为《红楼梦》是一部带有自传性的小说，书中贾家与曹雪芹家族的事迹有很大的关系，曹雪芹的家族也经历了从繁盛到衰落的过程，因此，《红楼梦》的整体氛围是悲剧式的。悲剧总是具备这样一些基本特征：从幸福到苦难；从追求到幻灭；从有价值到毁灭。根据悲剧的这些基本特征，我们可以探寻出《红楼梦》的三重悲剧意义：一是"宝黛钗"的爱情婚姻悲剧；二是封建大家族没落的悲剧及其所依存的特定时代的时代悲剧；三是以贾宝玉的个人人生悲剧为主的文化悲剧。

"宝黛钗"的爱情婚姻悲剧和大观园的毁灭悲剧是《红楼梦》蕴含的第一个层面上的悲剧。宝玉是贾府的主要继承人，为了维护贾府的富贵基业，家长们把希望寄托在他身上，盼望他能读书上进、科举及第、光宗耀祖。家长们要求贾宝玉中规中矩、求取功名，承继祖业，作封建家族的孝子贤孙。贾政对宝玉读书提出的要求就是："什么《诗经》古文，一概不用虚应故事，只是先把《四书》一气讲明背熟，是最要紧的。"谁知宝玉却极具叛逆思想，不喜仕途经济，且不爱道德文章，一心向往思想自由，要求个性解放。贾宝玉对于女子有发自内心的尊重和喜爱，他从大观园中涉世未深、纤尘不染的少女身上，看到了理想的、完美的化身。他说："我见了女儿，便清爽；见了男子，便觉浊臭逼人。"他对待大观园中的女子，因为尊重而生出维护。他更同情命运凄惨的女子，同情身份低贱的侍女。

林黛玉和贾宝玉心灵相通。黛玉从小和宝玉一起长大，青梅竹马的感情，长期的耳鬓厮磨使二人渐成知己。桃花林中，二人共读《西厢》，被书中人物追求自由爱情的精神感动；他们通过"妙词通戏语，艳曲警芳心"而心意相通。但是，他们的爱情不符合封建传统的婚姻观念，是违背家长意志的，因此注定了没有好的结局。宝玉爱情中的另一个主角薛宝钗是封建妇女的典范，大家闺秀，满腹的正统思想，堪称德言工貌俱全。她严格遵循古训，坚信自古婚姻都是父母之命，媒妁之言。对于宝玉虽内心有爱表面上却自持礼教，非礼勿视。也正因为如此，宝钗得不到宝玉真正的爱情，虽然最后，宝钗嫁给了宝玉，但是却落了个"守着窗儿，独自怎生得黑"的结果。

《红楼梦》中第二个层面的悲剧是封建大家族没落的悲剧及其所依存的特定时代的时代悲剧。曹雪芹通过对封建贵族世家由盛到衰的描写，展现了这个封建大家族的悲剧。全面的表现了清王朝腐朽没落造成的时代悲剧。贾家的败落有一定的外因，但是最关键的还是内因。纵观《红楼梦》全书，我们对贾家有这样一些印象：奢侈、荒淫、腐朽。贾家的生活是奢侈的，正如书中描绘的"白玉为堂金做马"。书中开头的秦可卿之丧事与贾元春之省亲，奢华靡费程度惊人。除去贾宝玉这个异端，贾家其他的男子可以说是道德沦丧、毫无廉耻的纨绔子弟。比如贾珍和秦可卿的伦常淫乱；贾琏在王熙凤生日当天，甚至自己女儿生病的时候仍然偷情；贾赦对于母亲的侍女抱有不良企图等等。这种种淫乱引起惨痛的人事纠纷；甚至恶毒的残杀。腐朽是这个贵族之家的另一个特点：贾敬访道、贾赦淫乐、贾政迂腐无能，贾珍、贾琏、贾蓉等纨绔子弟个个沉湎酒色，毫无廉耻，诸如此类，大观园中比比皆是。家族的种种腐朽已无可救药。《红楼梦》的家族悲剧折射出时代的悲剧。纵观中国历史，正是在上层社会蔓延的种种腐败现象，抑制了资本主义萌芽的发展，阻碍了当时国家经济文化的发展和社会进步，以至导致国力的衰微、王朝的没落。从这个意义上说，贾府的悲剧正是时代悲剧的一面镜子。

《红楼梦》中深沉的悲剧意义是以个人人生悲剧为主的文化悲剧。《红楼梦》中的悲剧归根结底是由几千年积淀凝固下来的正统文化的深层结构所造成。中国传统文化压抑人的个性，强调个人对宗族和国家的义务。这种缺乏个性意识的"人学"造成了逆来顺受、自我压缩的人格，造成了不冷不热、不生不死的生存状态。书中的人物都有着悲剧的人生，这种悲剧根源于中国传统的文化。《红楼梦》中的迎春就是这种人格的典型代表，她很善良、懦弱，乳母偷她的东西，她不管不问。这种性格往往使自己对让别人占便宜的容忍度增加，对受别人摆布、控制和欺负的敏感度降低。而且，还往往会纵容与姑息不合理的事情。结果是迎春成了封建包办婚姻的牺牲品，沦为其父贾赦偿还债务的替罪羊。迎春之不幸多由于性格，这种悲剧性格，源自文化。宝钗的悲剧，也源自于封建文化，封建文化要求每个"个体"去做的事都要压抑个体的欲望，这样才会获得社会的好评。薛宝钗被封建文化磨去了自己应有的个性锋芒，自己对所爱的人与物不敢有太强烈的追求，对自己不喜欢的人事也不否认决裂，她的生命处于一种不生不死的浑沌状态。宝钗的悲剧正是文化对于"淑女"的一种精神控制的压抑和限制的悲剧。

书中的青年寡妇李纨的人生悲剧更是一种文化的悲剧。正如书中形容，李纨"虽青春丧偶，居家处膏粱锦绣之中，竟如槁木死灰一般，一概无见无闻，惟知侍亲养子，外则陪侍小姑等针黹诵读而已。"在大观园中，李纨偶有活泼、青春、富有才情的一面，但是终究还是免不了"竹篱茅舍自甘心"的悲剧命运。李纨受到的文化教育是单纯的"三从四德"，把传统的道德、礼教作为自己生活的标尺，虽早早失去丈夫，却根本不顾自己的幸福和未来，打消一切念头，恪守着"三从四德"，甘心守寡一辈子。全书中，李纨没有一次机会痛快淋漓的自我倾诉，她所有的表达都是那样的欲言又止、欲露还藏，大都是一带而过，这更加增添了她的悲剧感，从而使我们完全可以想象她内心的痛苦之深！最后，她的儿子贾兰中了举人，她还受了封诰，但按照她的判词及配曲所说："如冰水好空相妒，枉与他人作笑谈"，"镜里恩爱，更那堪梦里功名！那美韶华去之何迅！再休提绣帐鸳衾。只这带珠冠，披凤袄，也抵不了无常性命……"

### 三、《红楼梦》蕴含的人生感悟

作为一部博大精深的著作，我们可以对《红楼梦》做出各种角度的丰富解读。从人生的角度感悟《红楼梦》，它蕴含了一种对于人生的终极的冷静的观照。《红楼梦》所描述的人生被一种超自然的力量所左右："为官的，家业凋零(史湘云)；富贵的，金银散尽(薛宝钗)；有恩的，死里逃生(巧姐)；无情的，分明报应(妙玉)；欠命的，命已还(贾迎春)；欠泪的，泪已尽(林黛玉)；冤冤相报实非轻(秦可卿)；分离聚合皆前定(贾探春)；欲知命短问前生(贾元春)；老来富贵也真侥幸(李纨)；看破的，遁入空门(贾惜春)；痴迷的，枉送了性命(王熙凤)，好一似食尽鸟投林，落了片白茫茫大地真干净！"这是一种人生的幻灭：一生忙碌奔波、辛辛苦苦，到头来本就是一场梦而已。不管人生有多么辉煌，经历了再多的美妙与繁华，到头来只是一片"白茫茫大地真干净"。

《红楼梦》开篇有一首《好了歌》："世人都晓神仙好，惟有功名忘不了。古今将相在何方？荒冢一堆草没了！世人都晓神仙好，只有金银忘不了。终朝只恨聚无多，及到多时眼闭了！世人都晓神仙好，只有娇妻忘不了。君生日日说恩情，君死又随人去了！世人都晓神仙好，只有儿孙忘不了。痴心父母古来多，孝顺子孙谁见了！"这首歌谣用简单朴素的语言描述了一种看似消极，实则真实、冷静人生观。正如书中的跛足道人所说："好便是了，了便是好"，只有彻底的"了"，才是彻底的"好"。曹雪芹写下《好了歌》，是站在一定的人生高度，采用一种超脱的观感来解读他所经历的人生万千物象。曹雪芹写出了贵族阶级的腐朽、堕落、衰败，描绘了贾府一众卑劣的子弟，同时也对生命的美好进行了诗意的描绘，他笔下的大观园是一个如同幻境般的美好所在。大观园中的少男少女过着富有情趣的诗意生活。然而在万事"了""好"了的时候，所有的肮脏与美好都归于毁灭，《好了歌》所表达的是在毁灭中的超脱，是由一种深邃的精神苦痛生成的解脱感。我们读《红楼梦》，其实就是在品味曹雪芹一生的悲剧体验，那种沧桑感如此巨大，有时不免让人产生《好了歌》般的幻灭感，在幻灭之后，是对人生的超越性感悟，这种感悟建立在人生的沧桑经验之上，会让人对一切暂时的、局部的、表浅的东西都会想得开、放得下。

有学者认为：《红楼梦》实为一本教人开悟的教科书。书中的人存什么样的欲望，最终都会得到与愿望相反的结果。人生好比一场梦，大梦初醒，才意识到人生的真正意义。人生的意义不在于得失，而在于领悟。若说《红楼梦》的劝诫意义，便是提醒世人应该从人生大梦中清醒，不被功名、金钱等外物所诱惑，要去理解人生的真正价值，人生的真谛！青年学生在品读《红楼梦》的时候，要关注书中蕴含的有益的人生道理。比如书中所描绘的"贪念、财欲"的幻灭："机关算尽太聪明，反误了卿卿性命"的王熙凤有谋私的本事又有钻营的能力，为了金钱机关算尽，不惜谋财害命，然而她死的时候也只落得一卷草席裹身的下场。金钱和物欲带给人的不一定是幸运和快乐，也许是人生的包袱。"爱念"，也是人生的包袱：《红楼梦》中描绘了因为爱情而迷茫，导致疾病甚至死亡的人事，如黛玉的早逝、宝玉的出走、尤三姐的死亡皆是出自过于执着的"爱念"。

曹雪芹想告诉我们：人生就是悲剧，悲剧的真实是对悲剧的参透。然而《红楼梦》里又有很多美好，大观园中的诗意生活让我们认识到了人生的美好，诗意与美好的消亡是更彻底的悲剧。《红楼梦》的结局是悲观的，贾宝玉体验了人生的种种繁华，却落了个"白茫茫大雪真干净"，这是人生的无奈、人生的虚无、人生的参透。其实，我们每个人的一生都是一部《红楼梦》，人生的意义，除了我们自己，没有谁有资格去赋予我们。

张爱玲说平生有三恨，其中之一就是恨《红楼梦》未完。曹雪芹想要写出的《红楼梦》结果我们无从知晓，正如我们从《红楼梦》中读到的对于人生意义的叩问也是不完整的，然而这种不完整又给了我们无限的探寻意义。

# 第十一章 外国经典作品选析

## 第一节 《堂吉诃德》：理想主义者的自我调侃

### 一、堂吉诃德的冒险经历及对它的不同理解

《堂吉诃德》是文艺复兴时期西班牙著名作家塞万提斯的传世名著，在世界文学史上具有崇高的地位，对世界文学产生了极为深远的影响。

**作品故事梗概如下：**

堂吉诃德本是西班牙拉曼却地区一个穷乡绅，酷爱骑士小说，竟然变卖土地遍搜天下此类书籍，终于走火入魔，满头满脑全是骑士行迹，而且全都信以为真，敬佩、羡慕之至。他感到自己也应该像骑士一样肩负神圣使命，闯荡天下，匡扶正义，除暴安良，于是断然决定要做游侠骑士。他骑上自己家皮包骨头的老马，取名堂吉诃德，模仿骑士传统把邻村一个从没有见过面的养猪姑娘定为心上人，决心终生为她服务，还找了个邻居桑丘做他的侍从。一切齐全，他离开家乡闯荡天下。在他眼里到处都是妖魔鬼怪，都是他冒险的机会。他把风车当作凶恶的巨人，把羊群当作军队，把被押送的苦役犯当作受迫害的骑士，把理发师的铜盆当作魔法师的头盔，把旅店当作城堡，把旅店里的皮酒囊当作巨人头，把傀儡戏舞台当作战场，结果闹出无数荒唐可笑的事情。他打抱不平的结果不但与人无助，还处处给人带来灾难，自己也吃尽无数苦头。就这样他过了半生游侠梦，临死才清醒过来，对人说自己过去是疯子，以前成夜成夜读的那些骑士小说都是胡说八道，只恨自己悔悟太迟，来不及再读可以启发心灵的好书。告诉外甥女不许嫁给骑士，否则不得继承他的遗产。

关于《堂吉诃德》的思想意蕴，作者自己说是为了讽刺当时流行的骑士小说，要让天下人都讨厌它，从而"把骑士小说的那一套扫除干净"。作品发表后，果然不出作者所愿，骑士小说真的奇迹般地消失了，作者的创作意图实现了。

打击骑士小说，是作者的主观动机，也是作品的客观效果。但是《堂吉诃德》的思想意蕴仅仅如此吗？当然不是。作品一旦发表，就成为一个客观的精神存在，就有了独立于作者的艺术生命。作为一个独立的精神实体，它生存于不同的时间和空间，与各不相同的接受者对话，从而激发出各不相同的理解。这些各不相同的理解，其实都可以视为作品的思想意蕴，或者说是其中的一部分。

目前，我国流行的外国文学史教材及有关论著对《堂吉诃德》的理解大体上是这样的：作者把堂吉诃德荒诞离奇的游侠与16世纪末17世纪初的西班牙社会现实结合起来，以犀利的讽刺笔锋对西班牙的上层统治阶级进行了无情的鞭挞和嘲骂，对人民的苦难寄予深切的同情。公爵夫妇是上层统治阶级的代表，通过对他们行径的描写，揭露了封建统治阶级外强中干的本质和在彬彬有礼的外表下掩饰着的阴险、凶残的本性。作者还比较真实地反映了人民活不下去、官逼民反的真情，诅咒当时的时代是"可恶的时代"。至于堂吉诃德，是一个带有悲剧因素的喜剧人物，他身上集中了各种美德，反映了社会的进步要求，是文艺复兴时期人文主义作家心目中的理想人物[①]。

以上论断是从社会、政治角度看问题，所以一般是从阶级分析入手。有人从哲理角度分析，认为堂吉诃德身上反映了人类历史发展进程中所必然要经历的一些深刻矛盾，如精神与现实的矛盾、主观与客观的矛盾、书本与实践的矛盾、精神与物欲的矛盾、知识分子与工农兵商的矛盾等等。有人从历史和宗教角度分析，认为面对邪恶势力和愚昧势力的强大，堂吉诃德把自己当作"救世主"，把自己个人的力量想象得比环境的力量还大，自愿捐躯受罪来匡扶正义，就多少接近于基督式的宗教英雄。在他身上既体现了骑士道精

---

① 朱维之，赵澧：《外国文学史》，南开大学出版社1994版，第94～95页。

神中所有的崇高的一面，又代表了骑士精神中可悲的一面，如此等等。

总之，随着时代的发展，人们的学术视野越来越开阔，读者从各个角度全方位地观察《堂吉诃德》，对它的理解越来越全面，越来越深刻。但是，这并不意味着已经穷尽了对这部伟大作品的认识。歌德说过，优秀的作品是无论如何也探测不到底的。《堂吉诃德》就是这样一部经得起永远探讨的作品。

这里，笔者从人生视角进入作品，谈谈自己的理解。

**二、理想主义者的自我调侃**

说堂吉诃德性格中具有理想主义气质，应该是没有争议的，因为这一点在作品中表现得太突出太鲜明了。他身为一个穷乡绅、平民百姓，游离于社会政治生活之外，本可以安享悠闲平静的田园生活，但骑士小说中的英雄传奇，激发出他救国救民的伟大豪情，他立志效仿古代游侠闯荡天下，救世济人。在这一崇高理想的支配下，堂吉诃德开始他的行侠生涯，结果处处碰壁，闹出说不完的荒唐滑稽的笑话，最后以彻底失败而告终。

堂吉诃德的失败是必然的，因为他的理想脱离社会实际形态，脱离正常人的思维，完全游离于人情世故之外，所以是一厢情愿的空想，幻想。在堂吉诃德这里，主观与客观、理想与现实是完全分裂的，结果必然导致动机与效果的错位。

一边是伟大崇高的理想与动机，一边是处处碰壁的现实与效果，这一悲剧性的对立，堂吉诃德在为理想奋斗的过程中始终没有意识到，所以一直充满热情，意志坚定，百折不挠，屡败屡战，直到临死前才明白过来，意识到自己行为的荒诞与滑稽，这才有了所谓的清醒。清醒后的堂吉诃德承认自己以前是疯子，头脑发昏，干了傻事。

一边是伟大理想与动机，一边是彻底失败的现实与效果，这一悲剧性对立在堂吉诃德这里当然有其个别性和偶然性——他因读骑士小说入迷，把艺术当现实，以幻为真！然而，走出堂吉诃德的故事面向普遍而广阔的人生，我们发现，上述悲剧性对立并不只存在于堂吉诃德身上，而是发生在许多人身上；这一对立也并不是个别的和偶然的，而是具有普遍性和必然性。只不过"对立"的具体内容可能与堂吉诃德不一样，但就其悲剧的性质而言，却是一样的。

例如《堂吉诃德》的作者本人，就同样陷于上述悲剧性"对立"之中。据史料介绍，塞万提斯出生于一个贫穷的医生之家，小时候没有受过很好的教育，但有机会读了很多骑士小说，头脑里形成了非常狂热的为国捐躯的理想。他参加了无敌舰队，投入了抗击土耳其侵略的战争。在战争中他表现出足够的勇敢，但是他的身体并不强壮，武艺也不高明。在和土耳其两军对阵的时候，他迫不及待地首先跳上敌人的军舰，而后继者没有跟上来，他被包围，身负重伤，左手残废。这是他第一次英勇参战。接着他又参加了占领突尼斯的战役和其他一些著名的海战。在这些战役中他屡立战功，得到元帅的嘉奖。可是当他拿着元帅的保荐书，做着即将成为将军的美梦时，在归国途中遇到海盗，被俘后被卖到阿尔及利亚，在那里做了五年苦工。一个做着将军梦的人沦为了奴隶。他两次谋逃没有成功，后来一位神父募捐了一些钱，把他赎了回来。当他回到自己国家的时候，很不幸，他的国家已经忘记了这位英雄。他连一个普通的工作都找不到，好不容易在无敌舰队里找到了一个军需职位。一次，他下乡催征粮食，被乡绅诬陷入狱。出狱后改做税吏。他把收上来的税存在银行里，偏偏这个银行倒闭了，塞万提斯因此第二次入狱。从监狱出来之后，穷困潦倒，一文不名。此时他已经人过中年，百事不成，万般无奈之下开始了《堂吉诃德》的写作。作品第一部发表取得了巨大的成功，但并没有因此改变他的命运。因为他不懂和出版商打交道，几乎所有的钱都落入出版商手中。为了打击伪造的《堂吉诃德》，他在极度愤慨的情绪之下开始写作第二部。由于劳累和营养不良，完成后即一病不起。

一个胸怀远大理想却一生倒霉的人，当他回首平生的时候，会有怎样的心态呢？他或许会像屈原那样"虽九死而未悔"；或许像艺术人物堂吉诃德那样"一生惑幻，临殁见真"，彻底否定了自己；然而更多的似乎是心情复杂，感慨万千：承认失败又不情愿，既后悔又不后悔，口头上激愤地否定自己而内心却可能恰恰相反。

具体表现为自我嘲笑自我调侃—我这人啊，简直是一个疯子，一个傻瓜，一个活该倒霉的人。如果用一个艺术形象去表述，即活活一个堂吉诃德。

自我嘲笑自我调侃，我感到比较接近塞万提斯创作《堂吉诃德》时的心态。塞万提斯创造了堂吉诃德但不等于堂吉诃德，堂吉诃德只是他表达自己情感的"意象"，他的情感的"客观对应物"。堂吉诃德的精神中寄托着塞万提斯的理想，堂吉诃德的"清醒"中暗含着塞万提斯的自嘲。但堂吉诃德的自我否定并不意味着作者对自己的自我否定。现实表现是，他虽然在生活中"屡败"，但却依然"屡战"，直到临终前还在与世界抗争——抱病写完《堂吉诃德》第二部。

关于堂吉诃德与塞万提斯的精神联系，作品的译者杨绛先生曾有过深入的分析。她说："也许塞万提斯在赋予堂吉诃德血肉生命的时候，把自己品性、思想、情感分了些给他。这并不是说塞万提斯按着自己的形象创造堂吉诃德。他在创造这个人物的时候，是否有意识地从自己身上取材，还是只顺手把自己现有的给了创造的人物，我们也无从断言。我们只能说，堂吉诃德有些品质是塞万提斯本人的品质。"[①]这里所说的"有些品质"，我以为主要是理想主义和英雄主义情结。共同的精神品质使作者与人物心心相印，息息相通。这样，就使角色身上流淌着作者的精神血脉："塞万提斯或许觉得自己一生追求理想，原来只是堂吉诃德式的幻想；他满腔热忱，原来只是堂吉诃德一般疯狂。堂吉诃德从不丧气，可是到头来只得自认失败，他那时的失望和伤感，恐怕只有像堂吉诃德一般受尽挫折的塞万提斯才能描摹。"[②]

事实正是这样，塞万提斯从自己辛酸的人生体验出发准确"描摹"了角色堂吉诃德，或者说，他写堂吉诃德其实是在写他自己，他"笑"堂吉诃德其实也是他的自我解嘲，自我调侃；所以他对堂吉诃德既同情又怜悯，既赞扬又嘲笑，他一边笑着讲故事，一边心中在流泪，正所谓

① 《堂吉诃德》，人民文学出版社1995年版，第12页。
② 《堂吉诃德》，人民文学出版社1995年版，第14页。

"满纸荒唐言，一把辛酸泪；都云作者痴，谁解其中味"。从本质上说，《堂吉诃德》是表意小说而决非写实小说——虽然其字里行间也描摹了西班牙当时的社会状况。作者是在借堂吉诃德之酒杯浇自己心中之块垒，所以我们认为《堂吉诃德》是作者自我解嘲自我调侃之作。

塞万提斯自我解嘲自我调侃的心态，被自作品发表至今的读者很容易地理解了，接受了。读者以堂吉诃德为镜子对照自己，对照别人，每当发现自己或别人身上有着超出常人的崇高理想和热情然而却屡屡失败无可奈何之时，总是首先想到堂吉诃德，称自己是堂吉诃德式的人。这样的自我评价中包含了对《堂吉诃德》精神实质的理解，包含了对作者内心深处的相通。"堂吉诃德"已成为上述心态的共鸣符号。

如果《堂吉诃德》仅仅是作者自我解嘲自我调侃，那么其价值和意义也就十分有限了。事实是，塞万提斯说自己的写作目的是打击骑士小说，骑士小说早就如其所愿消亡了，然而《堂吉诃德》却依然辉煌；我们过去总是说作品价值在于揭露、批判了当时的统治阶级，准确描写了当时的社会状况，如今，当时的"社会"早已不复存在，然而堂吉诃德的故事却依然有魅力，原因何在？道理很简单，因为《堂吉诃德》中有一些超越阶级、超越社会、超越民族从而具有普遍性、永恒性的精神价值。这个精神价值，我们以为就是成功地提炼出了一种"心态"，即壮志未酬的理想主义者回首往事时的自我解嘲、自我调侃。

理想主义者自我嘲笑自我调侃的心态来源于残酷的现实——理想的崇高与现实的失败。残酷的现实来源于人类永恒的根本困境：理想与现实的对立、冲突与距离。这一困境永远摆在人类面前，给人类以折磨也给人以激励。从某种意义上看，人类的历史(包括精神史)，其实就是与上述困境相周旋的历史。人们永远在追求理想，为理想竭尽所能，百折不回，直至鞠躬尽瘁，死而后已。但理想的高远总是可望而不可即，总给人以挫败感和失落感。无奈中的人们只好自我解嘲自我调侃，但嘲笑和调侃中又不甘心认输，不真心放弃，真正是剪不断理还乱，才下心头又上眉头。理想，既是痛苦的源泉也是欢乐的源泉。

理想与现实对立的困境不灭，理想主义者自我解嘲自我调侃的心态不灭，《堂吉诃德》也就不灭。二者相生相伴，直至永远。

### 三、当局者迷

旁观者清,当局者迷。这句话用在堂吉诃德身上是再恰当不过了。对于堂吉诃德来说,他迷于其中的"局"是骑士小说世界。他读骑士小说读得失去理性,"满脑袋尽是书上说的什么魔术呀、比武呀、打仗呀、挑战呀、创伤呀、调情呀、痛苦呀等荒唐无稽的事";而且,他还固执己见,"深信他所读的那些荒唐故事都千真万确,是世界上最真实的信史"。事情若仅止于此,他的荒唐还只是在思想认识层面上,更可怕的还在于,他对于小说中骑士的豪侠行为由思想上的着迷发展到行为上的模仿。从此,现实世界的一切在他那里全变了形,全被他置换为艺术世界的相似物。行侠过程中无论遇上什么他都要与小说世界做类比,他严格按照书上写的骑士应该做的要求自己,认真严肃,毫不苟且。哪怕为此吃尽苦头也不改初衷。他不仅模仿骑士行侠,而且模仿骑士发疯。骑士是有缘有故发疯,他要无缘无故发疯,他比骑士走得更远,以求名扬千古。

堂吉诃德的行为,在头脑正常的人看来是不折不扣的神经病,但他自以为很正常,而且以为别人皆糊涂,唯有他正常。明明是他把看到的一切都歪曲了、变形了、颠倒了,他却认为别人把事情看错了。他对自己的行为特别自信、坚定、毫不怀疑,因为他生活于自己心造的世界里。在这里,一切自有自身的逻辑。例如,一只理发师的铜盆,他偏认作是曼布利诺的头盔。为什么?堂吉诃德的解释是:"因为我们身边老跟着一大群魔术家,凡是和我们有关的事物,他们都要变化,爱怎么变就怎么变,全看他们是存心帮我们还是害我们。所以你看来是一只理发师的铜盆,我看来是曼布利诺的头盔,在别人眼里又可能是什么别的东西。其实呢,那是曼布利诺的头盔,卫护我的那位魔术家叫大家看作一只理发师的铜盆,这是他特别照应我。因为那只头盔是了不起的宝贝,人人都会追着我来抢我的。如果他们看着不过是一只理发师的盆儿,就不要了。"[1]

听了堂吉诃德的解释,谁能说他是荒唐可笑,没有道理呢!在他那个世界里,他自有逻辑,一切都能自圆其说。

---

[1] 《堂吉诃德》,人民文学出版社1995年版,第207页。

堂吉诃德如此荒唐又如此自信，原因就在于"当局者迷"——他迷于他自造的世界里。他的世界自有规则，所以他自信；而他的世界虚幻不实、与客观现实相脱节，所以他荒唐。他的世界和常人的世界不相通，所以谁也说服不了谁，谁也改变不了谁，就像两条平行线，永远不相交。

类似堂吉诃德这种"当局者迷"的现象在人类生活中难道是少见的吗？常常看到政治、社会、日常生活中的一些人，明明错了，却自以为是，听不进任何人的意见，一意孤行走到底，撞死南墙头不回。他们所以如此固执，原因在于他们以为自己有道理，而且只有自己有道理，世人昏昏我独醒。看来，"当局者迷"是一种十分普遍的现象，是人类很容易犯的一种错误。

"当局者迷"的错误，错不在"自我"，错在"迷于"自我，错在自我与客观实际相脱节。生活中的人，作为认识主体、行为主体，都有一个"主观"，一个"自我"，而且都特别容易相信自己的"主观"和"自我"，这并没有错。问题是，你的主观一定要与客观相符合，你的自我一定要与世界相接轨。客观世界是十分复杂的，要想彻底认识它、把握它进而驾驭它、改造它是相当不容易的，因此人们必须走出自我，通过不懈的努力不断在实践中接近它、认识它。这是一个漫长的反复的过程，在这一过程中，从认识论角度，人们切不可过于自信，不可执迷于自我而犯主观主义的错误。从这个意义上看，实事求是，一切从实际出发，不仅是马克思主义认识论的基本原则，同时也应该是日常生活中每个人立身处世的基本原则。

## 第二节 《浮士德》：人生意义在于永无穷尽的追求

### 一、《浮士德》主题的传统解释

《浮士德》是18世纪末19世纪初德国伟大诗人、作家和思想家歌德（1749年～1832年）的代表作。其创作过程从青年时代起直到逝世前，历时60年，可以说是他以毕生心血完成的一部杰作，是他一生思想和艺术探索的结晶，被文学史家称为（截止19世纪初）西方文学的四大里程碑之一（其他三部是古希腊的"荷马史诗"，但丁的《神曲》，莎士比亚的悲剧）。

《浮士德》取材于16世纪德国民间传说。据说浮士德在生活中确有其人，是跑江湖的魔法师，懂得炼金术、星相术、占卜等，死后留下许多传说，最早流行于德国，而后传遍欧洲，成为老少皆知的民间故事。1587年德国出版过一本《约翰·浮士德生平》的书，其中说他与魔鬼订立合同，活着时魔鬼满足他一切要求，死后灵魂被魔鬼送入地狱。这里的浮士德是贪图享受，用灵魂换取快乐的享乐主义者。文艺复兴后期英国人马洛用这一题材写了《浮士德博士的悲剧》，该剧一反旧说，把浮士德写成追求知识，征服自然，借魔鬼之力献身社会理想的巨人，遗憾的是其结局尚未摆脱旧的窠臼，浮士德的灵魂仍被魔鬼劫往地狱。到了歌德，创造性地利用了这个古老的题材，保留了马洛笔下浮士德积极进取的性格，但是结局变为战胜魔鬼灵魂升天，因为他在不懈的人生追求中走向了人类至善至美的品性。

《浮士德》以诗剧的形式写成，共分两部，12111行，第一部共25场，不分幕，第二部分为5幕。全剧没有首尾连贯的情节，以主人公浮士德的思想发展为线索，写他探索真理的一生。

《天上序幕》是全剧的开端。在这一场中，歌德借用基督教的形象表现了全剧思想的总纲。魔鬼靡非斯特与天帝的争论和赌赛，引出了浮士德追求真理的生活历程，其间主要经过五个阶段：学者生活、爱情生活、政治生活、追求古典美和改造大自然。

关于《浮士德》的主题思想，一般流行的文学史著作认为，全剧描写德国的资产阶级先进分子与德国现实之间的不可调和的矛盾，其批判的锋芒指向上至宫廷、下至市民社会，包括教会和一切经院哲学在内的整个腐朽鄙陋的德国。全诗像当时的许多启蒙文学作品一样，具有反封建反教会的战斗性。其次，歌德通过靡菲斯特用"海盗、走私、战斗"三位一体的方法开拓事业和无情地摧残山上老夫妻的行动，谴责了资本主义原始积累的残酷性。另外，诗剧的批判精神还表现在对资产阶级自身的种种不切实际的幻想的否定之中。其思想局限表现在，浮士德目睹现实的丑恶但不是反抗它更没有改造它；浮士德试图不消灭现存反动制度，依靠统治者的恩赐来建立乐土，是一种幻想；浮士德始终以个人奋斗的方式开拓真理之路，不依靠人民，人民只是供他驱使；浮士德开拓海田表现了他的事业的掠夺性，违背了人道主义原则等等。

以上是从社会的、历史的、政治的视角对《浮士德》所作的分析，此处我们不予评论。在这里，笔者想从人生角度切入，对作品的思想意义作一些有别于传统思路的探索。

### 二、永恒的浮士德精神

《浮士德》没有首尾相连的情节，主要是通过中心人物浮士德的"经历"贯穿全剧。浮士德的"故事"开始于他的书斋生活：深更半夜，浮士德在痛苦地抒发心中的焦虑，以至于痛苦得直想死去。

是什么原因让浮士德如此痛苦，想死不想活呢？他说得很清楚，他感到活着没有意义。什么学问学问，成年累月的皓首穷经，什么都知道了，但生命的活力却被榨干了。你刚有一点点自己的想法，别人立刻警告你要克己，别胡想。我想快乐，却世俗指责；我想创造，又被俗虑干扰；我生命的欲望（"神"）时时在冲动，却不敢正面瞧一眼外界俨乎其然、冠冕堂皇的外部力量。我的生命已经苍白、干瘪，因此活着不如死了好。一也就是说，是生存的无意义把他逼到了绝路上。浮士德是个渊博的书生，他对生存的意义问题十分敏感，当他感到生存失去理由或根据时宁肯放弃生命。由此我们可知浮士德改变自己活法的愿望是多么强烈。

恰在这时，魔鬼梅非斯特出现和他谈判打赌，答应把他从书斋中解放出来，情愿当他的奴仆，为他服务，尽最大努力帮助他实现他想实现的一切欲望。但条件是当他感到满足时，他就算输了，灵魂归魔鬼所有，来世为魔鬼服务。浮士德深谙生命的奥秘：人的欲望是永远也不可能满足的，一个欲望实现了，十个欲望产生了；一次欲望满足了，一千次一万次欲望唤起了，因此他自信自己永远不会满足也就永远不会输，于是毅然签下这个约，从此开始了后半生尽情释放生命活力，永无休止的追求历程。

浮士德走出书斋，魔鬼先用最为普通的世俗享受引诱他，把他带到市民社会，走进莱比锡一家地下酒馆。一群大学生正在花天酒地，其乐陶陶，但饱读诗书的浮士德对这种享乐不屑一顾。魔鬼又带他到魔女之厨让他喝下魔汤返老还童，并帮助他得到美丽少女玛加蕾特的爱情。为躲避姑娘母亲的干扰，魔鬼指使浮士德让姑娘送安眠药给母亲，致使其服用过量而死亡。姑娘哥哥与浮士德决斗被刺死。姑娘悲痛致疯，并溺死她与浮士德的私生子，入狱被判死刑。此时的浮士德认识到自己放纵情欲导致姑娘一家悲剧的罪孽，痛悔万分，从此否定纵欲的肉体享受生活而转向精神方面的追求。

浮士德在一个风景优美的地方短暂休息后，魔鬼又带他来到罗马宫廷，安排他当了朝中大臣，试图让他迷恋于权力的追求之中。但皇帝无能，朝臣瞒上欺下，教会掠夺人民，军队四处抢劫，百姓怨声载道，国家财政枯竭，可是皇帝照旧寻欢作乐。为了挽救朝廷的经济危机，浮士德根据魔鬼的意见，怂恿皇帝发行纸币，随之带来虚假的繁荣。但皇帝荒淫无耻，竟异想天开，让浮士德召唤古希腊美人海伦供他欣赏。在魔鬼的帮助下，浮士德召来了海伦和帕里斯王子的灵魂。浮士德忌妒帕里斯对海伦之爱，随将魔术的钥匙触到帕里斯身上，精灵立刻爆炸消散，浮士德昏倒在地。看来，权力也不能让浮士德沉迷，他对海伦（古典艺术美的象征）一见钟情，说明他更喜欢古典艺术之美。

浮士德渴望什么，魔鬼就必须帮助他得到满足。于是在浮士德的书房里，借助他的学生瓦格纳所造的精灵荷蒙库路斯，找来了海伦并让浮士德与之结婚，生下儿子欧福里翁。此子性格奔放不羁，洋溢着生命的活力，需要不断地往上空飞翔，结果不幸坠落在父母的脚边摔死。海伦看到儿子死亡，听到儿子从地底发出呼唤母亲的叫声，也追随儿子于地下，只剩下衣服和面纱留在浮士德手中。随后海伦的衣裳又化为祥云，裹住浮士德飞向空中又把他送回现实世界。这象征着浮士德所追求的古典艺术之美只是一种幻影，它不可能成为现实，不可能成为浮士德留恋驻足的地方。

美的追求幻灭后，浮士德感到一切脱离实际的幻想都是徒劳无益的，应该脚踏实地地面对现实作一些有利社会之事。魔鬼带着浮士德乘云出现在高山上，浮士德看到下面的大海，顿生填海造田，为天下百姓建立一个理想王国的念头。适逢国中发生叛乱，浮士德在魔鬼帮助下平息了叛乱，皇帝赐给他一块海边的封地。从此浮士德开始了他的伟大事业。此时的浮士德已年至半百，双目失明。但他壮心不已，不断催促魔鬼加快工程进度。面对如火如荼的辉煌大业，浮士德沉浸在未来人民安居乐业的美好想象中：

> 我愿看到这样的人群，
>
> 在自由的土地上跟自由的人民结邻！
>
> 那时，让我对那一瞬间开口：
>
> 停一停吧，你真美丽！
>
> 我的尘世生涯的痕迹就能够
>
> 永世永劫不会消逝，——
>
> 我抱着这种高度幸福的预感，
>
> 现在享受这个最高的瞬间。
>
> （浮士德向后倒下，鬼怪们将他扶起，放在地上。[①]）

对这段话，传统的理解是浮士德在自己的事业中感到满足了，陶醉了，因而输给魔鬼了。细读文本，感到这样理解似乎是不准确的。因为，浮士德对这个"最高瞬间"的享受并不是现实的而只是想象的，只是对"这种高度幸福的预感"。他只是说"那时"，让我对"那一瞬间"开口说满意。"那时"还只是一种未来时。也就是说，只要他所预期的理想境界没有真正地实现，他就不可能真正满足和陶醉，他还会继续不懈地努力奋斗。看来，魔鬼高兴得太早了，浮士德没有真输，魔鬼也就无所谓胜利。所以当魔鬼等候着要攫取浮士德的灵魂之时，天帝命天使下凡把浮士德的灵魂接往天国。

以上是《浮士德》情节的主干，一般文学史书将其归纳为五场悲剧：知识（书斋生活）、爱情（世俗生活）、从政（官场生活）、美（追求艺术）、事业（建立人间理想国）。情节之间没有现实的逻辑关系，而只是作者的一种心理实验。可以说，整个剧是在一个博大的心灵之内演出，虽然道具、背景、人物身份等全是从世俗中搬来的，

---

[①]【德】歌德，钱春绮译：《浮士德》，上海译文出版社1999年版，第637页。

但诗人以化腐朽为神奇的本领给它们赋予了全新的意义。

　　什么意义呢？歌德以以上表意性的浮士德的经历，象征性地传达了他对人生意义的理解——人生是一个过程，人生的意义不在于任何一个具体的、现实的目标的实现，而在于每时每刻都必须重新开始的永无穷尽的向上追求中。每一个具体的现实的目标都是有限的，如果执着于其中就会导致生命的停滞，就等于生命的死亡，因而必须自强不息，永远追求。"这样一种没有退路的生活有它非常可怕的一面，所以一开始，浮士德就必须将自己的灵魂抵押在靡非斯特手中。此举的意义在于，让浮士德在每一瞬间看见死神，因为只要一停止追求便是死期来临。这种生活的可怕还在于：它内部包含了致命的矛盾。创造的成果总是抓不住，一瞬即逝，留下的只是令人嫌弃的肉体，而又惟有这肮脏猥琐的肉体，是人的创造灵感所依赖、所寄生的地方。被梅非斯特如催命鬼一样逼着不停向前冲的浮士德，所过的就是这样一种双重可怕的生活。"①而这，也就是生命的真相，人的生存的真相，浮士德将这一真相传达得淋漓尽致。浮士德自强不息、永远追求的性格内涵被提炼抽象为"浮士德精神"。

　　关于浮士德精神，具有多重的象征意义。首先它是作者歌德本人心路历程的艺术化。实际生活中的歌德本人，是一个天性好动，喜欢创造，热心体验各种生活，永无休止地追求的人。浮士德每一阶段的探索都和歌德本人生活经历，尤其是精神生活的发展有着若隐若现若即若离的关系，都渗透着歌德的人生体验和思考。所以论者一般都视浮士德为歌德心路历程的象征。其次，浮士德的性格代表了上升时期资产阶级先进知识分子顽强奋斗，积极进取的精神，所以人们又把浮士德的心灵史视为近代欧洲300年资产阶级精神发展史。再次，我们更感兴趣的是，从终极角度看，浮士德的形象具有超越个人、超越时代、超越阶级、超越民族、超越任何时空的性质，即他的心灵史也可以视为整个人类的心灵生活史。我们之所以这样说，是因为它内在的精神实质更符合人的本能、人的天性。人的生命、人的精神的本质特征就是发展、变化、运动，因而必须永

---

　　① 残雪：《地狱中的独行者》，三联书店2003年版，第51～52页。

无休止地追求，在追求中释放生命的能量，让生命在追求中得到自我实现。一旦停止发展，就意味着生命到了尽头。当然，作为个人，亦或人类，可能有沉沦或堕落的时候，但生命要求运动要求发展的内在本质终会自然生长出来克服之而继续前行。歌德深谙人性这一弱点，他借天主之口说，"人类的活动劲头过于容易放松，他们往往喜爱绝对的安闲"。怎么办？歌德借助天主，安排永不安分、永远充满活力的靡非斯特来做浮士德的伙伴，以刺激他内心深处的生命活力。这种安排，表面上看起来浮士德和魔鬼是两个人，而实质上正如我们前面所分析，他们其实是一个人。魔鬼不是别的，正是人天性中永不知满足的一面，与惰性相对立的另一面。所以，浮士德精神其实正是人类自己的精神。从这个意义上说，浮士德是德意志民族的集体无意识，也是全人类的集体无意识。正是这个原因，浮士德形象一经创造出来，立刻引起接受者的广泛注意和普遍喜欢，人们从他身上好像看到了自己的影子，从此浮士德作为一个经典形象走进德国人、欧洲人，现在是全人类的心中。在此之前，人们也在努力、也在奋斗，但都是自发的，盲目的，是生命本身的意志。自从有了《浮士德》，人们才一下子清醒了。明白了作为人，就应该像浮士德那样活着；作为生命，就应该永无穷尽地运动、发展。这就是生命的意义，生命的价值。

浮士德形象对后世影响甚远，浮士德精神早已深入人心。人生的意义在于永无穷尽的追求已基本成为当今世界人们的共识。浮士德精神作为一种象征符号已经载入人类文学史、精神史和文明史，激励人们永远拼搏、永远奋斗、永远追求向上。

### 三、非宗教的宗教境界

浮士德永远在追求、追求、追求，无穷无尽，那么他到底要追求到什么地方呢？到了哪儿才算到达目的地而不再追求了呢？换句话说，他的追求有没有一个终极之地呢？细读文本，发现既有又没有。说有，是指凡是追求总要有一个目标；说没有，是因为这个目标不是一个固定的地点，固定的东西，而只能是终极。而"终极"的特点是既无"终"也无"极"，它只是一种境界，一种类似宗教的境界，或者说是非宗教的宗教境界。这个境界既是浮士德追求的对象，同时也是作者思考、寻求的对象。

关于歌德创作《浮士德》的动因，作家残雪指出了过去人们不大注意的一点，那就是作者试图建立一种非宗教的宗教境界。她说："在这个剧的始终，宗教的情结紧紧纠缠着不信教的作者。也许从一开始，作者想要做的就是建立起一种同宗教具有同样高的境界的、却更符合人性的博大理想。这个理想的宗旨就是要让人按照本来的样子去追求自己的生活。"但人本来究竟是什么样子呢？没有人知道，人们只能根据自己的愿望在想象中进行创造了。"人要进行这样的创造，就必须脑子里有种绝对的虔诚，有种超脱一切的模糊信念，这种类似宗教的境界，就是人的向善的最高理性，它的存在否定着现有的人生，它来自冲力中的'无'。也许它永远造不出理想化的人生，也许它最终也不过体现为一种企图，一种渴望，但在不懈的努力中，理想模式的结构确实已经在灵魂中呈现，作者的终极目的不就是这个吗？"

这种非宗教的宗教境界，说到底是一种理想的精神存在。它存在于哪儿呢？它存在于人们追求的彼岸，也可以说它存在于人类前行的地平线上，你能看见它却永远走不到它；虽然走不到它，它却永远存在着。你只要向往它追求它，它就存在；反之，如果放弃了向往和追求，它就不存在。这就是说它存在于每个追求者的心上。正如当代作家史铁生所说："人可以走向天堂，不可以走到天堂。走向，意味着彼岸的成立。走到，岂非彼岸的消失？彼岸的消失即信心的终结、拯救的放弃。因而天堂不是一处空间，不是一种物质性存在，而是道路，是精神的恒途。"①

在《浮士德》中，正式"故事"开始之前，先有一场"天上序曲"，讲天主和魔鬼梅非斯特的争论。魔鬼认为人类很渺小，本性黑暗，只会按照原始本能生存，比任何野兽还要显得粗野，从不理会上帝交给他们的天光（理性），因而他自信有能力引诱任何人走入魔道，占有他的灵魂，包括那个老是想入非非、雄心勃勃的浮士

---

① 史铁生：《病隙碎笔》，陕西师范大学出版社2002年版，第70页。

德。天主认为人的本性是向善的，虽然人性贪图享受，在奋斗时常有迷误，但"善人虽受模糊的冲动驱使，总会意识到正确的道路"；只要人能坚持一直向善的追求，他的灵魂最后终会得到拯救。于是天主接受魔鬼的打赌，同意他去诱惑浮士德。这才有了在魔鬼的激发、引诱下浮士德的不断向善的追求历程。

当然，浮士德的追求之路也不是直线的、平坦的，而是不断的犯错误（迷误）又不断地忏悔、超越，在一次次精神的自我否定中盘旋上升，在生命的历程上大踏步行走。

促使浮士德一路前行的动力是什么呢？我们认为，一是推动力——每个人所具有的压倒一切的生命力和顽强到不可思议的意志力；二是吸引力——即类似宗教的宗教境界，那个终极之美，或者说是人向善的最高理性。人在尘世间勇敢地行走，遭遇一切，认识一切，彼岸和终极之美自然而然地在他头脑中出现。任何的放弃与懈怠都意味着跌回这个他要否定的人生，同时也意味着灭亡。"这样的宗教，是需要人用行动追求出来的宗教，或者说人一追求，终极之美就现身。人所信仰的是内心深处那股神奇的力和力当中包含的高贵意志。产生这种信仰是一种再自然、再符合人的本性不过的事，作者通过《浮士德》要将这一点说到底。"[①]

众所周知，宗教总要信仰一个神，一个超验的能够主宰人的命运，负责惩恶扬善、因果报应的人格神。你信仰它并终生行善，死后就能被接到天堂或西方净土。但随着文艺复兴和启蒙运动，尤其是近代科学的发展，这种神死去。但人的精神需要一个至高无上的目标以代替神，那么，歌德在《浮士德》中建立的非宗教的宗教境界，即可以视为这种神。为了与传统的宗教相区别，人们也常把后一种神称为宗教精神。世界上所有宗教的根本要旨都在于对人的精神的拯救，是靠神对人的拯救，是"他救"；宗教精神也是对人的精神的拯救，但是却是人依靠自己的精神力量对自我的拯救，是"自救"。这是宗教精神与宗教的最根本区别。不知道走到哪里去，但却义无反顾地一直顽强地走，这就是非宗教的宗教境界，或

---

① 残雪：《地狱中的独行者》，三联书店2003年版，第51～52页。

者说是宗教精神的显著特点。

总之，歌德以其对人性、对人类精神生活的深刻理解，在基督教的人格神死去之后，以天才的智慧为人类的精神天空树起一尊非宗教的神。这是人类的理想之光，朝着它前进，人的精神就不会沉沦，不会堕落，就等于获得了救赎。这时，救赎人的与其说是上帝，不如说是人类自己。这，也正是歌德的意思。所以他在《浮士德》的结尾，借天主之口留给世人两句广为传播的名言：

凡是不断努力的人，

我们能将他搭救。

## 第三节 《悲惨世界》：良心就是上帝

### 一、冉阿让的心灵激战是《悲惨世界》最精彩的篇章

若干年前读雨果的名著《悲惨世界》，读得心动神摇，情感之海波翻浪涌，不能平静。米里哀主教"毫不利己，专门利人"的崇高境界，让我敬佩之至；芳汀、珂赛特母女的悲惨命运，让我无限同情；德纳第夫妇的卑鄙无耻，让我咬牙切齿；然而，让我心灵受到更大震颤、至今不读原著仍能清晰回忆起来的，是主人公冉阿让仁爱慈善的一生，尤其是他舍己为人昭雪冤狱时那场暴风雨般的心灵激战。那是我所见到的最为真实、最为激烈、最为复杂、最为深刻的心灵之战。在这里，我亲眼看到，冉阿让是怎样一步步"直赴天国所在的深渊"，又怎样从黑暗无边的深渊一步步走向无限光明的天国。

关于这场"心灵激战"的性质和意义，雨果自己当然有极为深刻的认识。在"脑海中的风暴"这一小节的开头他写道："我们已经向那颗良心的深处探望过，现在是再探望的时刻了。我们这样做，不能没有感动，也不能没有恐惧，因为这种探望比任何事情都更加惊心触目。精神的眼睛，除了在人的心里，再没有旁的地方可以见到更多的异彩、更多的黑暗；再没有比那更可怕、更复杂、更

神秘、更变化无穷的东西。世间有一种比海洋更大的景象，那便是天空；还有一种比天空更大的景象，那便是内心的活动。"正因为雨果对人的心灵世界的神秘复杂有如此清醒的认识，所以他对冉阿让的这场心灵之战深感兴趣，投以极大的热情。可以说他是以一种庄严肃穆的心情来下笔的。他用了将近一卷(五万多字)的篇幅，写得极其温柔细腻而又惊心动魄。详细叙述这场激战是不可能的，而任何概括都不能尽传其微妙和精彩。为了让没读过原著的读者有一个大概的了解，也为了我们评述的方便，简要叙述一下其全过程。

**二、冉阿让心灵激战的全过程**

这场心灵之战的背景是这样的：冉阿让，一个纯朴善良、老实本分的农业工人，为了七个嗷嗷待哺的外甥，万般无奈之中打破橱窗偷了一块面包，结果被当场抓住并被判五年苦役。由于一再越狱，罪上加罪，苦役加至十九年。出狱后他想回到社会重新做人，然而苦役犯的身份让所有人都拒绝他，鄙视他，他心中充满了仇恨，发誓要报复这个不公正的社会。后来，米里哀主教满怀爱心接待了他，然而他却以怨报德，当夜又偷了主教家的银器。被抓住后主教不但不责备他，反而又把别的东西也送给他。主教口口声声称他为兄弟，说"我赎的是您的灵魂，我把它从黑暗的思想和自暴自弃的精神里面救出来，交还给上帝"。主教的宽恕，彻底感化了他，他决心洗心革面，做一个像主教那样的人。此后他来到海滨小城蒙特猗，改名为马德兰，依靠自己的发明办起了工厂，从事贸易，几年间成为百万富翁。他乐善好施，广泛救助穷人，赢得全城人的拥戴，被选为市长。这时的冉阿让，是个社会上成功内心里幸福的人。他卜居在蒙特猗，一面追念那些伤怀的往事，一面庆幸自己难得的余生，可以弥补前半生的缺憾；他生活安逸，有保障，有希望，他只有两种心愿：埋名，立德；远避人世，皈依上帝。

然而，天有不测之风云。忽然有一天，他从警察沙威口中得知一件令他震惊的事：一个叫商马第的老头因偷苹果被逮捕入狱，在监狱里被同室囚犯指认为旧犯冉阿让。偷几颗苹果在小孩子是顽皮行为，对于成人是一种小过失，对于苦役犯却是一种犯罪，为此可能要判终身监禁。冉阿让心里明白，这是一桩冤案。他感到晴空中忽然来了满天乌云，雷电即将交作，大祸即将临头。怎么办？他的反应是——"他最初的意念便是去，跑去，自首，把那商马第从牢狱里救出来，而自受监禁；那样想是和椎心刺骨一样苦楚创痛的；随后，那种念头过去了，他对自己说：'想想吧！想想吧！'他控制了最初的那种慷慨心情，在英雄主义面前退缩了。"

想去自首又退缩了，这只是最初的一闪念的心理活动，对这一心理活动，叙述人(隐含作者)的分析是："他久已奉持那主教的圣言，经过了多年的忏悔和忍辱，修身自赎，也有了值得乐观的开端；到现在，他在面临那么咄咄逼人的逆境的时候，如果仍旧能够立即下定决心，直赴天国所在的深渊，义无反顾，那又是多么豪放的一件事；那样做，固然豪放，但是他并没有那样做。……最初支配着他的是自卫的本能作用"。总之，面对如此严峻的局面，他还来不及深思熟虑，在深入思考之前他尚不能做出任何影响命运的重大决定。惶惑之中他暂取了一个所谓"自全方法"——最好是亲自去看看审判的经过，到时候看情况再做决定。于是他订下了第二天准备去阿拉斯的车子。

夜里，黑暗无边，他闩上门独自一人开始了心灵的交战。

开始，他想骗自己。他自知自己有罪(偷主教东西、抢夺扫烟囱的孩子)，他承认监牢里应该有一个自己的位子，这是无可避免势所必至的事。但在这时候他有了一个替身，那个叫商马第的人活该倒霉，从此他就可以利用商马第的身子去坐牢，而冒马德兰的名生存于社会，从而也彻底摆脱了沙威这条恶狗的怀疑和窥伺了。这样安排没有什么不妥，因为一切的发生与自己无关，"假使有人遭殃，那完全不是我的过错。主持一切的是上天。显然是天意如此！我有什么权利扰乱上天的安排？我现在还要求什么？我还要管什么闲事？那和我并不相干。多年来我要达到的目的，我在黑夜里的梦想，我向天祷祝的愿望——安全，我已经得到了。要这样办的是上帝。我绝不应当反抗上帝的意旨。……决定了，听其自然！接受慈悲上帝的安排！"

但是，这样决定之后心里"反而感到不安"。他仿佛觉得有人在看他。有人，谁呢？"他想要摒诸门外的东西终于进来了，他要使它看不见，它却望着他。这就是他的良心。""他的良心，就是上帝"。

上帝或者说是良心，其实是他内心深处的另一种声音，这种声音迫使他"说他所不情愿说，听他不情愿听的话"；迫使他"屈服在一种神秘的力量下面"。

在上帝的逼视，其实是良心的自审下，冉阿让意识到自己的"既定办法"是荒谬的："'听其自然，接受慈悲上帝的安排'，纯粹是丑恶可耻的。让那天定的和人为的乖误进行到底，而不加以阻止，噤口不言，毫无表示，那样正是积极参加了一切乖误的活动，那是最卑鄙、丧失人格的伪善行为！是卑污、怯懦、阴险、无耻、丑恶的罪行！"

冉阿让严厉地自我审判，把它上升到人生目的和意义高度来看。他承认自己生在人间，确有一种目的。那是什么呢？难道仅仅是隐藏自己的名字为了一己之安危吗？当然不是。他认为真正的远大的人生目的应该是，"救他的灵魂，而不是救他的躯体。重做诚实仁善的人。做一个有天良的人！难道那不是他一生的抱负中和主教对他的期望中唯一的重要事情吗？"他感到自己试图通过隐姓埋名斩断过去的历史是在做一件丑事，是最丑恶的贼！他偷盗另外一个人的生活、性命、安宁和他在阳光下的地位！他正在做杀人的勾当！他杀人，从精神方面杀害一个可怜的人。这样的人、人生无疑是罪恶的人生，卑鄙可耻的人生。相反，如果前去自首救出了那个蒙冤之人，恢复自己的真面目，尽自己的责任，重做苦役犯冉阿让，那才真正是洗心革面。外表是重入地狱，实际上却是走出地狱！或者说是身入了地狱而心却出了地狱。看来他必须决心断送世俗的幸福才能拯救自己的灵魂。—这是极为惨重的牺牲！叙述人感叹道："多么悲惨的命运！这是最伟大的牺牲，最惨痛的胜利，最后的难关；但是非这样不可。悲惨的身世！他只有走进世人眼中的羞辱，才能够达到上帝眼中的圣洁！"

经过一番灵魂的自审，上帝之光照亮了他的心魂，他终于下决心前去自首，尽自己的天职救出那个人。这时候，"他异常恐惧，但是他觉得善的思想胜利了。""他觉得他接近了自己良心和命运的另一次具有决定性的时刻；主教标志他新生命的第一阶段，商马第标志它的第二阶段。严重的危机以后，又继以严重的考验。"这考验是人生的又一次抉择：或者外君子而内小人，或者圣洁其中而羞辱其外。他经受住了这一考验，经过艰苦的思想斗争，他选择了后者。

从善的决心是下了，但并不意味着已经铁定，义无反顾了。因为事关太重大，所以下决心后仍然免不了犹豫。海水流走可以流回，上帝摇荡人的心灵正如海水。

冉阿让决定自首后想到那个可怜的妇人芳汀怎么办，由芳汀又想到他所眷顾的全城人怎么办。想到这里他感到好像有一道意外的光照亮了他的心："哎哟，可了不得！直到现在，我还只是在替自己着想！我还只注意到我自己的利害问题。我可以一声不响也可以公然自首、隐藏我的名字或是挽救我的灵魂，做一个人格扫地而受人恭维的官吏，或是一个不名誉而可敬的囚徒，那是我的事，始终是我的事，仅仅是我的事！但是我的上帝，那完全是自私自利主义！那是自私自利主义的不同形式，但是总还是自私自利主义！假使我稍稍替旁人着想呢？最高的圣德便是为旁人着想。"而为旁人着想的结果是，有我在就有全城人的幸福，我走了全城人就可能陷于灾难之中。我不去自首，害的仅仅是一个人，而惠及的是千万人；我自首了，救出了一个人而害了千万人；另外，我去不去自首，仅仅是个人的良心问题，而牵涉到的却是千万人的现实生存。为了救一个犯罪的人竟不惜牺牲全体无罪的人，这样的事太残忍、太不该了！"假设在这里面，对于我来说，有种坏行动，我将来会有一天受到自己良心的谴责的，可是，为了别人的利益，接受那种只牵涉到我个人的谴责，不顾我灵魂的堕落，仍旧完成那种坏行动，那样才真是忠于谋人，那样才真是美德。"两害相衡取其轻，结论是明显的一不去自首。

冉阿让对自己所想感到满意，认为终于找到了真理，找到了办法："我已经下了决心。由它去！不必再犹豫，不必再退缩。这是为了大众的利益，不是为我。"

找到了不去自首的强大精神支柱，他心里高兴极了！他决心以马德兰的名义生活下去，他开始销毁能证明他是冉阿让的所有证据。

然而，正当他这么做的时候，他心中另一种声音又喊了起来：冉阿让，当你留在欢乐和光明中的时候，那边将有一个人穿上你的红褂子，顶替着你的名字，受尽羞辱，还得在牢狱里拖着你的铁链！你于心何忍！你这无赖！你这无耻的东西！在一片欢呼赞颂你的声音背后，一种谁也听不见的声音将在黑暗中诅咒你，只有这种诅咒你的声音能够直达上帝！

那声音起初很微弱，后来越来越洪亮，越来越惊人，直让他毛骨悚然，心惊胆颤。两种意见，两种声音，势均力敌，各不相让。两种意见对于他好像都是绝路，他彻底陷于精神的绝境了："无论他怎样做，他终究回到他那缥缈心情底里的那句痛心的、左右为难的话上：留在天堂做魔鬼，或是回到地狱做天使。"

怎么办，伟大的上帝！怎么办？

他费了无穷气力才消释了的那种烦恼又重新涌上他的心头了。他的思想又开始紊乱起来。他的思想转了几个圈又回到了游移不定的状态。他并不比开始的时候有什么进展。

对于冉阿让的绝境，叙述人（代表作者）给予了深刻的理解和同情，并且也给予了最高的敬仰。叙述人拿冉阿让与耶稣基督相比——"这个不幸的人老是在苦恼下面挣扎。距这苦命人一千八百年前，那个会集人类一切圣德和一切痛苦于一身的神人，正当橄榄树在来自太空的疾风中颤动的时候，也曾经把那一杯在星光下面显得阴森惨暗的苦酒，推到一边，久久低回不决呢。"

精神陷于绝境，可是现实中的他却不能无所行动啊！他的心灵搏斗了一夜，终于还是不知怎么办。天亮时，他头一天订的去阿拉斯的小车来催他，迷茫中的他身不由己地上路了。这时的他，"完全没有打定主意，完全没有下决心，完全没有固定，一点没有准备。他内心的一切活动全不是确定的。他完完全全是起初的那个样子。"

他为什么去阿拉斯？他想去看看情况。但"实际上，说句真话，他还是最欢喜能够不去阿拉斯。"可是他去了。"车子愈前进，他的心却愈后退。"一路上，他遇上了种种障碍，如车子坏了，马累了走不动了，天马路远走不到了等。每次遇到困难无法走的时候，他内心都感到一阵极大的快乐，他想这不是我不去，而是现实困难实在去不了。——"假使他不再走远一点，那已经不关他的事。那已经不是他的过失，不是他的良心问题，而是天意。"但每遇困难他又千方百计不遗余力去解决，唯恐稍有一点不尽心而良心受谴责。当困难得到克服又能顺利前进时，又立刻汗流浃背，极度懊丧。就这样，一路上他一方面希望往后退，一方面又逼着自己往前走，终于在艰苦跋涉十四小时之后于晚上八点钟到达阿拉斯。

在阿拉斯，他本来已经非常疲累，但良心却又逼着他自己立刻去找法院；他希望商马第的案子已经审结，但因种种原因偏偏让他正赶上审理此案；法院里坐满了人已经无法进去，他本可以心安理得地走掉，但他却又利用自己市长的身份想尽办法进到法庭里；在法庭里，没有人认识他，他完全可以装糊涂，但正是他主动走出来承认自己就是冉阿让；人们不相信高尚的马德兰市长以前竟是一个苦役犯，就连以前同狱囚犯也认不出他了，又是他自己通过往事的回忆，以铁的事实证明自己就是真正的冉阿让。就这样，从上路的那一刻起他每走一步都有后退的愿望和机会，但又正是他堵死了自己的退路直至把自己逼上绝境，逼进监牢。

### 三、冉阿让心灵朝圣对现代人的启示

冉阿让把自己的肉身逼进了人间的地狱，然而他的灵魂却升上了神界的天堂。这是一段完整的心灵朝圣之旅，其中闪射出的精神之光，将为一切在黑暗深渊中挣扎的人引路，将使一切渴望踏上但尚未踏上心灵朝圣之旅的人从中获得宝贵的启示。

首先，心灵朝圣的前提是心中有"圣"，这个"圣"即上帝，或曰神。上帝或神，在中国文化背景下往往被理解为高居天堂手握生杀予夺大权，掌管人间吉凶祸福的人格神，所以人要想获得幸福，必须讨好他，巴结他，给他烧香磕头，向他祈祷甚至行贿。这实在是一种极大的误解。雨果写得明白——他的良心，就是上帝。因此，上帝就是每个人心中神性的自我，或曰自我中的神性。康德说："有两种东西，我们愈时常、愈反复加以思维，它们就给人心

灌注了时时在翻新、有加无减的赞叹和敬畏：头上的星空和内心的道德法则。"康德所说的"内心的道德法则"即心中的上帝。这种意义上的神和上帝，从性质上看，其实是一种至高无上的精神信仰，一种绝对的道德律令。因为它是一种精神存在而不是一种实体，所以你信它，它就有；你不信它，它就没有，它存在于人的信仰中。人心中有这个信仰和没有这个信仰是大不一样的。有，就意味着人的生存有了理由，有了根据，有了目标和方向，它让人"心有所系"，这就是所谓人生的意义，所谓灵魂的寄托。冉阿让在这场心灵激战中，一路犹豫又一路坚定，一路迷茫又一路清醒，就因为他心中有一个"神"。"神"在谁也看不见的地方呼唤他，指引他，在冥冥之中为他导航。在他心里，"神"是无形的，但威慑力却是强大的。只要有"神"在场，无论你有多少犹豫和不情愿，最后都要听从它的指令。

接下来的问题就是向着这个目标的追求，即有向往的意识，向往的渴望，向往的行为。当然，由于这一目标的高远，你一时可能达不到，或永远达不到，这不要紧，目标的意义就在于它是"目"中之"标"，在于它可以引领出一个追求的过程，换句话说即在于引你去追求。中国古人说"高山仰止，景行行止；虽不能至，心向往之"就是这个意思。

前面我们说，对于"神圣"，你信则有，不信则没有，它存在于人的信仰中。现在我们可以补充说，对于"神圣"，你追求则有，你放弃追求则没有，它存在于人的不懈追求中。追求？那么追求到什么地方才算？我们说神圣不是一个固定的地方，它没有可以量化的距离，它就存在于人的行为中、过程中。你真心诚意地追求着，神圣就与你同在，你一旦放弃追求，它就弃你而去。

"神圣"作为精神目标是高远的(不高远不足以为神圣)，它与现实的人与人的现实有着绝对的距离，因此追求的过程绝对是漫长的、艰苦的。人追求的出发点是脚下的现实，而脚下的现实可能是一个无底的深渊。这里蕴藏着虚伪、自私、卑鄙、怯懦、丑恶等各路魔鬼，它们根深蒂固，来自原"恶"。在你朝圣的路上，它们时时刻刻都可能出来干扰、破坏、阻挠，随时都可能把你拖回深渊。

正如雨果在作品中所写的：“人心是妄念、贪欲和阴谋的污池，梦想的舞台，丑恶意念的渊薮，诡诈的都会，欲望的战场。你在某些时候，不妨对于一个运用心思的人，望穿他那阴沉的面容，深入到皮里，探索他的心情，穷究他的思绪。在那种外表的寂静下面，就有荷马诗中那种巨灵的搏斗，弥尔顿诗中那种龙蛇的混战，但丁诗中那种幻象的萦绕。人心是广漠辽阔的天地，人在面对良心、省察胸中抱负和日常行动的时候，往往黯然神伤！”正因为雨果对人心灵中深渊的复杂有清醒的理解和认识，所以他笔下的这场心灵之战才有异乎寻常的真实性和震撼力。他笔下的冉阿让，绝对是一个一心向善的好人，但是，即使是这样一个人，一个受到主教感化、决心像主教那样终生为善的人，在考验面前仍免不了进进退退，摇摇摆摆，反反复复，何况其他人呢！

朝圣路上的反复和摇摆，对于“人”来说是正常的，可以理解的。因为“人”与“神”之间本有着巨大的距离，从“人”走向“神”可能要作出巨大的牺牲，包括名誉、地位、金钱等现实的精神和物质利益。牺牲是痛苦的、困难的，但正因为痛苦、困难才显示出神圣的意义，否则，如果从“人”到“神”一步可以迈到，那还叫什么神圣！

精神朝圣是一种内在的心灵活动，没有人看见，没有人监督，没有人逼迫，完全是自愿的“灵魂深处爆发革命”，所以在这场圣战中要想获得胜利，必须具有坚强的意志和绝对高度的自律。冉阿让的胜利，靠的就是他每时每刻的绝对自律。他灵魂中有两个自我，神性的自我与世俗的自我时时刻刻都在冲突、对抗、搏斗，世俗的自我时时都在寻求逃避，但神性自我代表上帝的眼睛，它明察秋毫，使世俗自我无所遁逃。冉阿让在朝圣路上，每一步他都想打退堂鼓，而且时时也都有退路，但每一步他都把自己的退路堵死，这才一步步走向了天国。这是一场听不见喊杀声的战斗，但却是激烈无比的厮杀，许多人忍受不了它的残酷，往往败下阵来。只有少数人经受住了它的考验，才获得了胜利。

冉阿让的朝圣历程还让我们看到，所谓“天国”所谓“神圣”，并不是一个孤立、纯粹的光明所在，而是就在它的对立面——

心灵深渊之中，所以人们挣脱深渊的过程其实就是走向天国的过程。或者说要想进入天国，必须敢于"直赴天国所在的深渊"。天然的圣洁不是真正的圣洁，真正的圣洁是临深渊而不陷，出污泥而不染。

雨果对冉阿让这次(书中还有不少次)心灵朝圣过程的描写是全书中最为精彩的部分。这大概是在此之前的世界文学史上绝无仅有的最有灵魂深度的艺术描写。在这之前文学艺术中当然也有对于人的灵魂的深刻剖析(如莎士比亚、歌德等)，但就其深度而言，似乎稍逊一筹。雨果对人的灵魂生活的关注，对后世影响深远，如托尔斯泰、陀斯妥耶夫斯基等心灵描写的圣手，无不从雨果著作中受益。雨果以及后来的托尔斯泰等人对人的心灵生活的洞察，让我们看到了基督教在西方人精神生活中的地位，看到了基督精神对文学艺术创作的内在影响。这一影响深刻而普遍，以至于成为西方文学最重要的一种文化精神。正如论者所说，重视人的精神与灵魂，重视对彼岸价值世界的追求，强调理性对原欲的限制，是希伯来—基督教文学之文化价值观念的主导倾向。这种尊重理性、重视灵魂生活、崇尚自我牺牲和忍让博爱的宗教人本意识，与古希腊—罗马文学张扬个性、放纵原欲、肯定人的世俗生活和个体生命价值的世俗人本意识，共同构成了后世西方文学之文化内核相辅相成的两个层面。

走出文本反思这场惊心动魄的灵魂之战，我们清醒地知道这是作家雨果为拯救世故人心而精心设计、导演的精神戏剧，这里体现了作家的良苦用心。当然，用"上帝"作为资本主义制度的救世良方，试图借此消除资本主义的社会罪恶，无疑是太可笑了。以现代人的政治常识，中学生就可以嘲笑它、否定它。然而，我以为它的价值不在社会政治层面上，而主要在于精神生活层面上。

任何时代任何社会里的任何人，身在俗世，心灵总不免有沉沦或走进深渊(或干脆就在深渊中)的时候，沉沦或身处深渊的人免不了心灵的折磨和斗争，这时候想一想冉阿让，会让我们的灵魂世界投射出一片阳光，在心灵的天平上，自然会加重一些为善的砝码，因而有助于我们作出向善的人生选择。社会不可能指望人人都成为冉阿让，但应该呼吁人人都钦敬冉阿让。让人人都去模仿、效法冉阿让是不现实的，但鼓励人们学习、向往冉阿让却是应该的。有这样一个圣者与你一路同行，在你心灵陷入迷途之时，他可以随时校正你的人生方向。

时代已经进入了所谓的"后现代"，再来谈冉阿让式的心灵朝圣、灵魂救赎，还有意义吗？当然有，而且正因为"后现代"文化忽视灵魂、蔑视神圣、精神迷茫，才更需要讨论心灵朝圣和灵魂救赎。人，只要还是人，就绝对少不了精神的支撑，精神的超越；否则，如果仅仅只有物质和肉体，与一般动物何异！

## 第四节 《幻灭》："理想—幻灭—不甘心"的心路历程

### 一、吕西安是当年的"巴（黎）漂族"

巴尔扎克的小说，我国读者最熟悉的是《高老头》和《欧也妮·葛朗台》，但其他值得一看再看的经典之作还多着呢！例如《幻灭》，就是被十分看好且给以高度评价的一部作品。作者在给他的女友（后来成为他的妻子）韩斯卡夫人的信中，曾把《幻灭》称为"一部光彩夺目的作品"，"我的作品中居首位的著作"，认为这部小说"充分表现了我们的时代"。在《幻灭》第三部初版序言中，巴尔扎克明确宣称这是"风俗研究"中"迄今为止规模最宏大的。——在作者最花心血的作品中，这部书已成为某些人最喜欢的作品"①。

《幻灭》的中心内容是写两个有才能、有抱负的青年（吕西安、大卫）理想破灭的故事。作品从第一部的构思到三部全部完成，前后历时八年，这在巴尔扎克创作史上是罕见的。之所以耗时八年，除了各种具体的琐碎原因外，主要是由于作家在这部作品中更多地熔铸了自己的人生体验。熟悉巴尔扎克的研究者发现，《幻

---

① 艾珉：《法国文学的理性精神》，北京大学出版社1991年版，第136页。

灭》这部小说几乎集中了作者本人最主要的生活经历和人生体验。因此，在表现作家本人的思想和直接的生活感受方面，《幻灭》比其他小说具有更大的代表性。

本文不全面分析《幻灭》的思想内容，主要想讨论一下吕西安这一"巴（黎）漂族"的心路历程，看看作者借吕西安的人生之路想要告诉我们一些什么，或者说，看一看"巴漂族"能够给我们现今"北漂""×漂""蚁族"一些什么样的人生启示。

### 二、吕西安"巴漂"的心路历程

吕西安出身寒微，家庭贫穷，但酷爱诗歌，擅长写作，而且长相俊美，人见人爱。性格轻浮莽撞，敢作敢为，好幻想，爱冒险，地位低下但自命不凡。他羡慕奢侈浮华的贵族生活，一心一意要到贵族世界闯一闯。他的才华和美貌得到贵妇人巴日东太太的青睐，二人一拍即合，产生了所谓的爱情。但是阶级的壁垒无形中在他们之间树起一道高墙。巴日东太太"教育"他：为了建立伟大事业，天才不能不自私，不能不牺牲一切包括家庭，为达目的不惜拿一切冒险。"这些议论正好迎合吕西安隐藏的邪念，进一步败坏了他的心术。在强烈的欲望鼓动之下，他认为不择手段是理所当然的"。在贵妇人的诱惑和鼓动下，吕西安更加心痒难耐，恨不能一步登天。

后来，吕与巴日东太太的"恋爱"在贵族社会闹得沸反盈天，她在小城待不下去了，打算到巴黎投靠亲友。吕西安一贫如洗，完全没有跟往巴黎的条件，但由于抵抗不了"成功"的诱惑，终于带着全家所有积蓄，跟着到了巴黎。

在巴黎，吕西安想投靠身份更高的贵妇人，但因为一无所有，所以被人瞧不起，虽经百般努力，受尽屈辱，仍被贵族社会所抛弃，不得不住进穷苦青年聚居的拉丁区。在拉丁区，他遇到了立身处事完全相反的两种人。一种是以大尼埃·大丹士为代表的"小团体"，一种是在报界混得如鱼得水的埃蒂安纳·罗斯多。两种人完全不同的人生观和价值观给了吕西安以完全不同的影响。

"小团体"是一群生活艰苦、情操高尚、志趣相投的青年学子自发形成的友谊团体，这里物质方面的极端穷苦和精神方面的巨大财富成为奇怪的对比。吕西安对这批朋友无比佩服，为自己能够被这样一个团体接纳而心情激动,感到无比幸福。吕西安想投身报界,小团体的朋友们直言不讳表示反对。朋友们知道吕西安的弱点,担心他抵御不了恶劣风气的诱惑,善意而严肃地警告他:"为了感情犯的错误,不假思索的冲动,做朋友的可以原谅;可是有心拿灵魂,才气,思想做交易,我们绝对不能容忍。"

就在吕西安犹豫不决之时碰上了报馆记者罗斯多。罗同吕一样也是外省漂流到巴黎谋生的穷青年,而且和吕一样渴慕光荣、权势,受着金钱的吸引,对于吕想通过文学写作扬名文坛的想法,罗认为幼稚可笑。罗对吕描绘了报界的内幕,劝他到报界闯一闯,称报界虽然黑暗但却容易成功。吕西安对骇人听闻的新闻界内幕深为震撼,但贫穷的煎熬和野心煽动已经使他顾不了那么多,他表示哪怕前面是地狱,也非跳下去不可。小团体朋友们的劝告完全成了耳旁风。

就这样,在罗斯多的引荐下,吕与投身报界,开始在报界翻手为云,覆手为雨,信口雌黄。以吕西安的才华,只要卖掉灵魂,没有什么做不到的,所以很快在新闻界大出风头,把一个美丽动人的女演员养为情妇,开始过起奢侈浮华的生活。他不忘旧日仇恨,利用报纸攻击曾冷酷抛弃他的情人和情敌,让上流社会对他恨之入骨。

为了收服吕西安,贵族社会以在皇上面前为他争取贵族头衔为诱饵,拉拢他离开自由裳投靠了保王党,从此吕卷入党派恶斗,成为政治斗争的一名打手。等到吕失去进步党支持时,贵族社会突然变脸,再次把他遗弃,让他里外不是人,成为谁也瞧不起的一条狗。政治上失去依附,经济上断了来源,奢侈的生活无法支撑,在巴黎待不下去,只得灰溜溜返回家乡。在痛苦万分,企图自杀时,他遇上了化装成西班牙教士的伏脱冷。

伏脱冷,一个老于世故,深谙社会人生秘密的混世魔王,一眼看破吕西安涉世未深的幼稚与天真。他劝吕为了成功必须不择手段,不顾一切,千万不能讲道德,要把人当作工具来使用,对付人要像犹太人一样的狠心,为了自己的利益,可以忘恩负义,不讲情面,为达目的,要有百折不挠的毅力——这一套说教冷酷自私,骇人听闻,但句句切中社会的要害。这正是一切社会恶人成功的秘诀。伏脱冷的一席话挑动了吕西安的心弦,他结合自己人生经历,深感以前的失败全是因为还不够卑鄙，不够毒辣，不够心狠。就这样，接受了伏脱冷教诲的吕西安，彻底洗去了少年时的幻想，消除了以前的幼稚和单纯，埋葬了最后一点羞恶之心，重又点起征服社会的野心。他奉伏脱冷为"上帝派给他的保护人"，在伏氏人生哲学的指导下，重回巴黎旧战场。

### 三、吕西安给我们的人生启示

纵观吕西安的人生经历，我们思绪翻腾，感慨万千。吕由一个充满理想、追寻梦幻的热血青年最后沦落为不顾一切博取名利的野心家，其中原因相当复杂。导致他走向堕落的某些原因（如贵族阶级的排挤与偏见，资产阶级上升时期社会体制、法规、道德的无序与混乱等）或许有其特殊性，但排除这些特殊因素，认真反思一下他走向"幻灭"的人生轨迹，还是有许多共性的、至今仍值得我们认真思考的人生启示。

作家柳青曾经说过，人生的路是漫长的，但最关键的只有几步。以此反观吕西安，他的人生之路也有关键的几步。在这几步的每一步上我们都看到了一个共同的严肃问题：面临诱惑，何去何从？

#### 第一步：未踏入社会之前

未踏入社会之前的吕西安，热情好学、对人生充满幻想，野心勃勃，一心想往上爬，渴望浮华的贵族生活。但同时他也珍惜朴实、温馨、宁静的家庭生活。摆在他面前两条路，一条辉煌耀眼，充满诱惑和艰险；一条安稳踏实，平静恬淡。哪条路对青年人，尤其是对吕西安这样的青年人诱惑更大，不言而喻。吕选择了第一条，是对，是错，难以评说！也许我们可以说这是一个错误，但这是一个可以理解可以原谅的错误。请看一看生活吧，面对诱惑和艰险，有哪一个青年人不想搏一下呢？！

怀着美梦踏入社会的吕西安还没踩上贵族的门槛就被抛弃了，让他受尽屈辱，不得不回归社会最底层从头做起。

#### 第二步：在社会底层

这时候，吕西安的路应该怎么走？又是一个十字路口：小团体的路和罗斯多的路。小团体的代表人物大丹士告诉他，一个人要伟大就要坚守灵魂的高贵，在顽强努力中耐心等待，准备迎接各式各样的考验。罗斯多告诉吕个人苦斗的艰难和绝望，告诉他新闻界里的种种偷巧和实惠。这是完全不同的两条道路和两种不同的方法：一条是漫长的，清白的，可靠的；一条是危险的，布满暗礁、臭沟，会玷污他的良心。"吕西安这时完全看不出大丹士的高尚的友谊和罗斯多的轻易的亲热有什么不同。他的轻浮的头脑认为新闻事业是一件对他挺适合的武器，自己很会运用，恨不得马上拿在手里。"于是，"他的天性使他挑了最近的，表面上最舒服的路，采用了效果迅速，立见分晓的手段"，从此走入新闻界。

一边是高贵的精神，一边是现实的利益；一边是清白的灵魂，一边是火热的情欲；二者不可兼得，怎么办？这又是一次严肃的选择，严肃的考验。选择决定人生道路，决定前途命运。我们知道吕西安选择了后者，那么其他人呢？和他做同样选择的人难道还少吗？！

**第三步：失败后**

放弃清白的灵魂坚守而选择眼前的实际享受，可能成功也可能不成功。那么失败了怎么办（当然成功之后也有怎么办的问题，这里存而不论）？这里又是一个十字路口。

在这十字路口上，或者总结教训，从自己人生态度上反思一下，从过分注重功利、注重情欲满足的涡流里激流勇退，到宽阔的精神天地里呼吸一下自由空气，调整人生的航向，走一条全新的路；当然也有人心有不甘，对自己的失败耿耿于怀，认为自己的失败是因为恶得还不够，坏得不彻底，为了报复，转而以恶对恶以黑吃黑，更彻底地出卖良心——"我是流氓我怕谁"。用中国术语说即必须更彻底地实践"厚黑学"。

在这一次人生选择中，吕西安选择了后者。他奉伏脱冷为精神导师，开始了新一轮的人生征战，曾一度跻身上流社会，最后阴谋败露被捕，在狱中自杀身亡，以彻底失败而告终。

吕西安失败了，败得很惨很彻底。我们可以说他败于不切实际的幻想，败于不可遏止的虚荣心，败于意志的薄弱，道德的沉沦，也可以说他败于社会的复杂与黑暗，败于人心的险恶与卑劣，更可以说他败于二者的交互作用。对于他的惨败，我们既感到活该又对他充满同情。他是害人者又是受害者，他痛恨社会的水浑，但他的行为把水搅得更浑。

巴尔扎克写《幻灭》，主观意图是清醒的，明确的，即，一是为时代画像，用自己的一支笔"刺向报界那极为滑稽可笑的风气"；同时也想为当时及以后在巴黎奋斗（或者说挣扎）的青年人提个醒。

十九世纪初的巴黎，在资产阶级革命后发展迅猛，它的财富与权力，繁华与热闹对外省青年具有挡不住的吸引力，他们都想到巴黎碰碰运气，到社会漩涡中去淘一桶金。据书中人物大丹士的估计，每年从外省漂流到巴黎谋生的青年大约有一千到一千二百人，形成一个特殊的群体，借用现在的话说即所谓的"巴漂族"。巴尔扎克本人其实也是"巴漂族"的一员，他深知世情的复杂与险恶，生存的艰难与不易。他既恨社会人心之污浊，也惋惜某些青年人之容易堕落。他有太多太多的话要说。通过吕西安的人生道路，巴尔扎克让读者看到了"巴黎与外省之间的种种联系，巴黎那种致命的吸引力，从一个全新的角度向作者揭示出十九世纪青年的面貌"；通过吕西安的"幻灭"，作者想击破那个时代青年人"那些最致命的幻想，即家庭对那些稍有才气却无坚强意志为之导向、也没有掌握防止走入歧途的正确原则的子女所抱的幻想"。在《幻灭》第二部（《外省大人物在巴黎》）初版序言里，巴尔扎克更明确地说，塑造吕西安这一人物的目的，是想让人们从中可以学到这样一个道理："要得到高贵而纯洁的名声，坚忍不拔和正直可能比才气更为必不可少。"

吕西安走了，他所生存于其中的时代和社会也一去不返了，但吕西安的灵魂还在，他那躁动不安或者说充满活力充满欲望的灵魂还在，还在一代代的后来人身上活着。那么，后来人能从吕西安身上反思点什么，从而注意点什么吗！

# 第五节 《安娜·卡列尼娜》：爱的困境

《安娜·卡列尼娜》是托尔斯泰名著中的名著，在托尔斯泰三大名著中，它在艺术表现上最为完美，被人们谈论最多，最为读者所偏爱。

小说的故事情节主要围绕"两段婚姻"展开。一段是安娜的，一段是青年地主列文的。作品展示得最为充分，在读者中影响最大的是安娜的故事。安娜是一个美丽聪慧、充满生命活力的贵族女性，她不满于刻板乏味的婚姻而与青年军官伏伦斯基相爱了。他们的爱情遭到安娜丈夫卡列宁和整个贵族社会的拒绝，于是陷入生存困境。万般无奈之下，安娜精神崩溃，以自杀结束了悲剧的人生。

关于安娜悲剧的意义，截止目前国内的外国文学史论著中早有定评：安娜的悲剧从根本上说，是由那个罪恶的社会造成的。安娜行动的社会意义，一方面是反对旧的封建礼教，反映了资产阶级个性解放的要求，另一方面也是向贵族社会的虚伪道德挑战。用社会历史视角分析作品，这些论断应该说是准确的，笔者对此不存疑议。笔者试图做的是，换一个视角，即从人生视角尝试对作品作出一些其他含义的解读。

## 一、追求个人幸福与遵守社会道德规范的两难困境

安娜的悲剧，不用说，首先是社会悲剧——那个时代陈腐伪善的上流社会容不下她，致使她走向毁灭；如果换一个时代，社会进步了，文明程度高了，安娜的悲剧就可能不至于发生。关于这一点，不用细说读者即可认同。但是，这仅仅是可能的而未必是必然的，换一个时空点，安娜所面临的生存环境可能相对比较宽松，安娜的行为所激起的社会冲突也许不至于像现在这样尖锐。但是，冲突的激烈程度可以缓和，但矛盾本身却依然存在，在某种条件下甚至也同样可以激化，以至于发生与安娜相同的悲剧。这就是说，托尔斯泰借安娜命运所叙写的既是一个特定时代的社会问题，更是一个超越时代的人生问题。或者与其说是社会问题，不如说是更具普遍意

义的人生问题——一个任何文明社会人们都可能遇到的人生问题，即追求爱情(也可以泛化为个人幸福)与遵守社会道德规范的两难选择问题。

我们知道，爱情来自人的天性，是人所共有的天然权利，是人类追求幸福的一个重要方面。社会道德是为了让人们在一起生活得更好而制定的，因而对爱情应该承认、理解和保护，当然也要对它加以规范、调节和制约。从理论上说，社会道德规范与爱情、与个人幸福应该是一致的而不应该是矛盾的。但在实际生活中两者却常常是矛盾和冲突的。例如一对男女结婚之后，谁也不敢保证在以后漫长的人生旅途中就不会遇上一个比自己的丈夫(或妻子)各方面都更优秀更完美因而更让人动心的人。一个男人欣赏一个女人的聪明、美丽与善良，一个女人欣赏一个男人的胸怀、学识和智慧，从人性角度来，应该说是完全正常的。常言说爱美之心人皆有之，爱美爱优秀是人类美好的天性。可以说正是爱美的心理机制把人类一步步引向更高境界。但是问题也就由此而生：如果双方的感情仅仅停留于欣赏与爱慕，社会道德可以认可；如果超越了这一点，由欣赏、爱慕走向婚外恋情乃至于更远，社会道德规范就要出来干涉。

具体到安娜来说，她聪明、美丽、特别富有情感，与丈夫结婚十年，没有感情，不知爱情为何物。命运让她与年轻潇洒风度翩翩的皇家军官伏伦斯基相遇，后者对她一见倾心，疯狂追求。经过一段痛苦地犹豫，两人终于不顾一切堕入爱河从而演出一段惊动整个上流社会的、轰轰烈烈的爱情。安娜的爱情源自生命意识的觉醒，伏伦斯基的爱情虽然有某种程度的虚荣心理，但总的看也出于真实的情感，源于对安娜高雅气质的倾慕。应当说，他们的爱情是自然的，同时也是真诚的、热烈的，甚至可以说是痴迷的，因而也是感人的，可以理解值得同情的。然而它却不为社会所认可。因为，安娜是已婚女人，已婚女人应当维护神圣的婚姻、家庭，应当自觉地尽妻子和母亲的义务，总之应当无条件地遵守社会为你制定的伦理道德规范。安娜做不到这一点，于是受到社会舆论的谴责，从而进入追求爱情与道德，或者说是追求个人幸福与遵守社会规范的两难困境之中。

安娜所遇到的困境，以不同的外在形式、相同的内在实质在不同时代、不同社会反反复复地重演着。为什么呢？这当然与冲突双方的性质不同有关。爱情(以及其他一切纯属个人性质的各种欲望)是一种最具个人性的感情，它的本性要求自由，要求随心所欲而不顾及其他，它一般表现为非理性的特征；而社会道德规范代表的则是社会意志，体现的是群体利益，它表现出的是社会理性的特征。对个人而言，社会规范具有冷酷无情的强制性，它们强行统治着人们的灵魂，人们必须履行它，无权拒绝它，不论人们愿不愿意，也不论这值不值得。当个人感情、个人幸福与社会规范发生矛盾时，为了保障社会生活的稳定和有序，后者往往以权威的姿态要求前者压抑，乃至于放弃自己。这就造成二者的尖锐冲突。

个体感情个人幸福与道德规范的关系，实质是个人与社会的关系。个人与社会相互依存相互渗透，既对立又统一。社会文明程度高，二者和谐统一的一面占主导地位，反之则冲突的一面占主导地位。但无论如何，二者之间永远相互纠结，不可分离。也就是说，个人幸福与某些社会规范之间的对立永远也不会消除，由此造成的人生困境也就永远存在。

面对上述人生困境，谁也没有两全其美的办法。不是哪个人乃至整个人类的智慧不够，而是因为困境的本原性、根本性—困境之所以为困境，就因为走不出，能走出就不叫困境。这里没有两全，只有两难。

**二、跟着感觉走与跟着理念走**

安娜与其丈夫卡列宁的矛盾冲突，主要原因，我以为不是阶级冲突(所谓一个代表新兴的资产阶级思想，一个代表腐朽顽固的封建思想)，而是因为他们的性格不同，活法不同：安娜，一切听命于自己的情感，跟着感觉走，是一种感性化的活法；卡列宁，一切听命于理念，跟着理念走，是一种理性化的活法。

安娜在书中第一次亮相是在莫斯科火车站。她的美貌、妩媚的姿态所显示的风韵以及脸上现出的异常亲切温柔的表情，一下子吸引了伏伦斯基的注意，他转过身去看她，她也向他回过头来。"在这短促的一瞥中，伏伦斯基发现她脸上有一股被压抑着的生气，从她那双亮晶晶的眼睛和笑盈盈的樱唇中掠过，仿佛她身上洋溢着过剩的青春，不由自主地忽而从眼睛的内光里，忽而从微笑中透露出来。她故意收起眼睛里的光辉，但它违反她的意志，又在她那隐隐约约的笑意中闪烁着。"

这段描写突出了安娜身上压抑着的生命活力。这一点作者在以后的描写中不断加以强调，意在强化读者对安娜生命之美的印象，从而给人以暗示，这股生命力应该得到释放，就像花儿应该开放一样。

接着安娜出现在舞会上，她的单纯、自然、优雅、快乐而充满生气的风度引起了所有人的注意，人们感到她身上有一种与众不同的魔鬼般媚人的东西，这股魔力紧紧抓住了伏伦斯基，她也被他的英俊多情所吸引，她隐隐感到自己的心中萌生了不该有的爱情。她的本意是要为嫂嫂的妹妹吉娣和伏伦斯基撮合，没想到他看上了她，而她也看上了他。这让她感到心慌意乱，她朦胧意识到必须赶快逃避，第二天一早慌慌张张离开了莫斯科。在火车上，安娜心中反复重温舞会上的情景，觉得一切都是美好的、愉快的，想起伏伦斯基时一会儿感到羞耻，一会儿感到温暖。下火车后，见到尾随而来的伏伦斯基，听到他明显表示爱意的话，她心情复杂："他对她说的话，正是她内心所渴望而她的理智所害怕的。她什么也没有回答，但他从她的脸上看出了内心的斗争。"

伏伦斯基的判断是准确的，此后，安娜的内心陷入了紧张激烈的矛盾冲突之中，冲突使她每时每刻不得安宁。

回到彼得堡后，她意识到同他相爱的危险后果，因此她试图躲着他，尽量与他少见面。但是不见又感到怅然若失，魂不守舍，一见他就立刻燃烧起生命的热情，他的追求成为她生活的全部乐趣。她嘴上说这事该结束了，否则心里不会平静，但语气却显得很勉强，他能一下子听出这话不是出于内心。"安娜竭力想理智地说出应该说的话，但结果只把脉脉含情的目光停留在他身上"，"她嘴里这么说，她的眼神所表示的却完全是另一种意思"。当他们彼此占有了对方时，她一方面内心充满犯罪感，对自己厌恶而恐惧，一口一个请上帝饶恕，一面又忘情地沉醉于爱情的幸福中……

在安娜当时所处的上流社会，外遇和风流韵事已成普遍的风习，人们（包括夫妻之间）对此习以为常，心照不宣，谁也不以为耻，反以不顾一切冒着生命危险把已婚妇女勾引到手为荣耀。安娜与这一套习俗绝缘。一开始，她的理性让她感到自己的外遇是不好的，于是总是不自觉地加以掩饰。但她又分明意识到了自己的掩饰，意识到掩饰的虚伪和自欺，因此常常不由自主地脸红。她试图压抑自己，但终于压抑不住，又不愿虚伪自欺，于是宁愿受丈夫和社会的谴责，也要公开自己的隐私。她对丈夫说："我爱他，我是他的情妇。我看见您就受不了，我怕您，我恨您……您高兴怎样对付我就怎样对付我吧。"在社会的强大压力下，她不愿屈服，她有支撑自己的精神力量："我是一个活人，我没有罪，上帝把我造成这样一个人，我需要恋爱，我需要生活。"

就这样，在她与他关系发展的每一时刻，她的心都游移徘徊于感情与理智的张力场之中。而游移徘徊的结果，她总是听从于自己内心的真正呼唤，每一次她都让感情战胜理智，让感性冷落了理性。也就是说，她始终是"跟着感觉走"，听从"心"的指引。安娜愿意服从生命意志的支配，她活在她的感性里。这里我把安娜的活法称之为"感性化生存"。历来肯定安娜的人都说她真诚、率直、不虚伪、无自欺，指的就是她敢于听从内心的呼唤，敢于按照自己的本真愿望生活。

当然，这样说并不是否定她精神结构中理性因素的存在。事实上，她的内心深处始终都回响着理性的声音——没有理性的声音就没有她内心的冲突，就形不成心灵的张力场。只是，理性的声音始终压不住发自生命本源的生命意志的力量。安娜产后病重，神志昏迷，她感到自己快要死了，这是上帝对自己罪孽的惩罚，因而对自己的行为表示忏悔，希望得到宽恕，希望丈夫和情人握手言和。这时她的道德情感占了上风，但一候病愈神志恢复正常，她仍然忍受不了无爱的婚姻生活，仍然要求离婚。离婚不成，干脆毅然决然离开家庭，勇敢投入情人怀抱，出国旅行去了。看来，即使是上帝，最终也抗不过安娜按本真愿望生存的内在力量。

与安娜的感性化活法相反，她的丈夫卡列宁活在强大的理性规范中。社会的、宗教的、伦理的道德规范已经潜移默化到他的精神结构中，深入到他的骨子里，成为他性格中不自觉的、无意识的心理因素。

卡列宁的性格特征与他的生活经历、生活环境有关。他从小失去父母，在叔叔的抚养下长大。叔叔是一位大官，曾作过沙皇的宠臣。家庭生活背景以及后来年纪轻轻官场得意的经历，养成了他为人处世一切遵从社会规范，符合道德理念的性格特征。或者也可以说，是社会规范、道德理念把他改造了、驯化了，使他成了一个非礼勿视非礼勿听非礼勿动的正人君子。

例如，当安娜与伏伦斯基频繁接触，并且被卡列宁本人亲自发现之时，他并不觉得有什么异常和有失体统。因为，"卡列宁不是个好猜疑的人。猜疑，他认为是对妻子的侮辱，而对妻子是应该信任的。至于为什么应该信任，应该完全相信他那位年轻的妻子会永远爱他，他没有问过自己；但他对她从没有不信任过，因为一向信任她，并且对自己说应该信任她。"上述这段引文中，叙述人一再提到他对妻子的信任是他知道"应该"这样。"应该"一词意味着他对妻子的信任不是来自自己的感受自己的判断而是来自理念。宗教信仰和社会规范要求对人应该信任而不应该胡乱猜疑，这是一个正人君子应该具有的基本品质。他的修养决定他不认为安娜与伏伦斯基在公众场合亲密接触有什么不应该。但是，当"他发觉客厅里人人都认为他们的行为有些异常和有失体统，这才觉得的确有些不成体统。他决定就这事同妻子谈一谈。"

关于这一点，历来的评论认为是卡列宁虚伪的证据，意思是他本人对安娜的不忠不在乎，而是社会舆论让他在乎，他要在公众面前装样子。我认为这种指责有失公正。因为叙述人明明白白告诉读者卡列宁真的并不认为安娜与伏伦斯基的接触有什么异常和有失体统，而不是说他发现安娜不忠而装作不在乎。准确地说他对妻子的"问题"是"视而不见"，肉眼看见了而观念没看见。只是当他发现客厅里"人人都认为"他们有"问题"时，他才从"观念"里醒过来回到现实中。这只能说明他忠厚而迂腐，是一个按理念生活的人，而不说明他虚伪。

　　由于卡列宁满头满脑都是观念、理念、理性、规范，是应该怎样不应该怎样，而从不会设身处地地从感情出发替别人替自己想一想，他认为这种精神活动是一种有害的危险的胡思乱想。如今，问题出来了，他才发现长久以来被堂皇的观念、理念所忽略了的人的思想感情，这才想到自己的妻子也是一个人，一个活生生的人："他第一次生动地想象着她的个人生活、她的思想、她的愿望。"然而，一旦想到她可以而且应该有她自己的独立生活，他害怕极了。他视人的思想感情为不可测的深渊，他害怕俯视。他习惯于在观念、理念层面上考虑问题，在这里，问题明晰而简单。关于怎样处置安娜的问题，他脑子里立刻蹦出来的是"良心"、"义务"、"责任"、"权利"："她的感情之类的问题是她的良心问题，同我不相干。我的义务是明确的。我是一家之长，我有义务指导她，因此对她也负有部分责任。我应当指出我所发觉的危险，警告她，甚至行使我的权利。我应当把我的意见向她说出来。"

　　说什么呢？他的头脑里还是像平时起草公文一样清楚地组织好了即将对安娜谈话的形式和顺序。"我应当说出下列几点：第一，说明舆论和面子的重要性；第二，说明结婚的宗教意义；第三，如有必要，指出儿子可能遭到的不幸；第四，指出她自己可能遭到的不幸。"就这样，一件最复杂最具私密性质的夫妻间的感情问题，被卡列宁当做官场公事大而无当地处理了。他只会用"脑"而不会用"心"，或者说他只有"脑"而没有"心"，于是他失败了。

　　卡列宁的失败是必然的，因为他将公式套在了最不应该套的东西上。他不理解也不善于想到别人的情感，他只知道"道德""道德"，这让谁能受得了？！安娜表示"我恨就恨他的道德！"她说："我明明知道他是一个不多见的正派人，我抵不上他的一个小指头，可我还是恨他。"

　　卡列宁的失败不在于人格的卑鄙而在于他的性格，或者说在于他的活法。他被通行的观念、理念、规范所异化，成为被抽干了生命意志的木乃伊，正如安娜在激愤中所骂的，他是一架做官的机器，他不是人，他是块木头。被消解了生命激情的木乃伊偏偏遇上一个生命活力四处奔涌的情种，悲剧当然是注定的。

跟着感觉走和跟着理念走是两种相互对立的活法，或者说是处于两个极端的生存策略。感情和理智，感性和理性，是一个健全的心态所必须具备的心理因素。人生在世，必须同时具备两种心质并且让它们相互谐调才会有理想的人生。偏执一端，必出毛病。安娜和卡列宁的活法，就处于两个极端上。卡列宁固然可怜可悲，安娜又怎样呢？感情与理智、感性与理性谐调的人生到底什么样呢？其分寸应该怎样掌握呢？"理论上都是开阔地，可是一行起军来啊……"，这，或许永远是说起来清楚做起来糊涂的大问题，是每个人终生都必须在实践中认真摸索认真解决的大问题。人生，也许就是这样，哪有那么容易的事呢？简单容易，清楚明白，一眼透底，还叫人生吗？！

### 三、爱毁于爱

安娜的悲剧，毋庸置疑，最根本的是陈腐虚伪的社会不相容，逼得她无路可走，终于走向毁灭。但事情似乎也并非如此简单。换个角度观察，也有安娜个人的原因。这就是，她把爱情理解得过于简单，过于纯粹，爱得过于偏执，以至于走向爱的专制，窒息了爱的空间，亲手用自己的爱把自己的爱送上了绝路。

爱是安娜行为的动力源泉，是她人生的全部目的和意义，是她唯一的精神支撑。为爱，她义无反顾，牺牲了对于女性至关重要的一切，包括名誉、家庭、儿子。她的行动够大胆，够决绝了。她做了一般平庸的人想做而不敢做的一切，因而人们一直称赞她为勇敢的女性。值得欣慰的是，她的爱也得到了相应的回报——伏伦斯基对她的爱也是真诚的、强烈的、不顾一切的。

安娜与伏伦斯基的爱情，虽然双方都是认真的、投入的，双方都愿意为对方牺牲自己的一切，然而毕竟最后还是出现了极为严重的隔阂和冲突，以至于安娜竟然以自杀相报复，演出了一幕惨烈的人间悲剧。发生如此大的转折，就他们二人来说，都有责任，而安娜负有更大的责任。

导致这一转折的原因，首先来自社会的压力。整个社会拒绝他们，尤其拒绝安娜。为了使他们的关系正常化，安娜必须离婚。而安娜最初由于高傲不想向丈夫主动提出离婚；继而是提出要求后遭到冷酷的拒绝（卡列宁要借此报复她、惩罚她）。这就把安娜及她与伏伦斯基的关系置于死地，没有任何解决的办法。由于不能离婚，安娜与伏氏的女儿在法律上属于卡列宁，而且他们所生的任何一个子女都不能继承伏氏的财产。这让伏非常苦恼，让安娜焦躁万分。安娜失去了一切，只剩下唯一的精神支柱——伏氏的爱情。但长期的艰难处境让他们彼此都忍受不了，逐渐失去了耐心。尤其是安娜，总想把伏留在身边，不让他离开一步，否则就起疑心，怀疑他对自己不忠，爱上了别的女人。伏出外参加地方选举几天，安娜就忍受不了，写信说谎骗他早点回来。伏感到安娜的爱情像一张密密实实的网，把他罩得死死的，让他失去了人身自由和心灵自由。于是他们开始为一些琐屑小事不停地争吵，为对方说话的语气之类而闹意气。本来是一句话可以化解的矛盾，因为赌气谁也不让谁。伏每次外出他们都要争吵，弄得双方长久不愉快。伏伦斯基想，我什么都可以为她牺牲，就是不能牺牲我男子汉的独立性。他感到了爱情的沉重与可怕，开始害怕爱情。当安娜以"爱情"的名义指责他时，他心里痛苦地叫道："天哪，又是爱情！"事情到了这一步，爱情就走向了它相反的方向。他们的关系生于爱情又毁于爱情，是爱把爱送上了绝境。

这样说并不意味着他们之间真的已经没有了爱情。事实是，即使他们彼此争吵，互相伤害得最厉害的时候，他们也仍然互相深深地爱着对方。安娜正是太在乎伏伦斯基，所以才疑神疑鬼，对他苛刻；而伏伦斯基也特别在乎安娜，安娜死后他精神崩溃，行为失常，六个礼拜跟谁也不说一句话，一心想的是自杀。但是，这时候愈爱愈恨，愈爱愈吵，直至互相不能容忍，安娜走向绝路。

正是爱把爱给毁了，这一惨痛的事实让人叹息和思考，给读者留下了诸多启发。

首先，它让我们想到，在相爱的情侣中，仅仅有爱是不够的，还需要理解和宽容。无论多亲密热烈的爱情关系，也会有矛盾和冲突，有了矛盾和冲突，就需要用理解和宽容来化解。爱一个人，就意味着心灵相通，就必须时时刻刻站在对方立场上设身处地为对方着想。千万不可以自我为中心，让别人都围绕自己转，总是埋怨别人不理解自己，不为自己着想。有了隔阂要及时沟通，不可逞强使性，否则往往把小事闹成大事，最后导致意想不到的结果。爱情固然属于非理性的范畴，但又绝对不能排斥理性。完全没有理性制约的情感是疯狂的情感，很少有不走向悲剧的。

其次，爱需要执著但不可偏执，偏执就走向专制，就让双方失去自由。关于这一意思，我国当代作家史铁生说过一段值得所有恋人思考的话。他说心识加执著，可能产生的最大祸患就是专制。"恶的心识自不必说，便是善的执著也可能如此。比如爱，'爱你没商量'就很可能把别人爱得痛苦不堪，从而侵扰了他人的自由和权利。但这显然不意味着应该取消爱，或者可爱可不爱。失却热情（执著）的爱早也就不是爱了。没有理性（心识）的爱呢，则很可能只是情绪的泛滥。"①这意思是说，爱以自由为基础，相爱的双方要理解并尊重对方的自由——身心的自由，切不可以"爱"的名义剥夺对方的自由。

再次，恋爱是一种激情，激情是一种非理性非正常状态，这种状态不可能长久持续。要求恋人永远像激情状态下那样示爱，是不现实的。因为相对来说，毕竟激情状态是短暂的，而生活却是长远的、日常的。

当然，这些道理都是过于理性过于冷静的，而安娜是一个"跟着感觉走"，过于感性化、情绪化的人，她绝不会去想那么多。正是这样的一个人，又偏偏处于一种无法走出的绝境中，而且自尊心又特别的强，以至于强到精神过分敏感其实是过分脆弱的地步，所以安娜的种种不理智也应该是可以理解的。但不管怎么说，她的不理智给她带来了极大的灾难，让她本来就很糟糕的生存处境更加糟糕，以至走向死亡。这一结局太震撼人心，太让人惋惜让人不能接受了。这里的教训是值得我们认真思考、认真汲取的。

---

① 史铁生：《好运设计》，春风文艺出版社1995年版，第314页。

# 第六节 《嘉莉妹妹》：诱惑面前的选择

　　《嘉莉妹妹》是美国作家西奥多·德莱塞（1871年～1945年）的第一部长篇小说，是美国小说史上具有划时代意义的优秀作品，有评论说正是这部小说把美国文学带入了新世纪（20世纪）。然而在出版之初，它却遭到舆论的围攻。围攻者指责它"不道德"，因而禁止发行。几年的辛苦劳动换来了不到一百元的稿酬，德莱塞为此极度苦闷，精神抑郁几乎自杀。评论界为什么要棒杀它？因为作品触犯了清教徒的道德戒律，真实大胆地揭示了人物的内在心灵，毫不掩饰地展示了社会生活真相。从文学上说，德莱塞突破了以往保守与高雅的绅士传统，开创了清新自然、真实坦率的一代文风。

　　作品以嘉莉妹妹的生活经历为线索，展现了19世纪末20世纪初芝加哥和纽约的社会面貌。用传统的社会政治视角看，这部作品揭露了资本主义社会贫富悬殊的对立，抨击了美国大都市金钱万能、道德沦丧的残酷现实。这些观点已为读者所熟知、所接受，此处不再重复。本书感兴趣的是，在当时特定的时空中所发生的生活表相之下（或之中），有没有一些超越特定时空的，更具有普遍意义的，至今对我们仍富有启示意义的精神内涵。

　　问题一经提出即可发现，结论是肯定的。从人生、人性视角看，一个世纪前发生在异国他乡的生活故事之下潜隐的精神动机，至今仍在人类生活包括我们身边的生活之中起着作用；那时人们内心深处的灵魂戏剧至今仍在人们的心中重演。走上大街，看到一个个匆匆而过的面孔，直让人觉得嘉莉妹妹和她身边的那些人还活着；而且我们还可以预料，类似的灵魂戏剧还将一代代重演下去。因此，透过特定时空里的生活表相，从人生视角看一看背后的灵魂图像，应该是十分好玩而且极有意义的事。

## 一、由追求物质到追求精神

　　1889年的某一天，刚满十八岁，伶俐、腼腆而又漂亮的嘉莉，满怀着无知的年轻人的种种幻想，皮包里装着四块现钱，应姐姐之邀，离开乡下小城前往正蓬勃发展的芝加哥去当打工妹。此时的她，天真未凿，纯朴可爱。她没有出过远门，没有任何社会经验，对一切都感到神秘，胆怯，缺乏自信。心里满怀着青春的幻想，渴望着获得物质享受，做着空洞的平步登天的美梦。

对嘉莉来说，她将要去的地方是神秘诱人的大城市，那里有她所向往的一切，那里的一切对她都充满诱惑。这种诱惑在火车上就开始了。在车上她遇上了穿着漂亮，风度翩翩，有意和她套近乎的推销员杜洛埃。他向她尽情描绘芝加哥的迷人之处——公园、繁华大街、百货公司、豪华建筑、娱乐场所等等，"他所描绘的这一切使她心里隐隐作痛。在如许繁华景象的面前，她显得很渺小，使她觉得有些难过。她明白自己此去不是准备到各处游乐的，然而在他陈述的这一切物质享受的前景中还是可以有所指望的"。

及至到了芝加哥，她的美好向往被灰暗的现实一下子击碎了。姐姐家住房拥挤狭窄，屋子陈设破旧寒伧。她要住下来必须付膳宿费，也就是说她必须立刻找工作养活自己。她怀着恐惧和希望相交织的心情，一家一家挨门求告，希望找到一份赖以活命的工作。嘉莉沿着这些热闹的柜台之间的过道走着，对耀眼地陈列着的饰物、服装、鞋子、文具、珠宝等商品非常羡慕。每一只单独的柜台都是使人目眩神驰的展览场地。她禁不住觉得每一件饰物，每一件值钱的东西对她都有切实的吸引力，一切都牵动她个人的欲望，可是她又痛楚地感到这些东西没有一件是她买得起的。

经过屈辱而顽强的努力，嘉莉终于在一家鞋厂找到一份每周四块半薪酬的工作。鞋厂里环境肮脏，喧闹，工作紧张劳累，有的工人对她粗俗无礼，但她忍了下来，她为自己有微薄的收入而高兴。她把四元交给姐姐，自己剩下五角钱仍想入非非，想看戏想娱乐想买衣服，毕竟她还是个女孩子啊！冬天很快来了，嘉莉衣衫单薄终于病了。病好后失去工作，姐姐一家眼看她寻找工作无望，想把她赶回老家去。嘉莉当然不想回去，她留恋这个繁华的大都市。正当她万般无奈之际，遇到了倾慕她的长相和气质的杜洛埃。他热情地表示要帮助她，大方地送钱给她，要她买鞋子买衣服，劝她千万别回去，他愿租房子养活她。面对如此好意，嘉莉本能地觉得不应该接受，知道接受了意味着什么。但不接受就必须立刻回到枯燥无聊的乡下去，自己的一切欲望将全成泡影。心里激烈斗争的结果，留下来的想法占了上风——"在各种际遇的影响下，在杜洛埃的难以觉察的热情的感染下，在丰美的食物、还不大习惯的舒适的环境的影响下，她的疑虑解除了，竖起耳朵听他说话。她又成了大城市的诱惑力的俘虏，受到超理性的力量的催眠的可怜虫"。

她与杜洛埃同居了，住在舒适的房子里，摆脱了贫穷的纠缠却增添了新的精神负担。她从镜子里看到自己比以前漂亮了，但从内心和社会舆论中却窥见自己比以前坏了。她在两个形象之间犹豫不决，不知相信哪个好。想一想眼前的一切是怎么得来的，她感到羞愧和不安，她十分想摆脱这块心病，但同时又不肯放弃这些东西。嘉莉很善于学习有钱人的派头——有钱人的外表。看到一件东西，她立即就想了解，倘使弄到了手便能把自己打扮得怎样漂亮。"华丽的衣服对她是一种巨大的诱惑"，"她也许能够克服对饥饿的恐惧，回到家里去；她可以在良心的最后强制下，接受艰苦的工作和贫困的小圈子的生活——但是要她损害自己的外貌——要她穿上旧衣服，露出寒伧相？——决不"。

嘉莉有了安逸舒适的物质生活，她想让这一切安定下来，因此她要求和杜洛埃结婚，但杜一再敷衍使她感到不快。正在这时，比杜更有地位更有风度更有财富的酒店经理赫斯渥走进了她的生活。赫斯渥精明能干，有权有势，是当地富豪圈子里的核心人物。他不像杜那样对女人有露骨的欲望，可是却更能赢得女人的欢心。他对女人的殷勤是所有女人都欣赏的。嘉莉的清纯美丽让他着迷，他不顾一切地追求她。他动员她与他一起出走，答应和她结婚，给她幸福。嘉莉犹豫不决，最后赫斯渥竟不顾一切拿了公款骗她一起出走加拿大，然后辗转到了纽约。当嘉莉明白真相时，虽有所反抗但终于顺从了。因为她觉得跟赫这样的男人生活更有保障，更能满足生活的欲望。

在纽约，嘉莉和赫斯渥过着虽不富裕但毕竟衣食无忧的生活，她对此感到称心如意，颇为满足。但邻居万斯太太领她去百老汇看了一场戏，逛了一次百老汇大街，又刺激起她对物质享受的强烈愿望："她看到的华丽的衣服、欢乐的场面和美人儿，在她心里唱起了一支渴望之歌。啊，这些在她身边走过的娘儿们，成百上千的，她们是些什么人呀？这些华丽漂亮的衣服、耀眼的彩色纽扣、金银小饰物，是从哪里来的呀？这些佳人是住在什么地方的呢？她们是在怎么样的雕刻精致的家具、装潢美丽的墙壁、富丽堂皇的挂毯等优美物品之间活动的呢？——啊，高楼大厦、明灯、香水、藏着金银饰物的闺房，摆满山珍海味的餐桌。纽约一定到处都是这样的宅第，否则就不会有那么美丽、傲岸、高不可攀的人物啦。她自知不是她们中间的一分子，心里感到发痛"。她想一想自己两年来过的寂寞生活，弄不懂怎么会对自己从来没有实现原来的希望感到无动于衷。

百老汇之行，给她上了极其深刻的一课，使她对自己的处境有一种坚定的看法：要是她自己的生活里不出现这种景况，她就等于没有生活过，说不上享受了生活。于是，后来她毅然离开穷困潦倒而又不思进取的赫斯渥，投身演艺圈寻找机会。凭着出众的美貌和天赋的才气，再加上她艰苦不懈的努力，嘉莉终于出人头地，成为万众瞩目的演艺明星。金钱、荣誉、享受扑面而来，她奇迹般地成功为她带来了各种物质利益，满足了她从来没有感到满足的物质享受的欲望。

回顾嘉莉所走过的道路，我们发现，支配她人生活动的基本动机其实很简单，那就是：欲望。跟着欲望走，就是她的基本的人生轨迹。

跟着欲望走，不仅是我们对嘉莉人生之路的判断，而且也是叙述人（代表作者）的判断。跟着欲念走，仅仅是年轻姑娘嘉莉的人生轨迹吗？当然不是。在作者看来，这其实是大多数人的人生轨迹。作者说，考察生活，我们应该记住，"在生活中，我们大多数人到底还是完全受欲望支配的"。

跟着欲望走为什么竟是大多数人的人生轨迹呢？对此，作者进行了深入的哲学分析。他认为，我们的文明还处于一个中间阶段——我们既不是禽兽，因为已经并不完全受本能的支配；也不是完全意义上的人，因为也并不完全受理性的支配。人当然不愿意老是听从本能和欲念；可是他还太懦弱，不可能老是战胜它们。就像风中的一棵弱草，随着感情的起伏而动荡，在善与恶之间摇来摆去。"在嘉莉的心里，正如世上的许多人一般，本能和理智，欲念和觉悟，正在争夺主宰权。哪个人不是如此呢。在嘉莉的心里，正如世上的许多人一般，本能和欲念往往还是胜利者。哪个人不是如此呢。她跟着她的欲念走。她是被动的时候多，主动的时候少。"

本能和理智，欲念和觉悟的冲突，正是人的精神生活的一种根本困境；冲突的结果，大多数人在大多数情况下往往是本能和欲念占上风。这一倾向，结合人类的生存实践看，至今也没有根本的改变，或者说至今也好不到哪儿去。所以应当承认，作者对人类精神困境的分析至今也不能说失去了意义，也不能作出现代人文明程度提高了，已走出上述困境的结论。

以上，我们叙述了嘉莉的人生轨迹并剖析了隐藏其中的精神结构，从中我们看到了物质享受的欲望对嘉莉的支配作用。但需要说明的是，这只是嘉莉在相对贫穷，物质享受欲望不能充分满足情况下的行为动机。值得庆幸的是，在物质欲望得到满足后，她并没有贪得无厌，彻底沦为物欲的奴隶。相反，当功成名就荣华富贵铺天盖地而来的时候，她并没有沉迷其中，而是感到空虚和寂寞，她对这一切开始感到厌倦，内心深处隐隐有了强烈的精神追求。

嘉莉成功前曾经见过万斯太太的表弟艾斯姆。艾具有独特的精神气质，他轻视金钱，认为人不一定需要金钱才能幸福。这些思想引起她的深思，让她感到新鲜，印象很深。虽然他离开了她，但他对她的影响却没有消失。她感到他与所有的男人不一样，她把他视为理想的典型。嘉莉成功后，艾姆斯又引导她读巴尔扎克和哈代的书，告诉她一个人在恋爱和发财的事业上失败了不算什么，而如果在精神上失败了那才是真正的失败。他告诉嘉莉人的幸福并不在于财富和地位，而完全在于自己内心的高尚与充实。他鼓励她从忧郁中走出来好好演一些感人的有价值的正喜剧，提醒她不要因为过得太舒服而扼杀了雄心壮志。这些话正合嘉莉心意，如醍醐灌顶，让嘉莉无比兴奋，头脑清醒。嘉莉理解并接受了艾姆斯的话，正说明了她内心深处也有对高尚纯净精神生活的向往。

嘉莉由追求物质到追求事业又到追求精神，步步登高，正应了美国心理学家马斯洛由物质到精神，由低级到高级的需要层次理论。嘉莉无意识中其实也是在追求着自我实现，追求着自己完满的人生。过去的评论文章几乎都没有谈到这一点，只是一味地指责嘉莉"堕落"，"道德败坏"，追求享乐，视她为一个完全的物质奴隶，这样说不符合事实，因而是不公正的。

**二、越规的代价**

在诱惑面前，贫穷柔弱的嘉莉意志不坚强，所以抵挡不住，常常败下阵来。不过，别人又何尝不是如此呢！例如男主人公赫斯渥就和嘉莉一样。只不过，他所遇到的诱惑不是物质享受，而是美色。

赫是芝加哥市一个大酒店的经理，论地位有地位，论财富有财富。由于职业的关系，他与当地上流社会各界人士有着广泛接触，在社交场上如鱼得水；还有一个虽然不很令人满意，但至少风平浪静、相对和睦稳定的家庭。用世俗标准看，他的生活够幸福够令人羡慕了，他该满意该知足了！然而人的欲望哪里有个够？！神秘莫测，上帝让他认识了从农村来的小姑娘嘉莉。嘉莉年轻单纯、天真烂漫，浑身散发着小镇的清新空气，一下子吸引了阅历丰富的赫斯渥，激发起他早已干涸、枯萎了的感情。"赫斯渥感觉到他青春焕发。他要摘取她，就像他要摘取树上的鲜果一般。啊，她和他的太太多么不同呀—她同那些习惯于城市生活的、同一个模子中制造出来的庸俗的女人，相距是多么远呀。他逐步接近这个年轻妇人，就像口渴的旅行者走近清泉一般。"

赫斯渥发疯一样迷上了嘉莉。面对诱惑，他完全丧失了应有的理性，"没有制订什么样的行动计划，只是差不多毫无保留地听从自己欲望的使唤"，和物质诱惑面前的嘉莉一样，他也跟着欲念走。他一次又一次到嘉莉家里去，一次又一次地约她出来幽会，他的激情像火一样地燃烧，以至于宁愿抛弃一切，苦苦哀求她与他一起私奔。但嘉莉对未卜的前途和不安定的生活心在恐惧，犹豫不决。正在这个时候，他与嘉莉的婚外恋情被他的太太发现了。在这之前，由于心中爱着嘉莉而无形中忽略了家人，冷落了太太，太太由嫉妒到憎恨最后表示要复仇。她以外出旅游为借口向赫要大笔的钱，如果不给她就要把他的丑闻告诉他的老板，告诉新闻界，就要请律师。这让赫忧心如焚，手足无措。答应了她的要求，他就成了她的手下败将，从此将永远不能抬头，手里不多的财产将被勒索净尽；不答应她的要求，公开闹起来他就会身败名裂，成为众矢之的，就会丢掉职位，成为一无所有的穷光蛋。赫焦头烂额，苦思冥想而毫无办法。正如叙述人所说："在某些明显的事实面前，随你反复思考都没有用，这往往是人生的幽默的一面。这里有劳而无功的性质"。

为什么"随你反复思考都没有用"？为什么任你怎么努力情况都不会有所改变？原因并非是当事人智商低下，处世经验不够丰富，而是因为，"这一切错综复杂的情况，多数是被事物本身的内在性质"所决定的。

那么，对赫斯渥来说，他所面临的困境的"内在性质"是什么？对此，喜欢议论的叙述人（等同于作者德莱塞）作过大段分析：

> 许多人的生性就是只想寻欢作乐，而推卸责任。他们认为不用管自己的行动会产生什么样的后果。他们不以为需要有一个组织完美的社会，在那里人人都应该负有一定的责任，人人都享受相当的幸福。他们只顾自己，因为还没有受过要顾到社会的教育。对他们来说，只有痛苦和必然才是驱使他们的大监工。法律无非是圈定他们行动范围的樊篱而已。犯了错误以后，痛苦像鞭子一般笞打他们，但他们也不知道他们的受苦是因为行为不端。有许多这样的人被必然和法律所笞打，打得昏倒在地，饿死沟壑，或者瘐死狱中，但是他们心里从来不会想到，他们之所以受笞打正是由于一心一意要越出必然所设下的界限的缘故。一个被命运摆布的囚徒，被自己的寻欢作乐锁住了手脚，不知道围墙有多么高大，并且生活的看守永远手里拿着枪在巡逻。他哪里知道一切的欢乐都是在墙内，而不在墙外。他一心想越出社会允许的范围，制服那守卫。

这段话揭示了个人与社会的内在关系：社会之所以为社会，就因为它是一个"完美的组织"，它有一套完整而系统的游戏规则，它要求个人自觉遵守和服从，承担一定的责任。作为个人，你服从了，遵守了，就可以享受自由和幸福。作为社会成员的个体的"一切欢乐都是在墙内，而不在墙外"。谁要是对社会既定秩序挑战，"一心一意要越出必然所设下的界限"，要越出高墙寻欢作乐，就必然被时刻拿住枪巡逻的"生活的看守"所擒拿，就必然会受到"必然和法律的笞打"。这是永远不变的游戏规则，只要社会存在，维护社会秩序的游戏规则就肯定会存在，因而越界犯规的人就必然受到惩罚。

具体到赫斯渥，他就是一个越界犯规的人。他有家庭，法定的妻子，但他却想在"规范"之外寻找"额外的幸福"，他向社会的游戏规则发出了挑战，因而就要身败名裂，就为社会所不容，这就是社会的惩罚。

也许有的读者会说，赫斯渥生活的时代是一个清教思想统治人心的时代，所以他陷入困境无力自拔，当今社会开放了，赫所面临的困境不那么严峻了。当然，这是肯定的，众所周知。但是，无论社会怎么开放，只要"社会"还是"社会"，支撑和维护它的游戏规则就仍然存在，否则就会因无序而不成其为"社会"。有"规则"，个人的自由就必然受到限制。这是显而易见的道理，毋须赘言。证之于现实生活的实际，就知上述道理之不虚。例子不用多举，读者只需想一想前美国总统克林顿因绯闻而造成的麻烦和每天报刊上永远披露不完的类似事件，就会明白德莱塞一个世纪以前的议论至今仍是颠扑不破的真理。

总之，赫斯渥陷入的困境是一种毫无调和余地的"绝境"。"绝境"——正好是我国一篇微型小说的题目（作者：白小易）。小说写"我"的朋友汪禹向我讲述，几年前他带妻子和妹妹在深山遇见了劫匪，这伙人因为没有得到什么值钱的东西，所以要杀两个女人中的一个以冲晦气。劫匪让汪禹选择杀谁，汪两难选择终于做不出决定，于是两个女人全被杀了，汪疯了。正在讲时，汪妻出现拉他回去，"我"迷惑不解，汪妻说他哪里有什么妹妹，那是他的小情妇把他弄迷，他没办法解决了——《绝境》所设置的特殊情境，从艺术上看其实是一个"象征意象"，象征个人欲念和社会规范之间的两难选择。这里没有两全之策，因此叫"绝境"。

赫无法调和个人自由与社会规则的冲突，因而无法越出"游戏规则"的高墙，无法走出"绝境"。而他，竟然不顾一切地选择了越界，加之一个偶然机缘他又拿了公款潜逃，他走得就更远了，因而受到惩罚就不但必然而且是罪有应得了。赫受到的惩罚是——丢了职位，丢了家庭，远离熟悉的环境来到陌生的纽约谋生，在无情的商业竞争中一败涂地，沦为乞丐，走投无路只好自杀。赫为他的越界付出了无比沉重的代价。借用作品中议论的说法是，又一个想脱逃规范围墙的可怜虫送了命！

### 三、一念之差毁了一生

在《嘉莉妹妹》中，赫斯渥还遇到另一个（种）谁也想不到的诱惑——非分之财的诱惑，结果依然是抵挡不住败下阵来。这次诱惑不期而至，他没有任何精神准备，因而思想深处瞬间爆发了一场惊心动魄的灵魂大战。这场战斗异常激烈，刀光剑影，电闪雷鸣，在德莱塞笔下展现得淋漓尽致，十分精彩。作者把发生在人的内心深处最隐秘的活动用文字赤裸裸地展现出来，让读者亲眼目睹了一场灵魂激战的全过程。

这场战斗的缘起是：一天深夜，当酒店所有人离开之后，作为经理，赫斯渥习惯性地到处转转，看看每样东西是否锁好，以便可以放心过夜，这是他的责任。按照习惯，只有过了银行营业时间收入的现金才放在店里；这笔钱由出纳锁在保险箱里，只有出纳和两位老板知道号码锁的密码。赫一向谨慎，每夜都要亲自再检查一遍，从来没有发现过问题，但今晚他突然发现藏现金的保险箱没有上锁，里面有上万的现钞。他本来应该毫不犹豫地立刻锁上，但看着一札一札的钞票，他动了心。即使是经理，他也从来没有见过这么多现钞。一个突如其来的诱惑呈现在眼前，什么办？他把手搁在锁纽上，只消一转就可以锁上，断绝一切诱惑。但他迟疑不决。拿，还是不拿，一场灵魂大战就此展开。他明知拿的危险，但又实在经受不住眼前的诱惑。关于这场灵魂之战，作者用了好几千字的篇幅写得十分精彩，任何转述都会黯然失色，所以读者有机会一定要找来原文读一读。须知，这是一场相当珍贵的灵魂"录像"啊！

在现实生活中你可能永远也见不到。虽然，它可能在一些人心中发生过，但谁会原原本本地告诉你呢？是德莱塞这样的灵魂摄像师，才让我们看了一场完整的灵魂戏。谢谢德莱塞！

最后结果呢？结果是赫斯渥终于经受不住金钱的诱惑，一念之差，他拿走了。从此走上了人生不归路。一念之差，差在一念。"一念"者，一刹那间的念头之谓也。一闪念间，你的选择可以"差"也可以"不差"，但人性的软弱终于导致作出了"差"的选择。作出这一选择的时间是何等的短暂，但它产生的影响却可能是久远的甚至是终生的。一念之间作出了某种选择，就意味着走上了不同的人生道路。从此以后，人生的航向就按住"一念"的选择一路走下去了。它的运行方向往往不可预测，你想控制它或者改变它都绝不可能，你只能眼睁睁地看着它莫名其妙地把你带到你根本不想去、或者压根没想到的地方去，这就是所谓"始料不及"。

赫的悲剧给人的启发是深刻的、沉痛的，甚至可以说是惊心动魄震撼人心的。人的内心深处，未必都是纯净无瑕或坚如磐石的，而是各种心理力量（正义的与邪恶的，高贵的与卑下的—）相互并存、相互冲突、相互搏斗的张力场。生活平静之时，张力场保持相对均衡与和谐状态，理智力量占上风。而一旦面临诱惑，人的内心深处的张力场就可能出现严重失衡，各种心理力量就展开了激烈的角逐。这是最容易产生"一念之差"的时候，是最需要加强理性提高自制力的时候。人们常说"一步走错，百步难回"，"一失足成千古恨"。这些话只有有过"失足"经历的人体会最深刻、最痛心疾首，而没有"失足"经历的人则往往听而不闻，不当回事。实在遗憾！

## 第七节 《老人与海》：硬汉精神的崇高与偏执

### 一、桑提亚哥是海明威硬汉精神的典型

提起海明威，读者马上会想到硬汉精神；说起硬汉精神，读者立马会想到《老人与海》。海明威—硬汉精神——《老人与海》，

成了三位一体的有机组合。这样联想当然是有道理的：海明威以塑造了一系列"硬汉"著称于世，而硬汉的典型代表当数《老人与海》中的桑提亚哥。所以，如果要以点代面的了解海明威，首选当然就是中篇小说《老人与海》。

《老人与海》是以拟实形态出现的表意性小说。其篇幅不小但故事情节却很简单：运气不佳的古巴老渔夫桑提亚哥，连续出海84天没有捕到一条鱼，但他并不沮丧。第85天，天不亮他就又扬帆出海，打算到很远很远的海域碰碰运气。果然，他终于捕到一条特大的马林鱼，重约1500磅，比老人小船还长两英尺。这条鱼力大无比，生命力极强，被钓后疼痛难忍，试图逃走，于是拉着小船在海上漂来荡去。为了小船不至于被鱼拉沉，老人与大鱼展开了激烈的搏斗。不间断的搏斗一直持续到第三天，马林鱼终于无力再拖着小船在海里漫游，只能围绕小船转了，老人乘机提起鱼又以"坚决的意志和狠毒无比的心肠"杀死了它，然后将它绑在船尾开始返航。但此时，死鱼的血水在海里逐渐漂散开来，引来一群群凶猛的鲨鱼。眼看自己的马林鱼正被鲨鱼大口大口地吃掉，老人无比心疼。此时他已疲惫不堪，但为了保卫劳动成果他只得抖擞精神再与鲨鱼大战。恶战中，鱼叉被大鲭鲨带走了，他把刀绑在船桨上继续砍，刀子又折断了，他用棍棒、用舵把一切可以用来战斗的武器全用完了，鱼群仍然打不散。终于，马林鱼的肉被鲨鱼吃完了，剩下一幅巨大的骨头架。

半夜里，老人终于回到岸上自己的小茅屋，他疲乏地倒头便睡。睡梦中，"老头儿正在梦见狮子"。

桑提亚哥是胜利者呢，还是失败者？我们说他既是胜利者又是失败者。说他胜利，因为他经过顽强搏斗终于将一条庞大的马林鱼杀死了；说他是失败，是因为他的马林鱼被鲨鱼吃光了，他败在鲨鱼手下，他恶战一场险些丧命最后却空手而回，仍是一无所有。但是，无论胜利也罢失败也罢，他都是个英雄。他以他的英雄主义气概—换个名词说即硬汉精神征服了读者，赢得了读者的尊敬。

老人的硬汉精神是通过搏斗双方力量对比的极大悬殊表现的。老人这一方相当的弱：人老了，力气远不及年轻时了；独自一人，孤立无援；生活条件极差，出海时只喝了一点咖啡，出发时只带了一瓶水，一条金枪鱼。老人的对手——马林鱼、鲨鱼力量强大，远非老人所能抗衡。强弱对比决定了这场搏斗的悲壮与惨烈。想一想老头儿是多么艰难和痛苦吧：茫茫大海中一个孤零零的他与一条力大无比的鱼相周旋，饥饿、寒冷、疲劳、困倦，时刻在威胁着他；他拉钓丝的双手磨出了血，他轮换浸到海水里，左手抽筋、麻木不能用，他只能用一只手强撑着；脸在船上跌破了，肩膀磨出血了，他只能咬牙强忍着。在艰难的对峙中，他不能有一丝一毫的松懈，否则随时都可能坠入大海葬身鱼腹。而且，更让人不敢想象的是，这种艰难的搏斗不是一时半刻，而是三天三夜。三天三夜！我的天，70多小时，持续不断的搏斗、搏斗、搏斗，即使奥运会"铁人三项"冠军恐怕也撑不住，但桑提亚哥支撑下来了，能不让人惊叹，让人尊敬吗？！

三天三夜的海上搏斗，从现实生活角度看是不可思议的，或者说是不可能的。但这是艺术，艺术允许虚构允许夸张，允许将矛盾戏剧化将人物理想化。海明威想通过桑提亚哥的形象集中概括他的硬汉精神，或者说他想把这一人物凝聚成一个能量极大、亮度极高、能最大限度吸引世人眼球的精神符号，所以他刻意为人物安排了一个极为艰难的生存处境，在艺术上设置了极为尖锐的矛盾冲突。这种背景，对人物无疑是极为严峻的生存考验，有利于激发人物的求生意志，激发人物全部的精神潜能。殊死的战斗把人物逼上了绝路，迫使他把主观的精神意志发挥到极限，因而逼出了他的英雄本色即硬汉精神。所谓硬汉精神，就是无论在怎样艰难困苦的逆境中，都毫不畏惧，勇往直前，以非凡的毅力和坚韧的决心同对手进行百折不挠、坚强不屈的殊死战斗，在战斗中保持做人的勇气与尊严。用桑提亚哥的话说就是："一个人并不是生来要给打败的，你尽可把他消灭掉，可就是打不败他。"

看过《老人与海》，读者心中印象最深的就是它所宣扬的硬汉精神。这种精神，在世界文学史上独一无二，绝对是一种独特的精神创造，正因为此，硬汉精神作为一个关键词，和海明威一道进入美国和世界文学史，成为美国和世界文学史上一道闪亮的彩虹。

### 二、硬汉精神的强悍与偏执

硬汉精神,是对人类生活中不屈的精神意志的一种提炼,也是一种提升,从此它作为一种精神符号亮亮地辉映在人类精神生活的上空,给强者以激励,给弱者以鼓舞,成为人们奋斗拼搏的力量源泉。

话说到这里,需要作一点必要的补充。那就是,硬汉精神对人的价值和意义,主要体现在审美层面而不主要在现实层面上。在审美层面,我们知道《老人与海》是一篇小说,桑提亚哥是一个艺术形象,硬汉精神是作者海明威一贯赞美、张扬的一种精神;这种精神的要义是鼓励人无论在任何时候任何情况下都要做强者,都要勇敢拼搏,决不退缩。这种精神无疑会让人兴奋,给人以奋斗的勇气和力量。作为一部文学作品,能做到这一步就是成功,就已经相当不错,就值得我们永远记住它,感谢它。

但是,《老人与海》作为一部文学名著,硬汉精神作为一种典型的人类精神,它与读者的关系是多重的而不是单一的,即不只是在审美维度上而同时也会在实践维度上。因为,人不仅活在书本里,活在艺术中,更活在现实里,活在生活中。换句话说即人不仅需要审美活动,更需要实践活动。所谓现实生活,就是以实践活动为主体为标志的。在审美维度上,我们可以受其感染,心潮澎湃,热血沸腾,从而无保留地赞美它,崇敬它;但是一旦转到实践领域,事情就变得相当复杂而不再那么简单。

现实生活中,每个人都可能遇到这样那样的困境,面临困境,难道只有一种选择,即勇往直前决不退缩是正确的么?硬汉精神要求人们勇往直前,否则就是怯懦。但问题是,有的困境经过顽强不屈的努力是可以征服的一例如,在2004年雅典奥运会上,中国女排与古巴、俄罗斯、美国等世界强手对阵,论实力,各队不相上下,谁也没有绝对的优势,谁都有获胜的可能。两强相遇勇者胜,这时候面对"强敌"别无选择,发扬硬汉精神,"勇往直前,决不退缩"。中国女排就是这样,和俄罗斯队争夺冠军时,在0比2落后情况下,她们敢打敢拼,最后终于取得胜利。这一胜利绝不仅仅胜于技术,更主要的是胜在精神。女排姑娘们的胜利,用本文中的话说就是硬汉精神的胜利。可是也有另一种情况，即你面对的是无论如何也征服不了的困境。举个极端的例子，让弱视的人学射击，色盲的人当司机，腿残的人比赛跑，岂不荒唐可笑！我的意思是，每个人都有自身的局限——先天的后天的，主观的客观的局限。明智的人要敢于坦然承认并接受局限，聪明地避开局限，想办法在局限之外，即在可能性的领域里发挥自己主观意志的力量与困境作顽强的战斗，争取最大的胜利。这就是说，勇往直前是有条件的而不是无条件的，勇往直前只是困境面前的一种选择而不是唯一选择。不加分析，不顾具体情况的勇往直前是莽撞，是盲目的冲动，而不是勇敢，其结果无疑是危险的。

在奋斗过程中，必然会遇到这样那样的对手。对于对手，一定是打败之、消灭之而后快么？硬汉精神要求是这样，但现代观念却不这样认为。现代观念认为对于对手要区别对待，有的必须打败之消灭之，而有的则不一定。例如掰手腕子，本来是个日常游戏，不必过于较真，而桑提亚哥竟然与对手瞪着大眼整整坚持一天一夜，两个人的手指甲里都流出血了，还不依不饶，实在太可怕了。这种"战斗精神"似乎已说不上是什么勇气，而是逞勇斗狠，内里蕴藏的是凶狠、残忍和杀气。作品中的桑提亚哥只要想到对手——不管是人还是鱼，心里涌出的意念总是"弄死"、"打败"、"消灭"之类，他那著名的"名言"（人并不是生来要被打败的）就是由这类词汇组合的。

老人不仅想弄死他的对手大马林鱼，而且由此联想到人还可以弄死星星、月亮、太阳——

> "那条鱼也是我的朋友啊。"他高声说（他的自言自语——引者注）。"我从来没有看见过也没有听说过这样的一条鱼。但是我一定要弄死它。幸而我们不打算把星星也给弄死。"
>
> 他想：想想看，如果一个人每天要去弄死月亮，情形会怎么样呢？那样的话，月亮就跑开了。再想想看，如果一个人每天要去弄死太阳，情形又会怎么样呢？我们生来是走运的，他想。
>
> 他想：这些事我都不懂。可是，我们不必打算去弄死太阳，月亮，或者星星，总是好的。在海上过日子，杀我们亲兄弟，够

了，够了。

引文中的老人够仁慈和谦逊了，他为不必"弄死"星星、月亮、太阳而庆幸，他没这份野心，他没那么狂妄。但他毕竟匪夷所思地从"弄死"大鱼联想到了人可以弄死星星月亮和太阳。真要感谢上帝没有给他这种能力，他如果有此能力，可以想象他真的会毫不手软地"弄死"它们，以证明自己是可以征服一切的硬汉。想一想实在让人感到有点毛骨悚然！

硬汉精神不仅蕴藏着对于对手的凶狠和残忍，甚至也包含着对于自己的凶狠和残忍。桑提亚哥老人生存条件极为艰苦，出去打鱼只带一瓶水，饿了吃生鱼，生鱼很难吃，但为了战斗强迫自己吃——连骨头带肉从头到尾一股脑儿吃下肚；他的手流血了，他把它浸到海水里，完全不在乎海水含盐让手火烧一样的疼；手抽筋了，他恨恨不已，认为这是对自己身体的背叛，是自己丢自己的脸；他两个肩膀被钓厮磨破出血了，十分痛苦，但他压根儿不承认他的痛苦，在他看来，"痛苦在一个男子汉不算一回事"。总之，在他眼里，身体不是作为宝贵的生命而存在的，而是为战斗而存在的，身体是战斗的工具，战斗本身才是目的，为了胜利，无论怎样苛待自己的身体都是无所谓的甚至是必需的，直至把它牺牲也在所不惜。他这种对待身体的态度，既让人敬佩，也让人觉得似乎有点过于残酷和残忍。

硬汉精神如此之"硬"，为了什么呢？为了胜利！胜利的意义是什么？为了光荣！——"他想：你把鱼弄死不仅仅是为了养活自己，卖去换东西吃。你弄死它是为了光荣，因为你是个打鱼的。"那么"光荣"给谁看？给别人看：

"话又说回来，我一定要弄死它，"他说。"尽管它是那样的大，那样的了不起。"

他想：虽然这是不仁不义的事儿，我也要让它知道什么是一个人能够办得到的，什么是一个人忍受得住的。

"我告诉过那孩子，我是一个古怪的老头儿，"他说。"现在我一定要证实这句话。"

他证明了一千次都落了空。现在他又要去证明了。

看来，老头儿的"硬"当然首先是硬给自己看，他认为只有"硬"才称得上是男子汉的气概；但归根到底他是要硬给别人看，因为"光荣"是别人的评判，是他人赞赏的目光，离开了他人的眼光，还叫什么光荣！为他人而活，活在他人的眼里，这似乎有点虚荣和矫情。

还有，硬汉精神因其刚硬而显得脆弱，很容易折断。硬汉精神的提出者和崇拜者海明威自身就是例子。他一生刚硬好强，在任何地方都必须是第一，是强者，否则不如死去。但他不可能永远永远的刚硬，自然规律让他也有衰弱和衰落的时候，当他生命力和创作力都不再辉煌的时候，他宁可毁灭自己。当然，他的毁灭也很悲壮，也是一种美，他有这样选择的权利。他把硬汉精神贯彻于自己生命的全过程，让人赞叹不已。但，人们从他的刚强中也看到了他的脆弱。做人真的难以两全，坚持刚硬就不可能不脆弱。他以他的刚硬完成了自己的辉煌，但也给人留下遗憾。

**三、硬汉精神是双刃剑**

总之，在审美领域，硬汉精神因其单纯、强悍而美丽，而崇高；在实践领域，硬汉精神却因其单纯、强悍而偏执，而片面。硬汉精神是双刃剑，多刃剑，不可到处乱用。因此，当我们从审美角度给硬汉精神以无保留地称颂和赞叹之时，请务必不要忘了在实践领域给以必要的保留，即给以必要的省察和批判，"择其善者而从之，其不善者而改之"，切不可盲目迷信，既害别人又害自己。

# 第八节 《麦田的守望者》：成长的烦恼

《麦田里的守望者》是美国作家塞林格唯一的一部长篇小说，自1951年发表以来一直畅销不衰，在美国社会和文学界产生过巨大影响，被誉为"现代经典"。小说以十六岁少年霍尔顿(主人公)为叙述人，以他的口吻叙述了自己的生活经历及精神痛苦，从而提出了青少年成长过程中的一系列问题，读后使人深受启发。

### 一、中学生霍尔顿的烦恼

霍尔顿出生于富裕的中产阶级家庭，聪明、敏感、感情丰富，在一所著名的私立学校读书。用世俗的眼光看，他很幸福，应该生活得很快活。然而他却活得不痛快。原因是他所渴望的真诚、同情、善良、理解和友爱，在现实生活中竟找不到。他感到与环境格格不入，感到生活中到处充满伪善，用他的话说到处都是"假模假式"。他讨厌校长，因为校长不能一视同仁地对待每一位学生和家长，对有钱有势的人格外殷勤。他也不喜欢老师，因为老师只会进行教条式的训诫，缺乏对学生的起码理解和尊重。他也瞧不起他的同学，认为他们不是太放肆就是太愚蠢；其中他最憎恶的是他的室友斯特拉莱塔，因为这家伙极端粗鲁堕落，不学无术，自私自利，而且残酷而无理地侵犯了霍尔顿与女友的纯洁的爱，但是正是这家伙却活得有滋有味。他讨厌充斥于耳的无穷无尽的套话，如"再好没有"、"祝你运气好"、"见到你真高兴"等等。他讨厌枯燥无味的功课，因几门功课不及格而面临被开除的厄运。他感到整个学校乃至整个教育制度都是可憎的，因为它们"要你干的就是读书，求学问，出人头地，以便将来可以买辆混帐凯迪拉克；遇到橄榄球队比赛输了的时候，你还得装出挺在乎的样子，你一天到晚干的，就是谈女人、酒和性；再说人人还在搞下流的小集团。"

在极度痛苦无援之际，霍尔顿想到了自己最尊敬的老师安东里尼先生。他想向这位心中的偶像寻求理解和安慰。但他得到的却是圆滑而世故的忠告："一个不成熟男子的标志是他愿意为某种事业英勇地死去，一个成熟男子的标志是他愿意为某种事业卑贱地活着。"而安东里尼本人的生活正是他自己所谓的"成熟男子"的标本：无聊、空虚、虚伪；他根本不爱自己的妻子，他娶她是因为她有钱；他成天无所事事，精神萎靡，借酒浇愁，混一天少两晌，好死不如歹活地活着。

总之，霍尔顿对周围的环境失望极了，他在自己的生活天地中找不到自己的位置，他所珍视的价值也无栖身之地。他讨厌身边的环境，环境也不能容他，于是他的被开除就成为必然，他只好孤独而痛苦地离开学校，回到了纽约。

　　在纽约，社会的腐败堕落更触目惊心，他也因此经历了更强烈的痛苦与失望。在他栖身的旅馆里，住的全是变态和痴呆的怪人，他从一些没有拉窗帘的窗口看到许多怪人怪事，到夜总会排遣无聊却遭到了敲诈。这一切使他感到恶心。他家住纽约却不敢回去，因为父母与他有很深的隔膜。他的父母生活在他们自己的圈子里，从来没有真正了解儿子的困惑与烦恼。对他的接二连三地被开除，他们从来不问原因，而只是一味地责骂：父亲想"要他的命"，母亲认为他不可救药而气得流泪。霍尔顿试图与其他人沟通，想要建立真诚的理解也均告失败。这种交流的困难更加深了他的苦闷和他与社会之间的鸿沟。

　　霍尔顿苦苦地追求爱与理解，呼唤人与人之间友善相处真诚相待，然而他发现这简直是不可能的。人们要么太自私，要么太愚钝，或者太麻木，对相互间思想和感情的交流根本不感兴趣，人们的心思全在"物"上而不在"人"上。人们"都把汽车当宝贝看待，要是车上划了点痕迹，就心疼得要命……"霍尔顿对这种赤裸的物质崇拜深恶痛绝，因为它扭曲了人性，使人成为物质的奴隶。而人一旦被"物"所异化，人心的交流与沟通便无从谈起。霍尔顿鄙视这个受金钱统治的城市，诅咒人们为追名逐利而进行的尔虞我诈。他希望过一种更真实更人道的生活，一种以"人"为中心的生活。但他所面对的社会现实却与他的愿望相反，所以他时时感到"那么寂寞，那么苦闷，那么孤独，那么沮丧"。他在成长道路上遇到的不是充满阳光的清新空气，而是令人窒息的浊流。霍尔顿孤身一人与环境作战，在美好的理想与污浊的现实的夹缝中艰难挣扎。霍尔顿的痛苦代表了所有那些在现实社会中难以立足的孜孜以求精神世界完美的人们的痛苦。他的痛苦，揭示了西方现代都市生活的疾患，揭示了现代西方人陷身于生存困境的重大主题。

## 二、霍尔顿永远不想长大

　　霍尔顿的理想追求在现实世界(也可以说是成人世界)里破灭了，不得已，他只好到天真的儿童世界里去寻找。实际上，霍尔顿的故事也就是寻找纯与真、保护纯与真的故事。在一个充满矫饰与虚伪的环境中，孩子们自然纯朴的天性给他以莫大的欣喜和安慰。

天真无邪的儿童世界是一个晶莹透明、充满情爱和温暖的世界，同他们在一起是霍尔顿最大的快乐。他年仅十岁的妹妹菲苾甚至成了他心目中的"女神"。她坦诚、活泼、温柔与善解人意，关心别人，与周围的虚伪、庸俗、冷酷与世故相比，她显得熠熠生辉。她是霍尔顿最亲密的朋友，他们之间推心置腹的谈话使霍尔顿受伤的心灵得到了极大的安慰。在妹妹面前，霍尔顿没有秘密可言。他像向医生陈述病情一样向她诉说他的苦恼；而她也像医生开药方一样为他指出治病良策。在长辈在成人那里得不到的理解与信任，在兄弟姐妹中间，在孩子们的世界里得到了。

对成人世界的厌恶和不信任，使霍尔顿执着地迷恋于纯真自然的儿童世界。他真希望自己不要长大，儿童们不要长大，为此，他的人生理想就是要做一位儿童世界的保护神，他认为人生最有意义的工作就是做一名"麦田里的守望者"：

> 我老是在想象，有那么一群小孩子在一大块麦田里做游戏。几千几万个小孩子，附近没有一个人——没有一个大人，我是说——除了我。我呢，就站在混帐的悬崖边。我的职务是在那儿守望，要是有哪个孩子往悬崖边奔来，我就把他捉住——我是说孩子们都在狂奔，也不知道自己是在往哪儿跑，我得从什么地方出来，把他们捉住。我整天就干这样的事。我只想当个麦田里的守望者。我知道这有点异想天开，可我真正喜欢干的就是这个。

在这里，"悬崖边"象征纯真童年的结束，摔下悬崖象征着跌入麻木世故的成人世界的深渊。他企图阻止儿童进入腐败的成人社会，从而使他们永远保持儿童的纯真。

### 三、在现实中勇敢成长

然而，孩子们无论如何是要长大成人的，他们和霍尔顿一样是要不可阻挡地进入成人世界的。虽然成人世界是一个污浊、腐败的世界，但这是唯一"现实"的世界，是人人必须进入并在其中生存的世界，所以无论谁都必须学会与之相处。霍尔顿对此也有所认识，所以尽管他对环境充满了强烈的厌恶，尽管他渴望逃避现实，但他终究还是在这个世界上待了下来，甚至最后还同它达成了一定程度的妥协。他必须如此，也只能如此。此时的霍尔顿内心深处存在着深刻的矛盾，或者说面临着深刻的两难选择：他留恋儿童世界，但又不得不走出儿童世界；他不想走进成人世界，但又不得不进入成人世界。这真是生存的无奈与尴尬。

值得深思的是，这种生存的无奈与尴尬，绝不仅仅是霍尔顿所代表的青少年的，往深处说其实也是成年人的。已经进入生活并在生活中摸爬滚打筋疲力尽的成年人，每当夜深人静，心灵深处最喜欢回忆的还是自己的童年。童年的纯真让人永远怀念，永远给人以心灵的慰藉。成年人喜欢孩子，其实是喜欢孩子的纯洁与天真，喜欢孩子的赤子之心。但这也只能是内心深处的自娱自慰，天亮起床走入人群，还是得按成人世界的游戏规则行事。这就是说，成年人的内心深处也有两个世界的对峙与困惑，成年人也游移徘徊于两个世界之间。

如此看来，如何处理儿童世界（理想）与成人世界（现实）的关系，如何与社会现实相处，既是摆在霍尔顿面前的严峻问题，也是摆在每个正在成长中的青少年面前的严峻问题，甚至也不妨说，其实也是整个人类精神生活所面临的严峻问题。

作为作者的代言人，霍尔顿的经历和思想体现了作家本人对人生及人类生存现状的严肃思考。霍尔顿的烦恼是青少年成长过程中的烦恼，他的烦恼既具有他那个时代那个社会的特殊性，也具有某种超越具体时代具体社会的广泛性和普遍性。所以，《麦田里的守望者》关于青少年成长过程中所遇到的困境的思索，对于我们来说，仍然富有启发意义。

# 第九节 《青鸟》：
## "在尘世上能够找到的幸福，比人们想象的要多得多"

《青鸟》是比利时著名象征主义戏剧作家莫里斯·梅特林克的代表作。梅特林克早年在巴黎学习法律，同时酷爱文学创作。在巴黎学习期间，他受到象征主义文学运动的深刻影响。1889年他出版一部诗集和一部五幕悲剧《玛莱娜公主》，得到象征主义大师马拉美的高度赞赏。前辈的褒奖极大地鼓舞了梅特林克，从此他一心一意投入到戏剧创作之中，先后创作了十几部戏剧，其中《青鸟》最为著名。由于《青鸟》的极大成功及深远影响，梅特林克得到瑞典文学院的高度评价。1911年，瑞典文学院以他"多方面的文学活动，尤其是他的著作具有丰富的想象和诗意的幻想"，授予他诺贝尔文学奖。

《青鸟》是一部童话剧。**剧情大致如下：**

蒂蒂儿和米蒂儿是一对小兄妹，他们的父亲是个樵夫。圣诞节前夜两个孩子做了一个梦：他们正在窗口看富有的邻居如何过节时，长得很像邻居贝兰戈老太太的仙姑贝丽吕娜，进来请他们去寻找青鸟，因为她家女孩得了重病，只有青鸟才能治好女孩的病。她送给孩子们一顶具有魔法的小绿帽，只要转动一下帽子上的钻石，就能看到一切东西的灵魂。蒂蒂儿转动钻石，火、水、光、牛奶、面包、糖、猫、狗，全幻作人形，跟随小兄妹俩一起出发寻找青鸟。

他们先来到记忆国，在那里见到了早已死去的爷爷、奶奶和几个弟弟妹妹。蒂蒂儿发现爷爷家养着一只青鸟，就把它取走了，但一离开爷爷家，笼中之鸟就变成了黑色。他们又来到黑夜之宫，看到了威胁人类生存的各种灾难，也看到了亿万只青鸟，他们抓了很多，但一离开黑夜之宫，青鸟就全死了。他们又来到森林，在那里遭到了以老橡树为代表的动植物的围攻，它们扬言要杀死小兄妹，正在危急关头，光明赶到解救了他们。接下来他们在墓地也一无所获，便在光明的引导下来到了幸福园。

在幸福园，他们首先见到的是大吃大喝的最肥胖的幸福，然后又认识了各种各样亲切可爱的家庭幸福。最后他们来到了未来王国，那里聚集着许多等待出生的孩子们，他们都在准备一种出世时带给人间的礼物，大多是发明创造，也有疾病和祸害。当时间老人打开通往人间的大门，把当天该出生的孩子送上航船时，光明声言已捉到了青鸟，但一出来青鸟就变成了粉红色。

小兄妹回到家中，众精灵向孩子们告别。光明说，也许青鸟并不存在，但大家总算尽力了。

圣诞节的早晨，蒂蒂儿的母亲把兄妹俩从睡梦中叫醒，他们还兴奋地沉浸在梦中寻找青鸟的记忆中。这时，女邻居贝兰戈太太来借火种，谈起了小孙女儿的病，说她想得到蒂蒂儿的鸟。蒂蒂儿爽快地把自己鸟笼里的斑鸠给了女邻居，小姑娘的病很快就好了。蒂蒂儿好心地想教小姑娘怎样喂鸟，小姑娘本能地不想放手，就在他们推拉之时鸟飞走了。小姑娘大哭，蒂蒂儿安慰她说他去把它抓回来。然后，他走到前台对观众说，有谁抓到了青鸟请送回来，因为青鸟关系着生活的幸福。

《青鸟》是一部童话剧，但同时又是象征主义戏剧的代表作。对于该剧的思想意蕴，历来论者从不同角度作过多种阐释，当然也各有道理。但就其中心主旨来看，很明显，作为核心意象的"青鸟"象征幸福，寻找青鸟象征着人类对幸福的追求。也就是说，《青鸟》所传达的主要是作者对幸福的理解，作品集中体现了作者的幸福观。

### 一、幸福在哪里

《青鸟》的故事情节曲折复杂，分为六幕十二场，概括起来可以表述为蒂蒂儿兄妹寻找青鸟（幸福）的故事。戏剧第一场，圣诞节之夜，西方人渴望幸福最强烈的晚上，兄妹俩接受仙姑的委托前去寻找青鸟，寻找幸福。他们在记忆之国，黑夜之宫、森林等地都没有找到青鸟，没有找到幸福。后来，当黎明到来，彩霞满天，阳光普照的时候，他们来到了（梦幻中的）人世间——幸福园。幸福园的建筑高大雄伟富丽堂皇，陈设奢华无比。"在命运的守护下，人的各种欢乐、幸福都聚集在里边，"这里有大吃大喝的最肥胖的幸福，富翁的幸福，产业主的幸福，虚荣心满足了的幸福，不渴还喝的幸福，不饿还吃的幸福，有一无所知的幸福，什么不懂的幸福，无所事事的幸福，不困还睡的幸福……在这里，光明告诉蒂蒂儿："随着钻石的法力达到各个花园，你还会看到许多在尘世上能够找到的幸福，比人们想象的要多得多，但是，大部分人却根本发现不了。"例如，各式各样的家庭幸福。"家庭幸福领队"告诉蒂蒂儿："我们一直在你的旁边！我们吃饭，喝水，睡醒觉，喘气儿，过日子，全是和你在一起的呀！"

在家庭幸福成员中，有身体健康幸福，新鲜空气幸福，爱戴父母幸福，蓝天幸福，森林幸福，出太阳时的幸福，下雨幸福，观看星星幸福，春天幸福，落日幸福，冬天炉火幸福……家庭幸福领队还告诉蒂蒂儿，他们当中最美好的是思想纯洁幸福，思想纯洁"几乎算是无限明快欢乐的兄弟，是我们里头脑最清醒的"。在"无限欢乐"成员里，有公正，善良，完成工作，理解，欣赏美，爱而"爱"当中，最纯洁的是母爱，母爱是无与伦比的最大的欢乐。"母爱"把小兄妹俩搂在怀里，尽情亲吻他们，告诉他们"凡是喜爱自己孩子的母亲，全都是富有的，没有穷苦的，没有长得丑的，也没有老的，她们的爱，永远是最美好的欢乐"。

总之，在幸福园里，蒂蒂儿兄妹没有想到竟然会有如此之多从来不曾发现的幸福。他们有点不相信，怀疑这只是在天上才会有，而一旦回到地上或许就会不一样。"母爱"看出了他们的怀疑，亲切地告诉他们："在那里（人间、尘世）和在这里（梦幻世界），是一样的事啊。我就是在那里的，咱们就是在那里的呀，你到这里来，没有别的意思，就是要知道，就是要了解，你在那里看见我时，应该怎么样看。你明白了吗，我的蒂蒂儿？你以为是到了天上，其实，不管在哪儿，只要我们在哪里拥抱，哪里就是天上"。

"只要我们在哪里拥抱，哪里就是天上"，这就是说，只要有爱，人间即是天堂，地上即是天上。幸福在人间，幸福在人与人的相爱中。

经历了一番梦幻，小兄妹明白了幸福就在人间、就在自己身边的道理，于是梦醒又回到原来的家里时，感受就完全不一样了。蒂蒂儿告诉父母："还是原来的屋子，可是好看多了，全都粉刷了，翻新了，全都亮晶晶的，干干净净的"。当然，不是屋子变了，而是他们的眼光变了，他们从自己平凡的日常生活中发现幸福了。蒂蒂儿由衷地感叹："天哪，我多幸福，多幸福，多幸福哇！"

**二、肥胖幸福的可怜相**

在幸福园，蒂蒂儿兄妹最先见到的是肥胖幸福们。幕启时的舞台上，他们就在珍馐美馔中大吃大喝，在野味酒瓮间横躺竖卧。这批幸福们自称"连一分钟喘口气的时间都没有……整天得喝，得吃，得睡"。除此之外一无所知，无所事事。他们是蒂蒂儿兄妹要寻找的幸福吗？当然不是。当蒂蒂儿问他们青鸟在什么地方时，"最肥胖的幸福"不屑地回答说："据我所知，它是不能当下酒菜的。不管怎么说，在我们的餐桌上的菜中还从来没见过。这就是说我们看不大上眼。""肥胖幸福"的话表明，青鸟不在他们这里，他们不是真正的幸福，青鸟与肥胖幸福不同类。

虽然肥胖幸福并非真正的幸福，但却具有吸引力。他们轻而易举地就把随同蒂蒂儿寻找青鸟的狗、糖、面包等拖上筵席，同他们一起大吃大喝。肥胖幸福体们也热情地邀请蒂蒂儿兄妹入席，小兄妹有点动心。但代表人类理性的"光明"却洞若观火，他提醒小兄妹："不要接受，什么也不要接受，怕的是你忘记了自己的使命……"；吃了肥胖幸福们的东西"会摧毁你的意志。要想尽到职责，就必须做出点牺牲"。当肥胖幸福们死乞百赖硬要把小兄妹拖上筵席，强迫他们幸福时，"光明"命令小兄妹扭动钻石，让钻石的光亮照穿他们的真相。这时，舞台上的一切全变了样："筵席的长桌倒了，消失了，没有留下一点痕迹。随着光线渐渐明亮，肥胖幸福们的锦绣华服、桂冠，以及可笑的面具全部脱落，碎成破布，掉在呆若木鸡的客人脚下。肥胖幸福们像泄了气的皮球，眼看着瘪下去。他们面面相觑，在陌生光线的刺激下直眨眼皮。他们终于看清了自己的真正面目：赤裸着身，丑陋，干瘪，一副可怜相。"

这段滑稽可笑的情节出尽了肥胖幸福们的洋相！作者意在告诉观众，吃喝玩乐等所谓的幸福是低层次的物欲满足，绝不是真正的幸福，真正的幸福在于精神的追求、精神的享受；而这是肥胖幸福们无论如何不能理解的，所以他们对青鸟充满敌意，不屑一顾。只知吃喝玩乐的肥胖幸福们经不住钻石光芒的照射，即经不住人类理性意识的思考，经不住精神的考验，所以说此类幸福决非真正的幸福。人类的职责或使命是，态度坚决地拒绝"肥胖幸福"的诱惑，耐心执着地寻找象征真正幸福的青鸟。

### 三、幸福是需要提醒的

蒂蒂儿兄妹在幸福园里看到了那么多日常生活中的幸福，诸如身体健康幸福，新鲜空气幸福，爱戴父母幸福，日出幸福，下雨幸福；看到了日常生活中那么多"无限欢乐"，如公正是欢乐，善良是欢乐，工作是欢乐，理解是欢乐等等。这些幸福和欢乐，本来就在我们身边，我们眼前，为什么我们总是视而不见，没有一点感觉呢？

这是因为，对幸福缺乏一种清醒而自觉的意识，缺乏对幸福的真正理解，缺乏一个跳出生活之外返观生活的视点。正如苏东坡所说，不识庐山真面目，只缘身在此山中。看来，要想发现身边日常生活中的幸福，需要转换一下视角，拓宽一下视野。剧中的蒂蒂儿扭动钻石，即换了一幅眼光，场上的一切顿时变得无法形容的明亮清澈，被一种神奇般光亮所照亮。肥胖幸福们现了原形，原先看不到的幸福也联翩而至，扑面而来。蒂蒂儿惊叹：啊！多美的花园！多美的花园哪！他以为自己来到了什么新地方。代表理性意识的"光明"告诉他："咱们没有换地方。是你的眼睛换了视野——现在，咱们看到了事物的真相。"

如此看来，"身在福中不知福"是人类生活中一种很普遍的状态。要克服这种状态，必须对幸福的真谛有深刻的悟解，具有发现并体验幸福的清醒的自我意识。

对幸福有清醒而自觉的意识，用当代作家毕淑敏的话说即"提醒幸福"。她在一篇名为《提醒幸福》的散文中认为，幸福是一种心灵的振颤，它像会听音乐的耳朵一样需要不断的训练，需要不断的提醒。她说，幸福就是没有痛苦的时刻，它时时围绕在我们身边，但我们往往感觉不到它。为什么？因为幸福绝大多数是朴素的，它不会像信号弹似的，在很高的天际闪烁红色的光芒。它披着本色的外衣，亲切温暖地包裹起我们。幸福常常是朦胧地，很有节制地向我们喷洒甘霖。你不要总希冀轰轰烈烈的幸福，它多半只是悄悄地扑面而来。你不要企图把水龙头拧得太大，使幸福很快地流失。而需要静静地以平和之心，体验幸福的真谛。

同样的境遇，换一个视角体验，感觉可能大不一样，说明幸福常常不与外在境遇同步，幸福只是你内在心灵的感觉。你只要有一颗善于发现和体验幸福的灵魂，你的幸福可能就享之不尽，幸福就永远与你同在。

### 四、幸福需要不停地寻找

蒂蒂儿兄妹在梦幻中不停地寻找青鸟，终于没有找到，醒来后不好意思地向仙姑表示歉意，说自己没有找到青鸟。但经妈妈的提醒，蒂蒂儿发现他寻找的青鸟原来就在自己家里："唔，真的，我的鸟，在哪儿呢？……嘿！那不是鸟笼子吗！……这不正是我们寻找的青鸟吗！我们跑出去老远，它却在这儿！嘿！真是妙极了！"

象征幸福的青鸟一送给邻居的小姑娘，她的病一下子就好了，能下地走路了，能跑能跳了。但转眼间，青鸟又从他们手中挣脱飞走了。小女孩失声痛哭，蒂蒂儿劝她不要伤心，答应再把青鸟找回来。于是他走到台前，对着观众说，如果有哪位找到了那只鸟，请把它还给我们好吗？为了我们今后的幸福，我们需要青鸟。

蒂蒂儿面向观众说的话是全剧最后一句话，也可以看作是作者点明题旨说给观众的话。其意似乎是说，幸福不是一旦到手就可以一劳永逸永远占有的东西，它一经到手就可能变色，可能飞走，因此你必须继续寻找。从某种意义上来说，人生其实就是不断寻找青鸟即不断追求幸福的过程。追求幸福的过程，其实也就是不断地感悟、发现、体验幸福的过程。幸福不是一个固定物，也没有一个确定的界线或一个终极的点。它是一种灵魂中微妙的感觉，或者毋宁说幸福是一个目标——一个可望而不可即的目标，你追求着，感悟着，它就存在；你放弃了追求，没有了感悟，只剩下贪婪的占有，它也就不再存在。也就是说，它永远存在于你追求、感悟幸福的过程中。

# 第十节　《老妇还乡》：道德面临金钱的考验

### 一、道德与金钱冲突，你选择哪个

一边是巨额的金钱（或权势、名声、物质等功利价值），一边是道德（或良心、人格、尊严等精神价值）。如果发生矛盾和冲突，二者不可兼得之时，你将选择哪一个？

以上问题，从理论上看，本不成其为问题，当然也就无所谓"两难选择"。因为，毫无疑问应该选择体现崇尚精神价值的道德、良心、人格、尊严等，否则，难道还有其他选择吗？！但是，在具体的现实的世俗生活中，它却又是一个实实在在的份量沉重的两难选择。

在这一两难选择中，有相当多的人坚守精神的纯洁，选择道德、良心这一极，表现出崇高的人格力量；但无可否认的事实是，也有相当一部分人为了欲望的满足而不顾道德，不顾尊严，甚至不惜出卖灵魂，出卖人格，演出了一幕幕令人心酸令人感叹令人鄙夷令人痛心的人间喜剧或悲剧。这样的例子在现实生活和文艺作品中俯拾即是，这里，我们向读者介绍一部美国影片《桃色交易》。

## 二、《桃色交易》中道德与金钱的冲突

《桃色交易》的故事梗概大致如下：故事中男女主角戴维和戴安娜是一对年轻夫妇，男的搞建筑设计，女的从事地产业务。夫妇俩情投意合倾其所有建造自我设计并具有自我特色的温暖小窝。可是突如其来的经济危机使他们破了产，银行催着还款，他们手足无措，焦头烂额。为了还款，他们向家人借了五千元，但这笔钱之于债务等于杯水车薪，无济于事。无奈之中两人决定去赌场碰碰运气。结果运气不错，出师告捷，赢了一笔。

在赌城的豪华精品店中戴安娜结识了亿万富翁约翰。这位先生举止庄重，气度不凡，但却为戴安娜的高雅气质和动人美貌所倾倒。他看到戴安娜想买一件晚礼服而又出不起钱，于是就出钱买下送给戴安娜。他的大方让戴安娜吃惊，他的热情友好让戴安娜高兴。

赌场内，赢了钱的戴维忘乎所以，想赢更多的钱。赌注越加越大，结果转眼间一败涂地，输个精光。这一切全让约翰看在眼里。就在夫妇俩愁苦烦恼万般无奈之时，约翰向戴维夫妇提出要与他们做一笔"交易"：他愿出资一百万美元，条件是让戴安娜与他共度一宵。由于这笔交易太赤裸太荒唐以至于让人感到恶心，感到这是

对人格和尊严的污辱，所以当然地遭到了戴维夫妇的拒绝和嘲笑。但温文尔雅的约翰彬彬有礼地请他们先不要把话说死，回去还可以慢慢考虑和商量。

夜里，夫妇两个都失眠了，他们心里都在进行着剧烈的斗争。戴安娜看上了一块地皮，早就想买下来让戴维发挥他建筑设计的才华，但因为没钱这一愿望始终未能实现。如今有了这个机会，可是……她拿不定主意，于是问戴维。戴维也不知如何是好，于是推诿说一切由你自己决定。戴维的暧昧态度等于是无奈的默认，于是戴安娜决定了："你情我愿，交易而已，这根本不代表什么，我出卖的只是我的身体，而不是我的心或我的思想感情。"

第二天他们去签约，戴安娜被留下，戴维被很客气地请出了约翰的办公大楼。此时，孤独无助的戴维百感交集，羞愤难言，心灵中忍受着痛苦的折磨与熬煎。夜幕降临时，戴维不敢再往下想，于是幡然大悔，他发疯似的冲进大楼，要从约翰身边夺回戴安娜。可是约翰已用私家直升飞机载着戴安娜从楼顶起飞了。

在海上的豪华游艇里，真正进行交易之前约翰仍拿出绅士风度，问戴安娜是否后悔，如果后悔，他可以马上送她回去。戴安娜不愿朝令夕改言而无信，于是交易终于完成了。

以后的生活表面上似乎没有什么，但内心所受的伤害是无论如何也无法平复的。心灵的创伤无法掩盖，戴维终于忍无可忍地发泄出来，两人的隔阂日益加深，彼此陷入无法自拔的痛苦深渊中。

戴维决心要出气，要报复，要找回自己的尊严。在一次捐助性的动物保护投标集会上，戴维抱着赌气的态度用"交易"得来的一百万"打败"了约翰。约翰对戴维的做法表示理解，因此也不与之较真，否则以他的财富绝不可能输给戴维。约翰明白戴安娜爱的仍是她的丈夫戴维，于是友好洒脱地退出了。戴维重新一无所有，但是这却多少恢复一点心理平衡，心中重新唤起对戴安娜的爱情，他俩不约而同地来到了他们初次约会的地点……

《桃色交易》的情节具有明显的假定性，是作者为了凸显"金钱与道德"的两难选择而刻意"编"出来的，但作品所揭示的人生困惑却是真实的。通过故事，作品展示了人物艰难而痛苦的精神活动历程，展示了人物在"金钱"与"道德"两极张力之间的摇摆：先是站在道德立场上予以拒绝，而后是经不住金钱的诱惑而履行交易，继之因受不了人格和尊严的严重伤害而戏剧化地向对手报了仇，最后又重新一无所有但却挽回了人格和自尊。转了一个圆圈一切又回到原点上。但就在这一圈的运动过程中，戴维夫妇经受了一次严峻的精神考验，观众看到了原本发生在千千万万人心灵内部的秘密，陪着经受了一场剧烈的心灵冲击，于是不由自主地会去想：假如我遇到这种事，又该怎么办。影片把观众引入了情感、伦理、道德的严肃思考中。

### 三、《老妇还乡》中道德与金钱的冲突

如果说"金钱与道德"的两难选择在《桃色交易》中表现为对个体的心灵考验的话，那么，同样的考验也照样可以降临到群体头上。瑞士当代剧作家迪伦马特的名作《老妇还乡》(1956年)表现的就是这种考验。

《老妇还乡》的故事发生在欧洲中部某国一个名叫居伦的小城。故事开始时这个小城正面临一场灾难性的经济危机：工厂倒闭，国库空虚，市政厅只剩下一架破打字机，保险柜里一个子儿也没有，没有一个人纳税，小城最宝贵的历史博物馆三年前已卖给了美国，贫困和饥饿威胁着全市居民。

正在这时，一位出生于小城而如今是世界上最富有的老妇人要回乡访问，全城人为此欢呼雀跃，把摆脱危机的的唯一希望寄托在她身上，希望她慷慨捐助，救济小城。

这位老妇人名叫克莱尔·察哈纳西安，45年前与本城青年伊尔热恋并怀了孩子，但这时的伊尔却变了心并设计陷害了她，使她蒙受不白之冤，被迫流落他乡沦为妓女。后来她嫁给美国最为富有的石油大王，从此成为拥有油田、铁路公司、广播公司及游乐场的亿万富婆。这次回小城的目的是要报仇雪恨，"讨回公道"。她宣布向小城捐赠十亿磅，五亿给市政府，五亿由市民均分。但有一条件，那就是必须处死伊尔。用她的话说即"我要让居伦城谋杀一个人，我要拿它一个人的尸体来换取繁荣"。

老妇人45年前的遭遇令人同情，45年后老妇人要求讨回公道，应当说可以理解。但她公然用钱来买仇人的生命，用钱来唆使小城人亲手谋杀他们中的一员，却是对法律的公然嘲弄，对小城人的公然侮辱。小城人意识到她的要求的可怕性质，所以理所当然地拒绝了她。市长很威严地当众表态："我们并不是野蛮人。我现在代表居伦城的全体公民，拒绝接受你的捐赠；我以人类的名义拒绝接受。我们宁愿受穷，也决不能让我们的手上沾上血迹"。市长的话大义凛然，赢得市民雷鸣一般的掌声。

但是，掌声过后，面对十亿磅的诱惑，小城人却不能不动心。不知不觉之间，小城人包括市长的生活悄悄地开始发生变化：人们竞相赊账购置物品，如洗衣机、电视、高档衣服，有的准备出外旅行，到外地看演出，其中，伊尔的儿子也买了漂亮的小汽车。人们渴盼那笔巨款，已经开始预支可能到手的那笔天上掉下的财富。此时，法律与尊严在人们心里已失去份量。伊尔越来越明白人们已心照不宣地要以他为牺牲品，便要求警察局以"挑唆谋杀罪"逮捕她。警察局却奉命去进行全市性的所谓"抓黑豹"的围猎活动，他进一步明白人们"要抓的是我，是我"。他要逃离本地，全城人都去车站为他"送行"，他明白自己已逃不掉。市长暗示伊尔自杀，以免去小城人谋杀同胞的罪名，但他拒绝了。最后，在全市公民大会上，集体表决一致同意接受贵妇人的捐款。市长在宣布表决结果时，市长和全体市民一致高呼：这这绝不是为了钱。而是为了主持公道。为了良心。我们决不能纵容罪恶行为。让我们除掉那个犯罪的人……

既然接受了捐款，就必须立刻交出伊尔的生命。于是，在众人包围之中伊尔被当众杀害。向外界宣布的是，一位老公民对贵妇人的慷慨捐赠过分激动，心脏衰竭，当场死亡。

### 四、道德与金钱的冲突是对每个人的严峻考验

从实际生活角度讲，《老妇还乡》和《桃色交易》一样，当然纯属子虚乌有，是作家为了传达自己的思想而精心虚构出来的荒诞故事；但从艺术角度讲，同《桃色交易》一样，它也具有无可置疑

的真实性。我们说它真实，依据在于，它深刻揭示了一种残酷的生活真相，或者说是深刻揭示了人性中某种"顽固"的弱点：面对金钱等现实利益的诱惑，道德、良心、人格、尊严等显得非常脆弱。

对于小城人人性中的这一弱点，城中有的人是十分清醒的。例如中学校长，他是小城中知识层次最高的人，而且是具有人道主义信念的人，他曾坦率地向伊尔剖析过全体市民和自己的内心隐秘："他们一定会弄死你的。从一开始我就断定他们会那样做，尽管居伦城的人谁也不肯承认这一点，你在很久以前也已经完全明白了。这诱惑实在太大，而我们的贫穷的处境也实在太难以忍受了。我现在更知道了另外一些情况，那就是我自己也会参与这个谋杀活动的。我现在清楚地感觉到，我正在慢慢变成一个杀人凶犯。我的人道主义的信念是完全软弱无力的，它并不能阻止我走上这条路。正是因为我完全了解这些情况，所以我也变成了一个酒鬼。伊尔，我也和你一样感到非常害怕，而且心中的恐怖不下于你"。校长的话道出了小城人之所以对捐款由拒绝到接受的秘密，道出了道德、信念等在金钱面前的无奈和无力。

值得一提的是，作者迪伦马特认为，发生在居伦城的故事并不只是居伦城的故事，而是到处都可能发生的故事；居伦城的市民也不是一群恶人，而是和我们一样的人。所以他要求演出时"绝对不能使他们具有恶人的形象"。作者的意思是，这是人性的弱点，这样的悲剧（迪伦马特称之为"喜剧"）具有广泛性、普遍性。

如果用传统的社会政治眼光看问题，《桃色交易》和《老妇还乡》的故事均发生于资本主义社会，我们可以说两部作品的思想意义在于揭露了资本主义制度的罪恶，谴责或抨击了资本主义社会里人们道德堕落的现实等等。这当然不错，事实确实如此。但从人生角度看，事情却并不那么简单。事实上，金钱等原欲与道德、良心、人格、尊严的矛盾是任何时代任何社会任何阶级任何民族中的任何人，在现实生活中随时都可能遇到的沉重话题。在这一话题面前，每个人都面临严峻的考验，类似居伦城的悲剧随时随处都可能发生。因此，面对金钱与道德、现实利益与精神信念的冲突，每个人都必须严肃对待，都必须交出一份慎重的答卷，躲是躲不掉的。

有人以为金钱与道德、利害与信念的矛盾只属于"资本主义"和"资产阶级"而自己可以置身其外，这种想法是大睁两眼不看现实，不敢面对真切实在的人生，其实质是想逃避它的考验，是一种精神上人格上的怯懦。

# 后 记

　　人生在世，短短几十年，转瞬即逝，因而才显得十分乃至万分的珍贵，因而才要求活得更好些，活得更有价值更有意义些。怎样活得更好、更有价值和意义？苏格拉底说过，未经省察的人生不值得过（也有人译为"未经思考的人生没有意义"）。从苏格拉底的话我们知道，要想活得好，活得有价值有意义，就必须对人生有所反省、反思，必须把人生看得清楚、明白、透彻点。把人生看清楚看明白看透彻了，就是开悟了，觉醒了，就具有人生智慧了。智慧与金钱多少、物质丰盈、地位高低没有关系。金钱、物质、地位不能保障你的幸福和快乐，而人生智慧可以保障你的幸福和快乐，保障你活得更好，活得有价值有意义。

　　把人生看清楚看明白看透彻，是一种很高的精神境界。达到这一境界，途径有二：直接与间接。"直接"，就是你在生活中摸爬滚打，历经失败挫折，遍尝酸甜苦辣，而后开悟。但人生短暂，生命给你的时间和空间都很有限，穷尽一生，你又能经历多少事！况且，你就是亲身经历了，你敢保证就一定能从中悟出人生道理！人世间忙忙碌碌苦恼困顿终生而什么都没有悟出的人还少吗！又况且，即使你有慧根，遍尝酸甜苦辣后你确实有些开悟了，可是你已经垂垂老矣，少年头白了，只剩下"空悲切"——此生白过了。

　　那么怎么办？这就需要"直接"之外的"间接"来援助了。所谓"间接"就是读书，从前人留下的精神遗产中汲取人生智慧。"书"的范围很广——文史哲，政经法，心理教育艺术……而本书所讲的是文学。在所有学科、学问中，文学是与生活、与人生最切近最契合最同构的（电影、电视剧的根——剧本，也是文学）。文学就是人学，文学中蕴涵着极为丰富的人生经验和人生智慧，是古今中外各种人的生存生活史，灵魂演变史，情感密码室。这是一个广阔神秘的宇宙，借助想象，我们可以上天入地，出入六合，思接千载，视通万里，观古今于须臾，抚四海于一瞬。在这里，我们"变成了"各种各样的人，体验了不同时代各种人的人生，不知不觉中多活了多少辈子，从中学到了无限多的人生经验、人生智慧，潜移默化中觉醒了，开悟了，人生境界提升了；从此你知道人生应该怎么活，从此活得幸福快乐，活得有价值有意义了。

基于上述对文学的理解，我们编写了这本书。本书从文学欣赏的基本理论、基本知识讲起，重点放在"汲取文学精华，提升人生境界"上，即通过具体"案例"的分析，挖掘提炼出对现今读者仍然有启发和指导意义的人生哲理和价值观念。古今中外的文学作品浩如烟海，汗牛充栋，可用来作为"案例"的不胜枚举。与其挂一漏万，不如选择经典。经历过历史的大浪淘沙留下来的名家名作，代表了文学的精华，蕴含着人类文明的密码，至今对青少年的成长乃至于整个人类心智的培育仍有现实意义。所以我们选取名家名作作为"案例"，展开我们的论述。

提醒读者注意的是，本书所选取的"案例"除了案例本身所具有的经典性、代表性、普世性外，其中还暗含着方法论的意义。这就是一从人生视角解读文学，借助文学透视人生。换句话说，文学作品本身可能具有多方面的价值，但我们突出和强调的是其中的人生价值。因为，人生问题（例如生老病死、人生意义等）具有永恒性、超越性、普遍性，它不因时空的转移而转移，所以文学作品中人物所遇到的人生问题在我们这里仍然存在，他/她们的人生经验、人生智慧，至今对我们仍然有启发和借鉴意义。

对于文学作品的解读，读者习惯的传统视角一般是社会、政治等，如"封建阶级压迫、资本主义剥削、劳动人民反抗……"之类。对于社会政治视角，本书予以保留，因为文学作品的社会、政治、历史价值需要用这一视角去评价，但本书突出和强调的是"人生"。本书认为文学永远不变的精华就在"人生"，因此，"人生"将永远是分析解读文学最重要的视角之一。"人生"视角让古今中外所有作品的精华与当下读者接轨，与当下时代、社会接"地气"。

本书由主编拟出提纲，然后分工写作，最后由主编统稿。感谢河南人民出版社，感谢李轩英先生，感谢为此书的出版付出辛苦劳动的所有人，感谢这本书的所有读者。

主　编

2015年冬　于古城开封